AF140427

Gelegenheit macht Triebe

von
Sam Danielson

Das Strandhaus, das Blockhaus, das Penthouse und das Spielhaus

Herstellung und Verlag:
BoD - Books on Demand, Norderstedt
ISBN 978-3-7392-0656-1

Inhaltsverzeichnis

Widmung

Für meine Frau.
Vielen Dank für die nützlichen Hinweise und die vielen „Anregungen"! Ich bin froh, dass du mich mit allem so unterstützt. Gemeinsam schaffen wir alles!

Teil 1:

Das Strandhaus

I.

Das Wochenende war längst überfällig. Jake konnte sich nichts Schöneres vorstellen, als endlich ein paar freie Tage zu genießen. Die erste Woche seines neuen Jobs war schon sehr anstrengend gewesen. Als junger Assistenzarzt wurde ihm viel abverlangt. Und gerade die Einarbeitungszeit war besonders stressig für ihn. Dafür sagte Jake sich immer, dass er jetzt ja schließlich auf einer karibischen Insel arbeiten konnte.

Trotzdem war kaum Zeit gewesen, die hiesigen Annehmlichkeiten mit den Palmen und der vielen Sonne vollends genießen zu können. Dabei hatte er sich alles ganz anders vorgestellt. Eigentlich dachte er, ein drastischer Wechsel der Lebenssituation könnte ihm einen Neuanfang ermöglichen. Seine unzähligen erfolglosen Avancen und sein geradezu ermüdendes Sexleben hätten ihn fast zur Verzweiflung getrieben.

Wie er in diese Situation geraten war, konnte er sich wirklich nicht erklären. Schließlich war er mit seinen 1,85 m nicht gerade der kleinste Mann in seinem Umfeld. Auch empfand er sich mit seinen blonden Locken und blauen Augen als durchaus ansehnlich. Immer wenn er Zeit fand, ging er nach der Arbeit joggen, um sich für seine jährlichen Marathonläufe fit zu halten. Dies hatte dazu geführt, dass er einen durchtrainierten Körper sein eigen nennen konnte. Seine breiten Schultern und ein angedeutetes Sixpack machten ihn jedoch noch lange nicht zu einem überladenen Muskelpaket. Auch legte er, wie so viele Männer in seinem Alter, durchaus Wert auf sein Äußeres und seine Körperpflege, was eine regelmäßige Intimrasur einschloss. Seine Vorliebe für Outdooraktivitäten hatte seiner Haut einen schönen Braunton verliehen. Sicher, er war kein Modell, aber er

11

hatte immer einen gewissen Beach-Boy-Charme und hätte sogar Werbung für Surfbretter machen können.

Das einzige Manko das ihm in den Sinn kam, war sein Mangel an Machotum, vielleicht auch eine gewisse Schüchternheit wenn es um die Interaktionen mit dem weiblichen Geschlecht ging. Man konnte auch nicht sagen, dass er bisher noch keine sexuellen Erfahrungen gesammelt hätte. Aber nach dem Studium hatte er wegen des Berufslebens nur noch wenig Zeit gehabt, sich um sein Liebesleben zu kümmern. In seinem mittlerweile langen Singleleben schien er in Sachen Dating regelrecht aus der Übung gekommen zu sein.

* * * * *

Also hatte er beschlossen, mit 29 Jahren einen Schlussstrich zu ziehen und sein Glück in einer stressfreieren Umgebung zu suchen. Das war zumindest der Plan, den er im Sinn gehabt hatte. Doch am Ende war sein neuer Job nicht großartig anders oder weniger stressig als der vorherige. Nach zwei Wochen in der Karibik hatte er noch keine Frau getroffen, die für ihn in Frage gekommen wäre, geschweige denn Single war. Erschwerend kam hinzu, dass ihm eine Wohnungssuche noch bevorstand.

Glücklicherweise war Jake zu Beginn bei seinem neuen Boss untergekommen. Chefarzt Bonucci war so umsichtig gewesen, ihn für den ersten Monat in einem Poolhaus seiner Strandvilla Unterschlupf zu gewähren. Diese war circa eine Stunde Fahrt von der Stadt entfernt. So konnte Jake wenigstens in den Morgenstunden die Küstenstraße in seinem gemieteten Jeep genießen, bevor er im OP versackte. Da nun das Wochenende nahte, freute er sich seine Batterien wieder aufladen zu können.

Noch mehr Freude bereitete ihm, dass er für eine ganze Woche das riesige Haus für sich allein haben sollte. Sein Boss hatte einen Golfausflug mit seinen Kumpels geplant und Jake gebeten, sich währenddessen um das Anwesen zu kümmern. Das Haus war ein quadratisch moderner Bau mit einer riesigen Glasfassade, die einen beeindrucken Blick auf das Meer preisgab. Für seinen Geschmack war alles etwas zu protzig geraten. Aber hey, wenn man in Geld schwimmt und in der Karibik lebt, konnte man das sicher auch raushängen lassen. Jake hatte schon immer davon geträumt, direkt am Ozean zu wohnen. Hier nun war dieser Traum für eine kurze Zeit wahr geworden. Über einen gepflegten Rasen konnte er eine kleine palmenbewachsene Böschung hinunter gehen und war direkt am Strand.

Und was für ein Strand! Etwas zurückgelegen in einer kleinen Bucht zog er sich am linken Rand des Grundstückes in einem lang gezogenen Bogen auf eine bewaldete Landzunge hinaus. Zur rechten Seite war der Strand von einigen Klippen begrenzt. Auch hier stand eine Reihe von Palmen, die kühlenden Schatten spendeten. Bei der ersten Besichtigung des Grundstückes hätte Jake fast die Hängematte übersehen, die hinter den Büschen aufgespannt war. Dieses Örtchen war vom Strand aus kaum wahrnehmbar und nur Eingeweihten zugänglich. Auch der Sand war unglaublich! Eine feinere Körnung hätte man in keinem Baumarkt kaufen können. Das Wasser war, wie überall auf der Insel, hellblau und unglaublich klar. Unter den Palmen fand man sogar eine Dusche mit großer Regenkopfbrause, die aus einer alt anmutenden Mauer lugte.

* * * * *

13

Nun war es also endlich soweit, Samstagmorgen stand Jake auf und machte sich eine Kleinigkeit zu Essen. Auf dem Weg zur Terrasse fand er an der Poolhaustür einen Zettel seines Gastgebers:

„Lieber Jake, ich wünsche dir ein erholsames Wochenende. Ich habe gestern Abend eine SMS meiner Tochter Alexandra erhalten. Sie denkt darüber nach, dass Wochenende mit ihrer Kommilitonin Vanessa hier zu verbringen. Leider konnte ich sie noch nicht erreichen, um ihr mitzuteilen, dass du in unserem Gasthaus untergekommen bist. Ich habe also ein wenig Bedenken, die Mädels könnten sich zu Tode erschrecken! Ich werde weiterhin versuchen, sie zu erreichen und vorzuwarnen; bin mir aber bei der Netzqualität unserer Insel nicht sicher, ob sie die Nachricht erhalten wird. So oder so werdet ihr euch sicher gut verstehen.

P.S. Denk bitte daran, die Bewässerungsanlage einzuschalten. "

‚Wow!' dachte sich Jake. Er hatte bereits ein paar Bilder von einer jungen Frau im Haus hängen sehen. Wenn das wirklich die Tochter war, konnte Jake sein Glück kaum fassen. Auf den Fotos war eine italienisch anmutende Schönheit zu sehen gewesen, die er auf ungefähr 24 schätzte. Sie hatte dunkles, schulterlanges Haar, einen goldbraunen Teint und rehbraune Augen. Ihre großen Lippen umschlossen ein süßes und sehr einnehmendes Lächeln. Auf einigen Bildern, war sie sogar im Bikini abgebildet. Hier konnte Jake ihren zierlichen und sehr sportlich geformten Köper bestaunen. Ihre Brüste

14

mussten in etwa einem großen B- oder kleinem C-Körbchen entsprechen.

Sein lüsterner Verstand übernahm sofort die Kontrolle. Als er über die Möglichkeit zu fantasieren begann, einige Zeit alleine mit einer, vermutlich sogar zwei Schönheiten zu verbringen, gewann seine Männlichkeit etwas an Härte. Er schüttelte seinen Kopf und hoffte, bei einer Begegnung die Beherrschung behalten zu können und nicht sofort als gaffender Lüstling abgestempelt zu werden. Zu seiner Verteidigung ließ sich sagen, dass sein letzter Sex schon einige Monate zurücklag.

‚Ach so ein Quatsch!' wiegelte Jake endlich ab, und versuchte auf karibische Art an die Sache heranzugehen. ‚Was passiert, wird halt passieren. Ich mach mir keinen Druck' dachte er vor sich hin. Und wer wusste, ob die Beiden überhaupt kommen würden. Mit all den Bars in der Stadt hätten zwei junge Damen doch sicher etwas Besseres zu tun, als in der Collegezeit das Wochenende alleine in einem abgelegenen Haus zu verbringen. Als er so an die Bars dachte, ging er an den Kühlschrank im Haupthaus, packte sich einen Vorrat Bier als Proviant in die Kühlbox und machte sich auf den Weg zum Strand.

Dort angekommen, blieb er kurz stehen und saugte das erste Mal mit vollem Bewusstsein die karibische Meeresluft ein. Der Sand war unter seinen Füßen bereits wärmer, als er erwartet hätte. Im Schatten der Palmen angekommen, sprang er in seine Hängematte und wartete bis das erste Schaukeln nachließ. Eine warme Brise raschelte durch die Palmenwedel und machte ihm bewusst, dass er endlich richtig in der Karibik angekommen war.

15

Seine Gedanken begannen zu schweifen. Er dachte erneut an die Bilder der schönen Tochter im Bikini. Kurz überlegte er, ob er sich einfach seiner Badeshorts entledigen konnte, hatte dann aber doch Bedenken. Falls er einschlafen sollte, könnte er von den eventuellen Ankömmlingen überrascht werden und die erste peinliche Situation wäre vorprogrammiert. Jake entschloss, sich sein erstes Bier zu öffnen, es war schließlich auch schon halb zwölf mittags. Nach einer Weile machten ihn das monotone Rauschen der Wellen und das Rascheln der Palmen, vielleicht aber auch der Hopfen im zweiten Bier etwas müde.

II.

Er musste eine Weile genickt haben, als ihn ein Geräusch unsanft aus dem Schlaf riss. Die Sonne war bereits über den Zenit hinaus gewandert. Ein Stück die Böschung zum Haus hinauf hörte er einen grellen Freudenschrei aus weiblicher Kehle. Aus seiner Position konnte er noch niemanden erblicken. Er hatte jedoch einen guten Einblick auf den Strand, ohne von der anderen Seite wahrnehmbar zu sein.

Für einen Moment rätselte er, ob er aufstehen sollte, um sich vorzustellen. Er hoffte insgeheim, dass die Ankömmlinge ohne männliche Begleitung sein würden, denn er wollte ja nicht als fünftes Rad am Wagen enden. Zu seinem Entsetzen musste er in diesem Moment feststellen, dass er vermutlich bereits in seinem Traum eine erotische Bekanntschaft mit den Neuankömmlingen gemacht hatte und sein Ständer deutlich gegen die Badehose drückte. Auch begann es ihn etwas anzumachen, einfach abzuwarten was passieren würde, wenn sich zwei junge Mädels am Strand unbeobachtet fühlten. Also verhielt er sich unauffällig und blieb in seiner Hängematte liegen.

Als erstes betrat eine etwa 26-jährige Frau den Strand. Sie trug einen kurzen Sommerrock und einen Bikini, der ein wohlgeformtes D-Körbchen umschlossen hielt. Sie strich sich eine Strähne ihrer krausen, braunen Locken aus den Augen, die ihr der Wind dorthin geblasen hatte. Jake war über ihren schlanken und kurvigen Körper erstaunt, der trotzdem durchtrainiert wirkte. Sie hatte einen leicht kreolischen Touch an sich und schien ein Abkömmling von einer Inselschönheit und eines Einwanderers zu sein. Ihr Lächeln war einfach bezaubernd. Besonders als sie mit der Freudigkeit eines gerade beschenkten Kindes ihre Umgebung auf sich wirken ließ. Dabei wanderte ihr Blick über den leeren Strand, ohne den Anschein zu geben, dass sie den Voyeur im Schatten erblickt hätte.

Gleich hinter ihr folgte ein weiteres, atemberaubendes Geschöpf. Etwas kleiner als ihre Freundin war die ersehnte italienische Göttin mit dem sexy Körper aufgetaucht. Ihre Haut war so gebräunt, dass es einen angenehmen Kontrast gegenüber den kurzen weißen Shorts und dem Bikini ergab. Das braune Haar hatte sie sich wie auf den Fotos nach hinten gebunden.

„Wow, das ist ja noch cooler als du mir erzählt hast. Ich kann's kaum glauben, schau dir den Sand an! Jetzt bin ich wirklich neidisch auf dich!", rief der Lockenkopf. Ihre Freundin antwortete ihr mit einem verständigen Lächeln und konnte sich gerade so wehren, nicht von der plötzlichen Umarmung erdrückt zu werden. Die gelockte Schönheit stieß erneut einen Freudenschrei aus und rief: „Komm schon, Alex. Lass uns gleich ins Wasser springen!"

"M'kay, auf geht's!", kam als Antwort zurück. Ohne Vorwarnung ließ Alex die Shorts fallen und zog sich das Bikinioberteil aus. „Dass du mir jetzt ja nicht kneifst, Vanessa! Der Strand ist so ab vom Schuss, dass hier eigentlich nie jemand lang kommt. Und mein Paps ist auch nicht vor dem Wochenanfang zurück. Wir sind hier also ganz für uns alleine." Langsam zog sie auch ihr Bikinihöschen aus und blickte, wie Gott sie schuf, herausfordernd ihre Freundin an. Vanessa schien kurz zu zögern und entschloss sich kurzerhand doch, es ihrer Freundin gleichzutun. Dabei blickte sie sich leicht schüchtern um und fing schließlich an, verschmitzt zu grinsen.

18

Jake konnte seinen Augen kaum trauen. Keine 25 Meter von ihm entfernt hatten sich gerade zwei Schönheiten komplett entblättert und schlenderten nun an den Rand des Wassers. Alex hatte neben ihrem dunklen Teint zart angedeutete Bikinistreifen. Vanessa hingegen war bei näherer Betrachtung mit einem gleichmäßigen, aber helleren Braunton gesegnet. Von seiner Position aus erblickte Jake momentan leider nur die seitlichen Konturen der Brüste und musste sich damit begnügen, seinen Blick auf den knackigen Hintern kleben zu lassen.

Die Mädels fingen an, zu rennen und sprangen mit einem Satz in das azurblaue Wasser. Jake war sich wieder unsicher, was er zu tun gedachte. Auf der einen Seite konnte er sich kaum von dem Anblick losreißen, der sich ihm jetzt bot. Auf der anderen Seite wollte er die Frauen auch nicht erschrecken, indem er als völlig Fremder aus dem Gebüsch heraustrat und sie beim Nacktbaden überraschte. Hinzu kam, dass der Anblick der Badenden natürlich nicht spurlos an ihm vorübergegangen war. Sein Glied war mittlerweile merklich gewachsen und drückte etwas unbequem gegen die Hose. Auch zum Haus konnte er sich von hier aus nicht unbemerkt hinauf schleichen, denn er hätte sich bestimmt durch ein Rascheln im Gebüsch verraten.

,Ach was soll's!' dachte sich Jake und fing an, seinen steifen Penis langsam durch die Badeshorts hindurch zu massieren. Inzwischen spritzen sich die Mädels das kühle Nass entgegen. Nach einigen Tauchgängen und neckenden Schubsern waren sie mit dem Baden fertig und kamen aus dem Wasser herausgeschlendert.

Da sie nun auf Jake zuliefen, stellte er zu seiner Zufriedenheit fest, dass die Brüste der Beiden auch perfekt zu den schönen Körpern passten. Die Brustwarzen waren nach der kurzen Erfrischung steif aufgerichtet. Zudem konnte er nun deutlich erkennen, dass Beide im Intimbereich völlig kahl waren. Der Anblick, wie sie vom Wasser glänzend und völlig blank den Strand hoch liefen, gab Jake den Rest. Sein Ständer war zu seiner vollen Pracht gewachsen und schrie förmlich nach Zuwendung. ‚Wie bin ich nur in diesen Schlamassel geraten?' überlegte sich Jake, ohne wirklich unglücklich zu sein.

Plötzlich beschlich ihn eine dunkle Ahnung. ‚Was ist, wenn ich hier unter den Palmen doch nicht so gut versteckt bin, oder ich durch eine unüberlegte Bewegung auf mich aufmerksam mache?' überlegte er beängstigt. Dies gab seinem Glied einen kleinen Dämpfer. Trotzdem konnte er seine Augen nicht von den beiden Nixen lassen, die mittlerweile wieder bei den Sachen angekommen waren und Decken ausgebreitet hatten. Sie legten sich, nass wie sie waren, auf die Strandtücher und ließen sich von der karibischen Sonne trocknen.

Eine Weile war vergangen, als Alex sich aufrichtete und in ihrer Tasche zu kramen begann. Sie holte eine Flasche Sonnencreme heraus und besprühte ihre Nachbarin damit. Vanessa hatte anscheinend geschlafen, denn sie richtete sich völlig verdutzt auf. „Du Ziege!", beschwerte sie sich müde grinsend. „Ich dachte mal, ich creme dich ein wenig ein. Und außerdem kann ich kaum meine Hände von dir lassen, wenn du so vor mir liegst", neckte Alex. „Okay, dann schieß los. Dabei kannst du mich aber auch gleich ein wenig durchkneten. Ich hab wohl auf der Fahrt hierher ein wenig Zug bekommen", erwiderte Vanessa und drehte sich auf den Bauch.

20

Also begann Alex, die Creme auf dem Rücken ihrer Freundin zu versprühen. Von der leicht erfrischenden Wirkung des Sprays war Vanessa plötzlich ganz mit einer Gänsehaut übersäht. Alex widmete sich zuerst den Schultern und massierte mit langsam kreisenden Bewegungen die Creme ein. Unter ihren Händen merkte sie, wie die Muskulatur sich zunehmend entspannte. Über den Rücken glitt sie die Kurven weiter in Richtung Po und Beine. Dabei fing Vanessa an, kaum hörbar zu gurren, „Das ist genau das, was ich jetzt brauche! Du machst das super."

Als Alex die Beine zurück nach oben strich, drückte sie leicht die von Sonnenmilch glitzernden Pobacken auseinander und bekam kurz die glänzenden Schamlippen ihrer Freundin zu sehen. Etwas verwirrt musste sie feststellen, dass diese schon leicht geschwollen erschienen. Dieser Fakt löste eine gewisse Erregung in ihr aus, welche sich langsam und wohlig in ihrem Unterleib breitzumachen begann. An den Oberschenkelinnenseiten angelangt, kam sie während ihrer Massage völlig beiläufig der glatten Scham ihrer Freundin gefährlich nahe. Um den Bogen nicht zu überspannen, verpasste sie ihr kurzerhand einen zärtlichen Klaps auf den Hintern. „Hmmmhhmm, bist du schon fertig? Ich könnte so eine Behandlung ewig genießen", säuselte Vanessa daraufhin.

Der Anblick der nackten Frauen, die sich gegenseitig eincremten, hatten Jakes Penis mittlerweile wieder zur maximalen Größe anschwellen lassen. Wie in Trance versetzt, hatte er den Druck gegen seine Badehose nicht mehr ausgehalten und sein erigiertes Glied befreit. Mit einer Hand hielt er es umschlossen und hatte bereits einen Lusttropfen herausgemolken. Die Aussichten genießend, strich er langsam die Länge seines Schwanzes auf und ab.

Am Strand war Vanessa damit beschäftigt, sich ihre Vorderseiten einzucremen. Dabei liefen ihre Hände vom Nacken herab, massierten ihre weichen Brüste und verteilten dann die Creme auf dem Bauch und den Beinen. Von der vorherigen Behandlung waren ihre Warzen erregt aufgerichtet. Alex hatte sich zurück auf den Rücken gelegt. Ihre gebräunte Haut war scheinbar besser an die Sonne gewöhnt. Vanessa beugte sich über ihre Freundin, um die Cremeflasche in der Tasche verstauen zu können. Dabei streichelte sie mit den Spitzen ihrer Brüste leicht über den Bauch ihrer Freundin.

Alex hatte sich noch nicht vollständig von ihrem beginnenden Erregungszustand erholt und genoss die unverhofften und kitzelnden Berührungen, welche Vanessas Brustwarzen auf ihrem Körper hinterließen. Scheinbar hatte die Sonne ihre Haut sehr empfindsam werden lassen. Sie merkte, wie sie langsam begann feucht zu werden und musste alles tun, um nicht dem Reflex nachzukommen, ihre Hände in den Schritt zu legen.

Immer noch wie im Traum waren währenddessen die Bewegungen Jakes Hand immer schneller geworden. Kurz vor seinem Höhepunkt merkte er, wie sich der Erguss langsam in den Hoden sammelte. In einem weiten Schwall verspritzte er sein Ejakulat auf den sandigen Boden. Erschreckt stellte er fest, dass er ein kurzes Grunzen ausgestoßen haben musste als er kam.

Er zog sich schnell seine Hose wieder an und schlich sich durch das Gebüsch in Richtung des Hauses. Trotz seiner Bemühungen die Blätter langsam auseinanderzuschieben, blieben seine Bewegungen durch das Gestrüpp nicht ohne ein leichtes Rascheln. Ängstlich blickte er in Richtung Strand. Hier lagen die beiden Frauen wieder seelenruhig auf den Decken und räkelten sich in der Sonne.

Nur Alex neigte langsam ihren Kopf und blickte fast unmerklich in Richtung Hängematte. Von Beginn an hatte sie heute ein leichtes Kribbeln verspürt. Sie hatte sich schon lange auf das Wochenende mit ihrer besten Freundin gefreut. Zwischen den Beiden war es ja schließlich in der letzten Zeit immer mal wieder zu doppeldeutigen Situationen gekommen. Zwar war Alex nicht lesbisch, hatte aber trotzdem schon Erfahrungen mit dem weiblichen Geschlecht gesammelt und diese sehr genossen. Auch hatte sie schon seit Anbeginn eine gewisse Zuneigung ihrer Freundin gegenüber verspürt. So hatte sie das Wochenende dazu nutzen wollen, diese Gefühle weiter zu ergründen.

Doch dass ein junger Assistenzarzt im Haus einquartiert worden war, hatte sie im ersten Moment als einen Strich durch ihre Rechnung empfunden. Die Beschreibungen ihres Vaters während des Rückrufes hatten sie dann jedoch entschädigt. Demzufolge schien der Gast durchaus attraktiv zu sein. Es bestand somit die Möglichkeit, dass jederzeit ein gutaussehender Unbekannter, nur mit einer Badehose bekleidet, an den Strand geschlendert kam.

Dieser Gedanke löste in ihr eine wachsende Erregung aus, welche sie etwas feucht werden ließ. Zumal sie sowieso schon ihrer exhibitionistischen Natur nachgekommen war und Vanessa überredet hatte, sich nackt umherzubewegen. In dieser Situation hatten sie das Eincremen und die entgegengebrachten Reaktionen umso mehr erregt. Als sie nun ein leichtes Rascheln aus Richtung der Hängematte her vernahm, lächelte sie verschmitzt in sich hinein und dachte ‚Erwischt!'.

III.

„Mist, Mist, Mist!", fluchte Jake vor sich hin, als er zu dem Poolhaus hinaufstürmte. Er hörte die Stimmen der beiden Frauen, wie sie laut schnatternd die Böschung zum Haus herauf kamen. Sie waren wieder in ihre Sachen geschlüpft und schienen sich vergnügt zu unterhalten. ‚Mist!' dachte er erneut verzweifelt, ‚Wie komm ich aus der Nummer wieder raus?'. Er merkte seinen rasenden Herzschlag und hoffte, dass der erste Eindruck nicht völlig ruiniert war. Kurz entschlossen sprang er in den großen Pool, um wenigstens die verbliebene Beule in seiner Shorts zu maskieren.

Er war gerade wieder aufgetaucht, als die beiden Frauen über ihm am Poolrand auftauchten. „Du hattest wohl eine Abkühlung nötig?", fragte Alexandra grinsend. Dabei meinte Jake, einen wissenden und doppeldeutigen Unterton auszumachen zu können. „Das ist Vanessa und ich bin die Alex. Und du musst dann wohl Jake sein?", sagte sie weiter und lächelte ihn fragend an. „Paps sagte mir schon, dass du hier für zwei Wochen untergekommen bist."

‚Also hatte sie die Nachricht doch erhalten? Und wenn ja, warum ging sie dann trotzdem nackt baden?' ratterte es durch Jakes Kopf. Auch Vanessa blickte verdutzt zu ihrer Freundin und lief hochrot an, „Du hast doch gesagt wir sind hier allein?" „Dann hab ich das halt vergessen. Ist doch halb so wild. Jake wird uns schon nicht beim Nacktbaden beobachtet haben. Oder?", wandte sie ihre Frage an ihn und hatte dabei ein Glitzern in ihren Augen. Nun war es an Jake, rot anzulaufen. „Ähmm, natürlich nicht. Ich bin gerade aus der Stadt angekommen und wollt mich fix im Pool erfrischen", stammelte er verlegen. Mit einem kräftigen Zug zog er sich am Poolrand empor und streckte den beiden Frauen seine Hand entgegen. „Jake Harrison, erfreut!", stellte er sich wieder ein wenig Mut fassend vor.

Beeindruckt vom Spiel seiner Muskeln riss Alex ihren Blick von seinem Körper, schüttelte beherzt seine Hand und witzelte, „Naja, da hast du ganz schön was verpasst!" ‚Was für ein Luder!' dachte sich Jake insgeheim. Er war sich mittlerweile unsicher, ob die Doppeldeutigkeiten zuvor völlig zufällig waren, oder ob Alex einfach nur ein Spielchen mit ihm trieb. Auch Vanessa war fasziniert von Jakes Statur und schüttelte eher schüchtern seine Hand. Langsam hatte ihr Kopf wieder eine normale Farbe angenommen. „Lasst uns doch reingehen. Wir müssen noch überlegen was wir heute Abend essen. Du bist doch sicher dabei, oder Jake?", fragte Alex. „Hört sich gut an, finde ich", entgegnete er. Mittlerweile war Jake sich sicher, dass er sich mit den Frauen gut verstehen würde und war erneut gespannt, was das Wochenende bieten sollte.

Da die Sonne schon deutlich näher am Horizont war und die Mägen zu knurren begannen, gingen sie in das Haus und schauten, was der riesige Kühlschrank zu bieten hatte. Letztendlich wurde doch der Entschluss gefasst, sich eine Pizza kommen zu lassen und den Abend mit ein paar kühlen Getränken auf der Terrasse ausklingen zu lassen. Alex holte ein paar Tischfackeln und bat Jake eine kalte Flasche Weißwein zu öffnen. Die Drei machten es sich auf der gemütlichen Terrassenlounge bequem und begannen, sich miteinander vertraut zu machen.

Alex erzählte von ihren Jugendjahren in Italien, dem Umzug in die Karibik und der Trennung ihrer Eltern. Vanessa wiederum berichtete, auf der Insel geboren zu sein und später zu Studienzwecken in eine große Stadt ziehen zu wollen. Beide waren anscheinend Single und genossen hier ihr Studentenleben. Jake berichtete kurz von seinem vorherigen Leben, ohne aber auf die Gründe zu kommen, die seine Auswanderung angetrieben hatten. Trotzdem schilderte er kurz sein Single-Dasein, was einen verstohlenen Blick zwischen den Frauen hervorzurufen schien.

* * * * *

Sie hatten bereits die dritte Flasche geöffnet und es war nur noch ein dunkelroter Schimmer am Horizont geblieben. Mittlerweile hatten die Gesprächsthemen aufgrund der angeschwipsten Stimmung eine etwas intimere Wendung genommen. Alex referierte ohne Scham, dass sie es als völlig natürlich empfand, sich ohne Bekleidung am Strand zu bewegen. Schließlich kenne sie ja nichts anderes aus ihrer Vergangenheit in Europa.

Diese Äußerung brachte ihm wieder die Erinnerung der Beiden, wie sie nackt aus dem Wasser kamen, vor sein inneres Auge. Er blickte zu Vanessa rüber, um ihre Reaktion zu beobachten und stellte fest, dass diese wieder errötet war. Erst jetzt vielen Jake ihre unglaublich blauen Augen und die niedlichen Grübchen auf. Anschließend ließ er seinen Blick zu Alex wandern und verlor sich in ihren römischen Zügen mit ihren rehbraunen Augen.

Völlig unvermittelt wurde er aus seinen Beobachtungen gerissen. „Dich wird doch sicher nicht stören, wenn wir morgen unbekleidet baden gehen?", wiederholte Alex ihre Frage leicht lallend. Vanessa hatte entsetzt ihre Augen aufgerissen und schüttelte ihren Kopf abwehrend. „Von mir aus. Ich hab nichts dagegen, zwei hübsche Frauen nackt baden zu sehen", antwortete er

26

und wollte dies eigentlich als Kompliment verstanden wissen.

Doch vom Alkohol vernebelt schwante ihm bereits die Forderung, die nun zwangsläufig kommen musste. „Da darfst du aber nicht kneifen und musst du es uns gleich tun! Ich weiß, Vanessa ist schon ganz heiß darauf!", kam es wie aus der Pistole geschossen. Dabei streckte Alex ihrer Freundin schelmisch die Zunge heraus. „Du Petze!", rief diese nun mit rotem Kopf. Jake konnte seinen Ohren kaum trauen. Er ließ seinen Blick zwischen den Freundinnen streifen und bemerkte auch etwas lallend: „Das machen wir so. Ich denke mir wird gefallen, was ich morgen zu sehen bekommen werde."

„Das glaube ich dir gerne. Ich hoffe die Freude kannst du dann morgen besser verbergen als jetzt", witzelte Alex und deutete auf die stattliche Beule, die sich inzwischen in seiner Shorts abzeichnete. Nun war es an ihm, hochrot anzulaufen. Verstohlen konnte er beobachten, wie sich unter Vanessas dünnen Bikinioberteil die Brustwarzen merklich aufzustellen schienen. Sollte er nicht der Einzige sein, den das Alles hier erregt hatte oder war es schon kühl geworden? Ein unauffälliger Blick zu Alex zeigte, wie sie sich nachdenklich mit der Zungenspitze über ihre Oberlippe fuhr. „Nicht dass du morgen den ganzen Tag mit ´nem Ständer rumläufst!", bemerkte sie mit einem provokativem Zwinkern.

* * * * *

Gähnend stand Alex auf und reckte sich genüsslich, so dass Jake noch einmal ihre Konturen bewundern konnte. „Ich jedenfalls hab genug für heute und geh ins Bett. Kommst du mit oder willst du dich gleich jetzt um seinen

Hals werfen?", fragte sie mit inzwischen ganz schwerer Zunge. Vanessa war immer noch peinlich berührt, tat es aber ihrer Freundin gleich und folgte dieser leicht schwankend zur Tür.

Alex drehte sich noch einmal um und zwinkerte Jake zu, „Schlaf schön und süße Träume!" Ganz verdutzt wartete Jake kurz, um nicht das gesamte Ausmaß seiner Beule preiszugeben. Von drinnen hörte er noch beschwipstes Kichern, welches sich schnell im Haus verlor. Wenn das so weiter ging, konnte er sich auf so Einiges gefasst machen.

Da sein Ständer keine Anstalten machte, etwas nachzugeben, beschloss er kurzerhand noch einmal in den Pool zu springen, um sich dort etwas Abkühlung zu verschaffen. Im Haus brannte jetzt kein Licht mehr. Da er morgen sowieso blankziehen musste und immer noch erregt war, zog er kurzum seine Badeshorts aus und war mit einem Satz im Pool. Er schwamm ein paar Bahnen und versuchte krampfhaft, nicht von den beiden Nackten zu träumen. Sein Glied war jetzt wieder etwas schlaffer und er genoss das Gefühl, vom kalten Wasser umspült zu werden.

Von ihm unbemerkt, stand eine der beiden Freundinnen an einem dunklen Fenster und war völlig gebannt von dem nackten Mann, der im Licht des Pooles seine Bahnen zog. Es machte sich eine steigende Erregung in ihr breit. Langsam fuhr ihre Hand unter ihr Oberteil und begann genüsslich, ihre Brust zu liebkosen. Sie konnte ihrer Lust nicht länger standhalten und bewirkte durch ein kurzes Zwicken, dass sich ihre Brustwarze aufrichtete. Fasziniert von dem durchtrainierten Hintern ließ sie langsam ihre Hand absinken und streichelte ihren Bauch hinab in Richtung ihrer Scham. Ihre Finger ließ sie schließlich unter ihren

Slip wandern. Die Berührung auf den mittlerweile angeschwollenen und sehr empfindsamen Lippen ließ ihr einen wohligen Schauer den Rücken herunter laufen.

Inzwischen war Jake mit einem kräftigen Zug aus dem Wasser herausgekommen und trocknete sich gründlich ab. Die Voyeurin fuhr sich langsam mit der Zunge über die Lippen und genoss den Anblick seines Gliedes, das sich mit immer noch beachtlicher Größe, aber nach dem Bad auch etwas schlaffer, gegen seinen Oberschenkel schmiegte. Als er sich umdrehte und in Richtung Poolhaus lief, war sie ganz enttäuscht, dass das gebotene Schauspiel beendet war. Ihre Finger waren mittlerweile durch die Berührungen ihrer Spalte richtig feucht geworden. Beschwipst und durch die Erregung in Trance versetzt beschloss sie, dass der Abend hier noch nicht beendet war.

* * * * *

Jake hatte es sich in seinem Bett gemütlich gemacht und genoss den leichten Windhauch, der durch die geöffnete Glastür hereinströmte. Die Wärme des Tages war einem angenehm erfrischenden, aber nicht kalten Lüftchen gewichen. Er bemerkte, dass es bei dem heutigen Neumond eine besonders finstere Nacht war und er nach dem Ausschalten des Lichts nur noch dunkle Umrisse wahrnehmen konnte. Wieder kamen ihm die Strandnixen in den Sinn und er dachte kurz darüber nach, sich erneut zu erleichtern, um endlich einschlafen zu können.

Plötzlich hörte er Geräusche von barfüßigen Schritten, die sich in seine Richtung bewegten. ‚Vielleicht nur der Wind' dachte er kurz. Doch plötzlich vernahm er ein schnelles, oberflächiges Atemgeräusch. ‚Da musst jemand in meinem Bungalow sein' überlegte er und blinzelte in die Dunkelheit, konnte aber niemanden sehen.

„Jake,", hörte er ein leises Flüstern, „bist du wach?" Verzweifelt versuchte er, seinen Kopf vom Wein zu befreien und die Stimme einzuordnen. „Versprich mir, dass du das Licht nicht anmachen wirst. Sonst bin ich ganz schnell wieder weg." Sein Verstand versuchte, sich genau an die Stimmen von Alex und Vanessa zu erinnern und eine Zuordnung treffen zu können. Welche der Beiden stand gerade in seinem Zimmer? „Ich musste einfach zu dir kommen. Und ich sag das jetzt einfach gerade raus. Ich bin gerade total scharf und brauche heute Nacht dich und dein bestes Stück." Ihre Stimme war ganz heiser und erfüllt von Erregung.

Langsam hörte er, wie sie auf ihn zukam. Ihre Hände schienen in der Dunkelheit zu suchen, bis sie ihn unvermittelt an seinen Handgelenken festhielt. Obwohl sie ihm jetzt ganz nah war, konnte er nicht erkennen, um welche der beiden Schönheiten es sich hier handelte. „Bleib ganz still liegen und versprich mir, deine Hände auf dem Bett zu lassen", flüsterte sie ihm ins Ohr. Mit einem tiefen Atemzug nahm er den Duft ihres blumigen Shampoos wahr und beschloss, sich dieses für einen späteren Vergleich zu merken.

Sein Ständer war wieder zur vollen Größe gewachsen und bildete ein stattliches Zelt unter der dünnen Decke. „Okay!", hörte er sich sagen. Mehr brachte er auch nicht heraus. Langsam zog sie seine Decke zurück und befreite sein zuckendes Glied. Das erste was er bemerkte, war ein leichter Lufthauch auf seinem pulsierenden Schaft. Dann umschloss ihre suchende Hand den Schaft seines Schwanzes und er bemerkte, wie zärtlich eine Zungenspitze seine Eichel umspielte.

30

Es brauchte seine gesamte Konzentration, seine Hände artig auf der Bettkante liegen zu lassen. Nach den ersten Liebkosungen umschlossen warme Lippen seine Eichel und nahmen seinen festen Ständer immer weiter in einen feuchten Mund auf. Ihre Zunge übte dabei einen leichten Druck auf die Unterseite seines Gliedes aus. Mit langsamen Bewegungen fing sie genüsslich an, seinen Schwanz zu lutschen.

Sein leises Grunzen machte sie ganz verrückt. Völlig feucht geworden, entschloss sie sich, jetzt auch ein paar Liebkosungen verdient zu haben. Bisher hatte sie sich mit kreisenden Bewegungen ihrer Finger über den nassen Kitzler gerieben. Ihre Erregung hatte jetzt völlig von ihr Besitz ergriffen und sie handelte wie im Autopilot. Seinen Schwanz im Mund behaltend, richtete sie sich leicht auf, drehte sich herum und schwang ein Bein über seinen Kopf. So konnte sie sich rittlings mit ihrem Schritt über sein Gesicht positionieren.

Jake war diese Bewegung natürlich nicht verborgen geblieben und er begriff sofort, was von ihm verlangt war. Vorsichtig hob er seinen Kopf und suchte mit seiner Zunge nach ihrer feuchten Spalte. Dabei half ihm gewissermaßen, dass er nur der immer stärker werdenden Hitze und dem moschusähnlichen Duft ihrer Lust folgen musste. Am Ziel angekommen berührte seine Zungenspitze zuerst die geschwollenen äußeren Lippen. Dann ließ er seine Zunge langsam in sie eindringen. Dies brachte ein wohliges Stöhnen in ihr hervor. Nun begann er, ihre Spalte weiter zu erkunden. Dabei fuhr er, ihren Lustknopf suchend, ihre nasse Scheide auf und ab. Wogen der Erregung fuhren in ihren Unterleib und ließen ihre Atmung immer rastloser werden.

Ihre Saugbewegungen waren jetzt auch schneller geworden und brachten ihn kurz vor seinen Höhepunkt.

Mit ihrer Hand spielte sie zärtlich mit seinen Eiern. Etwas verunsichert überlegte er kurz, wie er sie gleich warnen sollte, bevor er in ihrem Mund kam. Schließlich hatte er noch keinen Anhalt wer hier auf ihm lag und mit dem Mund liebkoste. Ein langsames Summen ihres Mundes, der immer noch seinen Schwanz umschlossen hielt, leitete sanfte Vibrationen auf sein Glied über und rissen ihn aus seinen Überlegungen. Die Unbekannte konnte inzwischen seinen Lusttropfen schmecken und verteilte seinen Saft bis zur Basis des festen Schwanzes. Auch sie war nun kurz vor dem Höhepunkt und hielt mit ihrem Stöhnen nicht zurück, „Mmmmhhmm, leck mich schon!"

Das war zu viel! „Achtung, ich komme gleich!", warnte er sie, als er den Erguss in der Peniswurzel merkte. Einige Sekunden und ein paar Saugbewegungen später ergoss er sich mit einem salzigen Schwall in ihren Mund. Dabei umschlossen ihre Lippen seinen zuckenden Schwanz, um keinen Tropfen zu verlieren.

Trotz des heftigen Orgasmus ließ Jake nicht locker und erhöhte ebenfalls die Frequenz seines Zungenspieles an ihrem Kitzler. Dabei wechselte er gekonnt sanft saugende Bewegungen mit schnellen Umkreisen der Lustperle. Das wohlig ziehende Gefühl in ihrem Unterleib war kaum noch auszuhalten. Mit seiner Zunge glitt er über ihren Damm und ließ sie endlich wie ein kleiner Penis in ihrer Nassen Höhle verschwinden. Hier wirbelte er gekonnt umher und brachte sie über den Rand der Ekstase.

„MHMM.....uh...mhhmm.......JAAAHH!", schrie sie heraus, als sie sich ihrem zuckenden Orgasmus hingab. Einen kurzen Moment wartete die Unbekannte und ließ genussvoll die Wellen verebben. Dann sprang sie unvermittelt auf, gab seinem erschlafften Glied einen kleinen Schmatzer und rannte aus dem Poolhaus, ohne noch ein Wort zu verlieren. Jake war so erschöpft, dass er nicht einmal mehr Kraft hatte, sich aufzurichten und nochmal einen Blick auf die Unbekannte zu erhaschen. Ein Aufschluss über die Identität der nächtlichen Besucherin blieb ihm verwehrt und er schlief selig ein.

IV.

Durch das Gezwitscher der tropischen Vögel erwachte Jake langsam aus seinem erholsamen Schlaf. Draußen war es schon hell geworden und ein angenehmes Lüftchen drang erfrischend in sein Zimmer. Für einen kurzen Moment überlegte er, ob die Ereignisse des vorherigen Tages und der Nacht nur ein Traum waren. Rational gesehen war es schon sehr unwahrscheinlich, dass er das Wochenende mit zwei schönen Frauen verbringen sollte.

Doch insbesondere die Erinnerungen an die nächtliche Besucherin waren so real, dass sie keinen Zweifel an der Echtheit zuließen. Jake zermarterte sich das Gehirn, ob er nun mit Vanessa oder mit Alex das Vergnügen gehabt hatte. ,Was soll's' dachte er sich und hoffte insgeheim, dass irgendeine der Beiden sich durch ihr Verhalten verraten würde, sobald er ein paar Anspielungen gemacht hatte. Also stand er auf und war freudig überrascht, keinen Kater zu haben. Nach einer kurzen Dusche zog er sich seine Badeshorts an und ging in das Haupthaus.

In der Küche klapperte bereits das Geschirr und die Frauen waren emsig damit beschäftigt, ein Frühstück zuzubereiten. Anscheinend hatten sie nicht mit einem so frühen Erscheinen seinerseits gerechnet, denn sie waren noch bekleidet, als wären sie gerade aufgestanden. Und das war spärlich genug! Vanessa hatte nur ein zu groß geratenes Tank-Top an, unter dem sie nichts zu tragen schien. Jake konnte durch ihre Arme hindurch die seitlichen Konturen ihrer Brüste sehen. Untenrum trug sie nur einen äußerst knappen String. Alex hatte Hotpants und ein fast komplett durchsichtiges, enges Baumwoll-T-Shirt an. So bekleidet waren ihre Vorzüge kaum verborgen geblieben.

34

Völlig in ihre Aufgaben vertieft, schienen die Beiden Jakes Ankommen nicht bemerkt zu haben. „Hast du seinen süßen Knackarsch gesehen?", fragte Vanessa ihre Freundin. „Mhmmm, zum Reinbeißen finde ich. Ich könnt mir schon so einiges vorstellen, was man mit so einem Schnuckel anstellen könnte", entgegnete ihr Alex darauf. „Ich bin schon mal gespannt, ob die Beule in seiner Hose wirklich ein solches Prachtstück verborgen hält, oder ob das nur meine Fantasie war die mir einen Streich gespielt hat. Das hat mich gestern schon feucht gemacht", kicherte sie weiter. „Du Luder!", entrüstete sich Vanessa mit gespielter Empörung und gab ihr einen freundschaftlichen Klaps auf den Hintern.

Jake konnte seinen Ohren kaum trauen. Insgeheim hatte er verzweifelt festzustellen versucht, anhand der Stimmen seine unbekannte Besucherin herauszufiltern. „Ähmm, guten Morgen die Damen!", machte er nun auf sich aufmerksam. Ohne Schreck drehte sich Alex um und sagte grinsend: „...Wenn man vom Teufel spricht! Na wie geht es uns heute Morgen?" „Ich kann mich nicht beklagen. Ich hab nämlich ´nen schönen Traum gehabt", warf er provokativ ein und ließ seinen Blick zwischen den beiden Frauen wandern, um selbst den kleinsten Hinweis aufschnappen zu können. Doch weder Vanessa noch Alex reagierten auf seine Anspielung. Auch schienen sie kaum durch ihre Klamotten beschämt zu sein und verhielten sich weiter, als stünden sie nicht halbnackt vor ihm. „Dann lasst uns mal was essen. Kann ich noch etwas helfen?", fragte Jake mehr um sich von den gebotenen Reizen abzulenken.

* * * * *

Nach einem kurzen Frühstück mit ein paar Pancakes, Früchten und gutem Kaffee machten sich die Drei auf den Weg zum Strand. Es war bereits beträchtlich warm geworden und die Sonne ließ die sanften Wellen im Licht glitzern. Der Sand hatte sich inzwischen so erhitzt, dass sie sich beeilen mussten, in den Schatten einer Palme zu kommen, um sich nicht die Sohlen zu verbrennen. Dort angelangt, breitete Jake mit Vanessa die Strandtücher aus.

Etwas wunderte er sich noch, ob es heute wirklich beim Nacktbaden bleiben sollte. ‚Vielleicht war das Gespräch vom Vortag ja nur aus einer Weinlaune heraus entstanden und das Vorhaben würde sich nun buchstäblich im Sand verlaufen?' überlegte er weiter. Bevor er sich versah, hatte Alex jedoch provokativ langsam ihr Top und Hotpants ausgezogen und stand in erwartungsvoller Haltung in ihrem Evakostüm vor den Beiden. Wie sie so ohne Zögern blank zog, hatte in der Tat etwas Natürliches an sich und zeigte, dass sie mit einem ganz anderen Körperbewusstsein aufgewachsen war. Aber das fiel bei diesen sexy Kurven auch nicht wirklich schwer. Wieder verlor sich Jake in ihren Rundungen und konnte nicht umhin, ihre glatte Scham zu bewundern.

„Na ihr Hasenfüße. Wollt ihr mich den ganzen Tag angaffen oder werdet ihr eure Klamotten auch los? So lässt sich viel besser relaxen. Und wir sind ja schließlich alle erwachsen", erklärte Alex keck grinsend und riss Jake aus seinen Beobachtungen. Von den Sticheleien ihrer Freundin in Zugzwang gebracht, begann nun auch Vanessa, sich eher zögerlich zu entkleiden. Erneut war Jake von ihren schönen Brüsten mit den kleinen Warzenhöfen angetan. Und wie auch bei Alex war sie im Intimbereich völlig haarlos. Mit einem Achselzucken zog sich Jake, der Situation ergebend, seine

Badeshorts aus. Er war froh darüber, dass er bei den gebotenen Aussichten noch keinen Ständer hatte. Trotzdem war sein Glied schon etwas dicker als im Normalzustand. Jetzt war es an den beiden Frauen, einige Sekunden gebannt auf seinen Schwanz zu schauen.

„So das hätten wir", bemerkte Alex kurz. „Dann lasst uns mal testen, ob das Wasser zum Baden taugt oder ob es nur hammergeil ausschaut", rief Vanessa fröhlich und schien über ihr erstes Schamgefühl hinaus zu sein. Sie begann in Richtung Wasser zu laufen und schaute sich noch mal kurz über ihre Schulter nach dem Verbleib der Anderen um. „Na mein Lieber, ich hoffe du hast dich heute im Griff", zwinkerte Alex ihm zu und kam leichtfüßig zu ihm herüber, um ihm einen fetten Schmatzer auf die Wange zu geben. Dabei musste sie sich ein wenig auf die Zehenspitzen stellen und streifte scheinbar ohne Absicht Jake mit ihren Brüsten.

Diese Gelegenheit nutzte er, um an ihrem Haar zu riechen. Schließlich war er immer noch im Zweifel, welche der Beiden ihn letzte Nacht beehrt hatte. Den Geruch ihrer Haare versuchte er, mit dem aus seiner Erinnerung zu vergleichen. Umso mehr erstaunt war er, dass es derselbe Duft aus der Nacht zuvor war. ‚Alex also!' dachte er amüsiert. Wegen seines Erfolges in sich hineingrinsend, gab er ihr einen sanften Klaps auf den Hintern und lief ebenfalls in Richtung Wasser. Er blickte sich noch einmal um und sah, wie sie ihren Prachtkörper in Bewegung setzte.

Vanessa war bereits bis zu ihren Knien im Wasser und genoss die kühlende Wirkung, welches es auf sie hatte. Das war auch dringend nötig gewesen, denn das Wetter, die anhaltenden Anspielungen und die gebotenen Ausblicke hatten ihr Gemüt schon merklich erhitzt. So blickte sie in Richtung Strand und genoss den Anblick von Jake, wie er mit hochgerissenen Beinen über die Brandung sprang. Sie konnte sich nicht eines Lächelns erwehren, als sie sah, wie dabei sein Prachtstück hin und her gewirbelt wurde.

Mit einem Satz war er bei ihr und versuchte, sie feixend zu umschlingen und in das seichte Wasser zu ziehen. Jake hatte jedoch andere Hintergedanken und wollte seinen Verdacht bezüglich der nächtlichen Besucherin bestätigt wissen. So versuchte er ihren Haarduft aufzuschnappen und erneut zu vergleichen. Verwirrt stellte er jedoch fest, dass beide Frauen anscheinend dasselbe Shampoo benutzt hatten und die Gerüche vollkommen identisch waren. Seine Nachforschungen waren damit wieder auf Anfang gestellt.

Mit einer kleinen Aufbäumung seines Körpers zog er sie endlich mit hinunter ins kühle Nass. Den kurzen Schock des Wassers verarbeitend, genoss Vanessa aufmerksam die Berührungen, die sein muskulöser Körper auf ihrer Haut hinterließ. Schmunzelnd ließ er nach kurzer Zeit von ihr ab und machte ein paar Züge hinaus in das tiefere Wasser.

Alex hatte inzwischen aufgeschlossen und wurde von Vanessa jubelnd nass gespritzt. Bei ihrer Freundin angekommen, drückte Alex Vanessas Kopf unter Wasser, um sich für die Abkühlung zu rächen. Prustend tauchte Vanessa gleich wieder auf. Jake genoss dabei erneut den Anblick der nass glänzenden Nackten mit ihren spielend wippenden Brüsten. Trotz der Abkühlung hatte sein Glied die gewisse Grundfestigkeit nicht verloren, war aber noch nicht komplett steif. Er genoss, wie sich die Wogen um seinen Körper hüllten.

„Na warte, den kriegen wir schon noch!", rief Vanessa und blickte dabei verschwörerisch zu Alex hinüber. Nach ein paar Zügen waren sie bei Jake im

38

tieferen Wasser und versuchten gemeinsam, seinen Kopf unter Wasser zu drücken. Mit gespielter Gegenwehr umschlungen sich dabei ihre Leiber. Alex griff nun mit beiden Händen seinen Kopf und schwang sich an ihm empor, um ihr Gewicht zu nutzen, ihn besser unter Wasser zu bekommen. Dabei drückte sie ihm unvermittelt ihre Brüste ins Gesicht. Mit solchem Ausblick abgelenkt, konnte Jake dem Angriff nicht mehr standhalten und ging unter Wasser. Nach kurzer Zeit war er jedoch noch nicht wieder aufgetaucht. Die Frauen blickten sich verwundert um und suchten im Wasser nach dem Verschwundenen.

Plötzlich griff eine Hand den Unterschenkel von Vanessa und zog sie unter Wasser. Um sie für einige Sekunden dort zu behalten, musste Jake sie eng unter dem Ansatz ihrer Brüste umschlungen halten. Widerwillig ließ er sie nach einigen Augenblicken los, um sie nicht gleich zu ertränken.

Als sie wieder aufgetaucht waren, hatten alle scheinbar genug vom Herumgetolle und begannen, rücklings schwimmend, im Wasser zu entspannen. Dabei kamen ihre feucht schimmernden Körper an die Wasseroberfläche. Mittlerweile schauten die Drei sich unverblümt auf ihre Leiber und stellten ein gewisses Knistern der ganzen Situation fest.

„Kneift mich mal jemand? Das ist echt zu schön, um wahr zu sein", bemerkte Jake seufzend. Völlig unvermittelt machte Alex einen Zug auf ihn zu und gab seinem Glied, welches schlaff auf seinem Bauch lag, einen kurzen Kniff. „Bitte sehr! Du träumst nicht", entgegnete sie ihm keck. „So ich hab genug", stellte sie weiter fest. Ausreichend erfrischt schwammen sie alle wieder in gemütlichem Tempo Richtung Strand.

* * * * *

Es war bereits früher Nachmittag, als die Badenden an ihrem Ruheplatz im Halbschatten der Palmen ankamen. Die Sonne war hier so kräftig, dass es auch im Schatten noch angenehm warm war und die Drei trotz der nassen Haut nicht sofort anfangen mussten, zu frieren. Deshalb wurde auch reihum darauf verzichtet, sich abzutrocknen.

Alexandra stellte zufrieden fest, dass die Anderen inzwischen scheinbar ihr restliches Schamgefühl abgelegt hatten und sich völlig natürlich umherbewegten. Faul legte sie sich nun auf die Decke nieder, um sich an der Luft trocknen zu lassen. Jake schien inzwischen Durst bekommen zu haben und kramte in der mitgebrachten Kühlbox eine Dose kaltes Bier hervor. Vanessa hingegen hatte sich die Sonnenmilch gegriffen und begann sich ihre Vorderseite einzucremen.

Noch an seinem Bier nippend, beobachtete Jake fasziniert, wie bei dieser Behandlung ihre öligen Brüste wippten. Anschließend ging sie zu ihrem Bauch und ihren Beinen über und verteilte gewissenhaft die Lotion. Ihm entging nicht, dass ihre Scham dabei auch eine gesunde Portion des Sun Blockers abbekam. Langsam streiften ihre Hände die leicht geöffneten Schenkelinnenseiten empor und verteilten die Creme, für sein Empfinden sehr betont, über ihre äußeren Lippen. Durch das Weiß musste Jake unvermittelt an eine andere Flüssigkeit der gleichen Farbe denken und schmunzeln.

Als die sonst eher zurückhaltende Vanessa seinen Gesichtsausdruck registrierte, lächelte sie zurück. Anscheinend genoss sie, welche Auswirkungen ihr Tun auf Jake hatte. „Kannst du dich von deinem Bier losreißen und mir den Rücken eincremen?", fragte sie ihn verschmitzt. „Aber sicher doch!", erwiderte er und stellte sein Bier beiseite. Vanessa legte sich auf ihren Bauch.

Daneben schien mittlerweile Alex, auf ihrem Rücken liegend, vor sich hinzudösen.

Jake kniete sich neben Vanessa und begann langsam die Sonnenlotion auf ihren Rücken zu träufeln. Bei den Schultern beginnend, massierte er die Lotion in ihren Rücken und merkte förmlich wie die Muskulatur unter seinen Berührungen weicher wurde. „Mmmhhmm, du bist ein Naturtalent", schnurrte sie. Mit wechselnder Intensität knetend, zog er langsam seine Bahnen über ihren glitschigen Körper. Er bewegte sich in Richtung ihres Pos und wechselte zwischen Rückenmitte und den Seiten ab. Dabei streifte er mehrfach ihre auf die Decke gepressten Brüste. Vanessa schien förmlich unter seinen Händen zu zerfließen.

Seine Berührungen gingen jedenfalls nicht spurlos an ihr vorüber. Mit wachsender Erregung genoss sie seine Massage und merkte, wie sich eine gewisse Hitze in ihrem Unterleib breit machte. Erneut träufelte er ein wenig Lotion auf ihren Körper. Die kühle Creme war inzwischen ein angenehmer Kontrast zu ihrer erhitzten Stimmung und löste kurz einen wohligen Schauer mit einer Gänsehaut aus. Zufrieden merkte sie, wie er begann, ihren Hintern hinab die Beine zu kneten. Gerade als er mit beiden Händen von den Waden wieder aufwärts strich, entschlüpfte ihr ein tiefer Seufzer. Sich der Zuwendung hingebend, öffnete sie nun unmerklich ihre Schenkel.

Jake war mit seinen Händen auf dem Weg aufwärts wieder an ihren Oberschenkeln angelangt und drückte ihre Pobacken leicht knetend nach oben. Hierbei erhaschte er einen flüchtigen Blick auf ihre inzwischen dunkel geschwollenen Lippen. Mit seinen Daumen arbeitete er ihre Oberschenkelinnenseite hinauf und streifte völlig beiläufig ihre glatte Scham.

Verdutzt wunderte er sich, ob die glitschige Haut an der Stelle vollständig der Sonnenlotion zu schulden war. Die ausgestrahlte Hitze der Region und dass sie genau in diesem Moment leicht stöhnte, ließ aber einen anderen Schluss zu. Beinahe unmerklich hob sie ihr Becken seiner Hand entgegen. Der Anblick ihres öligen Körpers und ihre scheinbar steigende Erregung hatten sein Glied zu voller Pracht wachsen lassen.

Erschreckt darüber blickte er zu Alex hinüber und bemerkte beruhigt, dass sie weiter zu schlafen schien. Leicht verschämt legte er sich nun hastig neben Vanessa auf den Bauch, um seine pralle Erektion zu verbergen. „So, jetzt bin ich aber dran", meinte er.

Vanessa hob langsam ihren Kopf und säuselte verträumt, „och schade, du hättest ruhig noch weitermachen können." Jake war über die Doppeldeutigkeit dieser Aussage freudig überrascht. Sein Ständer klemmte inzwischen qualvoll pochend zwischen seinem Bauch und der Decke und schien ein Loch in den Sand bohren zu wollen. Noch schlimmer wurde es, als Vanessa sich erhob und sich mit ihrer nassen Scham auf seine Oberschenkelrückseite setzte. Sie gab ihm zu verstehen, dass sie so besser seinen Rücken erreichen könnte. Fast glaubte er festzustellen, wie ihre Schamlippen gegen seine Haut pulsierten. Um an die Sonnenlotion zu gelangen, musste sie sich über ihn beugen und streifte dabei mit ihren Brustwarzen über seinen Rücken. Dies ließ wiederum ihn eine Gänsehaut bekommen. Vom plötzlichen Gefühl der Creme auf seinem Rücken überrascht, wurde er aus seinen Beobachtungen gerissen. Wohlig genoss er ihre Finger, die seine Muskeln durchwalkten. Auch Vanessa schien ein gewisses Händchen für Massagen zu haben.

Die Beiden waren so versunken in ihre Zuwendungen, dass sie nicht mitbekommen hatten, wie Alex wieder erwacht war. Die Tarnung beibehaltend, ließ sie ihre Augen halb verschlossen und beobachtete aufmerksam, wie ihre Freundin Jakes Rücken eincremte. Dabei rutschte sie unmerklich auf seinen Oberschenkeln hin und her. ‚Sollte die schüchterne Vanessa etwa wirklich ihr Geschlecht an ihm reiben?' überlegte sie kurz. Als sie den Gesichtsausdruck erkannte, wie sich Vanessa mit halbgeschlossenen Augen auf ihre Unterlippe biss, war sie sicher, dass an dieser Situation nichts Zufall war.

„Ich denke, jetzt ist deine Vorderseite dran, sonst nutze ich die Rückseite noch ab", säuselte Vanessa nun schadenfroh. Jake hatte diese Worte hingegen mit einer bestimmten Beklemmung vernommen, denn noch immer hatte er mit seinem Ständer zu kämpfen. In solch prekärer Lage wollte er sich nicht vor den Frauen umdrehen. „Komm schon Jake, oder willst du Wurzeln schlagen?", fragte sie ihn kess.

Kurz überlegte er noch, was er Schlagfertiges darauf antworten sollte, um den Fakt seiner stattlichen Erektion herunterzuspielen. Doch erneut überkam ihn in diesem Moment eine karibische Gleichmütigkeit, er drehte sich seufzend auf den Rücken und gab sein steifes Glied preis. Dabei versuchte er so zu tun, als gäbe es nicht Natürlicheres an der Situation. Bei dem Anblick von zwei nackten Schönheiten sollte es ihm als gesunder Mann ja auch zustehen, einen Ständer zu bekommen. Trotzdem konnte er nicht anders, als beschämt dreinzuschauen.

Währenddessen schaute Vanessa mit aufgerissenen Augen unverhohlen und leicht lüstern auf seinen Schwanz. „Du Ärmster, das muss doch drücken! Das hätten ich wissen müssen. So etwas konnte ja nicht ohne Spuren an dir vorübergehen. Du bist ja schließlich ein junger Mann", stellte sie mit gespieltem Ernst fest und nahm die Sonnenlotion in die Hand.

Sie begann, die Creme auf seinem Brustkorb zu verteilen. Langsam verfolgte sie mit ihren Fingern seine Muskulatur und verteilte dabei die Sonnenmilch. Mittlerweile waren ihre zärtlichen Hände an seinem Bauch angelangt und nur noch wenige Zentimeter von seiner Erektion entfernt. Sein hartes Glied zuckte erwartungsvoll, als könne es die Nähe spüren. Mit hingebungsvoller Mine umging sie vorerst seinen Unterleib und setzte sie ihre Behandlung mit den Oberschenkel und Beinen fort. Doch dann arbeitete sie sich seine Schenkel wieder herauf.

„Ich darf ja nichts vergessen. Sonst bekommst du noch einen Sonnenbrand", fachsimpelte sie weiter trocken und träufelte etwas Lotion auf seinen Ständer. Dort ließ sie die Tropfen herunterlaufen. Jake stockte der Atem, als sie seinen Schwanz mit der Hand umschloss und in aller Seelenruhe begann, die glitschige Creme darauf zu verreiben. Er war in diesem Moment zu keiner Reaktion fähig und stellte verdutzt fest, wie sie mit der anderen Hand dazu übergegangen war, seine Hoden sanft zu kneten, um auch hier die Lotion zu verteilen. Obwohl sein Ständer schon ganz ölig glänzte und vollständig benetzt war, hörte sie nicht auf, ihn hingebungsvoll zu massieren. Eine besondere Aufmerksamkeit schien sie dabei der Stelle, direkt unterhalb der Eichel, zu widmen. Immer wieder ließ sie ihren Daumen darüber gleiten.

Ein kurzer Blick in Richtung Alex zeigte, dass diese vom Geschehen nichts mitzubekommen schien und weiter schlief. Diese jedoch musste all ihre Konzentration zusammen nehmen, um ihre Augen geschlossen zu halten. Auch sie konnte kaum ihre Hände von ihrer heiß pochenden Scham lassen, um sich Erleichterung zu verschaffen.

Völlig verdutzt über das Ausmaß der Behandlung, konnte Jake sich nicht mehr zurücknehmen und ergoss sich in einem satten Schwall über Vanessas Hände. „Ähmmm, das tut mir leid!", stammelte er erschrocken und mit rotem Kopf. „So richtig scheinst du dich nicht im Griff zu haben, wenn du schon beim Eincremen so reagierst", beschwerte sie sich lauthals lachend. Mittlerweile schaute auch Alex mit großen Augen auf das verspritzte Ejakulat. Peinlich berührt griff er sich den Schnorchel und die Taucherbrille und lief zum Meer, „Ich geh ein wenig ins Wasser. Ich hab wohl ´ne Abkühlung nötig", stellte er noch kurz fest.

V.

Am Wasser angelangt schüttelte er noch immer den Kopf über sein Missgeschick. Mit den Füßen in der warmen Brandung, fiel ihm jedoch auf, dass er das erste Mal seit geraumer Zeit nicht an seine Arbeit denken musste. Er schaute sich noch einmal um und sah, wie die beiden Frauen ihre Köpfe zusammen gesteckt hatten. Sie schienen zu kichern und miteinander tuscheln.

Lächelnd über sein Glück und die gebotenen Aussichten, justierte er die Taucherbrille über seinen Augen, steckte den Schnorchel in den Mund und sprang mit einem Satz ins blaue Wasser. Etwas weiter draußen im Meer ging der Sand des Strandes allmählich in ein Gestrüpp aus Wasserpflanzen und Korallen über. Ein bunter Fisch nach dem anderen schwamm an ihm vorbei.

Jake war seit geraumer Zeit völlig von der Unterwasserwelt gefesselt und stutzte, als plötzlich ein großer dunkler Schatten auf dem klaren Meeresgrund zu erkennen war. Kurzzeitig musste er an die Gefahr von Haien denken. Doch ein Blick zur Wasseroberfläche zeigte, dass der ominöse Schatten von einer Luftmatratze auf der Oberfläche auszugehen schien. Neugierig ließ er sich nach oben treiben. Ein wenig Luft blieb ihm noch in seinen geübten Lungen. Nach einigen Metern nahm er auch Arme wahr, die an den Seiten der Matratze ins Wasser gestreckt waren. Behutsam und unnötige Geräusche vermeidend, kam er an die Wasseroberfläche.

Auf der Matratze erblickte er einen nackten Frauenhintern. Zwischen den leicht geöffneten Schenkeln hatte er eine gute Sicht auf ein glattes, haarloses Genitale. Von der Statur, insbesondere des kleinen Hinterns, schloss er schnell auf Alex. Erneut tauchte er ab. Mit einem kräftigen Stoß hatte er das schwimmende Gefährt nach oben gestoßen und sah den nackten Frauenkörper in das Wasser plumpsen.

Nachdem sich die Luftstrudel gelöst hatten, fand er seine Vermutung bestätigt. Das Bild das sich ihm nun bot, erinnerte ihn an eine Meerjungfrau, nur ohne den fischigen Unterbau. Ein so schönes, nacktes Geschöpf vor der bunten Unterwasserwelt der Karibik schwimmen zu sehen, war ein unglaublicher Anblick. Mit leichten Paddelbewegungen versuchte sich Alex unter Wasser zu orientieren. Als sie Jake erblickte, signalisierte sie ihm grinsend mit ihrem Daumen nach oben gerichtet, dass alles in Ordnung war.

„Du Schuft hast mich ganz schön erschreckt!", rief sie ihm zu, als sie wieder an der Wasseroberfläche angelangt waren. „Und ich dachte schon ich werde von ´nem Hai angegriffen. Hast du dich denn jetzt abgekühlt?", fragte sie ihn schelmisch. Schließlich zog sie sich wieder auf ihre Luftmatratze und ließ dabei ihre Beine weiter im Meer baumeln. „Ich denk schon", erwiderte er, nachdem er den Schnorchel aus seinem Mund genommen hatte. Noch immer schien er etwas verunsichert zu sein. „Mach dir nichts draus. Das war nur menschlich vorhin. Und ich dachte schon du bist vom anderen Ufer. Ich konnte gar nicht glauben, dass dich unsere Prachtkörper so kalt lassen. Mach dir wirklich keinen Kopf, wir genießen einfach unsere gemeinsame Zeit hier, einverstanden?", stellte Alex weiter fest.

Erleichtert ging Jake wieder auf Tauchstation. Dabei konnte er beobachten, wie sie durch ihre Schwimmbewegungen die Beine leicht öffnete und schloss. Er schwamm immer näher und genoss ungeniert den Anblick ihrer blanken Schamlippen, die sie ihm zwischen dem knackigen Hintern präsentierte. Trotz der angenehmen Temperatur des Wassers regte sich sein

Glied erneut. Wie ein Raubtier bewegte er sich auf die Beute zu.

Nach ein paar Zügen tauchte er wieder neben ihr auf. „Wo hast du eigentlich Vanessa gelassen?", fragte er sie. „Och, die schmökert in ihren Zeitschriften und hatte keine Lust aufs Baden", antwortete sie und blinzelte ihn gegen die Sonne an. „Hast du denn noch ein wenig Platz auf deiner Insel?", erkundigte er sich und schwamm an die Luftmatratze heran. „Ja, komm nur hoch. Ich wollte dich eh fragen, ob ich mir mal deine Tauchausrüstung leihen kann. Du scheinst ja die Aussichten unter Wasser sehr genossen zu haben", entgegnete sie grinsend. Er nahm die Taucherbrille und den daran befestigten Schnorchel ab und übergab alles an Alex.

Mit einer fließenden Bewegung zog er sich auf die breite Luftmatratze. Rücklings machte er es sich auf dem schaukelnden Vehikel bequem und half Alex kurz, die Brille anzupassen. Sie hob noch einmal ihren Daumen, verschwand Kopf voran im Wasser und präsentierte ihm dabei erneut ihr Hinterteil. Er schüttelte seinen Kopf und schaute schmunzelnd in Richtung Strand. Dort erkannte er von weitem, wie Vanessa die Sonne genoss und mit Kopfhörern in den Ohren in ihrer Lektüre vertieft war. Er lehnte sich zurück und erfreute sich erneut über die glücklichen Fügungen, die ihn in diese Situation gebracht hatten. Von Zeit zu Zeit hörte er ein leises Prusten, als Alex an der Wasseroberfläche Luft holte. Durch den leichten Seegang wurde er langsam in den Schlaf gewiegt.

* * * * *

Blau, mit wechselnder Intensität, erstrahlte das Spiel des Lichtes unter Wasser. Grellbunte Fische jeglicher Form und Farbe schwammen mal einzeln und mal in kleineren Schwärmen um die Korallen. Mittendrin bewegte sich eine Meerjungfrau. Den Oberköper mit den Wellen wiegend, konnte man ihre wohlgeformten, festen Brüste sehen. Diese waren nicht wie in den Märchen von Muscheln bedeckt, sondern wippten im leichten Wellengang hin und her. Ihr langes schwarzes Haar zog Fäden, die sich dem Seegang anpassten. Die glänzenden Schuppen schimmerte wechselnd blau und grün im Licht der Unterwasserwelt. Trotz des fischförmigen Unterleibes konnte man die Konturen eines runden Hinterteiles erahnen.

Durch einen massiven Schatten irritiert, blinzelte sie in Richtung Oberfläche. Dort schwamm ein großes Holzfloss. Mit einer flüssigen Ruderbewegung ihrer Hinterflosse schoss sie nach oben und hob ihren Kopf neugierig aus dem Meer.

Auf einer großen Schiffsplanke lag ein Schiffbrüchiger, der mit völlig zerrissener Bekleidung halb tot erschien. Sie schwamm näher und sah, dass er noch atmete. Sein Leinenhemd hatte keine Ärmel und klatschte nass vom Meereswasser an seinem muskulösen Torso. Die Hose, oder was davon übrig war, hing in Fetzen an seinen Oberschenkeln. Seine Haut war von der Sonne gegerbt und an einigen Stellen aufgeplatzt. Sie zog sich an der Planke empor und bemerkte, dass die zerschlissene Hose nicht einmal mehr sein Geschlechtsteil zu verdecken schien. Sein Glied hatte eine beachtliche Größe und lag schlaff auf seinem Oberschenkel. Vorsichtig tippte die junge Nixe den Schiffbrüchigen an, um ihn aus seinem Schlaf zu erwecken. Von diesem kam jedoch nur ein heiseres „Waaasssssseerrr."

‚Armes Geschöpf! Zu jung um schon zu sterben. Und was für eine Verschwendung, eine solche schöne Kreatur verkommen zu lassen' dachte sie sich. Sie hatte ja schon einiges von ihren Freundinnen bezüglich der menschlichen Geschlechtsorgane gehört. Aber dieses Exemplar übertraf deutlich ihre Erwartungen. Es wurde erzählt, dass sie bei Berührungen sogar noch wachsen sollten.

Neugierig nahm sie es in die Hand und bemerkte die angenehm weiche Konsistenz. Von dem Schiffbrüchigen kam dabei keinerlei Regung. Langsam umschloss sie sein Glied mit ihren Fingern kurz unterhalb der Eichel. Ein kurzes Zucken der Männlichkeit ließ sie innehalten. Vorsichtig zog sie die Vorhaut zurück und war über eine stetige Größenzunahme freudig überrascht. Mit ihrem Daumen umspielte sie konzentriert die Ansatzstelle des Vorhautbändchens.

„Wasserrrr", kam es erneut aus dem Mund des Mannes. Sein Geschlechtsteil war unter der Zuwendung inzwischen zu einem stattlichen Ständer gewachsen und ragte wie ein Schiffsmast in die Luft. Ihre Hand führte nun weiter eine behutsame Auf-und Abbewegung durch, um das Glied weiter wachsen zu lassen.

Von ihrer Neugier gepackt, entschloss sich die Nixe einen weiteren Trick zu probieren, den sie von ihren Freundinnen aufgeschnappt hatte. Sie beugte sich über den Schlafenden und leckte vorsichtig an der Unterseite des Ständers. Dem Mann schien das zu gefallen, denn sein Schwanz zuckte erwartungsvoll in ihrer Hand. Nach ein paar weiteren Bahnen mit ihrer Zunge, nahm sie langsam die glänzende Eichel in ihren Mund. Den salzigen Geschmack kannte sie bereits. Sanft saugend, nahm sie das Menschenglied immer tiefer in ihren warmen Mund auf.

* * * * *

In der Zwischenwelt von Traum und Realität überkam Jake langsam die Gewissheit, dass er gerade träumt. Die erotische Illusion nicht verlieren wollend, versuchte er, sich verzweifelt an der Fantasie fest zu klammern. Er wollte jetzt nicht aufwachen. Im Halbschlaf wunderte er sich noch, wie real doch Träume sein konnten und öffnete schließlich die Augen.

Doch was er jetzt sah, sprengte seine Vorstellungskraft. Alex lag auf seinen Beinen und lutschte hingebungsvoll an seinem steifen Schwanz. Dabei pressten sich ihre festen Brüste gegen seine Oberschenkel. Als sie mitbekommen hatte, das er erwacht war, grinste sie ihn keck an und sagte heiser: „Ich konnte mir das nicht mehr mit ansehen, wie du da mit deinem Ständer in der Sonne lagst. Ich war schon völlig feucht gewesen, als ich vorhin gesehen habe, wie du am Strand abgespritzt hast! Du wirst dich sicher bei mir revanchieren können."

Jake war immer noch damit beschäftigt, die jetzige Situation zu verarbeiten. Die vermeintliche Nixe war wiederum dazu übergegangen, seine Schwanzspitze mit kreisenden Bewegungen ihrer Zunge zu verwöhnen. Mit ihrer Hand knetete sie sanft seine Nüsse. Als sie mitbekam, wie sehr er diese Behandlung zu genießen schien, strich sie langsam mit einem Finger in Richtung seines Dammes. Dort massierte sie zärtlich die Unterseite seines Hodensackes mit kreisenden Bewegungen ihres Fingers. Dabei schaute sie ihn mit glasigen Augen an, die ihre Lüsternheit förmlich herausschrien.

Er brachte noch ein kurzes Grunzen hervor, als er sich in einem heißen Schwall in ihren Mund ergoss. Sie schien jedoch wenig überrascht davon. Nachdem sie alles herunter geschluckt hatte, leckte sie die Reste seines Ergusses von seinem Ständer. „So, jetzt ist aber genug!", rief sie unvermittelt und hob sich vollends auf die Luftmatratze hoch. Dabei zog sie sich mit ihrem nassen Körper, an seinen Schultern festhaltend, weiter nach oben und rutschte mit ihren geöffneten Beinen über seinen Oberschenkel.

Nun lag sie auf seinem Bauch und legte ihren Kopf an seine Schulter. So liegend, schmiegte sie ihre Scham gegen seine erschlaffte Männlichkeit. Inzwischen konnte Jake auch wieder klare Gedanken fassen. Wieder überlegte er, ob es nicht doch Alex war, die ihm in der Nacht den Besuch abgestattet hatte. Aus ihrer aggressiven und kecken Art schloss er, dass es keine Zweifel diesbezüglich mehr blieben. Doch wie konnte er hierüber die endgültige Gewissheit bekommen?

* * * * *

Nach einer kurzen Weile auf der Matratze gab sie ihm unvermittelt einen Schubser und beförderte ihn ins Wasser. Prustend kam er wieder an die Wasseroberfläche und sah, wie ihn Alex frech grinsend anschaute. „Na warte, dann wird dich der weiße Hai doch holen!", drohte er ihr mit spielerischem Ton und griff nach ihren Füßen. Quiekend bekam er sie in die Hände und zog sie ein wenig in seine Richtung. Dann nahm er ihren Unterschenkel in die Hand und biss zärtlich in ihre Wade.

Trotz der gespielten Gegenwehr ließ er nicht von ihr ab, sondern begann sanft, sich den Unterschenkel halb knabbernd halb küssend herauf zu arbeiten. Als Alex verstand, was er damit zu bezwecken versuchte, überkam sie von neuem eine Erregung, die immer noch unterschwellig an ihr genagt hatte. Inzwischen hatte sich ein warmes Ziehen in ihrem Unterleib breit gemacht. Leicht öffnete sie ihre Schenkel, um dem Angreifer mehr Platz zu gewähren.

Jake war mit seinem Kopf genau zwischen ihren Beinen angelangt und hielt sich mit leichten Ruderbewegungen über Wasser. Unvermittelt ließ er eine Wasserfontäne aus seinem Mund auf ihren Bauch sprudeln und lösten einen angenehm erfrischenden Schauer auf ihrer Haut aus. Um eine bequemere Position zu haben, zog er sich auf der Matratze ein wenig nach oben. So kam er neben ihr, leicht unterhalb ihres Oberköpers, zu liegen.

Auf einen Arm gestützt, widmete er sich nun zärtlich ihren Brüsten. Langsam umfuhr er mit seinen Fingern ihre steifen Brustwarzen und begann, abwechselnd ihre Brüste sanft zu massieren. Ein heiseres Stöhnen zeigte, wie sehr sie diese Berührungen genoss. Auf dem Rücken liegend, hatte sie ihre Augen geschlossen und gab sich seinen Zuwendungen hin.

Ohne Eile glitten seine Finger über ihren Bauch und lösten erneut eine wohlige Gänsehaut aus. Als er über ihren haarlosen Venushügel strich, war das Gefühl besonders angenehm. Hier konnte er keinerlei Stoppeln feststellen, was auf eine frische Rasur oder ein Waxing schließen ließ. Immer weiter wanderte seine Hand forschend nach unten. Als er sanft ihre Schamlippen abwärts streichelte und die Oberschenkel weiter öffnete, konnte er beobachten, wie sie sich auf ihre Unterlippe biss und ein leises ‚Jahhh' hervor brachte.

Alex war durch die Liebkosungen der Oberschenkelinnenseite wie von Sinnen und merkte, wie sich langsam ihre Liebessäfte zu sammeln begannen. Hinzu kam, dass Jake nun sanft mit seiner Zunge Kreise um ihre Warzenvorhöfe malte. Während sich seine Hand die Oberschenkelinnenseite wieder empor bewegte, saugte er zärtlich an ihren festen Brüsten. Mit einem angeregten Schauer merkte sie, wie er langsam ihre geschwollenen Lippen auseinanderdrängte und forschend nach ihrer Lustknospe tastete.

Sich ihrer Lust hingebend, hob sie nun langsam ihr Becken in Richtung der zärtlichen Hand. Seine Finger hatten ihr Lustzentrum erreicht und lösten mit einer sanft kreisenden Bewegung ein erregtes Zittern in ihrem Unterleib aus. Jake hatte sich mit seinem Mund inzwischen über ihren wohlgeformten Bauch hergemacht und arbeitete sich ungeniert weiter abwärts in Richtung ihrer glatten Scham. Alex war bereits feucht vor Verlangen und bewegte sich immer fordernder seinen Berührungen entgegen.

Im Rauschen der Wellen schienen ihre Seufzer unterzugehen. „Oh jaahh, das ist gut", presste sie hervor, als er mit seiner Zunge ihre geschwollenen Schamlippen mit Speichel benetzte. Mit einer Hand hielt er diese nun auseinander und fuhr mit seiner Zunge ihre inneren Lippen auf und ab. Alex atmete immer schneller und presste ihren Unterleib kräftiger gegen seinen Mund. Unvermittelt ließ er seine Zunge etwas steifer werden und drückte sie qualvoll langsam ganz tief in ihre heiße Spalte. Schließlich nahm er seine Zunge wieder heraus, umschloss ihre Lustperle mit seinem Mund und begann, sachte daran zu saugen. Seine Zunge war dabei aber nicht untätig, sondern glitt mit immer schneller werdenden Bewegungen über ihre geschwollene Klitoris.

Ihre Hände gruben sich mittlerweile in seine vollen Locken. Mit einem heiseren Stöhnen aus der Tiefe ihres Brustkorbes, merkte sie, wie sich die ekstatischen Wellen in ihrem Unterleib breit machten. Die Zuckungen ihres Orgasmus schienen im Einklang mit dem Wellengang der Luftmatratze zu sein. Völlig erschöpft und matt ließ sie sich auf die Unterlage fallen und gab sich den letzten Ausläufern ihres Höhepunktes hin.

„Ich genieße das immer wieder", säuselte sie ihm zu, ohne zu bestimmen, ob sie den karibischen Strand oder die ausgetauschten Zärtlichkeiten meinte. „Ich könnte hier für immer so ausharren", träumte sie vor sich hin und sah, wie Jake seinen muskulösen Oberkörper auf ihren Unterleib zog. „Dann lass uns mal wieder zurück an den Strand schwimmen, sonst macht sich wohlmöglich Vanessa noch Sorgen oder wird vielleicht sogar eifersüchtig. Manchmal krieg ich schon das Gefühl, dass sich unsere schüchterne Vanessa gerade ein wenig in dich verguckt. Also verrat ihr bitte nichts von der Nummer gerade.", sagte Alex, richtete sich auf. Durch Paddelbewegungen ihrer Arme begann sie, die schwimmende Insel in Bewegung zu setzen.

* * * * *

Als die Badenden wieder am Strand angelangt waren, zog Jake die Matratze hinter sich her und Alex trug die Taucherausrüstung. Die inzwischen schwächer werdenden Sonnenstrahlen spendeten trotzdem ausreichend Wärme, dass sie mit der nassen Haut nicht frösteln mussten. „Da seid ihr ja endlich! Ich dachte schon, ihr könnt euch nicht mehr von der Unterwasserwelt lösen oder dass euch schon Kiemen gewachsen sind", stellte Vanessa leicht schmollend fest. „Hättest ja mitkommen können", hielt ihr Alex nüchtern entgegen.

Nachdem sie sich wieder bequem gemacht hatten, hielt Vanessa den Beiden eine katalogähnliche

Zeitschrift entgegen. „Schaut mal, was ich Fetziges gefunden habe", rief sie begeistert. „Das ist die neue ‚Sports Illustrated Swimsuit Edition'. Und guckt mal hier, das sieht aus als hätten die Bikinis an. Genial, oder?", deutete sie auf die bunten Seiten. Darin waren leicht bekleidete Schönheiten in Bikinis zu sehen.

Doch bei genauerem Hinsehen wurde klar, dass es sich um Models handelte, denen mit Farbe die Bademode nur aufgemalt war. Alex nahm die Zeitschrift in die Hand und blätterte interessiert darin herum. „Hammer! Das müssen wir auch machen. Das gibt sicher schöne Erinnerungsfotos", verkündete sie. Von dem was sie sah, schien sie sofort Feuer und Flamme zu sein und war vollkommen von der Begeisterung ihrer Freundin angesteckt.

„Jetzt hab ich aber erst mal Hunger. Helft ihr mir, beim Abendbrot machen?", fragte Jake und begann, die Luft von der Matratze zu lassen. Die Frauen erhoben ihre nackten Leiber und suchten ihre Sachen zusammen. Langsam begannen sich alle zurück zum Strandhaus zu begeben. Auf dem Weg dorthin stellte Jake zu seiner Zufriedenheit fest, dass die beiden Frauen nichts davon zu halten schienen, ihre Reize wieder mit textilen Stoffen zu verhüllen. Sichtlich genoss er den Anblick, wie sich die Hintern der Beiden in den letzten Sonnenstrahlen wiegten.

VI.

Ein rötlicher Schimmer zeigte, dass die Sonne bereits in Richtung Horizont vorgedrungen war. Oben angelangt brachten die Frauen die Sachen wieder in das Haus. „Wir ziehen uns kurz etwas an und machen dann einen Salat. Du kannst ja schon mal den Grill anwerfen, damit wir später ein paar Fische drauf werfen können!", rief ihm Alex über die Schulter zu, bevor sie in der Tür verschwand. Wie aufgetragen machte sich Jake am Grill zu schaffen. Vorher öffnete er sich noch schnell eine Dose Bier und zog sich eine trockene Badeshorts an.

Er hatte gerade den Grill entfacht, als ihn eine Hand an der Schulter aufschrecken ließ. Die Frauen hatten sich an ihn herangeschlichen und standen mit Wein, Salatschüssel und Fisch bewaffnet vor ihm. Kurz fragte er sich, ob man so etwas als Bekleidung bezeichnen konnte. Alex hatte sich ein dünnes Stofftuch locker um ihren Körper geschlungen. Dieses war fast durchsichtig und es blieben dabei keine ihrer Reize wirklich verborgen. Ihre Freundin hatte ein Kaftan ähnliches Oberteil angezogen, welches bis auf die dekorativen Verzierungen auch völlig blickdurchlässig war. Es viel von ihren üppigen Brüsten herab und war um ihre Hüfte mit einer kleinen Schnur befestigt. „Das versteht ihr also unter: „Wir ziehen uns mal was an?", beschwerte er sich halbherzig.

Obwohl er die Frauen fast den gesamten Tag in ihren Evakostümen gesehen hatte, stellte er auch wieder eine gewisse Wirkung durch die leichte Verhüllung der

Reize fest. Immer wieder ließ er seinen Blick zwischen den Freundinnen schweifen und verglich erneut ihre Kurven. Er war sich nicht sicher ob er insgeheim die kurvige Kreolin oder die sportlich kleine Italienerin bevorzugte.

„Wollen wir eigentlich Sushi essen, oder packst du den Fisch gleich auf den Grill?", riss ihn die freche Bemerkung von Vanessa aus seinen Beobachtungen. Also nahm er die in Alu gehüllten Fische und packte sie auf den Grill. Mit kühlem Weißwein in den Händen machten es sich die Frauen auf der Terassenlounge bequem. Als der Fisch gar war, ließen sie es sich mit Weißbrot und einem leichten Salat schmecken. Mit vollen Bäuchen nippten sie nach dem Essen an ihren Gläsern und ließen gemeinsam den Tag Revue passieren. Dabei machte sich die viele Sonne und frische Luft, vielleicht aber auch der Alkohol langsam bemerkbar.

„Mir ist langweilig! Lasst uns was spielen!", sagte Alex mit leicht weinschwerer Zunge. „Was schwebt dir denn vor?", fragte Vanessa. „Mhhmmm, dass mag jetzt zwar ein wenig kindisch klingen, aber ich würd vorschlagen, wir spielen Wahrheit oder Pflicht. Dabei können wir uns auch gleich besser kennenlernen. Und wir könnten die albernen Kinderfragen ja auch weglassen. Was haltet ihr davon?", erkundigte sich Alex und schaute erwartungsvoll in die Runde.

„Ich bin dabei!", beschloss Jake, „Wer fängt an?" „Na immer der, der fragt", kicherte Vanessa leicht angeschwipst und richtete sich gespannt auf ihrem Sitz auf. Dabei gab sie erneut einen Blick auf ihre stoffumhüllten Brüste frei. „Na dann Jake, Wahrheit oder Pflicht?", machte Alex den Anfang. „Ähmmm, Wahrheit", entgegnete er abwartend. Alex machte kurz ein nachdenkliches Gesicht und erkundigte sich dann unverblümt: „Was war das häufigste mal, das du an einem Tag Sex hattest? Selbstbefriedigung eingeschlossen"

‚Das war ja wirklich direkt und ohne Umwege.' dachte sich Jake und sah noch aus dem Augenwinkel, wie sich auch Vanessa neugierig nach vorne lehnte. „Das war insgesamt fünfmal an einem Tag. Da war ich gerade mit einem Mädchen frisch zusammen und wir haben fast nichts anderes gemacht, außer es zu treiben", gestand er nach einer kurzen Überlegung. In der angeheiterten Stimmung sah Alex nun zu ihrer Freundin herüber und zog vielsagend ihre Augenbrauen nach oben.

„So nun zu dir Alex", richtete er sein Augenmerk auf sie. „Ich nehm Tat", brachte sie stolz hervor. „Dann demonstrier uns mal, an einer hier anwesenden Person, was deine Lieblingsstellung beim Sex ist!", forderte er sie heraus und nahm noch einen Schluck aus seinem Bier. Alex schien ihrer Aufgabe gewachsen, denn sie stand auf und kam mit lasziven Blick auf Jake zu stolziert. Sie wiegte dabei geübt ihre Hüften und drückte ihn mit einem Finger sachte in seinen Sitz zurück. Dann drehte sie sich langsam um und ließ sich mit ihrem Hintern in seinem Schoß nieder.

Der Anblick ihres fast unverhüllten Pos und auch die wackelnden Bewegungen, die sie nun vollführte, ließen sein Glied wieder etwas an Form gewinnen. Alex schaute derweil mit glasig-lüsternen Augen zu ihrer

Freundin. Dann nahm sie langsam seine Hände und führte sie zu ihrem Bauch. Sanft schob sie diese nach oben in Richtung der festen Brüste. Immer energischer presste sie ihren Hintern gegen seinen Ständer und fing leicht an, ihn zu reiten. Unvermittelt stand sie auf und ließ sich wieder auf ihrem Sitz niedersinken.

„Das ist mein Favorit.", stellte sie fest und fixierte mit ihrem Blick nun Vanessa, „Du bist dran, Süße." „Puh, ich denke ich bekomme nicht so eine Show hin.", klatschte sie ihrer Freundin kurz Beifall und überlegte dann, „Ich nehm einfach Wahrheit." „Erzähl uns doch mal wie oft du es dir im Schnitt selber machst und ob du dabei Hilfsmittel einsetzt", erkundigte sich Alex nun zufrieden grinsend. Vanessa machte einen nachdenklichen Gesichtsausdruck. Dann wurde sie leicht rot, als ihr mit Blick in Richtung Jake klar wurde, dass sie sich nun nicht nur vor ihrer vertrauten Freundin outen sollte.

„Tja, ich schätze das muss zwischen ein bis zweimal die Woche sein, je nach Lust und Laune", bemerkte sie fast beiläufig. „Du hast die Frage nicht vollständig beantwortet.", stellte Jake einer Ahnung folgend fest. „Mhmm stimmt, na gut...... Ich nutze manchmal einen...... Dildo", meinte Vanessa nun und hielt seinem erstaunten Blick vielsagenden stand. Das Knistern, das in der Luft lag, war nun förmlich greifbar.

Einige Augenblicke waren vergangen bis das Gesagte gesackt war. Vor Jakes innerem Auge lief ein Kopfkino ab und er merkte, dass sein Glied wieder zu voller Pracht gewachsen war. Auch Vanessa hatte die offensichtliche Auswirkung auf seine Hose registriert. Sie fühlte, wie sich eine wohlige Wärme in ihrem Unterleib breit machte. Dabei war ihr nicht ganz klar, wie viel davon der aufkommenden Erregung und wie viel der Auswirkungen des Weines zuzuschreiben war. Ein Blick zu Alex zeigte ihr, dass diese anscheinend ebenso empfand. Diese kaute auf ihrer Unterlippe herum, hatte eine schneller werdende Atmung und konnte die steil aufgerichteten Brustwarzen unter ihrem Tuch kaum mehr verbergen.

„Ich denke Jake ist an der Reihe. Und ich hoffe er nimmt Pflicht", meinte Alex, welche nun die Aufmerksamkeit wieder auf das Spiel lenken wollte. „Na dann lasst mal hören", sagte er und richtete seinen festen Schwellköper in der Badeshorts zurecht. Nach einer kurzen Denkpause bestimmte Vanessa: „Ich möchte, dass du die Augen schließt. Dann werden Alex und ich dich abwechselnd küssen und du musst feststellen von wem welcher Kuss kam." „Oh, das hört sich kniffelig an!", äußerte Jake und schloss betont langsam und mit freudiger Erwartung seine Augen.

Er vernahm, wie sich Beide von ihren Sitzen erhoben. Anschließend schienen sie, tuschelnd ihre Köpfe zusammen gesteckt zu haben. Mit wachsender Spannung wartete er auf die erste Berührung oder einen Hinweis, den er zur Lösung der Aufgabe heranziehen konnte. Seine Hände hielt er hinter dem Rücken verschränkt, um keinen unfairen Vorteil zu erlangen. Dann hörte er endlich, wie sich jemand auf ihn zu bewegte.

Ganz zart und fast unmerklich merkte er eine Zungenspitze auf seiner Unterlippe. Um der Berührung zu entgegnen, öffnete er leicht seinen Mund. Dann presste sich ein Paar sinnlich weicher Lippen auf seinen Mund und eine Zunge begann seine Mundhöhle zu erforschen. Er erwiderte den immer energischer werdenden Kuss und merkte die Wärme, die von seinem Gegenüber ausgestrahlt wurde. Nach einigen Sekunden war die Liebkosung beendet und die Person schlich stumm von ihm weg.

Wieder hörte er eine Bewegung und wartete interessiert auf das, was kommen sollte. Das erste, was er feststellte war ein warmer Lufthauch, der gegen seine Lippen geblasen wurde. Er machte eine suchende Bewegung mit seinem Kopf. Plötzlich wurde seine Unterlippe mit einem zärtlichen Biss gezwickt und schließlich von einem Mund umschlossen. Dann ging sein Gegenüber, genau wie die Vorgängerin zu einem fordernden Zungenkuss über. Völlig ahnungslos gab er nach Beendigung der Zuwendung zu: „Das ist ja mörderisch schwer!" Einer gewitzten Eingebung folgend, forderte er die beiden Frauen nun auf: „Mmhmmm, da müsst ihr mir noch mehr bieten, damit ich meine Entscheidung fällen kann."

Erneut war ein leises Flüstern und anschließendes Kichern von den beiden Mitspielerinnen zu vernehmen. Eine qualvoll lange Wartezeit verging, bevor Jake wieder eine Bewegung feststellte. Nervös wendete er seinen Kopf hin und her, um mit geschlossenen Augen seine restlichen Sinne besser benutzen zu können. ‚Was sollte jetzt wohl kommen?‘ fragte er sich noch, als er wieder eine Person vor sich spürte. Durch die Berührung an seinen Beinen schloss er, dass jemand unmittelbar vor ihm stehen musste. Mit einem Mal registrierte er eine Berührung an seinen Lippen. Er neigte seinen Kopf leicht forschend dem Objekt entgegen und stellte überraschend fest, dass es eine Brustwarze sein musste, die er an seinem Mund verspürte. Es brauchte all seine Überwindung, nicht seine Augen aufzureißen. Sich dem Spiel ergebend nahm er nun zärtlich die Warze in seinen Mund und begann sanft daran zu saugen. Die Festigkeit der Brust ließen ihn an Alex denken.

„Mmmhmm", fuhr er sich genüsslich über seine Lippen, „die Nächste bitte!" Wieder kam jemand auf ihn zu und stellte sich zwischen seine Beine. Auch jetzt bekam er eine Brustwarze an den Mund gepresst, die er erneut hingebungsvoll und mit wachsender Erregung erforschte. Seine Zunge beschrieb dabei einen Kreis um ihren Warzenhof. Ein leises Stöhnen zeigte ihm, dass auch sein Gegenüber diese Liebkosung genoss. Die vor ihm befindliche Brust schien ihm etwas größer zu sein und konnte somit nur Vanessa gehören.

Seinen Entschluss fassend teilte er nach einer kurzen Künstlerpause stolz mit: „Also ich denke Person eins war Alex und Person zwei war dann Vanessa!" Als er seine Augen wieder geöffnet hatte, musste er zu seinem Bedauern feststellen, dass beide Frauen darin begriffen waren, sich wieder in ihre Tücher zu hüllen. „Woher du

64

das nur wieder gewusst hast", witzelte Alex leicht lallend. Inzwischen hatten alle wieder Platz genommen.

„Wer ist an der Reihe?", fragte Vanessa und füllte sich Wein nach. „Ich denke es wäre mal Zeit, dass Alex etwas von sich preisgibt", meinte Jake hoffnungsvoll. „Okay....dann nehm ich Wahrheit. Aber du kannst mich auch gleich was Intimeres fragen!", entgegnete sie ohne Zögern. „Mhmm, noch intimer?", witzelte er und fragte dann: „Was war dein verrücktestes Sexerlebnis?" „Lass mich kurz überlegen!", gab sie leicht gekünstelt zurück.

Nach einer kurzen Denkpause, eröffnete sie: „Ähhmm, also da war dieses eine Mal. Ich war an diesem Abend schon richtig angetrunken. Und naja, ich muss gestehen, dass ich schon immer etwas dazu geneigt war, es mal mit einer Frau zu probieren." In diesem Moment stellte Jake verdutzt einen fast unmerklichen und sehr bedeutungsschwangeren Seitenblick von Alex in Richtung ihrer Freundin fest. „Und?", fragte Vanessa mit leicht verklärtem Blick. „Also das war dann so, dass sich diese Bekannte nach einer Party wegen ihrem Ex bei mir ausgeheult hat. Vorher hatte ich schon immer ein gewisses Knistern zwischen uns bemerkt. Und dann habe ich sie an diesem Abend getröstet, wenn ihr versteht was ich meine", führte Alex weiter aus. In ihren Erinnerungen schwelgend schien eine aufkommende Lust über sie gekommen zu sein, denn ihre Brustwarzen waren deutlich abstehend durch das Stofftuch zu sehen. Auch Vanessa kaute nervös auf ihrer Unterlippe und rutschte auf ihrem Sessel immer weiter in Richtung der Erzählerin.

„Und wie war es.... mit einer Frau meine ich?“, wollte sie unverblümt wissen. „Naja, anders. Ich könnt nicht sagen, ob es wirklich besser oder schlechter war. Jedenfalls wurde ich noch nie so zärtlich von einem Mann geleckt. Sie wusste als Frau einfach was uns gefällt. Und naja, ab und zu hatte es mich danach schon noch einmal zu einer Frau hingezogen. So jetzt bist du aber dran!“, brach sie die Erzählung ab und schaute schelmisch grinsend in Richtung Vanessa. „Ich bin tapfer und nehme Pflicht“, meinte sie und schaute zögerlich in die Runde.

„Ich würde mich mal für dein Spielzeug interessieren, von dem du vorhin berichtet hast. Du hattest mir doch vorhin erzählt, dass du es hierher mitgebracht hast. Hol es doch mal bitte, damit wir einen Blick darauf werfen können“, wurde sie von Alex aufgefordert. Plötzlich war der Kopf von Vanessa kaum mehr von einem Feuerhydranten zu unterscheiden. „Du Miststück, ich wusste ich hätt dir das nicht erzählen dürfen!“, rief sie entrüstet und entleerte ihr Weinglas mit einem Zug.

Mit einem Seufzer stand sie langsam auf, blickte noch einmal verschämt zu Jake und ging ins Haus. Alex schaute ihn wissend an und gab ihm mit einem Augenzwinkern zu verstehen, dass er sich auf eine Überraschung gefasst machen sollte. Nach einigen Minuten stand Vanessa wieder in der Terrassentür und hielt etwas versteckt hinter ihrem Rücken. Jake war gespannt und vertrieb sich die Zeit bis zur Enthüllung des Geheimnisses mit der Bewunderung ihres Körpers, der sich weiterhin sinnlich durch den halbdurchlässigen Stoff abzeichnete.

Was Vanessa nun hinter ihrem Rücken hervorholte übertraf jedoch seine Erwartungen. Sie hatte einen etwas mehr als 25 Zentimeter langen Dildo, der einer dunklen Hautfarbe nachempfunden war. Sogar einige Details wie Äderchen konnte man darauf erkennen. An der Unterseite befand sich ein Saugnapf zur Befestigung. Alex war blitzschnell aufgesprungen und hatte ihrer Freundin den Dildo entrissen, um ihn genauer betrachten zu können. Mit ihrer Hand fuhr sie die weiche Oberfläche entlang und fuhr dabei konzentriert mit ihrer Zunge über ihre Oberlippe. Neugierig schaffte sie es gerade eben mit ihrer zierlichen Hand, den Dildo am Schaft zu umfassen.

Dem Wein geschuldet brannte nun die Fantasie mit Alex durch. Insgeheim überlegte sie, wie es wohl sein mochte, einen solchen Schwanz in sich zu spüren. Ein wohliges warmes Ziehen in ihrem Unterleib ließ sie vermuten, dass sich dort bereits genügend Liebessaft gesammelt hatte, dass sie bereit war, sich das Prachtexemplar ohne Schwierigkeit gleich an Ort und Stelle einführen zu können, wenn sie es darauf angelegt hätte. „Meine Güte, Vanessa. Stille Wasser sind eben doch tief, und manchmal dreckig.", stellte sie in Richtung Jake blickend fest. Der Anblick der beiden Halbnackten, wie sie mit dem schwarzen Liebesgerät hantierten, hatte auch Jake fast zum Platzen gebracht.

Ein plötzlicher Klingelton riss sie unvermittelt aus der erotischen Situation. Verdutzt blickten die Drei in

Richtung Haus, aus dem das störende Geräusch kam. Alex knallte den Dildo auf die glatte Tischoberfläche, so dass dieser, am Saugnapf befestigt, hin und her baumelte. Von drinnen konnte man hören, wie sie freudig die Person am anderen Ende begrüßte. Eine Weile schnatterte sie vergnügt und legte nach der Verabschiedung mit einem Lachen auf. Als sie wieder in der Terrassentür erschien, klärte sie die Anderen auf: „Das war nur mein Paps. Der wollte nur mal horchen ob wir hier sind und wie es uns geht. Ich denke auch er wollte kontrollieren, dass wir hier keine Riesenfete veranstalten und das Haus abfackeln. Weiter nichts."

„MmhMMhhhmmm, ich bin schon ganz müde geworden", gähnte Vanessa nun und streckte müde ihre Gliedmaßen von sich. Tatsächlich war es schon nach Mitternacht. „Ich denke ich hau mich auch aufs Ohr. Morgen is schließlich auch noch ein Tag", verkündete Alex und zwinkerte vielsagend in Richtung Vanessa. Diese schien die Geste mit einem lüstern verklärtem Blick und einem kurzen Nicken zu beantworten. Als die Reste vom Abendbrot und die Getränke abgeräumt waren, erhielt Jake von jeder der Frauen noch einen liebevollen Kuss auf die Wange. „Ich hoffe du kannst so schlafen", bemerkte Alex noch einmal frech zur Verabschiedung und deutete auf seine Beule.

Dann nahm sie Vanessa an die Hand und zog sie mit ins Haus. Fast in der Tür verschwunden, drehte sich Vanessa noch einmal um und rannte auf den Dildo auf dem Tisch zu. „Ups, den hätte ich fast vergessen", sagte sie und schaute Jake noch einmal vielsagend an. Jake waren der vorangegangene Blickwechsel und der nun eindeutige Hinweis nicht verborgen geblieben. Mit einem Mal fühlte er sich mit seiner Lüsternheit ein wenig allein gelassen. Er hatte doch die Hoffnung gehegt es hätte noch etwas laufen können an diesem Abend, der schließlich so vielversprechend angefangen hatte. Sich wie das dritte Rad am Wagen fühlend, ging er mit enttäuschter Mine zu seinem Quartier.

VII.

„Manchmal kannst du ein echtes Biest sein", flüsterte Vanessa ihrer Freundin zu, die wartend im Flur stand. „Das musste er doch nicht sehen, dass ich so ein Teil besitze. Was soll er denn nun von mir denken, zumal ich ihn schon süß finde?", beschwerte sie sich weiter und legte leicht angetrunken ihren Arm auf die Schulter ihrer Freundin. „Dass du eine erwachsene Frau bist, die auch so ihre Bedürfnisse hat, die irgendwie befriedigt werden müssen. Das ist doch ganz natürlich!", hielt Alex ihr entgegen.

„Ich muss zugeben, dass ich vorhin bei dem Spiel schon ganz schön in Fahrt gekommen bin", gestand sie und schaute Vanessa im Halbdunkeln an. Noch immer nagte eine unterschwellige Erregung in ihr. Dabei überlegte sie kurz ob auch Vanessa etwas Ähnliches spürte, oder ob sie angeschwipst wie sie war, die Situation fehlgedeutet hatte. Wagemutig gestand sie ihr nun mit einem Hicksen: „Darf ich dir was gestehen? –hick- Mich hat nicht nur die Beule in Jakes Hose –hick- angemacht, sondern auch die Vorstellung von dir in Aktion mit deinem Spielzeug."

Ihre Blicke trafen sich und schienen eine unterschwellige Botschaft zu senden. „Komm, dann lass uns schlafen gehen. Wir können uns ja noch ein bisschen darüber austauschen", schlug Vanessa vor und machte plötzlich keinen so müden Eindruck mehr. Mit einer Kehrtwende machte sich die Frauen, Arm in Arm, auf den Weg zur Schlafstube.

Dort angekommen, entledigten sie sich ihrer Stoffteile und ließen sich auf dem Doppelbett nieder, das sie sich teilten. „Nicht das du mir auf die Idee kommst, heute noch den schwarzen Lümmel zu benutzen", kicherte Alex auf ihren Arm gelehnt. „Wieso? Würde dich das stören? Ich meine, du scheinst ja schon sehr erfahren zu sein. Auch was das mit Frauen angeht", erkundigte Vanessa leicht heiser. „Mmmhmm stimmt. Aber das war nur das eine mal. Nicht dass du denkst ich wäre ´ne Lesbe", erwiderte Alex und schaute Vanessa forschend an.

Im Mondschein, der durch das offene Fenster fiel, stellte sie erneut fest, wie reizvoll die Kurven von Vanessa waren. „Das stört mich in keinster Weise. Ich muss sagen ich finde das schon irgendwie..... mhmm...interessant. Und ich mag dich auch unglaublich gern."

„Jetzt oder nie!", dachte sich Alex, fasste sich allen Mut zusammen und lehnte sich langsam zu ihrer Freundin herüber. Da diese keine Anstalten machte, einen Rückzieher zu machen, fühlte sich Alex bestätigt und lehnte sich weiter nach vorne. Zuerst berührten sich ihre Unterlippen. Dann drückte sie ihren ganzen Mund auf den ihrer Freundin und begann sie leidenschaftlich zu küssen. Mit ihrer Hand kämmte sie zärtlich durch die krausen Locken von Vanessa.

Dabei hatte sie sich soweit vorgelehnt, dass sich ihre Brüste weich aufeinander schmiegten. Vanessa reagiert zunächst verhalten auf die Attacke, konnte sich aber nach einigen Momenten den Zärtlichkeiten nicht

71

mehr erwehren und öffnete vollends ihren Mund. Mit ihrer Zunge begann Alex nun sanft den Mund ihrer Partnerin zu erforschen. Als sie vernahm, wie Vanessa verhalten zu stöhnen begann, dehnte sie ihre Liebkosungen aus und streichelte zärtlich den Hals hinab zu ihren Brüsten. Dort umfuhr sie die Brustwarzen, bis diese vor Erregung steil empor standen.

Vanessa wusste mittlerweile nicht wie ihr geschah. Schon eine Weile hatte sie sich über die Anziehungskraft zu Alex Gedanken gemacht. Normaler Weise stand sie eindeutig auf Männer. Der Wein, die ständigen Anspielungen und die Neugier hatten sie jedoch unglaublich erregt. Nun entschloss sie sich, den Geschehen einfach freien Lauf zu lassen, um die Gefühle weiter zu erforschen. Sie war gespannt, was noch passieren sollte.

Auch Alex konnte nun ihre Lust nicht mehr unterdrücken und begann immer schneller zu atmen. Sie verspürte ein kaum mehr ertragbares Ziehen und legte ihr Bein über die ausgestreckten Oberschenkel von Vanessa. Dabei presste sie ihre langsam feucht werdende Scham an die Hüfte ihrer Freundin und begann, ihren Unterleib dagegen zu reiben. Vanessa genoss deutlich die Behandlung ihrer Brüste und stöhnte immer ungehaltener. Verdutzt bemerkte sie, wie feucht Alex bereits zu sein schien, als diese sich an ihr rieb.

Plötzlich ließ Alex von ihr ab und schaut sie im Mondschein an. „Du kannst dir gar nicht vorstellen, wie oft ich hiervon geträumt hatte. Ich hoffe nur, dass es danach nicht komisch zwischen uns wird. Kannst du mir versprechen, dass alles so bleibt?", fragte sie kurz innehaltend. „Mach dir keine Gedanken. Wir lassen es einfach passieren und schauen, was kommt", lächelte Vanessa sie daraufhin an.

Erfreut über diese Aussage, gab Alex ihr kurz einen Kuss und begann mit ihrer Zunge, eine zärtliche Spur von den Ohrläppchen hinab, über den Hals, hinunter zu den Brüsten zu ziehen. Dort nahm sie die Brustwarzen abwechselnd in den Mund und saugte sanft daran. Mit der Zunge umspielte sie dabei die Warzenhöfe. Währenddessen verursachte das immer heftigere Reiben ihren nassen Scham am Oberschenkel ihrer Freundin schmatzende Geräusche.

Ihrer Neugier nachgebend nahm sie nun eine Hand an die Schamlippen von Vanessa. Verwundert merkte sie, wie samtweich diese unter ihren Fingern waren. ‚Sollte Vanessa genau wie sie der neuesten Inselmode nachgekommen sein und sich gewaxt haben?' wunderte sie sich kurz. Ihre Finger forschten weiter und drängten die äußeren Schamlippen auseinander. Hier stellte sie zu ihrer Zufriedenheit fest, dass die Liebkosungen Vanessa nicht unbeeinträchtigt gelassen hatten. Langsam begann sie mit den vom Liebessaft ihrer Freundin benetzten Fingern die offen liegende Klitoris zu umstreicheln.

Vanessa quittierte diese Behandlung mit einem energischen Stöhnen und hob leicht ihr Becken. Aus den Tiefen ihres Brustkorbes war ein heiseres, „Ich will, dass du es mir richtig machst!", zu vernehmen. Dieser Aufforderung folgend, nahm Alex nun zwei Finger und führte diese zuerst langsam in Vanessas Vagina ein. Dabei drängte sie die nassen Lippen weiter auseinander. Mit immer schneller werdenden Bewegungen ließ sie ihre Finger leicht herausgleiten, um sie sofort wieder bis zum Anschlag zu versenken. Ihren Daumen hatte sie inzwischen auf die geschwollene Lustperle gelegt und vollführte dort kreisende Bewegungen. „Ahhhhhhh......mmmhhAAAA", schrie Vanessa förmlich, als sie sich ihrem Orgasmus näherte.

Sie hob ihr Becken weiter den Liebkosungen entgegen und merkte wie Alex ihre Brustwarzen leicht mit den Zähnen zwickte, während ihre Finger schnell ihre feuchte Möse fickten. „AHHhAaaaH...", kam es heiser aus ihrem Mund, als sie die ersten Wellen ihres Höhepunktes über sich kommen merkte. Ihre Scheidenmuskulatur zuckte um die Finger von Alex, die inzwischen klatschnass waren.

„Oh Mann, war das geil. Das hab ich nach dem heutigen Tag gebraucht.", ließ sie verlauten als die letzten Wellen verebbt waren. Vanessa zog Alex zu sich hoch und gab ihr einen leidenschaftlichen Zungenkuss.

* * * * *

Zufrieden hatte Alex das Resultat ihrer Behandlung registriert. Jedoch war ihre eigene Erregung in keiner Weise geschmälert, nachdem sie hautnah mitbekommen hatte, wie ihre Freundin gekommen war. Mit ihrer Hand fuhr sie sich über ihre geschwollenen Schamlippen und stellte fest, dass eher das Gegenteil der Fall war und sie dort unten förmlich zu zerfließen schien.

„Wie ist das denn so, es mit einem Riesenlümmel zu treiben?", fragte sie Alex neugierig. Dann lehnte sie sich über Vanessa und griff zielstrebig nach dem schwarzen Dildo auf dem Nachttisch. „Das kannst du gerne ausprobieren.", erwiderte Vanessa, langsam aus ihrer postkoitalen Trance erwachend. „Komm ich helf' dir!", rief sie aus, nahm Alex den Dildo aus der Hand und stieß sie sanft auf das Bett zurück.

Einer Eingebung folgend, benetzte sie das große Spielzeug mit ihrer Zunge und blickte dabei ihre Freundin herausfordernd lasziv an. Alex beobachtete dieses Schauspiel erregt und streichelte sich über ihre Brüste. Als genug Speichel verteilt war, nahm Vanessa den Dildo und legte ihn zunächst an die äußeren Schamlippen ihrer Freundin. Diese drängte sie durch langsame Auf-und Ab Bewegungen mit der Unterseite sacht auseinander und benetzte damit das Spielzeug weiter. Dann begann sie mit der Spitze der Kunsteichel, die glatten Lippen weiter auseinander zu drängen und bemerkte, dass dafür kaum mehr eine Anstrengung notwendig war. Alex wimmerte unter dieser Zuwendung und hob ihr Becken dem Dildo entgegen.

Mit sanftem Druck schob Vanessa den Siliconschwanz langsam weiter in ihre Freundin, so dass die Eichel nicht mehr sichtbar war. „Was für ein Prachtexemplar!", stöhnte Alex, hielt sich mit den Händen am Kopfkissen fest und stemmte ihr Becken weiter nach oben. Mittlerweile war der Dildo komplett versenkt und Alex schrie ihre Lust heraus. Qualvoll langsam zog Vanessa ihn wieder zurück und grinste erfreut über den Erregungszustand von Alex. Von neuem beginnend, schob sie den Dildo in die warme Höhle und wiederholte dieses Spiel langsam schneller werdend einige Male.

Nun wollte sie Alex vollständig verzücken und legte sich verkehrt herum auf ihre Partnerin, so dass ihr Kopf zwischen den Beinen zu liegen kam. Mit ihrer Zunge verwöhnte sie die Klitoris ihrer Freundin und fickte sie dabei immer heftiger mit dem schwarzen Spielzeug.

Alex revanchierte sich und begann wiederum, ihren Kopf hebend, Vanessa mit dem Mund zu verwöhnen. Dabei wechselte sie geschickt zwischen langsamen Lecken der Schamlippen, schnellem Umkreisen der Lustperle und zwischenzeitlichen Penetrieren mit der Zunge. Mit ihren Händen knetete sie zärtlich die Hinterbacken und entlockte Vanessa ein dumpfes Wimmern. „Ich komm gleich", winselte Alex schließlich.

Was sie nun sah, überraschte Vanessa. Mit einem Schwall begann ihre Freundin abzuspritzen. Schnell erholte Vanessa sich von dem ersten Schreck und leckte die Lustperle von Alex immer schneller, um diesen schönen Moment weiter hinauszuziehen. Dies brachte immer neue Ergüsse und Zuckungen ihrer Partnerin zu Tage. „AhhhhhAAAHHHhhh", schrie Alex, als ihr gesamter Unterleib von weiteren Kontraktionen des heftigen Orgasmus bebte.

Auch Vanessa war nach ihrem ersten Höhepunkt schnell wieder erregt gewesen und merkte wie sich Wellen eines erneuten Orgasmus ausbreiteten. Als sich Beide erholt hatten, kicherte Vanessa in sich hinein, „Ich hätt gar nicht geglaubt, dass es so etwas wirklich gibt. Ich dachte das wär nur ein Märchen, dass wir Frauen so abspritzen können. Affengeil!"

Den Beiden war bei den gegenseitigen Zuwendungen völlig entgangen, dass sie das Fenster offen gelassen hatten. Jake war nach seinem enttäuschten Abzug kurz in Richtung seines Gasthauses gegangen. Dann konnte er seine Neugier aber doch nicht standhalten und hatte eine gute Position gefunden, Alex und Vanessa zu belauschen. Zum einen hatten die lustvollen Schreie ihn dabei wieder unglaublich erregt, zum anderen hatten sie seine Vermutung bestätigt, dass er nunmehr überflüssig zu sein schien. ‚Sollten sich hier zwei Lesben einquartiert haben? Sollten die Beiden ihn scharf gemacht haben, um ihn später unbefriedigt wieder fallen zu lassen?' überlegte er und sah alle seine feuchten Träume zerbrechen. Mit einem Schulterzucken rieb er sich über seinen immer noch harten Schwanz. Er war zu verwirrt und zu niedergeschlagen, um sich an diesem Abend noch Erleichterung zu verschaffen. So ging der vielversprechende Tag zu Ende und er entfernte sich seufzend von den mittlerweile eng kuschelnden Frauen.

VIII.

Mit einem wohligen Gähnen erwachte Vanessa langsam aus ihrem Schlaf. Sie stellte zufrieden fest, wie Alex sie von hinten eng umschlungen hielt. Die vom Schlaf warmen Brüste drückten sanft gegen ihren Rücken. Die Erinnerungen der letzten Nacht kamen ihr bei Tageslicht wie ein Traum vor. In dem Geschehenen schwelgend, streichelte sie zärtlich über die Unterarme ihrer Freundin, die auf ihren Hüften lagen und weckte sie damit sanft aus ihrem Schlummer.

„Na, Süße. Hast du gut geschlafen?", fragte sie die Erweckte. „Mhmm, na klar. Nach so einer Nacht!", erwiderte Alex und blinzelte in die Sonne. „Dann lass uns mal aufstehen. Jake ist sicher schon wach", bemerkte Vanessa und räkelte sich, um die letzte Müdigkeit abzuschütteln. „Oh da ist wohl jemand ein wenig ungeduldig und kann es nicht erwarten, unseren schönen Arzt wieder zu sehen", stänkere Alex und sah wie Vanessa prompt errötete. „Ich muss schon gestehen, dass ich ihn unglaublich süß finde und mich glatt in ihn vergucken könnte. Mich ärgert nur, dass ich zu schüchtern bin, um mit ihm direkt anzubändeln. Obwohl ja die Situationen einiges zugelassen hätten", offenbarte sie nun und kaute nervös auf ihrer Unterlippe. Insgeheim überlegte sie noch, ob sie Alex von ihrem nächtlichen Besuch erzählen sollte, den sie Jake zuvor abgestattet hatte.

„Ich hab's!", rief Alex plötzlich und sprang energisch aus dem Bett. „Du hast doch gestern die

Bodypaintings in der Zeitschrift entdeckt. Was hältst du davon, wenn wir Jake damit überraschen. Du kannst ihn ja fragen ob er uns solche Bikinis aufmalt. Dann kannst du ihm dabei gleich etwas näher kommen. Die Farben kriegen wir sicher in den Läden, die Kostüme für den Karneval verkaufen. Da müssen wir nach dem Frühstück gleich mal hinfahren", beschloss sie kurzentschlossen. „Hört sich wie ein Plan an!", gestand ihr Vanessa.

Nach einer kurzen Dusche zogen sich die Beiden für ihren Besuch in der Stadt an. In sportlich engen T-Shirts und Hot Pants gingen sie in die Küche. Mit einem Seitenblick stellte Vanessa fest, dass sich bei ihnen die Brüste deutlich durch den dünnen Stoff abzeichneten. Wie so häufig in den letzten Tagen hatten sie auf BHs oder Bikinioberteile verzichtet. Sie schüttelte lachend ihren Lockenkopf und äußerte besorgt: „Nicht das Jake noch platzt wenn er uns wieder so sieht. Wir sind ja gestern Abend wenigstens auf unsere Kosten gekommen."

In der Küche saß Jake auf einem Barhocker an der Küchenzeile und schlürfte nachdenklich dreinschauend eine Tasse Kaffee. „Na, was guckt unser Süßer heute Morgen so bedrückt drein?", fragte Alex betroffen. „Ach nichts. Ich hab wohl irgendwie schlecht geträumt. Ich weiß auch nicht warum ich so mies gelaunt bin. Vielleicht wird das am Strand besser. Die Karibik ist schließlich kein Ort um Trübsal zu blasen. Ich will euch Beiden wirklich nicht die Stimmung verderben. Sorry!", antwortete er mit leicht missmutiger Stimme. „Kopf hoch Großer! Vanessa und ich werden kurz in die Stadt fahren.

Wir haben nämlich eine kleine Überraschung für dich geplant. Vielleicht kann dich das wieder ein wenig aufmuntern", entgegnete ihm Alex und boxte ihn sanft in die Schulter um ihn weiter aufzuheitern.

,Was das nur wieder sein soll?' dachte sich Jake und erinnerte sich an die Enttäuschung des Vorabends. Resignierend half er den Frauen, ein Frühstück zuzubereiten. Nachdem sie gegessen hatten, machten sich Alex und Vanessa auf den Weg in die Stadt, um im Kostümladen nach Körpermalfarben Ausschau zu halten.

* * * * *

Jake trottete währenddessen zum Strand und machte es sich in der Hängematte mit einem guten Buch gemütlich. Inzwischen hatte er sich ans nackte Umherlaufen gewöhnt und legte sich ohne Badeshorts hin. So richtig konnte er sich nicht in seiner Lektüre vertiefen. Immer wieder spielten sich die vergangenen Tage in seinem Kopf ab und er geriet erneut ins Grübeln.

Sollte er sich wirklich so sehr getäuscht haben? Schließlich waren doch die Schwingungen zwischen ihm und den Frauen geradezu greifbar gewesen. Auch die vielen Andeutungen und Doppeldeutigkeiten verwirrten ihn nun umso mehr. Und schlussendlich waren da ja noch der nächtliche Besuch und auch das Abenteuer mit Alexandra auf der Matratze. Er wusste nicht mehr wo ihm der Kopf stand und entschloss sich, einfach die Überraschung abzuwarten. Eventuell löste sich alles in Wohlgefallen auf.

80

So in seinen Gedanken vertieft, verging die Zeit wie im Flug und er bemerkte gar nicht, dass die Abwesenheit der Frauen jetzt schon mehrere Stunden betrug. Durch ein Geräusch wurde er aus seinen Gedanken gerissen. Er stand auf und ging neugierig in Richtung Strand. Er konnte die beiden Frauen sehen, wie sie vom Haus aus in Richtung Strand liefen. Dabei registrierte er verwundert, dass die sonst so freizügige Alex einen blauen Bikini anhatte und Vanessa wie am Vortag völlig nackt war. Da sie schwer bepackt zu sein schienen, lief ihnen Jake entgegen, um seine Hilfe beim Tragen anzubieten.

„Da sind wir wieder!", rief ihm Alex zu, als sie ihn auch entdeckt hatten. „Wir haben leider die Überraschung vermasselt.", fügte sie mit einem Schmollmund hinzu. Erst als sich die Frauen auf wenige Meter genähert hatten, bemerkte Jake plötzlich, dass es doch kein Bikini war, den Alex anhatte. Deutlich waren die Konturen ihrer Brustwarzen und ihrer Schamlippen zu erkennen und verrieten, dass ihr Outfit nur aufgemalt war. Mit offen stehendem Mund bewunderte er die Detailgenauigkeit, mit welcher sogar florale Muster in Weiß aufgebracht waren.

Als er die erste Überraschung verarbeitet hatte, zeigte sein fester werdendes Glied, wie sehr ihm die Situation gefiel. „Eigentlich wollten wir dich mit dem Bodypaint-Outfit überraschen. Leider habe ich aber nicht so viel Talent wie Vanessa. Wir wollten dich darum bitten, dass du mit deinen ruhigen Chirurgenhänden ihr auch einen Bikini aufmalst", grinste Alex ihn verschmitzt an und hielt ihm die Zeitschrift vom Vortag unter die Nase, die sie bis dahin hinter ihrem Rücken versteckt gehalten hatte. „Ähmm okay, das kann ich machen. Welchen Bikini hattest du dir denn vorgestellt?", richtete er seine Frage an Vanessa.

Diese nahm entschlossen das Magazin und schlug eine Seite auf, die ein Model mit einem aufgemalten Bikini in Grün zeigte. Dieser war mit verschieden Brauntönen und dunkleren Grünschattierungen gemustert und schien an den Seiten nur von dünnen Bändchen zusammen gehalten zu werden. Das Model hatte scheinbar einen Finger unter das Bändchen des Höschens geklemmt. Da aber dort auch ihre Finger bemalt waren, entstand die täuschend echte Illusion, sie hätte die Finger unter das Bändchen gehakt.

Wieder Mut fassend und hoch erfreut über seine Aufgabe nickte Jake eifrig und erklärte: „Na dann lasst uns loslegen!" Insgeheim zweifelte er jetzt, wie er die gesamte Zeit seine Erregung verbergen sollte, wenn es zu dem zwangsweise intimen Kontakt bei den Malarbeiten kam.

Noch am Rande der Böschung zum Strand breiteten sie eine Decke aus und legten sich die mitgebrachten Farben und Malutensilien zurecht. Alex flitzte kurz in Richtung Dusche und besorgte etwas Wasser in einer kleinen Schüssel. Jake war mittlerweile so in die bevorstehende Aufgabe vertieft, dass er nicht mitbekam wie Vanessa immer nervöser auf und ab schritt.

Sie hatte, während sie Alex mit dem Bodypainting versehen hatte, erschreckt feststellen müssen, dass für das bemalt werdende Model durchaus prekäre und sehr freizügige Situationen entstehen konnten. Mit einem unschlüssigen Kauen auf ihrer Unterlippe war sie zwischen der zunehmenden Erregung, Freude auf die kommenden Berührungen und der angespannten Situation des Sich-Preis-Gebens hin und her gerissen. Ein aufmunternder Blick von ihrer Freundin gab ihr jedoch neuen Mut. Sie ließ noch einmal ihre Schultern kreisen, um sich aufzulockern und stellte sich dann in erwartender Haltung auf.

Der erste Pinselstrich überraschte sie ein wenig. Durch das kalte Wasser befeuchtet, ergab die Berührung einen angenehmen Kontrast zu der spätvormittäglichen Hitze. Ihr gesamter Körper war mit einem Mal von einer Gänsehaut übersät und ihre Brustwarzen richteten sich erregt auf. Mit einem Seitenblick bemerkte Jake diesen Umstand und war wieder mit einer gewissen Genugtuung erfüllt. Dann fuhr er fort, mit konzentrierter Mine die Umrandungen des Bikinis mit dem Pinsel aufzubringen. Seine initiale Erregung war inzwischen dem künstlerischen Ehrgeiz und Aufmerksamkeit für die Details gewichen.

Alex hingegen hatte die kreative Leitung übernommen und gab vergnügt Regieanweisung. Mit zunehmender Spannung genoss sie die Situation, beiden Akteuren Order geben zu können. Da sie beim Bemaltwerden kaum ein erhitztes Stöhnen unter den saften Berührungen des Pinsels unterdrücken konnte, wusste sie auch, was der schüchternen Vanessa jetzt blühte.

Der Künstler hatte indes die Umrandungen fertiggestellt und war dazu übergegangen, die Grundierungsfarbe mit einem Schwamm aufzutragen. Mit kreisenden Bewegungen massierte er dabei förmlich Vanessas feste Oberweite. Diese quittierte die Behandlung mit einem leisen Gurren und schaute mit lüstern verklärtem Blick auf die Bewegungen von Jakes zärtlichen Händen. Ein kurzer Seitenblick auf die zunehmend schwellende Männlichkeit des Künstlers zeigte ihr, dass die Situation nicht spurlos an ihm vorüber gegangen war. Sie war sich unschlüssig, wie sie die Säfte, welche sich nun in ihrer unteren Region zu sammeln begannen, verbergen sollte. Verschlimmernd kam hinzu, dass Jake währenddessen begonnen hatte, mit dem feuchten Schwamm Farbe über ihr glattes Schambein zu streichen.

Vanessa warf leicht den Kopf in den Nacken und genoss die sanften Berührungen an dieser Stelle. Wie in Trance öffnete sie weiter die Beine, um dem Künstler auch dort Zugriff zu gewähren. Als Jake die Farbe behutsam über ihre äußeren Schamlippen verteilte, die inzwischen merklich angeschwollen waren, durchfuhr sie erneut ein wohliger Schauer.

Dass sie sich nun so offenherzig zeigte, störte sie inzwischen überhaupt nicht mehr. Eher das Gegenteil schien der Fall zu sein. Dass sie sich so freizügig präsentierte, machte sie jetzt richtig heiß. Plötzlich hatte

84

sie nur noch ihre Befriedigung im Sinn, wusste aber, dass noch ein wenig Geduld notwendig war.

Nach der Grundierung machte sich Jake an die Feinarbeiten und vervollständigte, durch das Aufmalen der Muster, die Illusion einer Bekleidung vollends. „So das hätten wir!", verkündete mit stolzer Brust. „Sieht super aus!", befand Alex, die nun eine Kamera hervorkramte. „Lasst und noch ein paar Erinnerungsfotos davon schießen. Das wäre doch schade, wenn all die Mühe nur für diesen Moment wäre", legte sie fest.

Der Aufforderung folgend, nahm Jake die Kamera und begann, Fotos zu schießen. Erst reagierten die Frauen verhalten. Dann gingen sie aber immer mehr in der Modellrolle auf und räkelten sich in gekonnten Posen. Erst jetzt viel die Konzentration von Jake ab, die seine Erregung etwas gedämpft hatte. Endlich konnte er die beiden Schönheiten, wie sie nackt, aber doch mit dem Anschein einer Badebekleidung, vor ihm umhersprangen eingehend betrachten. Nur die deutliche Konturen ihrer Brustwarzen und die Umrisse ihrer Schamlippen offenbarten bei näherem Hinsehen die hüllenlose Natur der vorgetäuschten Textilien. Jake machte bei diesem Anblick keinen Hehl mehr daraus, dass sein Glied zu beachtlicher Größe gewachsen war. Mit prallem Ständer schoss er weiter Fotos und genoss das Prickeln der Situation.

„Oh, da brauch aber jemand eine Abkühlung!", spottete nun Alex liebevoll. „Ich denke wir haben genügend Erinnerungsfotos. Du kannst uns ja helfen die Farbe wieder abzuschrubben. Ein bisschen schade ist das schon. Ich finde die Bodypaintings sind uns echt gut gelungen.", fügte sie hinzu und machte sich auf den Weg zur Stranddusche. Mit einem Blick über ihre Schulter sah sie, wie die sonst so verhaltende Vanessa nun unverhohlen lüstern Jake zuzwinkerte und sich anschickte, ihr zu folgen. Jake legte die Kamera beiseite und lief freudig grinsend den Frauen hinterher.

* * * * *

Unter der Dusche hatten die Beiden begonnen, sich nass zu machen. Bei diesen Aussichten konnte Jake in diesem Moment sein Glück erneut kaum fassen. Mit einem halb schelmisch, halb erhitzten Lächeln machten die beiden Schönheiten ihm in ihrer Mitte Platz. Alex hatte sich bereits eingeseift und die Farbe begann, langsam zu zerlaufen. Vanessa hielt ihm aufmunternd die Seife entgegen. „Bist du so gut und seifst mich ab?", fragte sie mit belegter Stimme.

Inzwischen war allen drei Personen klar, wohin diese knisternde Stimmung führen musste. Somit nahm er die Seife entgegen und gesellte sich unter die Dusche. Das Wasser war nicht zu kalt und trotzdem angenehm erfrischend. Zuerst wandte er sich Vanessa zu und seifte ihren schlanken Rücken ein. Diese strich sich dabei genussvoll durch die Haare und biss sich vor Erregung bebend auf die Unterlippe. Mit einem weiteren Schritt stand er direkt hinter ihr und sein praller Schwanz drückte gegen ihren Po. Hingebungsvoll umfasste er sie von hinten und verteilte weiter Seife auf ihrer Vorderseite.

86

Dabei knetete er sanft ihre Brüste mit dem Vorwand, auch hier die Farbe zu entfernen. Inzwischen hatte er seinen Kopf auf ihre Schulter gelegt und konnte nicht mehr anderes, als liebevoll an ihrem Hals zu knabbern.

Langsam ließ er seine Hände an ihrer Seite nach unten gleiten und befreite auch ihren Unterkörper von der Farbe. Völlig beiläufig streiften seine starken Hände dabei ihre geschwollenen Schamlippen. Immer heftiger drängte Vanessa ihr Becken in Richtung Jake und begann, leise zu wimmern. Sein Schwanz kam dabei am oberen Ansatz zwischen ihren Pobacken zu liegen. Er genoss das Gefühl wie sein von Seife glitschiger Penis dort umher rutschte.

Auch Vanessa registrierte wie sich Jake mit seinem harten Glied an ihr rieb. Wie in Trance nahm sie sein bestes Stück und führte es hinab zwischen ihre Oberschenkel. Ihr Wimmern wurde immer energischer, als sie merkte, wie die Oberseite seines harten Geschlechts sanft ihre glitschigen Lippen auseinanderdrängte. Für Jake fühlte sich dieses Spiel fast an, als wäre er bereits in ihr.

Plötzlich bemerkte er, wie sich ein seifig, glitschiger Frauenkörper an seinen Rücken presste und sich Alex in das Spiel einbrachte. Ihr schlanker Unterarm glitt an seinem Arm entlang und verfolgte den Weg zu Vanessas Scham. Dort umschloss sie seine Hand und drängte, seinen Zeigefinger führend, die äußeren Lippen ihrer Freundin auseinander. Diese konnte ein Stöhnen nicht mehr unterdrücken und registrierte, wie gleich zwei Hände sich energisch an ihrer Lustperle zu schaffen machten, während ein festes Glied zwischen ihren Lippen hin und her rutschte.

Unvermittelt drehte Alex Jake zu sich herum und führte seine Hand zu ihrer eigenen heißen Spalte. Dabei befreite sie seinen Schwanz aus der warmen Umklammerung zwischen Vanessas Oberschenkel. Auch sie drängte sich unter der Zuwendung seiner Finger immer fordernder diesen entgegen und begann zu stöhnen. Wohlig bemerkte sie, wie sich sein muskulöser Körper gegen ihre Brüste schmiegte und sein Ständer gegen ihre Hüfte drückte. Seine Finger glitten derweil ohne jeglichen Widerstand in ihre feuchte Höhle. Sie konnte ein heiseres Stöhnen nicht mehr unterdrücken.

Vanessa lehnte derweil interessiert über Jakes Schultern und beobachtete das Schauspiel. Mit einer Hand hatte seinen harten Schwanz umschlossen. Langsam begann sie nun, diesen zu streicheln. Mit ihrer anderen Hand kam sie ihrem Verlangen entgegen und rieb sich immer heftiger über ihre nasse Scham. Langsam war es Zeit aus dem kühlen Nass herauszutreten beschloss Alex und zog ihre Freundin in Richtung Strand.

* * * * *

Im Sand angelangt, presste sie Vanessa zu Boden und legte sich dann auf ihre Freundin. Vanessa erwiderte inzwischen die immer heftiger werdenden und fordernden Küsse ihrer Freundin. Unverhohlen stöhnten sie dabei in den Mund ihrer Partnerin und genoss das Gefühl, wie sich ihre Brüste aneinanderschmiegten. In ihrem

Unterleib spürte sie ein fast qualvoll ziehendes Verlangen und merkte wie sich ihre Säfte zu sammeln begannen.

Jake war den Frauen langsam gefolgt und betrachtete mit Zufriedenheit das sich ihm nun bietende Schauspiel. Vor dem azurblauen Wasser hatte er den Ausblick auf die beiden Schönheiten, die sich stöhnend im warmen Sand wälzten. Dabei konnte er deutlich ihre feucht glitzernden Spalten sehen, die sie mit leicht gespreizten Beinen offenbarten.

Diesmal war er nicht ausgegrenzt und sein Schwanz war zum Zerbersten geschwollen. Langsam kniete er sich hinter den Frauen und führte seine Hand behutsam an die oben liegende Scham von Alex. Zärtlich strich er an der Außenseite ihrer Schamlippen entlang und drängte diese dabei sanft auseinander. Dies gab den Blick auf ihre inneren Lippen frei, die vor Erregung deutlich geschwollen und leicht verdunkelt waren. Mit einem lustvollen Wimmern hob sie ihr Becken den Berührungen entgegen und küsste weiter die im warmen Sand liegende Vanessa. Jake nahm nun seine Hand und führte die Finger an seine Nase und sog den deutlichen Geruch ihrer Nässe mit seiner Nase auf.

Um Vanessa nicht zu vernachlässigen, legte er seine Finger auf ihre Scham und begann, sie zärtlich zu streicheln. Diese quittierte die Berührung mit einem lauten Stöhnen. Nachdem er ihre äußeren Lippen geöffnet hatte, legte er zwei Finger an ihre feuchte Spalte und begann sanft und betont langsam seine Finger in der warmen Höhle zu versenken. Erstaunt stellte er fest, wie flüssig dies möglich war. Auch hatte Vanessa unter dieser

Behandlung ihr Becken aus dem Sand seiner Hand entgegengestreckt. Langsam entfernte er seine Finger wieder und verglich den Geruch welchen er von Vanessa nun an seiner Hand hatte.

Sein Verstand hatte inzwischen ausgesetzt und die animalische Natur hatte von ihm Besitz ergriffen. Trotzdem wollte er den Süßen Moment auskosten. Er rückte näher und nahm seinen festen Ständer in die Hand. Seine Eichel war mittlerweile dunkel gefärbt und massiv geschwollen. Vanessa hatte ihr Becken immer noch leicht erhoben. Dadurch waren die Spalten der Frauen übereinander zu liegen gekommen.

Dies musste Jake ausnutzten und legte seine Schwanzspitze an die Unterseite von Vanessas feuchter Scham. Mit einer langsamen Bewegung zog er seinen Ständer durch ihren Scheidenvorhof. Fast nahtlos ging seine Schwanzspitze auf Alexandras Spalte über. Abwechselnd war eine Zunahme des Stöhnens der jeweiligen Frau zu hören, als er den Weg zurückverfolgte.

Alex hatte in diesem Moment genug von der qualvoll langsamen Berührung und wollte die Dominanz zurück erlangen. Sie blickte über ihre Schulter und deutete Jake mit einer Hand, weiter nach hinten zu rutschen. „Warte mal kurz, mein Großer!", forderte sie ihn mit heiser belegter Stimme auf. Langsam rutschte sie an ihrer Freundin herunter. Dabei beschrieb ihre Zunge eine Spur zuerst auf dem Hals von Vanessa, dann auf ihren Brüsten und schließlich hinab zu ihrem Bauch. Schließlich kam ihr Kopf zwischen den Beinen ihrer Freundin zu liegen.

90

„Ich brauch jetzt deinen Schwanz!", hörte sie sich sagen und blickte Jake dabei vor Lust entrückt über ihre Schulter an. Dann streckte ihm ihr Hinterteil entgegen und ermahnte sie ihn weiter: „Aber lass noch was für Vanessa übrig" Jake ließ sich natürlich nicht zweimal bitten und legte seinen Ständer an die warme Möse von Alex. Langsam schob er sein eigenes Becken nach vorne und versenkte sein hartes Glied bis zum Anschlag in ihrer warmen Nässe.

Alex hatte bereits damit begonnen, Vanessa mit dem Mund zu verwöhnen. Über ihren schlanken Rücken konnte Jake jetzt sehen, wie sich Vanessa unter der Behandlung im Sand hin und her wälzte. Dabei massierte sie sich ihre Brüste und hob ihr Becken immer mehr zur Zunge ihrer Freundin entgegen.

Völlig die Beherrschung verlierend drängte sich Alex mehr in Richtung des harten Ständers und wollte ihn immer tiefer in sich spüren. Sie genoss, wie sehr er sie ausfüllte und war am Anfang ein wenig bestürzt, als er sich vollständig aus ihr zurückzog um gleich wieder seine gesamte Männlichkeit in ihr verschwinden zu lassen. Bei dieser Zuwendung hatte sie Mühe, sich auf die vor ihr liegende Aufgabe zu konzentrieren.

In dem Dämmerzustand der Lust glitt ihre Zunge die äußeren Lippen von Vanessas nasser Scham hoch und runter und ließ die unter ihr Liegende immer heftiger stöhnen. Als sie die Lustperle umspielte, bäumte sich Vanessa im Sand förmlich auf. Diese konnte sich bei der ihr zukommenden Zungenbehandlung und dem Anblick, wie Jake Alex von hinten nahm, kaum mehr beherrschen. Sie merkte ein immer stärker werdendes Ziehen in ihrem Unterleib. Doch etwas fehlte noch zu ihrem Glück!

Mit einem sanften Ruckeln an den Schultern, deutete sie Alex an, dass es Zeit für einen Wechsel war. Diese verstand die Geste umgehend, war aber sichtlich enttäuscht, dass sie nun sein pralles Glied preisgeben musste. Mit einem schmatzendem Geräusch merkte sie es aus sich herausflutschen. Gemeinsam drückten sie den ahnungslos dreinschauenden Jake in den warmen Sand. Als erste positionierte sich Vanessa über Jake. Mit einer Hand hielt sie seine abstehende Männlichkeit umklammert und richtete die Spitze an ihre warme Spalte.

Mit einem Wimmern biss sie sich auf die Unterlippe und ließ sich genussvoll langsam auf ihm nieder. Dabei stützte sie sich auf seinem Brustkorb ab. Ein Blick nach unten zeigte ihr wie sein Ständer aus ihr hinausglitt, als sie ihr Becken wieder leicht anhob. Es schien von ihren und Alex Säften in der Sonne förmlich zu glitzern. Immer schneller werdend ritt sie ihn im warmen Sand. Erstaunt über ihre eigene Nässe stellte sie fest, wie leicht sie ihn in sich aufnehmen konnte.

Alex konnte nicht weiter teilnahmslos zusehen und kniete sich mit ihrer Schenkel über sein Gesicht. Behutsam ließ sie ihr Becken auf ihn nieder und merkte, dass er den Wink verstand und sie zu lecken begann. Zuerst berührte seine Zunge die inzwischen ganz sensiblen Schamlippen. Dann machte er seine Zunge steif und versenkte sie einige Zentimeter. Sie wusste nicht mehr wo ihr der Kopf stand. Als dann noch Jake begann, ihre Klitoris mit der Zunge zu umfahren merkte sie, wie sich langsam ihr Orgasmus anbahnte. Mit beiden Händen begann sie, die wippenden Brüste ihrer Freundin zu kneten.

Diese ritt nun auch immer heftiger auf Jakes Männlichkeit und stöhnte ihre Erregung hinaus. Wie sie immer und immer wieder aufgespießt wurde, lehnte sie sich nach vorne, griff den Kopf von Alex und drückte ihr einen leidenschaftlichen Kuss auf die Lippen. Diese hatte inzwischen eine Hand von den Brüsten genommen und begonnen, zusätzlich Vanessas Lustperle zu reiben. „Jahhh, mach es mir!", keuchte Vanessa ohne zu konkretisieren, wen von den Beiden sie meinte.

Ihr Becken stieß sie immer energischer auf Jake hinab. „JAAhhhh, ich komme gleich!", schrie sie ihre Geilheit heraus. „Uhhhh....es kommt....JajjaaaaaHHH!", schaffte sie noch zu rufen und gab sich dann komplett ihrem Orgasmus hin. Dieser schüttelte sie so heftig, dass auch Jake fast gekommen wäre, als er merkte wie ihre Scheide seinen Schwanz zuckend umhüllte. Langsam ließ sie jedoch seinen Harten frei und drehte sich, ihre sensible Scheide streichelnd, im Sand auf den Rücken.

Als Alex sah, dass Jakes Männlichkeit noch einige Minuten durchhalten würde, lehnte sich über seinen Unterkörper. Mit lustvollem Blick nahm sie Jakes bestes Stück in die Hand und führte es langsam auf ihr Gesicht zu. Zuerst leckte sie zärtlich um die empfindliche Eichel herum und führte ihre Zunge anschließend die Oberseite seines Gliedes entlang. Dabei schmeckte sie förmlich die Säfte, die ihre Freundin darauf hinterlassen hatte.

Aus irgendeinem Grund schien sie das unglaublich geil zu machen. Auch durch sein gekonntes Zungenspiel war sie fast bereit zu kommen. Ihr heftiges Stöhnen wurde momentan nur durch sein festes Glied in ihrem Mund gedämpft. Plötzlich zogen, mit einem warmen Schwall, die Wellen des Orgasmus durch ihren Unterleib und gingen auf den gesamten Körper über.

Währenddessen hatte sich Vanessa erholt und kroch langsam auf Jakes Beine zu. Bei seinen Eiern angelangt, nahm sie diese abwechselnd in den Mund und saugte sanft daran. Alex nahm immer noch bebend behutsam die Spitze von Jakes Schwanz in den Mund. Während Vanessa sich weiter mit seinen Hoden beschäftigte, nahm sie seinen Steifen immer tiefer in ihren warmen Mund auf und begann ihn zärtlich zu saugen. Vanessa wollte es ihr gleich tun und entriss ihr mit gespieltem Neid Jakes Steifen. So wechselten sich die Beiden ab und ihre Lippen und Zungen glitten an ihm auf und ab. Diese doppelte Verwöhnung war zu viel für ihn. In seinen Eiern zog sich alles zusammen und er stockte einen kurzen Moment.

Mit einer kleinen Bewegung hob er sein Becken leicht und ergoss seinen ersten Strahl auf die Brüste von Vanessa. Mit einer wichsenden Bewegung wollte Alex den Rest aus ihm melken. Sie hatte das Pulsieren gemerkt und stülpte nun schnell ihre Lippen über sein Glied und nahm die nächste Ladung in ihrem Mund auf. Sie gab ihn sofort wieder frei und holte mit festem Griff noch zwei bis drei

Spritzer hervor. Als die Quelle zu versiegen schien, begannen die Beiden genüsslich die Reste seines Ergusses von seinem an Form verlierenden Ständers zu lecken.

Völlig erschöpft drehten sich die drei nun in den warmen Sand. Zuerst begannen sie vor sich hin zu kichern. Dann mussten sie lauthals losprusten. Als das Lachen verebbt war, kuschelten sich die beiden Frauen an Jake und gemeinsam schliefen sie mit einer postkoitalen Ermüdung ein.

IX.

Sein Kopf nickte etwas nach vorne. Er brauchte einige Momente um sich vollends zu orientieren. Um ihn herum war es dunkel. Die einzige Lichtquelle war ein Laptop, der auf dem Schreibtisch stand.

Er richtete sich aus seinem Schreibtischstuhl auf, in dem er bisher gesessen hatte. War das Erlebte nur ein Traum fragte er sich kurz in der Zwischenwelt zwischen Schlaf und Realität nach Fixpunkten suchend. Doch dann viel sein Blick auf das Bild auf dem Computer vor ihm. Dort waren zwei schöne Frauen in aufgemalten Bikinis in einem karibischen Strand zu sehen.

Schlagartig kamen alle Erlebnisse in seine Erinnerung zurück. Vor einigen Jahren hatte er eine sehr schöne Zeit mit zwei bezaubernden Frauen verlebt. Damals war er noch Assistenzarzt gewesen und hatte sein Glück in der Karibik versucht. Die wunderschönen Geschöpfe hatten ihn aus einem depressiven Loch geholfen, indem sie ihn in einem Strandhaus verzaubert hatten. Das war eine unglaubliche Zeit gewesen.

Anschließend hatte er Beide noch einige Male getroffen und die gemeinsame Zeit immer wieder genossen. Etwas Ernsteres hatte sich trotz anfänglichen Versuchen nicht ergeben. Es war im Rückblick aber auch nicht schlimm gewesen. Sonst hätte sich sein Abschied von der Insel noch schwieriger gestaltet, als es sowie so schon gewesen war. Schließlich war er einem Angebot gefolgt und hatte eine Stelle als Oberarzt zurück in seiner

Heimat angenommen. Seine gemachten Erfahrungen hatte er jedoch in jeder Hinsicht nicht missen wollen.

Nach einigen Jahren hatte ihn nun eine E-Mail an die schöne Zeit damals erinnert. Darin fragten Vanessa und Alex, ob er sich noch an sie erinnern würde. Als Gedächtnisstütze hatten sie ein damals aufgenommenes Bild mitgesendet. Wie hätte er diese Erlebnisse vergessen sollen?

In der Email fragten die Beiden nach einer Möglichkeit, einen Ski Trip zu machen. Jake hätte doch als erfolgreicher Arzt sicher einige Connections und könnte ihnen eine Bleibe empfehlen oder sogar buchen. Vielleicht hätte er sogar Lust mitzukommen, falls er inzwischen noch nicht gebunden war. Dabei könnten alle ja ihre Erinnerungen an damals auffrischen, war der zweideutige Vorschlag zu lesen.

In den Erinnerungen schwelgend, war Jake an seinem Rechner dann eingeschlafen. Als er nun erwacht war zeigte die Schwellung in seiner Hose, dass er sich einen gemeinsamen Urlaub durchaus vorstellen konnte. Grinsend setzte sich Jake an seinen Computer und begann zu schreiben....

Teil 2:

Das Blockhaus

I.

Die Kälte drang ihm bis in die Knochen. Schon eine Weile blies ihm nun der beißend kalte Schnee ins Gesicht. Hinzu kam, dass mittlerweile die Dämmerung eingesetzt hatte. Um sich besser gegen die Flocken zu schützen, kniff er seine Augen zusammen, was seine Sicht noch mehr behinderte. Inzwischen war Jake völlig erschöpft von dem Anstieg und dem Gepäck, welches er für eine Woche in den Bergen geschultert hatte.

Seit mehreren Monaten freute er sich nun schon auf das Wiedersehen mit Vanessa und Alex. Mittlerweile waren zwei Jahre vergangen als er die Beiden das letzte Mal gesehen hatte. Damals hatte er auf einer karibischen Insel einen Neuanfang gewagt und war, wie es der Zufall wollte, für das Erste in dem Poolhaus seines damaligen Chefarztes untergekommen. Dort hatte er dann die hübsche Tochter Alex und ihre ebenso bezaubernde Freundin Vanessa kennengelernt. In einem erlebnisreichen Wochenende waren sich die drei näher gekommen und hatten eine unvergessliche und erotische Zeit verbracht.

Leider war ihm nur eine kurze Zeit auf der Insel vergönnt gewesen, denn er konnte eine lukrative Stelle als Oberarzt in seiner Heimat nicht ausschlagen. So hatte er schweren Herzens die Karibik und die schönen Frauen hinter sich gelassen. Umso überraschter war er gewesen, als die Frauen vor einigen Wochen einen Skiurlaub vorgeschlagen hatten, um sich wieder zu treffen und die Erinnerungen an die gemeinsame Zeit aufzufrischen.

Hier war er also beim Aufstieg zur gebuchten Berghütte und stapfte durch den tiefen Neuschnee. In seinen Vorbereitungen hatte der Weg nach oben gar nicht so weit ausgesehen. Aber der steile Anstieg und der plötzlich einsetzende Schneesturm hatten ihm einen Strich durch die Rechnung gemacht. Erneut fragte er sich nun, ob es vielleicht doch keine so gute Idee gewesen war, eine solch abgeschiedene und schwer zugängliche Hütte gewählt zu haben. Auch war er sich unsicher, ob er am Fuß des Berges auch den richtigen Weg eingeschlagen hatte.

Wie sollten die beiden Frauen diese Tortur meistern, wenn sie wie geplant morgen zu ihm stießen? Zu seinem Glück war er immer noch halbwegs durchtrainiert, sonst hätte er schon auf halber Höhe aufgeben müssen. Inzwischen war er durch den Schnee völlig durchnässt und zitterte am ganzen Körper. Langsam machte ihm die Kälte richtig zu schaffen und er bekam es mit der Angst zu tun, hier draußen zu erfrieren. Um sich abzulenken, dachte er an die warmen Tage am Strand und freute sich auf eine schöne Zeit mit den Mädels.

Im Dämmerlicht erblickte er endlich etwas am Wegesrand. Vor ihm war im Schneegestöber eine alte Blockhütte aufgetaucht. Leider brannte hier keine Lampe und er hatte Schwierigkeiten zu erkennen, ob dies nun das ersehnte Ziel war. Der Pfad schien zwischen dem Hang und der Hütte weiterzuführen. Durch zusammengekniffene Augen versuchte er, Details der

102

Hütte zu erkennen und auszuschließen, dass er sich verlaufen hatte.

Für die Woche hatte er das Ferienapartment in einer großen Blockhütte ausgesucht. Auch hier war ihm eine glückliche Fügung entgegengekommen. Er konnte sich vom letzten Klassentreffen erinnern, dass seine Klassenkameradin Sarah nicht kommen konnte, weil sie zu ihrem Großvater in die Berge gezogen war. Dort verdiente sie nun Geld, indem sie Ferienwohnungen vermietete. Kurzum hatte er mit ihr Kontakt aufgenommen. Sarah war erfreut, ihn mal wieder zu Gesicht bekommen zu können und hatte ihm die Wohnung im Obergeschoss ihrer Blockhütte angeboten. Auf der Webseite war die Wohnung mit einer modernen Einrichtung zu bestaunen gewesen. Sogar eine Außensauna war vorhanden.

Um sich zu vergewissern, dass er hier richtig war, ging er den Weg noch einige Meter weiter. Zu seinem Glück stellte er fest, dass dieser in einer Baumgruppe zu enden schien. Etwas unsicher war er sich trotzdem und ging zurück zum Haus. Völlig unterkühlt hämmerte er kurz entschlossen gegen die Eingangstür. Minuten endlosen Wartens folgten. Jake stapfte ungeduldig im Schnee auf der Stelle umher um sich warm zu halten. ‚Was sollte ich tun, wenn hier niemand vor Ort ist' schoss es ihm noch durch den Kopf.

Endlich hörte er leise Schritte. Nach einem kurzen Herumdrehen des Schlüssels, öffnete sich langsam die schwere Holztür. Drinnen war es fast stockdunkel. Als sich die Tür weiter öffnete, konnte er eine junge Frau erkennen, die sich gegen die Kälte in einen dicken Mantel gehüllt hatte. Einen kurzen Moment brauchte es, bis Jake im Halbdunkeln seine Schulfreundin Sarah erkennen konnte.

„Komm schnell rein!", warf sie ihm kurz zu und zog ihn hinter sich in das Haus. „Sonst wird es hier noch kälter als es eh schon ist.", fuhr sie fort und schob ihn weiter in den Wohnbereich. Erst jetzt viel ihm auf, dass sie eine Taschenlampe in den Händen hielt. Ebenso war es hier drinnen nicht wie erhofft wohlig warm. Er konnte sogar seinen Atem in der kalten Luft wahrnehmen. „Ww-wa-waassss iss-ss dd-de-de-dennn hier losss?", fragte Jake bibbernd, als er seine Mütze von seinem dunkel-blonden Lockenkopf absetzte.

„Heute Morgen ist der Strom ausgefallen und deswegen ist auch das Heizaggregat nicht angesprungen.", gab sie ihm zu verstehen. „Dadurch ist es hier bitterkalt. Und ich Dösel hab auch keine Streichhölzer oder ein Feuerzeug, um mir den Kamin anzumachen.", erklärte sie weiter. „Dd-dasss ha-hab-bennnn wir gl-gleich.", sagte er und setzte seinen Wanderrucksack ab. Mit eisigen und halb tauben Fingern kramte er ein Feuerzeug hervor.

Er blickte sich um und suchte nach dem Kamin, der ein wohlig warmes Feuer versprach. Im Licht der Taschenlampe erblickte er eine durchaus modern möblierte Blockhütte. In der Ecke erspähte er endlich den offenen Kamin und stellte zu seiner Zufriedenheit fest, dass hier bereits alles für ein Feuer vorbereitet lag. Schnell hatte er die Flammen entfacht und hielt seine Hände an die knisternden Scheite. Neben ihn tauchte auch Sarah auf und versuchte ebenfalls sich die Hände zu wärmen.

* * * * *

Zufrieden blickte er seine Gastgeberin an. Das letzte Mal hatten sie sich zur Abschlussfahrt gesehen. Damals war sie zwar hübsch, aber etwas fülliger gewesen. Durch Freunde hatte er zu verstehen bekommen, dass sie in ihn verknallt gewesen war. Aber der Beginn der Studienzeit hatte sie getrennte Wege einschlagen lassen. Jetzt stellte Jake fest, dass sie deutlich schlanker geworden war. Ihre Gesichtszüge mit den markanten Wangenknochen voller Sommersprossen, großen Lippen und blauen Augen waren geradezu modelltauglich. Sie war nur einige Zentimeter kleiner als Jake und hatte ihre rotblonden Locken hoch gesteckt. An der Seite liefen ihre Haare wie ein Stirnband in einem Zopf nach hinten. „Schön dd-d-ich w-wieder zu sehen.", brachte er jetzt immer noch bibbernd hervor und rieb sich seine Hände, die durch die ausstrahlende Wärme zu brennen begannen. „Ich freu mich auch, dich wieder zu sehen.", entgegnete sie ihm mit einem einnehmenden Lächeln.

„Du musst ja völlig durchgefroren sein.", stellte sie mitleidig fest und richtete sich vom Kamin auf. „Deine Klamotten sind ja total durchnässt. Da wirst du wohl oder übel erst mal raus müssen, sonst wirst du dich nie aufwärmen können.", fuhr sie fort. Also begann er, sich zögerlich aus seinen Sachen zu schälen. „Stell dich nicht so an, sonst erfrierst du hier wirklich noch!", forderte sie ihn auf, als sie feststellte, dass es ihm zu wiederstreben schien, sich vor ihr zu entblößen.

Ihrem einleuchtenden Hinweis folgend, fuhr er fort, bis er nur noch in seiner Unterhose vor ihr stand. Obwohl der Kamin begonnen hatte, eine wohlige Wärme auszustrahlen, zitterte er am ganzen Leib. Es war noch immer unglaublich kalt im Raum. „I-I-Ich hole sch-schnell ma-mal t-t-trock-ckene S-S-Sachen aus m-meinem R-Rucks-s-s-sack!" bibberte Jake und hatte Schwierigkeiten, dabei nicht mit den Zähnen zu klappern.

Etwas unschlüssig schaute sie ihm jetzt in die Augen. „Ich habe eine andere Idee, wie wir uns schnell aufwärmen können. Was hältst du davon, wenn wir unsere Körperwärme nutzen um uns gegenseitig zu wärmen?", erkundigte sie sich schüchtern. „Du als Arzt müsstest doch wissen, dass so etwas in Notlagen am schnellsten hilft.", stellte sie weiter fest. Erst jetzt viel es Jake auf, dass auch Sarah trotz ihres Mantels ähnlich unter der Kälte zu leiden schien.

„Körperwärme?", platzte es aus ihm heraus. Einen kurzen Moment schaute er zweifelnd in Richtung Sarah, welche weiter schüchtern nickte. „Wir sind doch erwachsene Menschen und kennen uns schon von Kindertagen. Was ist schon dabei?", versuchte sie die Situation weiter zu entschärfen. Mittlerweile waren ihm auch alle Mittel recht, wieder auf Normaltemperatur zu kommen und er nickte seine Zustimmung bekundend. „Ich geh schnell mal ein paar Decken holen. Du kannst ja schon mal das Sofa vor den Kamin schieben. Dort können wir uns dann hinlegen und gegenseitig aufwärmen.", schlug sie weiter vor.

Damit war sie im Nebenzimmer verschwunden und kam ein paar Augenblicke später mit ein paar dicken Daunendecken wieder. Jake hatte inzwischen das Sofa zurechtgerückt und schaute jetzt abwartend zu seiner Gastgeberin, welche die Decken auf das Sofa geworfen hatte. „Ich weiß, dass die Situation eigenartig ist. Aber du wirst auch deine nassen Unterhosen ausziehen müssen.", forderte sie ihn mit ernster Miene auf und hielt ihm ein Handtuch entgegen.

Dies ließ er sich nicht zweimal sagen, zog seine klammen Boxershorts aus und rubbelte sich mit dem Handtuch trocken. Dabei hielt er seinen Intimbereich ständig bedeckt, um die prekäre Situation nicht noch eigenartiger zu machen. Sarah hatte die Taschenlampe beiseitegelegt und begann sich ebenfalls auszuziehen. Nur der Kamin war jetzt noch als Lichtquelle im Raum und sorgte für ein schwach flackerndes Licht.

Aus dem Augenwinkel konnte Jake nur ein paar verstohlene Blicke auf ihren Körper erhaschen. Er war unter die dicken Decken geschlüpft und wartete auf Sarah, die sich jetzt auch ihres Tops entledigte. Trotz der schlechten Beleuchtung konnte er feststellen, dass sie wirklich bedeutend schlanker war, als zu Abiturzeiten. Jake versuchte, nicht direkt hinzustarren, konnte aber im Geheimen noch einen flüchtigen Blick auf ihre wohlgeformten Brüste erhaschen. Sich beeilend, legte sich Sarah zu ihm und zog die Decken über sich.

Mehr als er den Anblick ihres C-Körbchens genossen hatte, stellte er jetzt aber die wohlige Wärme fest, die ihr Körper ausstrahlte. Da sie sich vor ihn gelegt hatte, umschlang er sie mit seinen Armen, um eine maximale Kontaktfläche zum Austausch der Wärme zu erreichen. Dabei berührte sein Arm wie beiläufig den unteren Ansatz ihrer weichen Brüste. Sarah schien das nicht weiter zu stören, denn sie rückte mit ihrem Hinterteil immer weiter in seine Richtung.

Während im Kamin die Scheite knisterten, plauderten die Beiden ein wenig und brachten sich gegenseitig auf den neuesten Stand der Dinge. Jake erzählte von seiner Karriere, die er eingeschlagen hatte. Dabei erwähnte er auch kurz den Auswanderungsversuch in die Karibik und kündigte die Frauen an, ohne auf weitere Details einzugehen. Sarah schien mit der Vermietung von Ferienwohnungen gut ihren Lebensunterhalt bestreiten zu können. Mit einem traurigen Unterton erzählte sie auch, wie vor sechs Monaten ihr geliebter Großvater gestorben war. Auf die Frage nach einer Beziehung entgegnete sie, dass sie sich in einer On-Off-Beziehung mit ihrem direkten Nachbarn Robert befand.

Jake hörte aus den Beschreibungen heraus, dass Sarah sich schon mehr von der Beziehung versprach, Robert aber eher eine enge Freundschaft mit gelegentlichen Vorteilen suchte. Sarah eröffnete weiter, dass Robert sein Geld durch Forstarbeiten und Skiunterricht verdiente. Wie sie so erzählten, stellte sich automatisch die gewohnte Vertrautheit der Jugendfreundschaft wieder ein.

Inzwischen hatte auch das unkontrollierte Zittern von Jakes Körper aufgehört und er schmiegte sich, die Wärme genießend, an ihren Rücken. Da er nun wieder eine normale Körpertemperatur erreicht hatte, übermannte ihn die Erschöpfung nach dem Aufstieg und der erlebten Kälte und er schlummerte langsam in einen wohligen Schlaf.

* * * * *

Als er wieder aufgewacht war, dauerte es einige Sekunden, bis er sich orientiert hatte. Er lag immer noch dicht hinter Sarah. Sein Brustkorb schmiegte sich gegen ihren nackten Rücken und er genoss die enge Berührung ihres Köpers. Als er sich etwas bequemer positioniert hatte, musste er plötzlich feststellen, dass die enge Umklammerung und die Wärme ihrer Haut nicht spurlos an ihm vorüber gegangen waren. Erschrocken bemerkte er nun, wie sein Glied inzwischen zu voller Größe gewachsen war und qualvoll pochend zwischen seinem Bauch und ihrem Rücken eingeklemmt lag.

Sarah hingegen schien nichts von seiner misslichen Lage mitbekommen zu haben, denn regelmäßige Atemzüge von ihrer Seite zeigten, dass sie zu schlafen schien. Um sich etwas bequemer zu positionieren und seine pralle Erektion aus der Umklammerung zu befreien, rutsche Jake etwas von der Schlafenden ab. Diese quittierte seine Bemühung indem sie im Halbschlaf seinen Arm nahm und ihn mürrisch näher zu sich heran zog. Auch verzweifelte Versuche sich durch langsames Hin- und Herrutschen zu befreien, schlugen in das Gegenteil um, da die Reibungen an ihrem Hinterteil sein Geschlechtsteil immer härter werden ließen. Wenn sie jetzt aufwachen sollte, hätte er redliche Mühe die Situation zu erklären.

Doch plötzlich wurden seine Befürchtungen wahr, denn Sarah bewegte sich und schien munter zu werden. Wieder nahm sie seinen Arm und presste ihn an ihren Bauch. Fast unmerklich schob sie seine Hand nach oben, bis sie wieder am unteren Ansatz ihrer Brüste zu liegen kam. Doch dort war diesmal nicht Schluss. Mit stärker werdendem Druck führte sie jetzt seine Hand an ihre Brust.

„Bist du wach, Sarah?", erkundigte sich Jake verdutzt. „Nicht das es nachher heißt ich würde die Situation ausnutzen.", stellte er noch zögerlich, leise in den Raum. „Ich bin hellwach. Ich habe nie geschlafen und schon eine Weile deine...ähem.....Taschenlampe registriert. Mach ruhig weiter!", säuselte sie ihm entgegen und presste ihren Rücken noch enger an seinen Körper.

Das ließ er sich nicht zweimal sagen und begann sanft ihre Brust zu kneten. Zärtlich knabberte er an ihrem Nacken und saugte den Duft ihrer Haare ein. Sarah entgegnete seinen Zuwendungen mit einem leisen Stöhnen und rieb ihren Hintern gegen seinen Ständer. Jake ließ seine Hand an ihrem Bauch hinab wandern und machte kurz vor ihrem Höschen halt. Sarah verstand sofort seine Intention und entledigte sich kurzum ihres Slips.

Sanft strich er weiter vom Unterbauch hinab über ihren Schamhügel. Kurz hielt er inne, denn hier konnte er keinerlei Spuren von einer Behaarung ertasten und schloss auf eine regelmäßige Intimrasur. Um ihm mehr Platz einzuräumen stellte Sarah nun leicht ein Bein an. Jake nahm diese Einladung an und ließ seine Hand weiter hinunter gleiten. Währenddessen übersäte er ihren Rücken mit sinnlichen Küssen. Mit zwei Fingern spreizte er ihre samtigen Schamlippen und stellte zu seiner Zufriedenheit fest, dass auch sie schon sehr erregt war. Denn nicht nur schien ihr Geschlecht eine unglaubliche Hitze auszustrahlen, auch merkte er unter seinen Fingern, wie feucht sie bereits war.

Ganz langsam begann er, ihren Kitzler zwischen seinen Fingern zu massieren. Sarah wimmerte immer stärker und drängte ihr Becken in Richtung seiner Hand. Da seine Finger inzwischen vollständig von ihrem Liebessaft benetzt waren, hatte er keinerlei Schwierigkeiten einen Finger in ihrer warmen Höhle verschwinden zu lassen um dort mit kreisenden Bewegungen ihre Scheidenwand zu bearbeiten. "Oh jaah! Davon hab ich schon eine ganze Weile geträumt. Ich will, dass du es mir richtig besorgst!", stöhnte sie ihre Lust heraus.

Jake konnte seinen Ohren kaum trauen. Mit einem Satz hatte Sarah ihn auf den Rücken geworfen und positionierte sich rittlings auf seinem Schoß. Dabei war die Decke von ihrem Körper gerutscht. Der Raum hatte durch das Feuer mittlerweile eine angenehme Temperatur erreicht. Als er seinen Blick von ihren Brüsten abwärts zu ihrem flachen Bauch schweifen ließ, genoss Jake den Anblick ihres Körpers, wie sich das Lichtspiel der Flammen auf ihren Kurven abzeichnete. Auch fand er seine Vermutung bestätigt, dass sie, ebenso wie er selber, im Intimbereich komplett rasiert war.

Sarah setzte sich mit ihrer Scham auf sein steifes Glied, so dass dieses zwischen ihren Schamlippen und seinem Bauch eingeklemmt wurde. Mit leichten Bewegungen ihres Beckens rutschte sie auf seinem Penis vor und zurück und verteilte mit ihren nassen Lippen die Spuren ihrer Erregung auf der Unterseite seiner Erektion. Als er sah, wie sie sich wie von Sinnen und mit halb geschlossenen Augen auf ihre Unterlippen biss, brauchte Jake all seine Konzentration, um nicht sofort zu kommen,.

Mit einem Stöhnen erhob sie sich leicht, nahm seinen Ständer in die Hand und führte seine Eichel an ihr Geschlecht. Langsam ließ sie dann ihr Becken absinken und genoss, wie er sie immer mehr und mehr ausfüllte. Inzwischen hatte sie ihn ohne Mühe bis zur Hälfte in sich aufgenommen und begann, immer lauter stöhnend, sich auf seiner Länge hoch und runter zu bewegen. Seine Nähe suchend, lehnte sie sich nach vorne. Dabei genoss er, wie sich ihre weichen Brüste an seinen muskulären Brustkorb schmiegten.

* * * * *

Vollkommen unerwartet ging im Wohnbereich das Licht an und irgendwo in einem anderen Raum fing das Radio mitten im Lied zu spielen an. Anscheinend war der Strom wieder angegangen. Vor Schreck hatte sie sich auf ihm abgesetzt und schaute sich blinzelnd um. Auch Jake hatte einen Schreck bekommen. Nicht nur wegen der plötzlichen Helligkeit, sondern auch weil er jetzt vollständig in ihr war.

Nach einigen Augenblicken schauten sich die Beiden an und prusteten lauthals lachend los. Doch das Lachen wurde jäh durch ein lautes Klopfen an der Tür unterbrochen. Unschlüssig blickte sie in Richtung des Eingangsbereichs, stand auf und entließ damit seinen immer noch prallen Ständer mit einem schmatzenden Geräusch aus ihrer Höhle. Sie warf sich ihren Mantel über und ging zur Tür wo jemand immer noch energisch zu klopfen schien. Nach einigen Minuten war sie zurück im Zimmer. Mit hochrotem Kopf erzählte sie, dass ihr Nachbar Robert an der Tür gewesen war. Dieser war aus der Stadt zurückgekommen und hatte mit einem Ersatzteil scheinbar ihr Stromproblem beheben können. Jake beobachtete, wie sie unschlüssig in ihrem Mantel im Raum stand.

Irgendwie war jetzt die erotische Stimmung vollkommen verflogen. Mittlerweile schauten sich Beide peinlich berührt um und waren unschlüssig, wie es jetzt weitergehen sollte. Jake wurde das Gefühl nicht los, dass Sarah alles ein wenig zu bereuen schien. Schließlich hatte sie ihm zu verstehen gegeben, dass sie gewisse Empfindungen für ihren Nachbarn hegte. Anscheinend hatte sie sich in dieser verfänglichen Situation einige Ausreden ausdenken müssen.

Um die eigenartige Situation zu entschärfen, stand Jake schweren Herzen auf und kramte nervös Wechselsachen aus seinem Rucksack hervor. „Ich werd dann mal nach oben gehen. Jetzt funktioniert ja sicher auch die Heizung in der Ferienwohnung.", schlug er vorsichtig vor. Sarah schien seine Gedanken zu verstehen und war ersichtlich erleichtert. „Okay, dann zeig ich dir schnell die Wohnung. Wir haben ja noch eine ganze Woche vor uns.", entgegnete sie ihm schüchtern. Damit führte sie ihn in die Ferienwohnung. Ohne Umschweife machte er es sich nach einer kurzen Verabschiedung in einem Bett bequem. Nach einigen Sekunden sank er zwischen den weichen Daunen in einen tiefen Schlaf.

II.

Etwas verschlafen rieb er sich seine Augen. Er befand sich in einem kleinen Zimmer mit hellen Holzmöbeln. Die Luft roch angenehm nach Zirbenholz und von draußen schienen die Sonnenstrahlen in den Raum hinein. ‚So schnell konnte hier oben das Wetter umschlagen!' bemerkte er interessiert. Langsam setzte er sich auf und strich sich durch seine Haare.

Kurz erinnerte er sich an das Ende des letzten Abends mit Sarah. Ein Blick nach unten verriet ihm, dass er sich durchaus ein anderes Ergebnis ausgemalt hatte, denn er hatte mit einer stattlichen Morgenlatte zu kämpfen. Genüsslich streckte er seine Glieder von sich und dehnte sich ausgiebig, um seine Müdigkeit abzustreifen. Es war seit langer Zeit das erste Mal, dass er ausgiebig ausschlafen konnte. Seines Wissens, wollten die Mädels erst am Mittag ankommen und er sollte somit noch etwas Zeit haben, die Umgebung erkunden zu können.

Doch auf einmal hörte er Stimmen an der Tür. Deutlich war das fröhliche Geschnatter mehrerer Frauen auszumachen. Sollte er wirklich so lange geschlafen haben, fragte er sich verdutzt. Auf dem Weg zur Tür versuchte er noch, seine lange Schlafanzughose zu justieren, um irgendwie seine Erektion zu verbergen. Aber das war nun zu spät, denn in diesem Moment hörte er, wie ein Schlüssel ins Schloss gesteckt wurde.

Ein kalter Windhauch begrüßte ihn, als er vor der geöffneten Tür stand. An vorderster Front war Alex eingetreten. "Aber HALLO! Das ist der Jake, wie wir ihn kennen!", rief sie jubelnd und deutete auf die Beule, die sich immer noch deutlich in seiner Hose abzeichnete. Hinter ihrer Schulter schauten neugierig Vanessa und Sarah nach dem Grund des Tumults. Mit einem Ruck hatte Alex ihn an sich gezogen und umarmte ihn herzlich. Anschließend drückte sie ihm einen fetten Schmatzer auf die Wange. Etwas zögerlicher viel die Umarmung von Vanessa aus.

Der hübschen Kreolin schlug das Herz bis unter das Kinn, als sie sich in Jakes Armen befand. Schon eine lange Zeit hatte sie sich Gedanken gemacht, wie sich das Verhältnis zwischen ihnen gestalten sollte. Nach dem erlebnisreichen Wochenende mit vielen erotischen Begegnungen hatte sie damals ein gewisses Knistern zwischen Jake und sich verspürt. Sie hatten sich noch einige Male getroffen und sich immer blendend verstanden.

Aufgrund eines plötzlichen Angebots, eine Oberarztstelle in seiner Heimat anzutreten, hatte er die Insel wieder verlassen müssen und eine Beziehung zu ihr war im Keim erstickt. Trotz ihrer Versuche Kontakt zu halten, waren die anfänglich stundenlangen Telefonate immer kürzer und seltener geworden. Somit hatten Beide beschlossen Freunde zu bleiben und hatten nur noch sporadisch Kontakt gesucht. Ihre Zuneigung zu ihm hatte sie trotz der langen Zeit auseinander nie wirklich verloren.

Den Flug hierher hatte sie genutzt, um ihrer Freundin Alex ihr Gefühlsleben offen zu legen. Sie wusste, dass sie Alex alles anvertrauen konnte. Nicht nur

116

war sie ihre beste Freundin, auch waren sie sich während des besagten Wochenendes körperlich näher gekommen. Seither waren sie mit einer Freundschaft verbunden, die auch ohne viele Worte auskam. Zwar wusste sie, dass auch Alex ihrem Schwarm sexuell hingezogen war, anschließend aber kein Interesse an einer längerfristigen Beziehung zu ihm gezeigt hatte. Nun äußerte Vanessa ihre Befürchtung, er könnte sich ihr gegenüber irgendwie zurückhaltend verhalten.

Zu ihrem Erstaunen war sie während der Begrüßung von Alex und Jake richtig neidisch auf ihre Freundin geworden, wie diese es schaffte, Jake so zwanglos gegenüberzutreten. Sie verhielt sich gerade so, als hätten sie sich erst letzte Woche getroffen. Vanessa hoffte, dass irgendwann die gewohnte Vertrautheit zwischen Jake und ihr zurückkehren sollte. Aber eine ganze Woche zusammen sollte ausreichend Zeit für eine erneute Annäherung sein.

Jake hatte ähnliche Bedenken gehegt und war nun erleichtert, dass wenigstens die schöne Italienerin frech wie je zuvor war. Ihr Äußeres hatte sich wenig geändert. Sie war immer noch zierlich und wirkte durchtrainiert. Auch ein Blick zu Vanessa zeigte kaum Änderungen ihres Aussehens. Wie in seinen Erinnerungen stand sie mit ihrem krausen Lockenkopf vor ihm und hatte niedliche Grübchen, während sie ihn etwas schüchtern anlächelte.

Die Frauen waren zusammen mit Sarah in die Ferienwohnung gekommen und traten sich nun Schnee von ihren Stiefeln ab. Schnell waren die Sachen abgeladen und die Quartiere verteilt. Wie die Wohnung darunter, bestand die Einrichtung aus einer gekonnten Mischung aus modernem Mobiliar und alpiner Ausstattung. Standesgemäß und wie es sich für eine Blockhütte gehörte, war viel helles Holz zu sehen, ohne überladen zu wirken.

Sarah ließ die ersten Eindrücke der Gäste sacken und bemerkte dann voller Stolz: „Ich hoffe ihr werdet euch hier wohlfühlen. Die Skipiste ist über einen kleinen Ziehweg gleich hinter der Baumgruppe zu erreichen." „Wenn ihr wollt könnt ihr auch gerne den Whirlpool und die Sauna hinter dem Haus nutzen. Wundert euch bitte nicht, aber die wird ab und zu auch mal von meinem Nachbarn Robert benutzt. Ich hoffe das stört euch nicht. Aber ihr scheint mir ja eh allesamt nicht allzu prüde zu sein.", fuhr sie mit einem schelmischen Grinsen fort.

* * * * *

Nachdem sich die Gruppe für das Erste eingerichtet hatte, nahmen sie das Angebot ihrer Gastgeberin dankend an, sich einmal die Pisten zeigen zu lassen. Also schlüpften sie in ihre Skisachen und gingen in Richtung Liftanlagen. Dort wurden schnell passende Skiausrüstungen geliehen und Wochenkarten gekauft.

Die Skihänge waren erstaunlich leer für diese Jahreszeit. Vielleicht lag das an dem sonnigen Wetter oder daran, dass es bereits Mittagszeit war. Weiter oben konnte man dann auch die vollen Hüttenrestaurants erblicken.

118

Bei dem schönen Wetter waren sogar einige Liegestühle ausgebreitet und mit vielen Sonnenanbetern belegt.

Die Gruppe nutzte die vergleichsweise leeren Pisten, um sich mit den Schneeverhältnissen vertraut zu machen. Sarahs Fahrstil war erwartungsgemäß tadellos. Die anderen Frauen waren keine blutigen Anfänger, fielen aber von Zeit zu Zeit durch eine ungeschickte Gewichtsverlagerung oder einen plötzlich auftauchenden Buckel in den Schnee. Jake hatte keine Probleme auf den Brettern zu stehen und nutzte naturgemäß sein fahrerisches Können, um den Mädels zu imponieren.

Auch ließ er sich nicht zweimal bitten, Hilfestellungen mit engem Körperkontakt zu geben. Die Liftfahrten hingegen wurden genutzt, um sich gegenseitig auf den neuesten Stand der Dinge zu bringen. So verging die Zeit wie im Fluge. Jake war sichtlich erleichtert, dass der Umgang mit Vanessa und Alex völlig unbefangen möglich war und sich die Frauen auch auf Anhieb mit Sarah zu verstehen schienen.

Nach einigen Abfahrten rief Alex dann: „Ich hab genug für heute!", und schnallte die Skier ab. Ihrem Beispiel folgend, machte es sich die Gruppe an einer Freiluftbar an der Bergspitze gemütlich. Bei einer bombastischen Aussicht wurde eine Runde Schnaps nach der anderen bestellt. Bald war die Gruppe so in Stimmung gekommen, dass die ältesten Hüttenschlager heiser mitgegrölt wurden. Auch ein fröhliches Schunkeln blieb nicht aus. Mit einem Bussi hier und einem Bussi dort wurde nach den Schnäpsen die alte und neue Freundschaft besiegelt.

Die Sonne näherte sich den Bergketten im Westen und Jake schlug vor, den Rückweg anzutreten. „Ich bin so kaputt, lasst uns den Lift nach unten nehmen.", appellierte Vanessa etwas lallend. „Unbedingt! In unserem Zustand fallen wir nur auf die Nase oder brechen uns was.", stellte Sarah fest und kippte ihr letztes Getränk hinter.

Also machte sich die heitere Schar auf den Weg zum Lift. Sarah und Alex waren bereits in die Sechsergondel getorkelt, als sich ein altes Ehepaar vordrängelte. Etwas verärgert über so viel Dreistigkeit nahmen Jake und Vanessa in der nächsten Gondel Platz. Wenigstens war es ihnen erspart geblieben, für die viertelstündige Abfahrt unbekannte und eventuell missmutige Mitfahrer zu haben.

Vanessa machte es sich neben Jake mit Blick ins Tal gemütlich und winkte den vorausfahrenden Teil der Gruppe zu. Als Alex dies mitbekam, schaute zu ihnen hoch, kniff sich grinsend die Nase zu und deutete mit ihrem Kopf auf die fremden Skifahrer. Jake streckte erschöpft die Beine von sich. Erneut dachte er mit einem gewissen Wohlgefallen an die kommende Woche und freute sich auf das Zusammensein mit den Frauen.

Plötzlich merkte er eine Hand auf seinem Schoß. Er schaute zu Vanessa, die auf die vorausfahrende Gondel deutete. Dort alberte Alex immer noch herum und machte eine obszöne Geste, indem sie ihre Zunge gegen ihre Wange stieß und so tat als würde sie jemanden einen blasen. ‚Wie kindisch!' dachte sich Jake und schaute zu Vanessa.

Ihm wäre beinahe die Luft weggeblieben, als er sah, wie diese nun mit rotem Kopf langsam nickte. ‚Sollte sie wirklich?' überlegte er kurz, als sich Vanessas Hand auf seinen Schritt hin bewegte. Mit sanftem Druck begann sie, sein Glied durch die Skihose hindurch zu massieren und blickte ihn währenddessen mit einer Mischung aus Erregung und Trunkenheit an. Ohne Umschweife machte sie sich daran, seine Hose zu öffnen und seinen härter werdenden Schwanz zu befreien. Wie in Schockstarre war er zu keiner Regung fähig.

Vanessa war vor ihm auf die Knie gegangen und begann mit ihrer Zunge, langsam die Unterseite seines Schaftes mit Speichel zu benetzen. Ein Blick zur anderen Gondel zeigte, wie sie Sarah und Alex anzufeuern schienen. Kurz vergewisserte er sich, dass wenigsten die Gondel hinter ihnen leer war. Denn aus der Position hätten sie sicher ein bombiges Schauspiel abgegeben.

Vanessa hatte inzwischen seine Eichel mit ihrem Mund umschlossen und saugte zärtlich daran. Ihre Zunge machte dabei eine kreisende Bewegung. Sanft umschloss sie sein Glied mit ihrer Hand und wichste ihn mit immer schneller werdenden Bewegungen. „Puh!", entwischte es ihm, als sie langsam versuchte, die gesamte Länge seiner Erektion in ihrem Mund zu versenken.

Das war zu viel! Wie aus einer Trance erwachend, beschloss er, in diesem Spiel nicht mehr untätig zu bleiben. Mit einem kurzen Gruß in Richtung ihrer Zuschauer hatte er Vanessa von ihren Knien hochgezogen und gab ihr einen leidenschaftlichen Zungenkuss. Mittlerweile hatten sich Beide erhoben, standen in der wankenden Gondel und küssten sich immer noch innig.

Weiter die Initiative behaltend, drehte er sie mit einem Ruck um, so dass auch sie talwärts schaute. Hastig öffnete Jake ihre Jacke und schob die Unterwäsche mitsamt ihres Sport-BHs nach oben. Ihre freigewordenen großen Brüste liebkoste er etwas forsch, während er mit der anderen Hand ihre Hose herunterzog.

Vanessa war mittlerweile völlig benebelt vor Verlangen. Schon mehrfach hatte sie an diesem Tag die zufälligen Berührungen genossen. Mit Jake derzeit in der Gondel alleine zu sein, hatte in ihrem beschwipsten Zustand lüsterne Fantasien ausgelöst. Jetzt hatte die Lust vollends von ihr Besitz ergriffen und sie genoss das stetige Ziehen in ihrem Unterleib. Sarah und Alex saßen noch immer grinsend in der anderen Gondel und genossen die gebotene Show. Sollte sich das ältere Ehepaar jetzt umdrehen, würden auch sie ein tolles Spektakel beobachten können. Die Gefahr erwischt zu werden, heizte Vanessa umso mehr auf. Sie wusste, dass sie bereits feucht war und wollte nur noch seinen Schwanz in sich spüren.

Endlich merkte sie die Spitze seiner Eichel an ihren heiß pochenden Lippen. Er lehnte sein Becken langsam vor und drang ohne Widerstand weiter in sie ein. „Komm schon! Hör auf zu spielen und fick mich.", flehte sie ihn an, „Wir haben schließlich nicht ewig Zeit." Wie gewünscht wurden seine Bewegungen schneller. Sie genoss die Aufregung des Augenblicks und das Gefühl seines Gliedes, das ihre Scheidenwand angenehm dehnte.

Immer heftiger nahm er sie von hinten und ließ seine animalische Seite Oberhand ergreifen. In der Gondel konnte man neben dem Stöhnen nur noch ein nasses Klatschen vernehmen. Mit ihrer Hand massierte sie gierig ihre Klitoris und drängte sich wimmernd in Richtung seines Ständers. Nach einigen heftigen Stößen war sie an der Schwelle ihres Orgasmus angelangt. Plötzlich bemerkte sie, wie er sich mit einem Grunzen in sie ergoss. Das war zu viel für sie und sie merkte wie sich die Wellen ihrer Ekstase in ihr ausbreiteten.

Vollkommen weich waren ihre Beine, als sie gerade rechtzeitig bemerkte, dass sie sich unaufhaltsam der Talstation näherten. Schnell waren ihre Sachen wieder angezogen. Und als wäre nichts passiert stolzierten die Beiden aus der Gondel. Nur die vor Anstrengung roten Köpfe zeugten noch von dem Geschehen während der Talfahrt. Sarah und Alex waren vor Lachen kurz davor, sich auf dem Boden zu krümmen. „Lasst uns gehen! Ich hab jetzt Lust auf ein warmes Bad im Whirlpool.", schlug Sarah noch kopfschüttelnd vor.

III.

Inzwischen waren mit der Dunkelheit Minusgrade eingekehrt. Die Gruppe war sichtlich erschöpft an der Hütte angelangt. Als sie hinter dem Gebäude eingetrudelt waren, blickten sie Hang abwärts auf einen Whirlpool, der auf einem Holzpodest stand. Von dort aus führte eine kleine Holztreppe den Berg weiter hinab und endete vor einer weiteren Baumgruppe mit der versprochenen Außensauna. Diese war wie eine Blockhütte in Miniaturformat gestaltet. Sarah stellte noch den Whirlpool und auch die Sauna an, damit dort schnell die Betriebstemperatur erreicht werden konnte.

Um der Kälte zu entgehen, stiegen sie rasch in das angenehm warm blubbernde Nass. Als gäbe es nichts Selbstverständlicheres, hatte sich dabei die Runde ohne jede Hemmung komplett entkleidet. Auch Jake, als einziger Mann der Gruppe, hatte keinerlei Schamgefühl gezeigt und war dem Beispiel der Frauen gefolgt. Diese Gelegenheit konnte er sich natürlich nicht entgehen lassen. Eingehend studierte er nun die Köper der Frauen und verglich sie voller Interesse miteinander.

Vanessa hatte immer noch einen schlanken Körper mit ausgeprägten weiblichen Rundungen. Ihre Haut war durch ihre kreolische Abstammung von Natur aus etwas dunkler. Doch das Bezauberndste an ihr, war ihr herzliches Lachen und die strahlenden blauen Augen, welche von Zeit zu Zeit von ihren krausen, dunklen Locken verdeckt waren. Von den anwesenden Frauen

124

hatte sie die größten Brüste, die trotzdem schön geformt waren und etwa ein kleines D-Körbchen ausmachten.

Alex war die kleinste im Bunde. Sie hatte insgesamt italienische Züge und war eher zierlich und sportlich gebaut. Das athletische Aussehen wurde dadurch noch betont, dass sie ihre braunen Haare glatt nach hinten gebunden hatte. Auch sie hatte mit ihrem großen B-Körbchen wohlgeformte Brüste und gebräunte Haut.

Sarah hatte den hellsten Hautton, was aber gut zu ihren rotblonden Haaren passte. Sie musste sich nicht verstecken, denn auch sie war schlank und hatte einen schönen Körper. Eine Gemeinsamkeit war Jake sofort ins Auge gefallen: die Mädels waren allesamt im Intimbereich völlig glatt rasiert.

Natürlich waren die Augen der Frauen auch nicht untätig geblieben. Unverhohlen hatten sie seinen Körper inspiziert. Jake war mit seinen 1,85m durchaus groß gewachsen. Er war sicher nicht mehr so drahtig wie in seiner Jugend, konnte aber dank eines regelmäßigen Trainings stolz seinen muskulösen Körper präsentieren. Vanessa war sofort aufgefallen, dass er zwar immer noch volle blonde Locken hatte, aber sein Dreitagebart die ersten grauen Haare aufzuweisen schien.

Inzwischen waren die Badenden aufgewärmt und saßen plaudernd im blubbernden Wasser. Unverblümt erkundigte sich Alex plötzlich: „Wie hältst du das eigentlich hier oben aus, so ganz alleine in deiner Hütte auf dem Berg?" Sarah schaute unsicher in die Runde und sagte dann: „So ganz alleine bin ich nicht.

Etwas Hang abwärts ist noch eine Hütte. Da wohnt mein Nachbar Robert. Und wenn ich mal ein Problem habe, dann kommt er vorbei und hilft mir dabei."

„Ein Problem! Aha! Und welcher Probleme nimmt er sich dann für dich an?", fragte nun Vanessa und grinste die Erzählerin neugierig an. Dabei schien sie besondere Aufmerksamkeit auf die Doppeldeutigkeit des eben Gesagten zu legen. Sarah wurde feuerrot im Gesicht und stammelte: „Naja ihr wisst schon.... Was gute Nachbarn so füreinander tun... Na gut, ab und zu kommt er halt mal vorbei und wir trinken einen Wein zusammen. Dann kann es auch schon mal vorkommen, dass er bei mir schläft." „Hier oben muss man eben zusammenhalten. Und unter Freunden kann man sich auch gegenseitig warm halten.", führte sie weiter aus und schickte einen bedeutungsschweren Blick in Richtung Jake.

Unvermittelt richtete sie sich auf. Es machte ein wenig den Anschein, als wäre Sarah durch das Verhör peinlich berührt. „Ich habe für heute genug. Durch den ganzen Schnaps und die Wärme hier im Whirlpool dreht es mich schon ganz schön!", sagte sie wie zur Entschuldigung. Enttäuscht blickten die Anderen ihr hinterher und beobachteten, wie sie langsam aus dem Becken stieg.

Jake konnte nicht anders, als dabei noch einmal ihren wohlgeformten Hintern zu bewundern. Trotz seines kürzlich erlebten Orgasmus regte sich sein Geschlechtsteil erneut. Bei all den sichtbaren Reizen war dies aber auch kein Wunder. „Schaltet ihr bitte alles aus, wenn ihr geht?",

126

bat Sarah mit scheinbar schnapsschwerer Zunge und verschwand in Richtung Hütte. Beiden Frauen war der Zustand von Jakes Glied nicht entgangen und sie schmunzelten sich vielsagend an. „So, ihr Turteltäubchen, ich denke ich werde mal die Sauna testen gehen.", erklärte Alex, stieg auch aus dem Pool und ging in Richtung Sauna die Treppe hinab.

* * * * *

Vanessa hatte sich entspannt zurückgelehnt und genoss, wie die Blasen ihre Brüste umspielten. Mit ihrer Hand suchte sie das Knie von Jake und begann, es zärtlich zu streicheln. Ein wenig plauderten sie über belanglose Dinge. Erfreut konnte Vanessa feststellen, dass sie ihre gewohnte Vertrautheit wiedergefunden hatten.

„Soll ich dich massieren?", bot er ihr unvermittelt an. So ein Angebot konnte sie natürlich nicht ausschlagen und rutschte zwischen seine Beine. Dabei lehnte sie sich leicht zurück und bemerkte, dass seine Männlichkeit wieder zur vollen Größe gewachsen war. Zuerst begann er sanft, ihre Schultern zu kneten. Unter seinen Händen merkte er, wie ihre Muskulatur durch die Behandlung zunehmend weicher wurde. Langsam ging er auf ihren Rücken über und arbeitete sich mit gefühlvollem Druck unter Wasser zu ihrem Becken vor. Die Mischung aus Wärme des Wassers und der zärtlichen Massage lösten in ihr einen wohligen Schauer aus. Leicht öffnete sie die Beine, um den kraftvollen Luftblasen des Whirlpools Zugang zu ihrem Geschlecht zu gewähren.

Jakes Hände verfolgten unterdessen die Silhouette ihres Rückens an den Seiten wieder nach oben. Ihre Arme hatte sie aus dem Wasser genommen und griff nach hinten, um ihn zu umarmen. Jake lehnte einen Kopf auf ihre Schulter und streichelte weiter an der Unterseite ihrer Arme aufwärts. Sie rutschte immer näher auf ihn zu, so dass jetzt sein Ständer an ihren Rücken drückte. Genussvoll langsam war er dazu übergegangen, sanft mit ihren Brüsten zu spielen. Jake war jedes Mal aufs Neue fasziniert, wie weich und wohlgeformt ihre Brüste waren. Er hielt sie bedächtig in den Händen und umspielte mit den Zeigefingern ihre vor Lust abstehenden Nippel.

Mit einem Arm hielt Vanessa seinen Nacken immer noch umklammert und lehnte ihren Kopf gegen den seinen. Mit der anderen Hand musste sie dem Verlangen nachkommen, dass sich in ihrem Unterleib breit machte. Seine Liebkosungen genießend, biss sie sich auf die Unterlippe und öffnete langsam die äußeren Lippen ihres Geschlechts. Dabei umspielten die vielen Luftblasen ihre Klitoris und entlockten ihr ein heiseres Stöhnen. Zufrieden stellte sie fest, dass Jake ihrer Hand abwärts gefolgt war und nun auch ihre Lustperle rieb.

Die blubbernde Massage des Wassers und seine sanften Hände raubten ihr fast den Verstand. Sie konnte nicht mehr abwarten und erhob leicht ihr Becken. Dann griff sie hinter sich, nahm seinen Ständer in die Hand und führte ihn an ihre pochende Scheide. Mit zurück gelehntem Kopf ließ sie sich langsam auf ihm nieder. Immer heftiger stöhnend, begann sie ihn im Wasser zu reiten.

128

Doch Jake machte keine Anstalten ihrem Wunsch nachzukommen. Mit seinen kräftigen Händen drückte er ihr Becken abwärts und hielt sie mit Nachdruck auf seiner Erektion gefangen. Er war darauf bedacht, jetzt nichts zu überstürzen und wollte den Augenblick vollständig auskosten. Nach dem animalischen Sex in der Gondel war nun schließlich etwas Zärtlichkeit angebracht. Mit einer Anspannung seiner Beckenbodenmuskulatur schaffte er es, seine Erektion sanft hin und her zu bewegen, ohne auch nur einen Zentimeter aus ihrer heißen Spalte heraus zu rutschen.

Wie er jetzt so betont langsam seine Männlichkeit in ihr bewegte, empfand Vanessa hingegen fast als Qual. Schließlich merkte sie, wie gut sein großer Schwanz sie auszufüllen schien, konnte ihn aber nicht reiten, wie es ihr Körper verlangte. Hinzu kam, dass ihre Klitoris inzwischen dermaßen geschwollen war, dass die blubbernden Luftblasen sie ungehindert stimulieren konnten.

„Komm schon, ich halte das nicht länger aus!", flehte sie ihn an. „Sag bitte!", verlangte er von ihr und bekräftigte seine Aufforderung, indem er sie kräftig fixiert hielt. Zusätzlich begann er, zärtlich an ihrem Hals zu knabbern. Sie konnte nicht anders und wimmerte begierig: „Bitte!"

Ihren Wunsch folgend, hob er ihr Becken an, bis sein Ständer fast vollständig befreit war. Dann zog er sie wieder zu sich herunter und versenkte seine Männlichkeit in ihr. Diese Bewegung wiederholte er immer schneller werdend. Vanessa hatte jegliche Kontrolle verloren und stöhnte ihre Lust heraus. Endlich durchliefen die Wogen ihres Höhepunktes ihren Unterleib. Die orgastischen Zuckungen ihrer Scheide schienen seinen Schwanz förmlich auszusaugen. Mit einem heißen Schwall spritzte er seine Ladung in sie hinein. Kurz vor der Bewusstlosigkeit sanken sie in den Pool zurück und schmiegten sich aneinander, bis die letzten Wellen verebbt waren.

„Ich liebe dich.", entschlüpfte es ihr leise in ihrer postkoitalen Euphorie. Bereits während sie dies aussprach, hätte sie sich ohrfeigen können. ‚Warum muss ich Jake jetzt so überrumpeln?' wunderte sie sich erschrocken und hoffte insgeheim, dass er nichts gehört hatte. Ängstlich hielt sie inne und wartete auf eine Reaktion von ihm. Doch diese schien auszubleiben. Jake war sich nicht sicher, ob er eben richtig gehört hatte. Nun entschloss er sich, einfach so zu tun, als hätte er nichts wahrgenommen. Auf der einen Seite wollte er Vanessa nicht verletzen, auf der anderen Seite war er sich selber nicht sicher, was seine Gefühle zu ihr betrafen.

* * * * *

Der kurze Abstieg zur Sauna war nach der Wärme des Whirlpools eine angenehm prickelnde Erfrischung für Alex. Doch mittlerweile begann es, ihr zu frösteln und sie freute sich auf das bevorstehende Schwitzen. Jetzt kam sie an der Außensauna an und öffnete die Tür. Von drinnen schlug ihr eine schwüle Hitze entgegen. Im Dämmerlicht konnte sie mehrere bequeme Holzbänke erspähen.

Sie nahm sich ein Handtuch vom Regal neben der Tür und machte es sich bequem. Schnell hatte sie noch eine Kelle über die Saunasteine gegossen und sog den angenehmen Kräuterduft in sich auf, der von diesen aufstieg. Die Hitze schien sich auf ihren Körper auszubreiten und sie schloss, sich gemütlich zurücklehnend, die Augen.

Sie musste kurz weggedämmert sein, als sie ein kalter Lufthauch aus Richtung der Tür aufschrecken ließ. Vor ihr stand ein Hüne von einem Mann. Er hatte ein Handtuch um seine Hüfte geschlungen und schaute etwas verwundert, als er bemerkte, dass sich vor ihm eine nackte Frau räkelte. Er konnte nicht umhin, im Halbdunkel der Sauna ihre schönen Gesichtszüge und makellosen Körper zu bestaunen. Die ersten Schweißperlen schienen ihre Kurven noch mehr zu betonen.

„Oh!... Das tut mir leid.", stammelte er. „Ich wollte gerade ein wenig schwitzen gehen. Und ich hab mich schon gewundert, warum die Sauna schon angeheizt war.", versuchte er sich zu erklären. „Dann musst du wohl der Robert sein. Sarah hat uns schon von dir erzählt.", bemerkte Alex, richtete sich aus ihrer liegenden Position auf. Dabei machte sie keine Anstalten, ihre Reize zu verhüllen.

„Ich bin Alex und wohne gerade in der Ferienwohnung. Aber komm doch endlich rein! Du lässt ja die ganze kalte Luft herein!", forderte sie ihn auf. Er folgte ihrem bestimmten Appell sofort und schloss die Tür hinter sich, nachdem er vollends eingetreten war.

Unschlüssig schaute er sie an und stand wie angewurzelt vor ihr. „Komm schon, wir sind doch beide erwachsen. Und du warst doch sicher schon mal in der Sauna. Also werd endlich dein Handtuch los und mach es dir bequem. Oder willst du ewig dort stehen bleiben?", erkundigte sie sich in ihrer frechen Art. Das konnte er schlecht auf sich sitzen lassen. Er legte sein Handtuch ab und breitete es auf einer mittleren Liege aus. Was Alex nun zu sehen bekam, ließ ihren Atem stocken.

Bisher hatte sie ein solches Geschlechtsteil nur in Pornofilmen bewundern können. ‚Sollte er wirklich einen solchen Monsterschwanz haben? Und was für ein Umfang!' staunte sie fassungslos und überlegte, ob sie es schaffen würde, sein Glied im erigierten Zustand mit ihren zierlichen Händen zu umfassen. Unweigerlich fühlte sie sich an den schwarzen Dildo erinnert, den Vanessa während des damaligen Wochenendes präsentiert hatte.

Mit einem Kopfschütteln lenkte sie ihre Aufmerksamkeit wieder auf den Rest des Mannes vor ihr. Schon nach seinem Eintreten, hatte sie seinen massiven, aber trotzdem gut definierten, Oberkörper registriert. Sogar ein Sixpack zeichnete sich auf seinem Bauch ab. Er musste etwas über 1,90m groß sein und hatte rabenschwarzes kurzes Haar. Ein kurz getrimmter Vollbart erinnerte an das typische Bild eines Holzfällers. Seinen Intimbereich hatte er bis kurz oberhalb seines Gliedes rasiert und den Rest seiner Körperbehaarung kurz getrimmt.

Robert hatte seine anfängliche Beklommenheit überwunden und machte es sich nun bequem. Dabei kamen sie in einem rechten Winkel gegenüber zu liegen und berührten sich wie zufällig mit den Füßen. Die Wärme hatte sich nach dem Schließen der Tür wieder ausgebreitet und drang angenehm in seine Muskeln. Kurz überlegte er, ob er ein Gespräch mit der hübschen Frau beginnen sollte. Wegen der Zunehmenden Hitze entschied er sich aber dagegen und schloss seine Augen.

Alex war über die erste Verblüffung hinweggekommen und genoss jetzt das Gefühl, wie sich die Schweißperlen auf ihrem Körper sammelten. Trotz der hohen Temperatur bekam sie eine Gänsehaut, als sie merkte wie einige Tropfen ihren Busen hinab über ihren Bauch liefen. Mittlerweile kam ein dumpfes aber wohliges Ziehen in ihrem Unterleib hinzu, dass sie nur allzu gut kannte. ,Dann wollen wir doch mal sehen, ob sein bestes Stück noch wachsen kann.' dachte sie insgeheim und begann langsam, sich über ihre verschwitzten Brüste zu streicheln. Dabei tat sie so, als wolle sie lediglich den Schweiß verteilen.

Robert schien ihre Aktion jedoch keines Blickes zu würdigen und behielt weiter seine Augen geschlossen. Mit einem leichten Seufzer versuchte sie, seine Aufmerksam auf ihr Tun zu lenken. Träge öffnete er seine Augen einen kleinen Spalt und sah, wie sich Alex von ihren Brüsten herab über ihren Bauch streichelte. Dabei kaute sie mit einem erregten Gesichtsausdruck auf ihrer Unterlippe herum. Doch ihre Hände schienen am Bauch nicht anzuhalten. Sie winkelte ein Bein an und fuhr fort, den Schweiß auf ihrem Körper zu verteilen. Diese

Bewegung gewährte ihm einen vollen Blick auf ihre glatte Scham.

Robert versuchte weiter, den Eindruck aufrecht zu erhalten, als würde er ruhen. Jedoch konnte er nicht verschleiern, dass seine beginnende Erregung sein Glied wachsen ließ. Auch Alex war diese Tatsache nicht verborgen geblieben. Mit einer gewissen Genugtuung und steigendem Verlangen glitt ihre Hand nun über die leicht geschwollenen Schamlippen. Sie wusste, die Feuchtigkeit die sie dort vorfand, war nicht nur dem Schweiß zu zuschreiben. Ihrer Lust nachgebend, spreizte sie sanft ihre Lippen und öffnete weiter ihr Geschlecht. Ihre Klitoris schien bereits massiv angeschwollen zu sein.

Ein Blick auf ihren Schwitzpartner zeigte, dass auch sein Schwellkörper die maximale Größe erreicht hatte. Erneut inspizierte sie fasziniert die Größe seiner Erektion. Obwohl sein Körper ihn verraten hatte, schien er noch immer so zu tun, als würde ihn die gebotene Show kalt lassen. ‚Na warte, du Schauspieler!' frohlockte Alex in sich hinein und begann sanft, ihre Lustperle zu bearbeiten. Ihr leises Wimmern wurde dadurch immer lauter.

‚Sollte sie wirklich denken ich schlafe noch, oder treibt sie ein Spiel mit mir?' fragte sich Robert und brauchte alle Zurückhaltung, sich nicht an seinen Ständer zu fassen und ebenfalls Erleichterung zu verschaffen. Ohne viel Widerstand versenkte Alex nun zwei Finger in ihrer klatschnassen Höhle und ließ sie mit immer schneller werdenden Bewegungen raus und rein gleiten.

Jede Hemmung verlierend, stöhnte sie schließlich ihre Lust heraus.

So viel Selbstbeherrschung konnte Robert dann doch nicht aufbringen und griff nach seinem Glied. Langsam massierte er seinen Ständer und schaute ihr jetzt unverhohlen zu. „Na endlich! Und ich dachte schon du taust nie auf! Wenn du magst kannst du auch mitmachen.", ließ sie ihn wissen, ohne ihre Selbstbefriedigung zu unterbrechen. Robert ließ sich nicht dreimal bitten und sprang von seiner Liege. Alex hatte sich aufgesetzt und spreizte einladend ihre Beine. Mit einem Ruck hatte er ihr Becken an die Kante der Liege gezogen und positionierte seinen Schwanz an ihrer glänzenden Scham. Vorsichtig drückte er dann mit der Spitze seines Gliedes ihre glitschigen Lippen auseinander.

Mit sanftem Druck führte er seine Eichel mehrfach durch ihren Scheidenvorhof und benetzte so seine Eichel mit ihrer Feuchtigkeit. Durch ihr Stöhnen bestätigt, drückte er sein Becken weiter nach vorne und drängte einige Zentimeter seines Ständers in sie hinein. Sie war von Sinnen, als sie merkte, wie er sie langsam dehnte und seinen Harten immer weiter in sie hinein schob. Robert griff nach ihren Beinen, zog sie weiter zu sich heran und versenkte dabei immer mehr seiner fleischigen Männlichkeit in ihr.

Nachdem er beinahe bis zum Anschlag verschwunden war, zog er langsam seinen Schwanz wieder heraus. Ein Blick nach unten zeigte ihm, dass er vollständig mit ihren Liebessäften benetzt war und im dämmerhaften Licht zu glänzen schien. Alex hielt sich stöhnend an der Liege fest, als er erneut in sie eindrang. Inzwischen konnte er fast ohne Widerstand in sie hinein gleiten. Immer schneller stieß er sein Becken nach vorne und klatschte mit seinem Schambein gegen ihre nasse Klitoris.

Alex krümmte sich vor Lust und feuerte ihn heiser an. „AhhhHH, ich komme!", warnte sie ihn kurz, als sie ihren Höhepunkt über sich kommen merkte. Auch Robert war durch ein Ziehen in seinen Hoden vorgewarnt, zog seinen Schwanz aus ihr heraus und pumpte die satte Ladung seiner Ejakulation auf ihren Bauch. Alex grinste ihn erschöpft an und kostete die letzten Wellen ihres Orgasmus aus, indem sie ihre sensible Scham streichelte. „Schön dich kennen zu lernen, Robert!", sagte sie grinsend. Damit war sie aufgestanden, gab ihm einen leidenschaftlichen Kuss und verschwand mit ihrem Handtuch in der prickelnd, kalten Dunkelheit.

IV.

Die Schwünge der kleinen Gruppe wurden immer gekonnter. Robert hatte sich als Skilehrer dazugesellt und gab hier und da Hinweise, die von Alex und Vanessa fleißig umgesetzt wurden. Der schnellere Teil der Gruppe legte von Zeit zu Zeit eine kleine Pause ein, um den Rest aufholen zu lassen. Aber auch diese Abstände wurden mit dem steigenden Können immer kürzer. Der Himmel war immer noch strahlend blau und machte das Skifahren umso angenehmer. Das Fünfergespann genoss die Zeit sichtlich und auch Robert fand schnell Anschluss zur Gemeinschaft. Als wären sie schon Jahre befreundet, stieg er in die ständigen Scherze und teils schlüpfrigen Frotzeleien mit ein.

Nur Vanessa schien seit dem Vorabend etwas in sich geschlossen. Zwar lachte sie wie die anderen Frauen, als Jake die Gruppe mit einem gekonnten Schwung einschneite, aber hin und wieder schaute sie in seine Richtung und hatte einen eigenartigen Blick in ihren schönen blauen Augen. Er wunderte sich, warum ihn diese Beobachtungen zunehmend missmutiger werden ließen. Hätte er bei der Aussicht auf eine Woche im Schnee und vermutlich viel ungezwungenem Sex nicht gute Laune haben müssen? Tief in seinem Inneren nagte eine leise Ahnung für den Grund seiner eigenartigen Stimmung. Mehr und mehr viel ihm auf, dass er immer wieder Vanessas Nähe zu suchen schien. Ständig schaute er in ihre Richtung und hoffte auf einen Blickkontakt mit ihr.

137

Sollte er sich aufs Neue in sie verliebt haben? Scheinbar waren seine Gefühle ihr gegenüber nie wirklich verloschen, sondern hatten während der getrennten Zeit nur geschlummert. Vielleicht war das auch der Grund, warum seine zwischenzeitlichen Beziehungsversuche nur von kurzer Dauer gewesen waren. Als er sich darüber so langsam klar wurde, durchlebte er ein richtiges Wechselbad der Gefühle. Zuerst überkam ihn eine unglaublich euphorische Gemütslage, dann jedoch gesellten sich auch Zweifel hinzu. Konnte es etwa schon zu spät sein, wenn er ihr jetzt seine Gefühle gestand? Mehrfach versuchte er, mit ihr alleine in den Lift zu steigen, scheiterte aber stets aus den unterschiedlichsten Gründen. Schließlich beschloss er, sie am Abend zur Seite zu nehmen und ihr seine Gefühle zu beichten.

Als die Beine später am Abend immer schwerer wurden, entschloss sich die Runde, den Tag in einem urigen Restaurant auf einer Hütte ausklingen zu lassen. Zuvor wollten sich alle noch frisch machen und in Schale werfen. Also traten sie den Rückweg zur Hütte an. Sarah hatte sich als erste geduscht und kam nun in einem zünftigen Dirndl in die Ferienwohnung, wo die Anderen noch auf die Dusche warteten. „Wenn wir schon in das Restaurant gehen, müssen wir uns wenigstens standesgemäß anziehen.", schlug sie vor und präsentierte stolz ihre Tracht. Begeistert stimmte der Rest der Gruppe der Kleiderwahl zu. Für die Frauen waren in Sarahs Schrank schnell passende Trachtenkleider gefunden, die Alex und Vanessa erstaunlich gut passten. Robert hatte gemäß der gewählten Kleiderordnung für sich und Jake

138

eine lange Lederhose mit Latz gefunden. Auch der Rest der Garderobe wurde stimmig auf den Anlass angepasst. Zünftig bekleidet, machte sich die Runde auf den Weg in das Restaurant.

Als sie in die Wirtschaft eintraten, mussten sie feststellen, dass fast alle Tische bereits belegt waren. Nur ein kleiner Ecktisch war noch frei und wurde schnell von ihnen besetzt. Von hier aus hatten sie alle eine gute Sicht auf das umtriebige Geschehen im Raum. „Mensch, heute Abend ist ja richtig was los!", bemerkte Robert und deutete auf eine lautstarke Gruppe am anderen Ende der Stube. Dort feuerten sichtlich angetrunkene Männer ihren Kumpel auf einer kleinen Behelfsbühne zu einem Karaoke Song an. Von dem bunten Outfit des etwas lallenden Sängers zu urteilen, handelte es sich um einen Junggesellenabschied.

In dem Nebenzimmer ging es ähnlich lautstark zu. Auch hier feierte eine mit Diadem bestückte und in einem rosa Ballettkleid bekleidete Frau ihren Abschied vom Singleleben. Bei den Hauptakteuren der beiden Gruppen schien es sich um Braut und Bräutigam derselben Hochzeit zu handeln, da es zwischen den Anwesenden zu einem regen Austausch von frisch geschossenen Bildern auf den Smartphones kam. Dabei schien ein regelrechter Wettkampf um die bessere Stimmung und die lustigsten Fotos im Gange zu sein. Die Gruppen bestanden aus jeweils etwa sechs bis acht Personen, die sich in den unterschiedlichsten Stadien der alkoholischen Verneblung befanden.

* * * * *

Von der guten Laune in den Bann gezogen, schauten die Freunde dem Geschehen eine Weile zu. Schnell waren auch die Getränke bestellt. Inzwischen hatte ein großer Teil der unbeteiligten Gäste das Lokal verlassen. Wer jetzt noch geblieben war, ließ die ansteckende Wirkung der geselligen Stimmung auf sich wirken. Auch das junge Personal war sichtlich amüsiert und spendierte hier und da Getränke. Vergnügt bemerkte Alex, wie die Gruppen sich immer mehr zu mischen schienen und die anfängliche Trennung der Feiernden zunehmend verschwand.

Nach einigen Runden Obstler kam plötzlich ein Mann des Junggesellenabends auf die Gruppe zugestürzt. Hastig erklärte er, dass er sich gerade im Wettkampf mit dem Bräutigam befand. Seine Aufgabe war es, möglichst viele Kleidungsstücke von anwesenden Frauen einzusammeln. „Was willst du denn von uns haben?", fragte Alex voller Interesse. „Naja, die Kleidungsstücke haben einen unterschiedlichen Punktewert. Normale Sachen wie Pullover und so was gibt zehn, BHs fünfzig und Slips sogar einhundert Punkte!", stammelte er leicht errötend.

Seine Gesichtsfarbe verdunkelte sich sogar noch mehr, als er verdutzt zusah, wie Alex ohne zu zögern unter ihrem Dirndl das Höschen auszog und ihm grinsend entgegen hielt. Mit einem herausfordernden Blick schaute sie in Richtung ihrer Mitstreiterinnen. Etwas zögerlich folgten sie dem Beispiel von Alex, bis der

Fremde drei kürzlich getragene Slips in den Händen hielt. Einen kurzen Moment hielt er inne und schien an der Realität des Geschehens zu zweifeln.

Dann rannte er zurück zum Schiedsrichter des Spieles und präsentierte seine Beute. Im gleichen Moment traf der Bräutigam ein und hatte nur einige Pullover und einen BH vorzuweisen. Mit einem lautstarken Beifall wurde der Slip-Pirat als Sieger gefeiert. Als sich die anderen Gäste nach der Herkunft der Unterwäsche erkundigten, deutete der Gewinner in Richtung der Frauen. Alex winkte kess und nickte zustimmend. Sie schien die ungeteilte Aufmerksamkeit der Anwesenden sichtlich zu genießen, wohingegen Sarah und Vanessa schüchtern den Blick gesenkt hielten.

Die Feier war mittlerweile in vollem Gange und es machte sich ein gewisses Knistern im Raum bemerkbar. Sicher war es zum Teil auch dem steigenden Alkoholspiegel zu schulden. Mehr und mehr kam es aber auch zu versehentlichen Körperkontakten unter den Feiernden und zu teils anzüglichen Bemerkungen. Mit überraschten Rufen und einigen Pfiffen wurde nun der Vorschlag für das nächste Spiel begrüßt. Die Trauzeugen hatten den Plan unterbreitet, das bekannte Spiel Twister etwas abzuändern und ein Element mit Entkleidungen einzubauen. Scheinbar war so etwas Ähnliches schon geplant gewesen, denn der Rädelsführer kramte schnell die notwendigen Utensilien, mit zwei Farbmatten und Drehrad, im mitgebrachten Partygepäck hervor. Nachdem einige Tische im Nebenraum beiseite gestellt waren, konnten die Matten ausgebreitet werden.

Als Drahtzieher des Spiels bekamen der Trauzeuge und die Trauzeugin die Aufgabe, abwechselnd das Rad zu drehen. Die zukünftige Braut und der Bräutigam bekamen den aktiven Part auf der Matte zugewiesen. Nur die Suche nach zwei weiteren Wettstreitern gestaltete sich etwas schwieriger. Scheinbar reichte der Pegel für die meisten Anwesenden noch nicht aus, den Mut aufzubringen, sich vor den anderen zu entkleiden. Neugierig auf diese erotische Variante des Spieleklassikers gab Alex den vor ihr stehenden Sarah und Robert einen sanften Stoß, so dass diese überrascht in den Kreis der Wartenden taumelten.

Mit einem Achselzucken grinste Robert in Richtung Sarah und ergab sich seinem Schicksal. Gespannt lauschten sie nun den Erklärungen der neuen Spielregeln. „Es funktioniert alles genau wie bei dem bekannten Spiel Twister. Der einzige Zusatz ist, dass wenn der Zeiger auf Rot landet, sich eines Kleidungsstückes entledigt werden muss. Bei Blau muss man passender Weise einen Schnaps trinken.", erläuterte der Trauzeuge und hielt zur Erklärung die Drehscheibe in die Luft. „Zum Trinken und zum Ausziehen darf man sich erheben, muss danach aber sofort wieder in die vorhergehende Stellung zurückkehren. Der letzte, der übrig bleibt, hat gewonnen. Wenn man umfällt, hat man noch eine Chance in das Spiel zurück zu kehren. Man muss sich vollkommen nackig machen!", führte er weiter aus. Die Zuschauer bildeten in neugieriger Erwartung einen Kreis um die nebeneinander ausgebreiteten Spielmatten.

Als die Mitspieler sich auf den Unterlagen eingefunden hatten, drehte die Trauzeugin kräftig und wartete, bis der Zeiger wieder zum Stehen kam. „Blau! Rechter Fuß!", verkündete sie das Ergebnis. Sofort wurden vier Schnapsgläser mit Obstbrand gereicht und gelehrt. Dann positionierten die Aktiven einen Fuß auf einem blauen Feld. Weiter ging es mit „Linke Hand auf Gelb.", danach „Linker Fuß auf Blau.". Wieder wurde ein Schnaps getrunken und zur vorherigen Positionen zurückgekehrt. Als der Zeiger auf der Position Rot und rechter Fuß landete, konnte man einen kurzen Moment lang Zweifel auf den Gesichtern der Mitspieler ablesen.

Schließlich überwanden sie ihre Bedenken und zogen jeweils ein Kleidungsstück aus. Insgeheim musterte Sarah ihre Gegner. Die Braut war eine dunkelhaarige Frau, die durchaus sportlich wirkte. Gemeiner Weise stand sie ohne das Ballettkleid nur noch mit Slip und trägerlosen BH auf der Matte. Die beiden Männer hatten sich schnell ihrer Hemden entledigt und präsentierten ihre nackten Oberkörper. Der Bräutigam war ein relativ kleiner und sehr untersetzter Kerl mit kurz geschorenen Haaren. Er machte schon einen deutlich angetrunken Eindruck.

Sarah stand nun ohne ihr Dirndl, nur noch in Unterrock und Unterbluse da. Wie ein Blitz durchfuhr sie plötzlich die Einsicht, dass sie für das andere Spiel bereits ihren Slip geopfert hatte. Die Gewissheit, dass ihre täglichen Yogaübungen ihr beim Twister einen gewissen Vorteil verschaffen würden, beruhigte sie hingegen wieder ein wenig. Zurück in ihrer Position lauschte sie dem nächsten Kommando und genoss ein wenig das Prickeln, welches das Gefühl hinterließ, unten herum unbekleidet zu sein.

„Rechte Hand, Grün!", wurde nun verkündet. Inzwischen waren die Mitspieler schon deutlichen Verrenkungen unterworfen. Dem angetrunkenen Bräutigam schien dies bereits zu viel zu sein. Mit einer ungeschickten Bewegung plumpste er auf seinen Hintern. „Ausziehn! Ausziehn!", folgten umgehend die Rufe aus der Menge. Nach einem kurzen Schulterzucken hatte er sich seiner restlichen Bekleidung entledigt und stand splitterfasernackt im Raum. Er schien aber schon so angetrunken zu sein, dass ihn das erstaunlich unbekümmert ließ. So ging er in seinem Adamskostüm wieder auf die Position und ignorierte die ständigen frohlockenden Pfiffe aus dem Publikum.

„Rot, rechte Hand", kam die neue Aufgabe. Nach einer kurzen Stripeinlage nahmen die Spieler wieder ihre Haltung ein. Der ungeschickte Bräutigam schien keine Balance mehr aufbringen zu können und saß bereits wieder auf seinem Hintern. Mit einem resignierten Gesichtsausdruck trat er an die Seite des Spielfeldes und zog sich geschlagen wieder seine Sachen an. Sarah hatte noch ihren Unterrock und einen BH an. Robert war nur noch eine Boxershorts geblieben und er zeigte ebenfalls deutliche Schwierigkeiten, in der eingenommenen Stellung noch das Gleichgewicht halten zu können.

Hinzu kam, dass die Braut sich so über ihn beugen musste, dass ihre vollen und nunmehr entblößten Brüste vor seiner Nase baumelten. Der kurze Augenblick

144

der Ablenkung reichte aus und er fiel zu Boden. Die folgenden Rufe sich auszuziehen, kam er vom Ehrgeiz gepackt umgehend nach. Wieder nahm er die Position ein und kam mit dem Gesicht den Brüsten der Braut gefährlich nahe. Mit einem tiefen Atemzug nahm er ihren Duft in sich auf.

Nach zwei weiteren Runden gelb und grün war Sarah förmlich gezwungen, sich auf seinen Schoß zu setzen, um mit der Hand das geforderte Feld zu erreichen. Dabei drückte sie Robert ihren Busen ins Gesicht und grinste die Braut an, die verzweifelt versuchte, sich weiter aufrecht zu halten. Von ihrem Unterrock verborgen kam ihre entblößte Scham dabei Roberts schlaffem Glied gefährlich nahe.

Er riss verblüfft seine Augen auf, als er merkte, wie sie sich fast unmerklich weiter nach unten gleiten ließ und sanft mit ihren Schamlippen über seinen Schwanz rutschte. Er musste all seine Konzentration aufwenden, dass er vor den anderen Anwesenden keine Erektion bekam und somit preisgab, was sich hier gerade abspielte. Doch Sarah schien das nicht zu kümmern. Mit langsamen Bewegungen fuhr sie fort ihr Becken gegen ihn zu drücken und leckte erregt mit der Zunge über ihre Oberlippe. Verzweifelt wartete Robert auf die nächste Zeigerdrehung, um aus dieser Situation gerettet zu werden.

Qualvoll langsam verstrich die Zeit und er bemerkte fassungslos, wie Sarah durch das kleine Spielchen scheinbar immer feuchter zu werden schien. Ohne jeglichen Widerstand glitt sein fester werdendes

145

Glied unter ihren warmen Lippen hindurch. Dieser Umstand ließ ihn schließlich vollends das Gleichgewicht verlieren und er plumpste zu Boden.

Da er nun aus dem Spiel ausgeschieden war, zog er sich seine Sachen wieder an, auch um seine beginnende Erektion schnell zu verbergen. Zu seinem Glück waren die Zuschauer abgelenkt und beobachteten fasziniert, wie die Braut und Sarah mit fast Schlangenmensch ähnlichen Verbiegungen um den Sieg kämpften.

Nach einigen Runden war die Braut nackt und Sarah hatte noch ihren Unterrock an. Mit einer erneuten Drehung kam der Zeiger nun auf einem schier unmöglichen Feld für die Braut zu stehen und sie musste sich unter dem Jubel der Anwesenden Sarah geschlagen geben. Somit stand sie vom Boden auf und half Sarah nach oben. Nachdem sich die Akteure unter dem andauernden Beifall wieder angezogen hatten, zog die Trauzeugin Sarah mit sich, um ihr den gewonnen Preis zu überreichen.

V.

Jake und Robert waren kurz mit dem Bräutigam ins Gespräch vertieft. Als sie an den Tisch zu den Frauen zurückkehrten, wurden sie von drei schmunzelnden Gesichtern empfangen. „Na, was ist denn hier los?", erkundigte sich Robert neugierig. „Wir haben den Preis ausgepackt.", erklärte Sarah und zog ihre Augenbrauen vielsagend nach oben. „Und? Was war's denn?", fragte Jake interessiert. Das Grinsen der Frauen verbreitete sich noch, als Vanessa eine leere Schachtel auf den Tisch legte.

Darauf abgebildet war ein weiblicher Unterkörper, der mit einem äußerst spärlichen Slip bekleidet war. Daneben wurde in einer Illustration die Unterwäsche im Detail gezeigt. In der Mitte des Strings konnte man eine kleine, raue Erhabenheit erkennen. „Vibratorslip mit Funkfernbedienung.", las Robert die Beschreibung auf der Verpackung vor. Verdutzt schauten sich die Männer jetzt an.

„Wir haben uns ein kleines Spiel ausgedacht.", erklärte Alex und legte eine kleine, schwarze Fernbedienung auf die Tischmitte. „Eine von uns hat jetzt wieder einen Slip an. Und ihr müsst mit der Fernbedienung herausbekommen, wer das ist!", führte sie weiter aus. Robert nahm neugierig die Fernbedienung in die Hand und betrachtete eingehend das kleine schwarze Kästchen. Mittig befand sich ein flaches Rad. Nachdem er es ein kleines Stück gedreht hatte, ging eine rote Lampe am oberen Ende der Fernbedienung an und zeugte vom nun laufenden Betrieb der Gerätschaft.

Mit einem fragenden Gesichtsausdruck blickten die Männer in die Augen der Frauen. Diese saßen jedoch mit einem geübten Pokerface vor ihnen. Wer auch immer den Slip mit integriertem Vibrator trug, schien von der niedrigen Betriebsstufe vorerst unbeeindruckt zu sein. „Lass mich mal sehn!", platzte Jake heraus und nahm die Fernsteuerung aus Roberts Hand. Ausgiebig betrachtete er die Mienen der Frauen, während er langsam das Rad weiterdrehte. Weiterhin war keine Veränderung der Gestik zu beobachten.

Ohne einen Hinweis auf die gesuchte Person zu ergattern, drehte Jake das Rad eine weitere Stufe nach oben. Mittlerweile war fast ein Drittel der möglichen Intensität erreicht. Einen kurzen Augenblick schien es, als würde Alexandra nervös auf ihrer Unterlippe kauen. ‚Das würde ja gut zu der draufgängerischen Alex passen!' überlegte er kurz und ließ das Rad noch eine winzige Stufe weiterrutschen.

Jetzt warf Alex ihren Kopf etwas nach hinten und er bekam den Eindruck, dass sie fast lautlos zu stöhnen begann. Erfreut über seine Entdeckung stieß er Robert in die Rippen. Dieser grinste ihn an, als auch er sah, dass Alex die beiden Männer mit einem verklärten Blick fixiert hielt und immer heftiger atmete. Jake lächelte amüsiert und drehte die Fernsteuerung weiter auf halbe Kraft.

Alex schien sich keine Gedanken mehr um die umherstehenden Gäste zu machen, als sie nun lautstark aufstöhnte und unverhohlen ihre Lust kundtat. Inzwischen hatte sie beide Hände in den Schoß gelegt und tat so, als wolle sie die Stimulation abwehren. Immer schneller wurde ihre Atmung, bis sie unvermittelt innehielt und langsam ihre Zunge herausstreckte. „Verarscht!", lachte sie lauthals. Zum Beweis stellte sie sich auf die Bank und entblößte ihre nackte Scham, indem sie ihr Dirndl kurz anhob.

Zuerst hatte es Vanessa für eine dumme Idee gehalten, gleich an Ort und Stelle den Preis eines Testlaufs zu unterziehen. Da sie aber schon den gesamten Tag etwas missmutig war, wollte sie auf andere Gedanken kommen und hatte sich bereiterklärt, den vibrierenden Slip unter ihr Dirndl zu ziehen. Hinzu kam, dass auch sie schon einen ordentlichen Schwips hatte und die zuvor gebotenen Showeinlagen als durchaus erregend empfand.

Am Anfang hatte sie feststellen können, wie die zunehmenden Schwingungen von der Unterwäsche auf ihren Unterleib übergingen. Auf der niedrigen Stufe hatte sie es problemlos geschafft, sich nichts anmerken zu lassen. Doch ihr Kitzler schien durch die gleichmäßige Stimulation immer stärker anzuschwellen und kam damit der Quelle der zunehmenden Vibrationen gefährlich nahe.

Als Jake dann die Intensität weiter erhöhte, war sie froh, als Alexandra plötzlich ihr Ablenkungsmanöver gestartet hatte. Doch nach der weiteren Steigerung der Vibrationsstärke, musste sie sich förmlich am Tisch festklammern, um nicht lauthals aufzustöhnen. Fast beiläufig stellte sie fest, wie sich ihre Nässe inzwischen durch den Slip zu arbeiten schien.

Nach der Auflösung der Finte durch Alex, schauten sich Jake und Robert verwundert an. Dann

149

blickten sie fragend in Richtung der verbleibenden Kandidatinnen. Da diese nebeneinander saßen, konnten sie schnell ihre neugierigen Blicke hin und her schweifen lassen. „Das wäre doch gelacht!", platzte Robert heraus und riss die Fernbedienung ungeduldig an sich. Nach kurzem Abwägen drehte er das Rad weiter auf dreiviertel der maximalen Stärke.

Inzwischen war bei genauem Hinhören sogar ein leises Summen von der anderen Seite des Tisches auszumachen. Vanessa hatte keine Chance mehr und gab ihrer Erregung nach. Mit lustvoll verklärtem Blick begann sie laut zu seufzen. Sie musste sich auf die Unterlippe beißen, um nicht in voller Lautstärke zu stöhnen. Stolz über ihre Entdeckung, grinsten die Männer sie nun an.

„Wer traut sich und singt noch einen Karaoke Song?", war der fragende Ruf von der Behelfsbühne zu vernehmen. Vanessa war so auf die angenehme Stimulation fokussiert, dass sie zu spät bemerkte, wie Alex ihren Arm ergriff und einer Meldung gleich nach oben riss. „Wir würden gerne ein Duett singen!", rief sie, noch bevor Vanessa sich wehren konnte.

‚Bloß das noch!' dachte sich Vanessa, als sie von ihrer Freundin nach vorne gezogen wurde. Die Vibrationen in ihrem Höschen machten ihr es schwer, sich auf den wackeligen Beinen zu halten, die vor Lust ganz weich geworden waren. Und nun sollte das Spielchen sogar noch vor Publikum fortgesetzt werden.

„Habt ihr auch ‚You're the one that I want' aus dem Musical Grease?", erkundigte sich Alex, als sie an der Bühne angekommen waren. Vanessa hätte vor Erregung fast neben das Mikrophon gegriffen, das ihr entgegengehalten wurde. Ein Blick zum Tisch zurück zeigte ihr, wie die beiden Männer mit großen Augen vor der Fernbedienung saßen.

Den Beginn des Liedes hielt Vanessa noch tapfer durch, obwohl Intensität von ihnen gnadenlos nach oben geschraubt wurde. Kurz wunderte sie sich, ob die Zuschauer das Summen nicht hören konnten. In der Mitte des Songs brachte sie kaum noch einen geraden Ton hervor. Nur in dem Part des Liedes, bei der Olivia Newton John „Uh uh uh…" sang, schaffte sie es noch, ihr Stöhnen zu verbergen. Mussten die Anwesenden Gäste nicht längst Wind von dem Geschehen bekommen haben? Kurz vor ihrem eigenen Höhepunkt war auch das Ende des Liedes erreicht.

Sie konnte sich nicht mehr auf den Beinen halten, als sie die Wellen ihres Orgasmus über sich kommen merkte. Zum Glück deuteten die unbedachten Zuschauer dies als eine letzte künstlerische Showeinlage und vielen in den tosenden Applaus mit ein, der vom Tisch der Männer und Sarah angestiftet wurde.

* * * * *

‚Zum Glück ist die Hochzeit erst in ein paar Tagen und ich habe noch etwas Zeit, um meinen Kater los zu werden!' überlegte sich der Bräutigam, als er bemerkte, wie angetrunken bereits war. Aber er beschloss, sich jetzt darüber nicht den Kopf zu zerbrechen. So stand er wankend auf, um sich auf der Toilette zu erleichtern.

Staunend schaute er sich auf dem Herrenklo um. Auch hier war die Einrichtung, wie im Rest des Lokals, urig gestaltet. Die Wände bestanden stimmiger Weise aus gebrauchtem Holz.

Genüsslich entleerte er nun seine volle Blase im Pissoir. Wie er so schwankend gegen die Wand lehnte, ließ er seinen Blick zu den Toilettenabteilen schweifen. Ganz an der linken Seite viel ihm etwas ins Auge. Nachdem er sein Geschäft verrichtet hatte, ging er die Eigenart des letzten Klo-Abteils untersuchen. In den Balken der rustikalen Holzwand war eine viereckige Klappe aus Holz vor ein relativ großes Loch geschoben. Das kleine Brett war vor der Öffnung nur an einer Schraube befestigt und ließ sich ohne Mühe beiseiteschieben. Neugierig ging er in die Knie und warf einen Blick durch das Loch.

Was er hier sah, verschlug ihm im ersten Moment den Atem. Er hatte einen freien Blick auf das Damenklo auf der anderen Seite der Wand. Dort standen zwei Frauen in einer Umarmung umklammert. Von seiner Position aus war die Sicht nur auf eine der beiden Frauen beschränkt. So konnte er momentan nicht mehr als einen schlanken Frauenrücken und einen knackigen Hintern sehen. Ein leises Schluchzen ließ ihn vermuten, die ihm abgewandte Frau müsse weinen. Auch schien sie von der anderen Person getröstet zu werden. Von der Unterhaltung konnte er hingegen nicht viel hören.

Das Trösten nahm schließlich sogar noch eine andere Dimension an, als sie ihre Umarmung lösten und begannen, sich innig zu küssen. Der Austausch von

152

Zärtlichkeiten wurde immer heftiger und der Bräutigam hatte Schwierigkeiten, sich von dem gebotenen Schauspiel zu lösen. Bereits die vorangegangenen Spiele hatten ihn an diesem Abend immer wieder erregt. Als er nun beobachten konnte, wie zarte weibliche Hände den festen Frauenpo griffen und ihn sanft streichelten, bekam er schnell eine pralle Erektion.

Kurz vergewisserte er sich, dass sich niemand weiter im Herrenklo befand und schloss sein Toilettenabteil. Dann befreite er seinen Ständer aus der Hose und begann, ihn langsam zu streicheln. Erneut kniete er sich nieder und warf einen Blick durch das Loch. Dabei war er bemüht, möglichst geräuschlos zu sein, um nicht entdeckt zu werden. Im Damenklo schien es mittlerweile immer heftiger zur Sache zu gehen, denn er konnte ein heiseres Stöhnen vernehmen. Noch immer konnte er nicht erkennen, um wen es sich bei den Frauen handeln konnte. Fasziniert fuhr er fort, seinen Steifen zu massieren.

Etwas erschrocken sah er mit an, wie die abgewandte Person ihre Partnerin mit erregungsvollem Nachdruck gegen die Wand drückte. Dadurch rückte der sichtbare Frauenhintern genau vor die Öffnung und versperrte sein Blickfeld. Enttäuscht über den Abbruch der gebotenen Show, richtete er sich wieder auf und schaute missmutig auf seine Erektion, die noch unbefriedigt empor stand. Er hatte schon fast seine Hose wieder hoch gezogen, als er plötzlich eine etwas verblassende Inschrift über der Klappe eingeritzt sah. ‚*Steck in `nei; und glücklich sei*' war darauf zu lesen.

‚Sollte damit wirklich gemeint sein, was ich vermute?' wunderte er sich unschlüssig. Er trat erneut an das Loch heran und hielt seinen Ständer vor die Öffnung. Einen kurzen Moment zögerte er und dachte an seine zukünftige Braut. ‚Noch bin ich schließlich Junggeselle!' entschied er beschwipst und gab seinem Verlangen nach. Sein Alkoholrausch hatten seine animalischen Instinkte vor die Vernunft geschoben und er drückte seinen Schwanz durch das runde Fensterchen. Dabei schien die Öffnung ausreichen Platz zu bieten, ohne dass er Gefahr lief, sich Splitter einzufangen.

Seine Schwanzspitze traf auf einen weichen Widerstand, bei dem er vermutete, dass es sich um den Po handeln musste, den er eben gerade beobachten konnte. Jetzt war er auf die Reaktion der anderen Seite gespannt. Sollte es einen riesen Aufriss geben, wenn die Frauen entdeckten, dass sie beobachtet wurden und sich jemand sogar noch mit in das Spiel einbringen wollte? Oder konnte er auf ein letztes erotisches Abenteuer seines Junggesellendaseins freuen?

Zuerst schien sein Gegenüber nichts mitbekommen zu haben. Schließlich entfernte sich das Hinterteil von seinem Glied und er konnte ein leises Tuscheln vernehmen. Das erste, was er dann bemerkte, war ein Lufthauch, der auf seine Erektion gepustet wurde. Vor Schreck wäre er beinahe zurückgestolpert. Dann umschlossen sanfte Lippen die Spitze seines Ständers und begannen, sich immer weiter über sein Glied zu stülpen. Er genoss die Wärme, die von ihrem Mund auf ihn überging. Immer tiefer nahm sie ihn in sich auf und fuhr

154

dabei mit der Zunge sanft über die Unterseite seines Gliedes.

Schließlich entließ sie ihn wieder aus ihrem Mund und leckte mit der Zunge über das kleine Bändchen kurz unter der Eichel. Damit hatte sie seine sensibelste Stelle erreicht und ihm entwich ein grunzendes Stöhnen. Dann umspielte ihre Zunge zärtlich seine gesamte Länge und widmete sich mit besonderer Hingabe der Unterseite seines Schwanzes. Durch ihre Zuwendung wurde sein Glied immer fester und er merkte, dass er bald kommen würde, wenn sie weiter so machte.

Nachdem sie seinen Ständer komplett mit Speichel benetzt hatte, umgriff sie ihn an der Basis, was eine gewisse verzögernde Wirkung auf seinen Höhepunkt hatte. Nun nahm sie seinen Schwanz wieder vollständig in ihren warmen Mund und lutschte qualvoll langsam daran. Immer wenn ihre Lippen seine Eichel umschlossen hielten, ließ sie diese mit einem kleinen „Plopp" aus ihrem Mund herausflutschen.

Erneut konnte er von der anderen Seite ein leises Flüstern vernehmen und merkte voller Enttäuschung, wie sein Gegenüber nun die Behandlung abzubrechen schien. Eine Weile passierte nichts und er überlegte, ob er seinen Ständer zurückziehen sollte. Dann nahm er wieder eine Berührung an seiner Eichel wahr. Schnell verstand er, dass ein Kondom über seine Männlichkeit gezogen wurde. Langsam schob sich anschließend wieder eine warme Hülle um seine Erektion und er erkannte zügig, dass es diesmal kein Mund war. Mit immer schneller werdenden Bewegungen wurde sein Glied wieder und wieder in der nassen Höhle versenkt, die sich von der anderen Seite gegen sein Geschlecht schob.

Ein lauter werdendes Stöhnen zeugte nach einigen Minuten davon, dass die Frau auch auf ihre Kosten kam. Lange würde er nicht mehr durchhalten und er merkte, wie sich sein Höhepunkt in seinen Hoden zu sammeln begann. Er drückte seinen Ständer immer weiter durch das Loch, um sich mit ganzer Länge in die heiße Spalte zu schieben. Dann begann sein Glied zu zucken und er ergoss seine Ladung in das Präservativ. Die Frau auf der anderen Seite nahm noch einige Male seine fest bleibende Erektion in sich auf, um schließlich ihren eigenen Orgasmus mit immer wiederkehrenden Wellen auszukosten.

* * * * *

Als er bemerkte, dass das kleine Abenteuer beendet war, zog er sein Glied aus der Öffnung und entledigte sich des Kondoms. Inzwischen packte ihn eine gewisse Neugier, um wen es sich bei den Frauen gehandelt haben könnte. Wenn er sich beeilen würde, könnte er vielleicht von seinem Platz aus beobachten, wer aus der Damentoilette herauskam.

Schnell hatte er seine Hose wieder angezogen und war zu seinem Platz gestürmt. Hier starrte er nun in spannungsvoller Haltung auf den Eingang zur Frauentoilette. Als sich die Tür öffnete sah er, wie die italienisch anmutende Schönheit, die vorhin seinen Sieg beim Kleidersammeln verhindert hatte, das Örtchen mit

156

einem schelmischen Grinsen verließ. ‚Wow!' dachte er sich stolz, denn sein Ego hatte vor der Hochzeit noch eine gutaussehende Eroberung verbuchen können.

Was er in seiner Trunkenheit vergaß, war dass er auf der Toilette zwei Frauen gesehen hatte. Einige Sekunden zuvor, hatte die Frau im rosa Balletkleid das Damenklo verlassen und sich unsicher im Lokal umgeschaut. Als sie ihren Platz erreicht hatte, konnte man auf ihrem Gesicht ein zufriedenes Schmunzeln beobachten.

Alex war wieder bei dem Rest der Runde angelangt. „Ihr glaubt ja gar nicht, was ich eben auf der Toilette erlebt habe!", platzte sie heraus. Als die Anderen sich neugierig nach vorne beugten, um der Ausführung ihrer Geschichte zu lauschen, fuhr sie fort: „Ich wollte eigentlich nur schnell auf Klo gehen. Da hab ich dann die zukünftige Braut getroffen. Sie schien bedrückt zu sein und ich habe sie gefragt, ob alles in Ordnung wäre. Da hat sie mir erzählt, dass sie etwas in Sorge wegen ihrer kommenden Hochzeit ist."

„Weswegen das denn?", erkundigte sich Sarah interessiert. „Naja, sie hat mir gesagt, dass sie Angst hat, am Ende ihres Lebens nur sexuelle Erfahrungen mit einem einzigen Typ gehabt zu haben. Zumal ihr die Spiele gezeigt haben, wie viele erotische Spielarten es noch geben kann.", setzte sie ihr Erzählung fort. „Und dann hat sie sogar angefangen zu weinen und ich hab sie getröstet. Das hatte sie wohl missverstanden und hat mich plötzlich geküsst. Tja, und eigentlich ist sie ja eine scharfe Frau. Also ich hab einfach ein wenig mitgemacht, als plötzlich ein praller Schwanz durch ein Loch gesteckt wurde.", erzählte Alex und riss vielsagend die Augen auf, um ihre Story weiter zu untermalen, „Anscheinend ist das Loch eine Verbindung zum Herrenklo!" „Was!", riefen alle wie im Chor.

„Ich schwör' es euch!", bestätigte sie. „Und was ist dann passiert?", wollte Robert wissen. „Mhmm, ich habe ihr gesagt, dass es wohl ein Wink des Schicksals ist, wenn hier ein solcher Ständer aus dem Nichts erscheint. Und dann ist sie mit einer Hingabe über den Schwanz hergefallen und hat ihn geblasen. Nachdem ich ihr ein Kondom aus der Maschine besorgt hatte, hat sie ihn sogar gefickt!", berichtete sie amüsiert.

Völlig unvermittelt prustete Sarah los. „Wisst ihr, wen ich vor einigen Minuten mit einem breiten Lächeln vom Klo kommen gesehen habe? Den zukünftigen Bräutigam!", erklärte sie zwischen ihrem Lachanfall. Damit waren die Freunde nicht mehr zu halten und sie brachen in ein ungestümes Gelächter aus.

VI.

Die Sonne schien über die Berggipfel und die Vögel zwitscherten. Sarah hatte nicht lange schlafen können und war zu ihrem Lieblingsplatz gegangen. Einige Gehminuten oberhalb ihrer Hütte war ein kleiner Heuschober aus Holz, hinter dem es nur selten einen frischen Lufthauch gab. Die Strahlen hatten hier oben tagsüber stets eine erstaunliche Kraft und machten es zu dem idealen Platzt für Sonnenhungrige.

Immer wenn sie vormittags Zeit dafür fand, widmete sich Sarah ihren Yogaübungen, um sich fit halten zu können. Besonders heute, brauchte sie nach dem durchzechten und aufregenden Vorabend etwas, um wieder ihren Kopf frei zu bekommen. So hatte sie ihren Lieblingsort aufgesucht und ihre Yogamatte ausgebreitet. Wenn das Wetter es zuließ, machte sie ihre Übungen völlig nackt. Zum einen erhielt sie dadurch ein anderes Körperbewusstsein, zum anderen verspürte sie auch ein gewisses Kribbeln, zu wissen, ihr Nachbar Robert könne jederzeit auftauchen und sie so vorfinden.

So setzte sie sich jetzt mit verschränkten Beinen auf ihre Matte, machte ein paar Atemübungen und genoss die wärmenden Sonnenstrahlen auf ihrem Körper. Sie begann schließlich ihr Programm, indem sie sich auf ihren Bauch legte, ihren Oberkörper vom Boden abstützte und gleichzeitig ihren Unterleib auf dem Boden gepresst hielt. Dabei hingen ihre vollen Brüste in der Luft und wurden von einem überraschend warmen Lüftchen umspielt. Ein paar Mal legte sie sich zurück auf den Bauch um sich anschließend wieder in die Position zu bringen, die den lustigen Namen aufschauender Hund trug.

Als nächstes wählte sie die Position Bogen. Dabei griff sie auf dem Bauch liegend nach ihren Füßen und zog die angewinkelten Beine hinter ihrem Rücken nach oben. Ihr Oberkörper war erhoben und sie hielt einige Augenblicke die Spannung um dann wieder entspannt auf die Matte zu sinken. Sarah setzte ihr Training mit dem Schulterstand fort und war mittlerweile so in ihre Übungen vertieft, dass sie ihre Umwelt ausgeblendet hatte.

Schließlich war sie bei der Übung angelangt, die als Pflug bezeichnet wurde. Dabei stütze sie sich auf dem Rücken liegend mit den Armen an der Seite ab und stemmte ihren Körper in die Höhe. Dann ließ sie ihre Beine über ihren Kopf absinken, bis diese hinter ihrem Kopf den Boden berührten und ihr Hintern in Richtung Himmel zeigte. In dieser Stellung nahm sie alles um sich herum kopfüber wahr.

„Oh, das sieht aber gut aus! Jetzt versteh ich auch, warum du gestern das Spiel so einfach gewinnen konntest!", riss sie eine Bemerkung aus der Konzentration. Als sie nun die Augen öffnete, erblickte sie durch ihre schlanken Beine hindurch Alex, die neugierig vor ihr stand. Langsam brachte sie sich wieder in eine normale Haltung und lächelte ihren Gast an. „Hast du schon mal Yoga gemacht?", erkundigte sie sich.

„Ich wollte das immer schon mal ausprobieren. Habe aber nie jemanden gefunden, der mir zeigen konnte, wie das richtig geht.", entgegnete ihr Alex daraufhin.

160

„Dann mach doch einfach mit. Du wirst staunen: es hält dich nicht nur fit und tiefenentspannt, nein, die Männer fahren auch total drauf ab wenn du im Bett biegsam bist.", stellte Sarah lachend fest. „Das konnte ich mir gerade echt bildlich vorstellen, wie ich dich hier so nackend rumturnen gesehen habe!", bemerkte Alex und viel in das Gelächter mit ein.

„Dann lass uns loslegen. Wenn du magst, kannst du dich ja auch ausziehen. Du kannst mir glauben, das ist ein unwahrscheinlich schönes Körpergefühl.", schlug Sarah vor. Als sich Alex entkleidet hatte, begannen sie mit leichten Atemübungen. Wie bei Frauen üblich, verglich Sarah insgeheim ihre Körper und schaute fasziniert, wie sich die schönen Brüste ihrer Trainingspartnerin langsam senkten und hoben. Anschließend gingen sie zu leichten Übungen über, mit denen sie ihre Körper dehnten. Besonders dieses Verbiegen der Körper unterstrich die sinnlichen Kurven der Frauen nur noch mehr.

Alex schien sichtlich Gefallen am Yoga zu finden und stellte sich recht gut für einen Neuling an. Ebenso hatte sie ein unglaubliches Gleichgewicht und stand in der Position Baum ohne den kleinsten Wackler. Sogar in der stehenden Vorwärtsbeuge kam sie problemlos mit ihren Händen bis an den Boden. Sarah hingegen war ein wenig neidisch, als sie in dieser Haltung aufschaute und auf den Hintern von Alex blickte, den diese momentan gekonnt herausstreckte. Zwischen den wohlgeformten und festen Backen hatte sie einen vollen Blick auf die glatten Schamlippen ihrer Gefährtin. ‚Wow!' dachte sie sich dabei, ‚Ein Mann hätte sicher schon einen

Ständer bekommen.' Diesen Gedanken weiter spinnend, hatte sie plötzlich eine Idee. Sie machte sich eine mentale Notiz, dass sie später ihren Schwarm Robert auch einmal zum Yoga überreden musste.

„Leider habe ich nur eine Yogamatte, so dass wir die Bodenübungen auf ein anderes Mal verschieben müssen.", bemerkte Sarah und richtete sich wieder auf. „Ich denke das war genug für heute. Aber ich kann dir noch schnell etwas Geniales zeigen", fuhr sie fort und deutete in Richtung des Verschlages. „Was hältst du von einem Heubad, wo wir schon mal hier oben sind?", erkundigte sie sich, griff ohne auf eine Antwort zu warten nach ihrem Arm und zog sie sanft hinter sich her.

Dann öffnete sie das alte Holztor und sog den angenehmen Duft des eingelagerten Strohs ein. Die Scheune war bis unter das Dach gefüllt. In der Ecke konnte man eine Leiter sehen, die an eine Art Dachboden aus Brettern gelehnt war. Dahin führte Sarah jetzt ihre Partnerin, die erwartungsvoll dreinschaute. „Komm mit ich zeig dir mal was, das macht einen riesen Gaudi", erklärte sie und begann, die Leiter herauf zu steigen. Alex wartete gespannt und beobachtete, wie Sarah bis unter den Dachboden kletterte. Von dort ließ sie sich mit einem gellenden Freudenschrei in den darunter befindlichen Heuhaufen plumpsen.

„Cool, das muss ich auch probieren.", rief Alex und begann ihren Aufstieg. Sarah war mittlerweile wieder zwischen den Strohstängeln aufgetaucht und beobachtete, wie die nackte Alexandra die Leiter emporstieg. Am oberen Ende angelangt, blickte sie die zwei Meter hinab und war zunächst etwas ängstlich wegen der Höhe. Dann nahm sie ihren Mut zusammen und ließ sich in den hohen Berg aus Stroh herabfallen. Der kurze Flug und die sanfte Landung machten ihr unglaublich Spaß. Mit schwimmenden Bewegungen hatte sie sich schnell aus den Tiefen des Heus befreit. „Das ist ja richtig weich. Ich hätte gedacht, das stachelt viel mehr!", stellte Alex erstaunt fest. Nach einigen Durchgängen mit immer wagemutigeren Sprüngen, sanken die Frauen erschöpft in das duftende Heu nieder und schauten träumend an die Decke.

* * * * *

Plötzlich konnte man von draußen schwere Schritte vernehmen. Die beiden Frauen waren noch immer nackt und schauten sich erschrocken an. Ihre Bekleidung war für sie unerreichbar, denn sie hatten sie vor der Scheune liegen gelassen. Schnell hatten sie sich in die Tiefen des Strohberges gewühlt und waren für den Neuankömmling unsichtbar geworden. „Ist hier jemand?", erkundigte sich eine tiefe Männerstimme. Wie als Antwort war ein leises Rascheln aus dem Heu zu vernehmen.

     Sarah hatte den ungebetenen Gast anhand seiner Stimme sofort identifizieren können. Schon den gesamten Vormittag hatte das Nacktsein eine gewisse Erregung in ihr hervorgerufen. Gepaart mit den Übungen und der frischen Luft war das Verlangen nach einer Befriedigung ihrer Lust immer größer geworden. Wie sie so mit Alex im Haufen versteckt war und am Scheuneneingang ihr

163

Schwarm Robert stand, begann sie zu fantasieren, er würde sie ausgraben und auf der Stelle vernaschen. Doch leider war sie mit ihm nicht allein und musste die Verführung vertagen. Auch auf Alex hatte der Nervenkitzel einen aphrotisierenden Einfluss gehabt. Um nun den Stein ins Rollen zu bringen raschelte sie weiter leise im Stroh.

„Ich weiß, dass hier jemand ist!", ließ Robert verlauten, als er das Geräusch erneut hörte. Die Sachen vor der Scheune waren eindeutig weibliche Bekleidungsstücke. Sogar Unterwäsche war dabei gewesen. Von seiner Neugier getrieben, machte er sich nun an die Suche nach der nicht so sprichwörtlichen Nadel im Heuhaufen. Ein leises Rascheln und ein gelegentliches Kichern wiesen ihm dabei den Weg. Endlich sah er im Haufen einen weiblichen Hintern. Er nahm einen Büschel Stroh beiseite und entblößte den knackigen Po vollends.

Die Unbekannte machte keinerlei Anstalten sich weiter zu verstecken oder ihre Nacktheit zu verdecken, sondern wackelte fast einladend mit ihren Hüften. Ein liebevoller Klaps brachte ein leises ,Uff!' hervor. Etwas rechts von seiner Position konnte er eine weitere Bewegung erkennen. Auch hier räumte er sachte das Stroh beiseite, bis ihn zwei schlanke Frauenbeine und ein süßes Hinterteil anlächelten. Zwischen den leicht geöffneten Schenkeln hatte er eine gute Sicht auf ein haarloses Genitale.

Von seinem Standpunkt aus waren beide Frauenhintern für ihn gut erreichbar und er begann mit

164

ausgestreckten Armen, die festen Pobacken zu kneten. Keine der Unbekannte schien sich seiner Behandlung entziehen zu wollen. Eher im Gegenteil! Er konnte feststellen, wie sie ihren Hintern sogar ein wenig in Richtung seiner Hände streckten.

Sarah genoss seine kräftigen Hände auf ihren Schenkeln. Sie musste sich konzentrieren, nicht aufzustöhnen und ihrer Yogapartnerin zu offenbaren, was gerade ablief. Diese hatte jedoch die Situation bereits erfasst und war gespannt wie das Abenteuer ausgehen sollte. ‚Wie weit würde er gehen?' fragte sich Alex. Der unglaubliche Nervenkitzel und seine wohltuende Massage hatten sie schon etwas feuchter werden lassen. Verdutzt registrierte sie nun, wie seine freche Hand ihre Backen leicht spreizten um einen besseren Zugang zu ihrem Geschlecht zu haben.

Sarah war ebenfalls angenehm überrascht als Robert ihre Schamlippen mit seinen Fingern auseinander drängte und die Feuchtigkeit an ihrer Spalte verteilte. Sie biss sich auf die Unterlippe um ein Stöhnen zu vermeiden. ‚Was macht Alex nur die ganze Zeit?' wunderte sie sich. Von ihrem Schwarm hier verwöhnt zu werden und einen ahnungslosen Gast im Raum dabei zu haben, törnte sie unglaublich an. Als sie merkte, wie Robert mit zwei Fingern in ihre nasse Höhle eindrang, wäre ihr fast ein Schrei entfahren. Alex hingegen war die gleiche Behandlung zuteil geworden und sie genoss, wie seine langen Finger ohne Mühe in sie hinein und hinaus glitten.

Am anderen Ende wollte Robert nun auch ein Stück des Kuchens für sich beanspruchen. Noch nie war er in einer solchen Situation gewesen, dass sich zwei unbekannte Frauen von ihm dergestalt verwöhnen ließen. Zwischenzeitlich hatte er Angst, jederzeit aus einem Traum aufzuwachen und feststellen zu müssen, dass all dies nicht real war. Also nutzte er den Augenblick und befreite seine pralle Erektion aus der Hose. Zuerst trat er an den kleineren der beiden Hinterteile heran, der einen etwas dunkleren Hautton aufwies. Dann drückte er die Pobacken weiter auseinander und setzte seine Eichel an die nass glänzenden Schamlippen. Mit sanftem Druck presste er seinen harten Schwanz vorwärts. Als er sich bis zur Hälfte in sie geschoben hatte, entlockte er Alex ein leises Wimmern. Einige Male drang er in kraftvoll sie ein. Schließlich befreite er sein Glied wieder, um sich gleich dem anderen Hintern zu widmen.

Mit der Hand bearbeitete Robert zunächst die feuchte Scham von Sarah und rieb dabei sanft ihren geschwollenen Kitzler. Bestürzt musste sie dabei feststellen, dass ihr ein leises Stöhnen entwichen war. Nun versuchte sie zu lauschen, ob von Alex irgendeine Reaktion kommen würde. Doch viel Raum für klare Gedanken blieben ihr dabei nicht, denn unvermittelt bekam sie mit, wie er seine Schwanzspitze an ihre einladend geöffneten Schamlippen legte und mit einem einzigen Schwung in sie eindrang. Durch seinen großen Ständer wurde sie prächtig ausgefüllt und genoss das Gefühl, wie er durch das Hineingleiten und Herausflutschen ihren Unterleib zu elektrisieren schien.

166

Voller Enttäuschung merkte sie, wie er nach einiger Weile seinen Ständer aus ihrer Nässe zog. Es waren kaum ein paar Sekunden vergangen, bevor sie etwas anderes an den weichen Falten ihres Geschlechts bemerkte. Mit einer langsamen Bewegung wurde eine Zunge durch ihren Scheidenvorhof gezogen. Sie hob ihr Becken etwas an, um besser von ihm geleckt werden zu können. Die Zunge umspielten gierig ihre heiß pochenden äußeren Lippen, liebkosten ihren Damm und saugten schließlich zärtlich an ihrer Knospe. ‚Was für ein Liebhaber!' stöhnte sie in sich hinein.

Sarah war so sehr in ihrer erregten Trance gefangen, dass sie das vorangegangene laute Rascheln überhaupt nicht registriert hatte. Alex hatte sich aus dem Heuhaufen erhoben und mit einem Finger an ihren Lippen, Robert zu verstehen gegeben, keinen Mucks von sich zu geben. Dann war sie zu ihm herübergekommen, hatte seinen Schwanz aus Sarahs Höhle befreit und war sofort dazu übergegangen, ihre Kameradin oral zu verwöhnen.

Robert genoss sichtlich das Schauspiel vor ihm und massierte langsam seine Erektion. Viel brauchte es nicht mehr und er würde in einem satten Strahl abspritzen. Doch etwas neugierig war er noch, wer die zweite Person unter dem ganzen Stroh sein sollte. Also ging er an das Ende des Haufens, wo er ihren Oberkörper vermutete. Dort wurde er auf ein leises Stöhnen aufmerksam und diese Richtung vor.

Als er sie von dem Stroh befreit hatte, schaute Sarah einen Augenblick, wie ein Reh im

167

Scheinwerferlicht. Vor ihr stand Robert und lächelte sie, mit seiner prallen Erektion in der Hand, an. Mit erregungsvoll verklärtem Blick drehte sie sich um und sah ihre Ahnung bestätigt, dass an ihrem Unterleib Alex mit ihrer Zunge liebevoll ihr Geschlecht verwöhnte.

Eigentlich hatte sie keine lesbischen Neigungen, war gerade aber über den Punkt hinaus, sich groß darüber Gedanken zu machen. Alles was sie jetzt wollte, war eine schnelle Befriedigung des qualvoll nagenden Verlangens, dass in ihren Schenkeln brodelte. Sich der Situation hingebend, grinste sie Alex an.

„Wir hatten doch vorhin darüber gesprochen, dass Yoga auch beim Sex gut sein kann. Ich zeig dir mal eine Position, die ich dabei gemeint habe!", sagte Sarah mit einem wissenden Lächeln und deutete Robert an, es sich im Heu bequem zu machen. Nachdem er sich gesetzt hatte, trat sie über ihn und positionierte ihre Scham direkt vor seinem Gesicht. Dann krümmte sie ihren Rücken und ließ sie ihren Oberkörper immer weiter nach hinten fallen.

Ihrer Dehnbarkeit schienen keine Grenzen gesetzt zu sein, denn ihr Rückgrat machte einen derartigen Bogen, dass sie mit ihrem Mund sein aufrecht stehendes Glied berühren konnte. Mit ihren Armen stützte sie sich dabei auf seinen Oberschenkeln ab. „Diese Position nennt man das Kamel!", belehrte sie Alex und griff mit ihrer Hand nach seinem erwartungsvoll zuckenden Schwanz.

Sie konnte feststellen, dass er bereits vollkommen glitschig durch ihre und Alexandras Liebessäfte war und den sinnlichen Geruch ihrer aller

168

Erregung ausströmte. Mit einer geübten Bewegung zog sie seine Vorhaut noch weiter nach hinten und setze seine Eichel an ihre Unterlippe. Langsam schob sie ihre Zunge über seine Schwanzspitze und öffnete weiter ihren Mund, um seinen Ständer schließlich völlig zu umschließen.

Sie nahm sein hart geschwollenes Glied immer weiter in ihren Mund auf und begann, hingebungsvoll daran zu saugen. Währenddessen war Robert nicht untätig geblieben und hatte die Einladung verstanden, die sie durch ihr lustvoll geöffnetes Geschlecht vor seinen Augen präsentierte. Das Ziehen in ihrem Unterleib wurde durch sein gekonntes Zungenspiel immer heftiger.

Alex empfand das gebotene Schauspiel enorm erregend. Wie automatisch legte sie ihre Hand auf den Kitzler und musste sich dort mit einem heftigen Reiben Abhilfe schaffen. Mit immer schnelleren Bewegungen der Finger in ihrer nassen Spalte bewegte sie sich unaufhörlich auf ihren Höhepunkt zu. „Ich komme gleich!", grunzte nun auch Robert zwischen Sarahs Schenkeln.

Diese empfand die momentane Stellung doch etwas unbequemen und wollte unbedingt das Gefühl auskosten, wie er sich in ihr ergoss. Daher richtete sie sich auf und setzte sich auf seinen Schoß. Dann ließ sie sich genüsslich langsam auf seinen festen Ständer nieder. Mit einer wippenden Bewegung ihres Beckens versuchte sie, ihn möglichst tief in sich aufzunehmen. Seine kräftigen Hände hielten ihren Hintern umschlungen und kneteten energisch ihre Pobacken.

Schließlich bemerkte sie, wie seine Hoden anfingen zu zucken und er sich kurz darauf mit einem heißen Schwall in ihr ergoss. Dieses Gefühl war zu viel für Sarah und ihr Unterleib wurde ebenfalls von heftigen Wellen durchfahren. Dabei schien ihre zuckende Scheide die letzten Tropfen seines Ergusses aus dem prallen Glied melken zu wollen. Vollkommen erschöpft ließ sie sich in seine Arme fallen.

Alex beobachtete das Liebesspiel der Beiden und wurde nach einigen Augenblicken gleichfalls von einem heftigen Orgasmus überkommen. Nun streichelte sie sich über ihre Haut, die dadurch ganz empfindlich geworden war. Mit einem Blick zu den Liebenden stellte sie fest, dass die Beiden eng umschlungen lagen und zärtlich miteinander kuschelten. Mit wackeligen Beinen stand sie auf und begann sich aus dem Staub zu machen, um die Zweisamkeit nicht weiter zu stören. Im Gehen drehte sie sich kurz noch einmal um. „Namaste! Ich glaube ich mache Yoga zu meinem Hobby!", stellte sie spaßend fest und verließ das glückliche Paar.

VII.

Sein Schädel brummte etwas, als er aufwachte. Jake ließ sich die Geschehnisse des letzten Abends durch den Kopf gehen und musste schmunzeln. Nur dass er noch immer nicht den Mut aufgebracht hatte, mit Vanessa zu sprechen, holte ihn wieder auf den Boden der Tatsachen zurück. Er drehte sich noch einmal im Bett herum und streckte seine müden Glieder von sich. Ein Blick auf die Uhr verriet ihm, dass es schon beinahe Mittag war. Zum Glück hatten sie am Vorabend beschlossen, einmal richtig auszuschlafen und erst am Nachmittag die Piste unsicher zu machen.

Eine Dusche würde ihn sicher auf andere Gedanken bringen, beschloss er und stand auf. Als er sich in der Wohnung umschaute, konnte er niemanden weiter erblicken. Vielleicht waren die Anderen gerade bei einem Morgenspaziergang. Im Bad angelangt stellte er fest, dass er scheinbar doch nicht so allein war, wie er dachte.

Die Dusche war ebenerdig, gut zwei Meter breit und mit einer klaren Glasscheibe vom Rest des Bades getrennt. Aufgrund des dichten Wasserdampfes konnte er zunächst nicht erkennen, wer sich dort gerade duschte. Aber schnell erkannte er die schöne Stimme von Vanessa, die gerade ein Lied vor sich hin trällerte und das heiße Nass genoss.

Endlich war er mit ihr allein! Diese Gelegenheit konnte er sich nicht entgehen lassen. Leise zog er sich seine Schlafsachen aus und trat an die Duschtür. Vorsichtig öffnete er diese und versuchte dabei, möglichst geräuschlos zu bleiben. Ein warmer Nebel begrüßte ihn. Er musste sich durch ein Geräusch verraten haben, denn unvermittelt verstummte der Gesang.

„Darf ich mich dazu gesellen?", erkundigte er sich leise. Nachdem sie Jake durch den Dunst hindurch erkannt hatte, ließ sie ihre Hände sinken, welche sie reflexartig schützend vor ihre sensiblen Körperstellen gehalten hatte. Ihre Miene erhellte sich weiter und sie nickte mit einem schüchternen Lächeln, um seine Frage zu beantworten. Ruckzuck war ein in der Dusche.

„Ich möchte dich gerne einseifen. Du darfst mir aber nicht dabei helfen!", forderte er sie nun auf. Wieder bekundete sie ihre Zustimmung indem sie nickte. Nachdem er reichlich Shampoo in seine Hände geträufelt hatte, trat er von hinten an sie heran und verteilte das Haarwaschmittel auf ihrem Kopf. Dann begann er, mit kreisenden Bewegungen ihren Kopf zu massieren. Von ihrer Stirn arbeitete er sich über ihre Schläfen und über ihren Ohren zu ihrem Nacken vor. Um ihm besseren Zugriff zu gewähren, streckte sie ihren Kopf weiter nach vorne. Mit seinen starken Händen ging er über, ihren Nacken sanft zu kneten. Obwohl das Wasser heiß auf ihren Körper lief, überkam sie durch die Massage eine wohlige Gänsehaut.

Sie genoss noch einige Minuten das warme Wasser und stellte mit einem Grummeln enttäuscht fest, wie er seine Hände von ihrem Kopf nahm. Doch schnell merkte sie, dass er zu dem Duschgel gegriffen hatte und sie freute sich auf die Fortsetzung der Zuwendung. Zuerst seifte er ihren Rücken ein und walkte dabei sanft ihre

Muskulatur. Unter seinen zärtlichen Händen merkte sie, dass sich eine Erregung in ihrem Körper breit machte und sie merklich feuchter werden ließ. Unbewusst streckte sie ihren Hintern in seine Richtung und stellte zu ihrer Zufriedenheit fest, wie sich sein praller Ständer gegen ihre Pobacken legte.

Seine Hände hatten mittlerweile, unter dem Vorwand auch dort die Seife zu verteilen, ihre festen Brüste umschlossen. Nachdem er ihre Brustwarzen zwischen seine Finger genommen hatte, löste er mit einem sanften Zwirbeln einen süßen Schmerz aus. Ihre Nippel waren vor Lust bereits hart und standen wie kleine Knubbel empor. Seine Finger umspielten weiter ihre Warzenvorhöfe, bis diese fast wund waren.

Als er lange genug mit ihrem Busen gespielt hatte, streichelte er mit seinen Fingerspitzen den seitlichen Brustansatz hinab zu ihren Hüften. Ihr Verlangen wurde immer größer und sie wollte jetzt an ihrer empfindlichsten Stelle berührt werden. Doch Jake erfüllte ihr diesen Gefallen nicht und seifte stattdessen ihren Bauch ein und ging weiter zu ihrem Hintern über. Dann kniete er sich hin und umfasste mit beiden Händen ihren Oberschenkel kurz unterhalb ihrer vor Sehnsucht glühender Scham. Langsam fuhren seine Hände ihr Bein hinab. Ihre Oberschenkelinnenseite war dabei gegenüber seinen Berührungen besonders sensibel.

Die gleiche Behandlung ließ er auch dem anderen Bein zukommen. Wie durch Zufall berührte er immer wieder ihre Schamlippen und verharrte dort einen kurzen Moment. Ihre Knie wurden ganz weich und sie

173

hatte Probleme sich noch aufrecht zu halten. Inzwischen hatte sich so viele Liebessäfte gesammelt, dass sie meinte zu spüren, wie nicht nur Wasser an ihren Schenkeln hinab lief.

Schließlich erhob er sich wieder und trat erneut hinter sie. Seine harte Erektion platzierte er zwischen ihren Oberschenkeln. Als er mit der Oberseite seines Gliedes zwischen ihre glitschigen Schamlippen rutschte und sie dabei sanft auseinanderdrängte, entfuhr ihr ein heiseres Stöhnen. Sie presste ihre geschwollene Klitoris gegen seinen harten Schwanz und genoss die Reibung, welche die Konturen seiner Äderchen und der Eichel dort verursachte. Mit seinen Händen hielt er sie an den Hüften fixiert und fuhr fort, seinen Ständer zwischen ihren Lippen und Oberschenkelinnenseiten gleiten zu lassen. Für Jake war es dabei schwer, auseinander zu halten, ob sich sein Schwanz bereits in ihrer Höhle oder noch zwischen ihren glitschigen Schenkel befand.

Vanessa war durch ihre Erregung und dem heißen Wasserdampf so in Trance versetzt, dass sie nicht mehr untätig bleiben konnte. Sie wollte ihn jetzt in sich spüren! So griff sie mit ihrer Hand nach hinten, umfasste sein Glied und positionierte seine Spitze an ihrer nassen Spalte. Jake machte jedoch keine Anstalten in sie einzudringen, sondern entzog sich sogar noch ihrem Griff. „Ich hab das Kommando!", erklärte er ihr mit Nachdruck. „Lass uns ins Bett gehen! Ich bin noch nicht fertig mit dir.", verkündete er, als er ihren schmollenden Blick wahrnahm.

174

* * * * *

Hastig hatten die Beiden sich abgetrocknet und waren in sein Zimmer gehuscht. Vanessa war erwartungsvoll auf das Bett gehüpft und schaute nach seinem Verbleib. Jake stand am Schrank und schien etwas zu suchen. Um sich die Zeit zu vertreiben, begann sie mit der einen Hand ihre Lustperle zu massieren. Mit der anderen Hand streichelte sie über ihre Brüste und beobachtete dabei das Muskelspiel seines knackigen Hinterns.

Als er sich umgedreht hatte, stockte ihr für einen kurzen Moment der Atem. In seinen Händen hielt er einen dunklen Seidenschal. Damit trat er auf sie zu und breitete den Stoff weiter aus. Kurz hielt er sich ihn vor die Augen, um die Durchlässigkeit zu prüfen. Vanessa ahnte was er nun vorhatte und grinste erwartungsvoll in sich hinein.

Er trat langsam auf sie zu und hielt den Schal gespannt zwischen seinen Fäusten. Dann beugte er sich über sie und verband ihr mit dem Stoff die Augen. Sie hätte gedacht, dass sie wenigstens noch Umrisse wahrnehmen könne. Doch das Tuch ließ kein Licht an ihre Augen und machte ein Sehen praktisch unmöglich. Also ergab sie sich dem, was nun kommen sollte und lehnte sich gemütlich zurück. In gespannter Erwartung versuchte Vanessa ihre restlichen Sinne zu schärfen.

Das erste was sie spürte war, dass sich Jake wieder vom Bett erhoben hatte und das Zimmer zu verlassen schien. „Jake, was machst du?", fragte sie verwundert. „Keine Angst, ich bin in einer Sekunde wieder da. Ich hole nur schnell etwas!", begründete er seine kurze Abwesenheit. Durch seine Erklärung beruhigt, entspannte sie sich wieder etwas. Um die Zeit bis zu seiner Rückkehr zu überbrücken, legte sie ihre Hand erneut zurück auf ihre Scham. Hier konnte sie anhand ihrer glitschigen Finger feststellen, dass sie immer noch unglaublich feucht war. Ohne jeglichen Widerstand konnte sie einen Finger in ihrer warmen Höhle versenken. Immer heftiger ließ sie ihre Bewegungen werden und begann voller Erregung zu stöhnen.

"Brauchst du mich denn überhaupt noch?", fragte Jake. Sie hatte nicht gehört, wie er zurückgekommen war und brach erschrocken ihre Streicheleinheiten ab. "Und wie lange beobachtest du mich schon?", erkundigte sie sich mit einem Lächeln. "Lange genug um festzustellen, dass ich mich in eine unglaublich sinnliche Frau verliebt habe!", ließ er etwas zögerlich verlauten. Hatte sie das eben richtig gehört? Sollte er ihre Gefühle nun wirklich erwidern? Ihr schlug das Herz vor Glück bis unter das Kinn.

Erst als er sich wieder an die Bettkante gesetzt hatte, erinnerte sie sich an das kommende erotische Spiel und an die Erregung, die immer noch in ihr nagte. Wieder spitzte Vanessa ihre Ohren um einen Anhalt zu bekommen, was er nun mit ihr vorhatte. Sie hörte, wie er auf dem Bett in ihre Richtung rutschte. "Mach mal bitte den Mund auf!", hörte sie ihn sagen. Sie kam seinem Kommando nach und streckte suchend etwas ihre Zunge hervor.

An ihrer Spitze merkte sie etwas Kaltes. Sie begann die Konturen zu erkunden und konnte zusätzlich etwas Körniges feststellen. Insgesamt erschien ihr das Objekt nicht all zu groß zu sein. Mit einem tiefen Atemzug sog die den Geruch von Erdbeeren in ihre Nase ein. Vorsichtig biss sie hinein und sah sofort ihren Verdacht bestätigt. „Mhmmhmm, Erdbeeren.", seufzte sie.

„Das war schon gar nicht so schlecht. Mal sehn ob du das hier erkennst.", lobte er sie und streichelte sanft über ihren Bauch. Wieder legte er ihr etwas an die leicht geöffneten Lippen. Diesmal roch sie zuerst an dem unbekannten Objekt und konnte zügig den Duft einer Banane ausmachen. Ihrer Annahme folgend streckte sie ihre Zunge heraus und umspielte damit die vorgehaltene Frucht. Langsam nahm sie die länglich gebogene Form in ihren Mund auf und simulierte gekonnt einen Blowjob. Dann biss sie unvermittelt ein Stück davon ab. „Autsch! Und wenn das nun mein Schwanz gewesen wäre?", entfuhr es ihm. „Dann sei lieber vorsichtig damit, was du mir in den Mund steckst.", witzelte sie als Antwort.

„Okay, bist du bereit für die nächste Runde?", fragte er sie. Dieses Mal musste Vanessa ein wenig länger warten. Sie war erschrocken als sie etwas Flüssiges auf ihren Lippen bemerkte. Als sie die Tropfen abgeleckt hatte, erkannte sie den kräftigen Geschmack von reifen Orangen. Nachdem er noch etwas leckeren Saft in ihren Mund geträufelt hatte, merkte sie, wie er den kalten Nektar auf ihren Hals laufen ließ und bekam eine Gänsehaut. Sofort beugte er sich über sie und schleckte

177

zärtlich die Flüssigkeit von ihren schlanken Hals, scheinbar um keinen Tropfen vergeuden zu wollen. Nun landete ein Spritzer auf ihrem Busen und Jake ging dazu über, hingebungsvoll ihre Brüste vom vergossenen Fruchtsaft zu befreien. Zufrieden merkte sie, wie die Spur des Nektars weiter nach unten lief.

Zunächst übersäte er ihren Bauchnabel mit kleinen Küssen. Dann ging er dazu über ihren Schamhügel mit seiner Zunge zu streicheln. Während der gesamten Zeit konnte sie nur erahnen, was er als nächstes tun würde, da ihre Augen weiter fest verbunden waren. Auf eine gewisse Weise verstärkte dies die Empfindungen auf ihrer Haut umso mehr. Erneut stellte sie fest, wie sehr sich ihr Verlangen in ihrem Unterleib zusammenbraute.

Kurz vor ihrer Scham hielt er inne. Er verlagerte sein Gewicht und sie konnte erahnen, dass er sich zwischen ihren Schenkeln niederließ. Wieder musste sie qualvoll lange auf die nächste Berührung warten. Dann fühlte sie die Spitze seiner Zunge, wie sie langsam die äußeren Schamlippen nachzeichnete. Ihrer Lust nachgebend hob sie leicht ihr Becken und spreizte weiter ihre Beine, um ihm einen besseren Zugang zu ihrem Geschlecht zu geben. Schließlich öffnete er ihre feuchte Spalte mit den Fingern und drang langsam mit seiner steifen Zungenspitze in sie ein.

Sie wurde fast wahnsinnig vor Lust und konnte ihr Stöhnen nicht mehr zurückhalten. Ihre Klitoris war zur maximalen Größe geschwollen und er fuhr immer wieder mit seinen Lippen über diese empfindliche Stelle. Endlich nahm er ihre Lustperle zwischen seine Lippen und saugte vorsichtig daran. Dies löste ein angenehmes Kitzeln in ihr aus, welches ihren gesamten Unterleib zu elektrisieren schien. Nun erhob er seinen Kopf und blies einen kühlen Lufthauch auf ihre nass glänzende Scheide. Mit seinen Händen knetete er ihre Pobacken und erkundete mit seiner Zunge weiter ihr Geschlecht. Dabei umspielte er ihren Damm und leckte mit langen Zügen ihre Lippen.

Viel länger würde sie nicht aushalten, denn sie merkte, wie sich ihr Höhepunkt unaufhaltbar zu nähern schien. „So gut wurde ich seit Langem nicht mehr geleckt.", stöhnte sie, um ihm zu zeigen, dass er alles richtig machte. Jake schien jedoch keine Anfeuerung zu brauchen und umspielte mit seiner Zunge wieder ihren pochenden Kitzler. Ihr Unterleib begann zu zucken, als er mit schneller werdenden Zungenschlägen ihre Perle bearbeitete. Immer heftiger wurden die Wellen ihres Orgasmus, die über sie kamen und ihren gesamten Körper beben ließen.

* * * * *

Erschöpft genoss sie die letzten Wogen der Ekstase und ließ sich auf das Bett zurückfallen. „Alter Schwede, das war gar nicht schlecht!", lobte sie seine Bemühungen. „Wir sind noch nicht fertig!", erklärte er ihr verheißungsvoll und gab ihr einen leidenschaftlichen Zungenkuss. Dabei konnte sie mit geschärften Sinnen ihre eigene Erregung auf seinen Lippen schmecken. Noch immer gestattete er nicht, dass sie den Schal von ihren Augen nahm.

„Mach noch einmal deinen Mund auf! Aber nicht zubeißen diesmal!", forderte Jake sie auf. Sie kam seinen Wunsch nach und öffnete wieder ihre Lippen. Währenddessen streichelte sie ihre Brüste, um das Abebben des erlebten Höhepunkts weiter zu genießen. Erneut merkte sie, wie er etwas vor ihre geöffneten Lippen hielt. Sie saugte die Luft in ihre weit geöffneten Nasenflügel ein. Der Geruch half ihr bei der Identifikation nicht wirklich weiter. Also streckte sie erwartungsvoll ihre Zunge heraus.

Plötzlich registrierte sie etwas Klebriges. Ein kurzer Geschmackstest ergab, dass es sich hierbei um Honig handeln musste. Doch unter der süßen Substanz war noch etwas Festes wahrzunehmen. Ihre Zunge erkundete das Objekt weiter. Als schließlich der Groschen viel, was sich nun vor ihrem Gesicht befand, musste sie ein wenig schmunzeln.

Um sich besser orientieren zu können, umschloss sie mit ihren Händen seinen Ständer, den er vor ihrem Mund platziert hatte. Ohne Umschweife führte Vanessa seine Eichel an ihre Lippen. Langsam schleckte sie die süße Masse von seinem Glied, bis es vollkommen sauber schien. Ein letztes Mal prüfte sie, ob noch Honig darauf verblieben war. Inzwischen konnte sie aber die ersten salzigen Lusttropfen auf ihrer Zunge schmecken. Schließlich versuchte sie, die gesamte Länge seines Ständers in ihren Mund zu bekommen. Jake schien die Behandlung sichtlich zu genießen, denn er grunzte vor

Erregung und presste sein Becken immer weiter nach vorne.

Nach einer Weile entzog er sich ihrer Zuwendung, um sich schnell wieder zwischen ihren Beinen zu positionieren. Mittlerweile verspürte sie wieder ein angenehm ziehendes Gefühl in ihrem Unterleib, das von einer nicht ganz abgeklungenen Erregung zeugte. Weiterhin blind, registrierte sie, wie er seinen prallen Schwanz an ihren Scheidenvorhof legte. Ihr entfloh ein Wimmern, als er mit seiner Eichel ihre immer noch feuchten Lippen auseinanderdrängte. Auch Jake sehnte sich inzwischen nach einer Befriedigung seiner Lust, wollte aber den Moment noch ein wenig auskosten. Also rutschte er, kurz bevor er in sie eindrang, mit seinem steifen Glied über ihre geöffnete Spalte und über ihren Kitzler.

Vanessa bäumte sich auf und begann, vor Lust laut zu stöhnen. Dadurch angestachelt ließ er seinen Schwanz noch einige Male langsam durch ihre glitschige Spalte rutschen. Schließlich positionierte er seine Spitze wieder an ihrer Öffnung und drang genüsslich langsam in sie ein. Ihre Höhle war unglaublich warm und feucht. Nach dem langen Vorspiel würde er nicht mehr ewig durchhalten können. Vanessa stemmte sich mit ihren Armen am Kopfkissen ab und streckte ihre Brüste seinem Oberköper entgegen. Sie genoss das Gefühl von seiner großen Erektion, die er mit immer schnelleren Bewegungen in sie hinein stieß.

Die Zuckungen in der Peniswurzel kündigten seinen Höhepunkt an. Mit einer letzten

Vorwärtsbewegung ergoss er sich mit einem warmen Schwall in ihr. Seine Ejakulation schien kein Ende nehmen zu wollen. Als er endlich erschöpft auf Vanessa nieder sank, brauchte er einen kurzen Moment um wieder klare Gedanken fassen zu können. Er richtete sich aus ihrer Umarmung auf und entfernte den Schal von ihrem Kopf. Dann blickte ihr tief in die Augen.

„Ich liebe dich! Hast du das vorhin mitbekommen?", wollte er nun wissen. Mit einem langsamen Augenaufschlag versuchte sie ihm zu verstehen zu geben, dass sie genauso empfand. Endlich fand auch sie ihre Stimme wieder und brachte ein glückerfülltes ‚Ich dich auch!' heraus.

VIII.

„Schau mal hier, was ich gefunden habe!", rief Vanessa und reichte Jake ein Foto. Darauf waren die Beiden mit Alex, Sarah und Robert in lustiger Pose im Schnee abgebildet. Im Hintergrund waren die sonnigen Berge zu erkennen. Die Gruppe war auf den Bildern scheinbar unbekleidet. Die Schambereiche hatten sie mit Skiern verdeckt, die gekonnt platziert worden waren. Die Brüste der Frauen waren nur durch ihre eigenen Hände bedeckt.

„Erinnerst du dich?", wollte sie nun wissen. „Wie kann ich diesen Urlaub je vergessen?", entgegnete er ihr. „Schließlich sind wir dort zusammen gekommen!", fuhr er fort und schloss sie liebevoll in seine Arme. Um sie herum befanden sich unzählige Umzugskartons. Nach der gemeinsamen Zeit in den Bergen vor einem Jahr waren Jake und Vanessa ein Paar geworden und hatten schließlich beschlossen zusammen zu ziehen. Jetzt befanden sie sich mitten in ihrem Umzug in die gemeinsame Wohnung.

Überglücklich verpasste sie ihm nun einen Schmatzer auf die Wange und riss das Foto aus seinen Händen. „Das bekommt einen Ehrenplatz!", beschloss sie und lächelte ihn mit ihren unwiderstehlichen Grübchen an. Mit dem Bild in den Händen lief sie durch das geräumige Loft und hielt das Erinnerungsstück an unterschiedliche Stellen, um einen idealen Platz zum Aufhängen ausfindig zu machen. „Und wenn man es genau nimmt, waren wir nicht die Einzigen, die sich damals gefunden haben. Schließlich sind Sarah und

Robert bereits verlobt!", setzte sie mit einem gewissen vorwurfsvollen Unterton fort.

„Ich weiß!", entgegnete Jake ihr und kniff schmunzelnd die Augen zusammen. „Ob Alex auch mal jemanden finden wird? Oder ist sie nicht für ein Beziehungsleben gemacht?", fragte er mehr zu sich selbst. „Wir sollten sie mal zu uns einladen. Es ist schon fast zwei Monate her, dass wir uns das letzte Mal gesehen haben.", beschloss Vanessa und schien den geeigneten Ort für das Foto gefunden zu haben. „Das hört sich wie ein Plan an! Nach unserem Umzug wäre das sowieso fällig.", stimmte er ihr zu.

„Weißt du eigentlich, wie sehr ich dich liebe?", fragte er sie und griff sie von hinten an der Hüfte. Dann umschlang er sie fest und begann an ihrem Hals zu knabbern. „Was hältst du davon, wenn wir jetzt erstmal unsere Wohnung einweihen?", erkundigte er sich, indem er ihr zärtlich ins Ohr flüsterte. An ihren Pobacken merkte sie, wie sein Glied langsam an Form gewann. „Okay, mit welchen Raum wollen wir anfangen?", fragte sie ihn kess und riss sich los.

184

Teil 3:

Das Penthouse

I.

Am Horizont war das erste dämmerhafte Licht zu erkennen, das den Beginn eines neuen Tages verkündete. Der Himmel ging nahtlos vom dunklen Schwarz in ein sattes Blau und schließlich direkt am Horizont in ein samtiges Purpur über. Durch die geöffnete Glastür wehte ein lauwarmer Windhauch in das geräumige Loft hinein. Zu dieser frühen Morgenstunde war die Luft noch angenehm kühl, bevor sich die Hitze des Hochsommers in der Stadt breit machte würde. Obwohl der Großteil der Bevölkerung noch schlief, zeugte eine zunehmende Geräuschkulisse aus Motoren und sporadischen Hupen vom beschäftigen Treiben der Großstadt. Um kurz nach halb Fünf waren es vermutlich vorwiegend Heimkehrer, die das Wochenende genutzt hatten, um in den zahlreichen Diskotheken und Clubs tanzen zu gehen.

An einem großen Holztisch saßen die letzten Gäste der Einweihungsfeier. Unter anderem waren auch Alexandra, Sarah und Robert der Einladung von Jake und Vanessa gefolgt, die neue Wohnung zu begutachten. Die Beiden hatten sich in ein Loft mit hohen Fenstern und Wänden mit roten Klinkern verliebt. Vor kurzer Zeit waren sie dann zusammengezogen. Sie hatten schon immer davon geträumt, in einer solchen Wohnung mit typischem Industriecharakter zu wohnen. Das untere Geschoss war ein großer, offener Raum, der als Kombination aus Wohn- und Essbereich diente. Eine hohe Glasfassade gab den Blick auf eine große Dachterrasse frei. Von hier oben hatte man einen

189

prächtigen Blick über die Stadt. Eine Treppe aus Edelstahl führte in den oberen Bereich, wo sich die restlichen Wohnräume befanden. Holzparkett in einem satten Braunton versprühte dabei die notwendige wohnliche Atmosphäre.

Die meisten Gäste hatten schon vor einigen Stunden die Feier verlassen. Nur der harte Kern der Freunde saß noch am Esstisch in der Mitte des offenen Raumes und tauschte bei kalten Getränken Neuigkeiten aus. Die Gruppe hatte sich während eines gemeinsamen Urlaubs in den Bergen beim Skifahren näher kennengelernt. Damals hatte Jake eigentlich etwas Zeit mit Vanessa und Alex verbringen wollen, die er einige Jahre zuvor in der Karibik getroffen hatte. Da es schon auf der Insel zwischen Vanessa und Jake geknistert hatte, konnten sie auch im Schnee nicht die Hände voneinander lassen. Schlussendlich war der Funke übergesprungen und sie waren zu einem unzertrennlichen Paar geworden. Auch die rotblonde Sarah und ihr hochgewachsener und kräftiger Robert waren zu dieser Zeit zusammengekommen und konnten mitteilen, dass sie sich inzwischen verlobt hatten. Nur die italienisch anmutende und zierlich gebaute Alex war noch Single.

Zu dieser fortgeschrittenen Zeit waren die Zungen durch die alkoholischen Getränke schon etwas lockerer geworden und die Gesprächsthemen nahmen einen zunehmend schlüpfrigen Charakter an. Um die Runde etwas aufzulockern, machte Vanessa den Vorschlag, ein Spiel zu spielen. Da sich die Freunde untereinander gut kannten, hatte sie das Partyspiel Privacy vorgeschlagen, bei dem auf allerhand intime Fragen Rede und Antwort gestanden werden mussten. Dabei wurde eine pikante Frage gestellt, die reihum beantwortet werden musste, indem man versteckt einen Antwortstein in einen Stoffbeutel tat. Anschließend musste jeder abschätzen, wie viele Personen im Raum die Frage mit Ja oder Nein beantwortet hatten. Wer nach der Auflösung und Auszählung der Steine am besten getippt hatte erhielt Punkte.

Um nun dem Spiel noch einen interessanten Kniff zu geben, schlug Alex vor, dass nach der Auflösung der Frage zusätzlich jemand ausgelost werden sollte, der die Beweggründe seiner Antwort in einer kurzen Geschichte erläutern musste. Nachdem der Vorschlag einstimmig angenommen wurde, stand Jake auf, um die Spielmaterialien aus einem Schrank zu holen. Dann baute er das Spielbrett auf und mischte die Karten mit den Fragen. Die Gruppe blickte sich untereinander an. „Wer fängt an eine Frage vorzulesen?", fragte Jake unschlüssig. „Ich würde vorschlagen: Immer derjenige der fragt!", entgegnete ihm Vanessa und stieß ihm liebevoll in die Rippen.

„Oh das geht ja richtig schlüpfrig los!", stellte er fest, nachdem er die erste Karte vom Stapel gezogen hatte. Gespannt hingen die Freunde an seinen Lippen, als er vorlas: „Ich hatte schon mal eine Mènage á trois." Den Beteiligten lag ein wissendes Lächeln ins Gesicht geschrieben, als der Stoffsack schnell reihum gereicht wurde, um die Antwortsteine hinein zu legen.

„Hmmmh, ich denke ich kenn die Antwort bereits.", erklärte Alex schmunzelnd, nachdem alle geantwortet hatten. Nun stellten die Spieler das Tippergebnis auf einer Drehscheibe mit vielen Zahlen ein. Jake nahm den Stoffbeutel und drehte ihn um. Ein orangener Stein viel nach dem anderen auf den Tisch und zeugte davon, dass keine einzige Person mit nein geantwortet hatte.

„Mein lieber Scholli! Das zeigt mal wieder, dass wir alle durch die Bank weg ganz schön versaut sind!", bemerkte Jake lachend. „Vielleicht kann ja wenigstens die kurze Geschichte etwas Interessantes zu Tage bringen.", sagte Sarah und ließ ihren Blick neugierig durch den Raum schweifen. Um die Aufgabe der pikanten Geschichte zu verlosen wurde ein Würfel hervorgeholt.

Mit einer Fünf viel das Losglück jetzt auf Alex. Als ihr klar wurde, dass ihr vorhergehender Vorschlag nun einem Eigentor gleich kam, musste sie grinsen. Mit einer nachdenklichen Mine versuchte sie sich für eine passende Geschichte zu entscheiden. „Na gut! Dann erzähl ich euch mal etwas ganz Heißes! Ich war damals in einer festen Beziehung und bin mit meinem damaligen Freund und seinen Arbeitskollegen Campen gefahren....".

* * * * *

Nach einem langen sommerlichen Tag an der frischen Luft, tat das gemütliche Lagerfeuer richtig gut. Nicht das die Wanderung und das Geocachen Alex nicht Spaß gemacht hätten, aber scheinbar war sie so viel Bewegung einfach nicht gewohnt. Durch die abstrahlende Hitze machte sich nun Müdigkeit in ihren Gliedern breit. Neben ihr saß ihr Freund Taylor und hielt sie mit seinen Armen umschlungen. Er hatte kurze braune Locken und ein besonders verschmitztes Lächeln. Wie es sich für einen Campingausflug gehörte, hatte er sich einen Dreitagebart stehen lassen. Aufgrund des warmen Wetters hatte er für einen großen Teil der Wanderung sein T-Shirt ausgezogen behalten und Alexandra war es schwer gefallen, ihr Verlangen nach seinem muskulösen Körper zu unterdrücken. Seit gut vier Monaten waren die Beiden jetzt ein glückliches Paar und befanden sich immer noch in dem Zeitraum, in dem sie die Hände kaum voneinander lassen konnten

Auf der anderen Seite der knisternden Holzscheite saß Georg, ein Arbeitskollege von Taylor, mit seiner Frau Jennifer. Das Paar war zwar etwa zehn Jahre älter als der Rest der Camper, hatte aber beim Wandern das Tempo hochgehalten. Auch sie saßen in zärtlicher Umarmung und hielten lange Äste mit Stockbrot in die Flammen. Der letzte im Bunde war David, ein weiterer Arbeitskollege und guter Freund von Taylor. Er war der jüngste der Gruppe und hatte die Reise ohne Begleitung angetreten. Auch er war sehr sportlich gebaut und hatte hin und wieder ein spitzbübisches Lächeln in seinem jugendlich wirkendem Gesicht.

So saßen sie erschöpft um das Lagerfeuer und ließen die Ereignisse des Tages Revue passieren. Auf ihrer Wanderroute hatten sie einige Geocaches lösen können und werteten nun aus, von wem die entscheidenden

Hinweise und Ideen zur Lösung der Rätsel beigesteuert worden waren. Über eine besonders kniffelige Aufgabe war eine Diskussion entbrannt, wer die Lorbeeren der Lösung für sich beanspruchen konnte.

„Lasst uns doch darum nicht streiten!", versuchte Jennifer zu beschwichtigen. Dabei hatte sie sich umgedreht und kramte etwas aus ihrem Rucksack. „Was haltet ihr davon, wenn wir eine Friedenspfeife rauchen?", warf sie die Frage in die Runde und hielt eine durchsichtige Plastiktüte in das Licht des Feuers. Darin waren mehrere vorgedrehte Joints zu sehen. Etwas überrascht schaute Alex auf die Tüte und wartete auf die Reaktion der Anwesenden. Scheinbar waren alle sehr entspannt, was das Thema Gras anging, denn schnell fand der Vorschlag zu kiffen Zustimmung.

Mit einem zufriedenen Lächeln fischte Jennifer einen Joint aus der Plastiktüte und drehte mehrmals am Rad ihres Feuerzeugs, um auszuprobieren, ob noch genügend Gas vorhanden war. Endlich hatte sie die Tüte angesteckt und nahm einen tiefen Zug. Mit einer Grimasse versuchte sie möglichst lange, den Dampf in ihren Lungen zu behalten und reichte den Joint im Kreis weiter. Als der Joint die zweite Runde gemacht hatte, war kaum noch etwas dran und er wurde in das Feuer geworfen. Zufrieden streckte Alex ihre müden Glieder von sich und ließ die Wirkung des Grases über sich waschen. Noch einige Zeit lauschte sie der Unterhaltung. Schließlich taten die ausstrahlende Wärme, die frische Luft und die Wirkung der Droge das Übrige und sie merkte, wie sie zunehmender müde wurde.

Nachdem sie kurz an der Schulter von Taylor eingenickt war, beschloss sie dann endlich, dass es Zeit war, in ihren Schlafsack im Zelt zu kriechen. Zu ihrem Glück hatten sie zuvor die letzten Sonnenstrahlen ausgenutzt und die zwei Zelte aufgebaut. Da David alleine unterwegs war, hatte die Gruppe beschlossen, dass er im Zelt von Taylor und Alex unterkommen sollte. Gähnend stand Alex nun auf und gab ihrem Freund einen fetten Schmatzer auf den Mund. „Ich gehe schon mal ins Bett. Ich hoffe ihr seid mir nicht böse, wenn ich jetzt schon schlapp mache!", verabschiedete sie sich von den Anderen.

Am Zelt angekommen, öffnete sie den Reisverschluss des Eingangs und blickte sich noch einmal zu den restlichen Campern um. Durch das Gras hatte sich ein ansteckendes Kichern um das Lagerfeuer breit gemacht. Mit einem Grinsen schüttelte sie ihren Kopf und kroch in das Zelt hinein. Nachdem sie ihre Isomatte ausgebreitet hatte, schlüpfte sie aus ihren Klamotten und behielt nur noch ein enges Top und ihren String an. Schließlich war die Luft noch nicht übermäßig kalt. Dann breitete sie ihren dünnen Schlafsack aus und schlüpfte hinein. Wie sie es sich in ihrem Lager bequem gemacht hatte, lauschte sie noch einmal den Gesprächen vor dem Zelt. Nach einigen Minuten wurden ihre Augen immer schwerer und sie glitt in den wohlverdienten, tiefen Schlaf.

* * * * *

Sie wusste nicht, wie lange sie schon geschlafen hatte, als sie ein Geräusch aufschrecken ließ. Sie riss die Augen auf und um sie herum war es stockdunkel. Sie war noch immer von dem Gras vernebelt und hatte Schwierigkeiten, sich in ihrer Umgebung zu orientieren. Nach einigen Augenblicken war ihr wieder bewusst, dass sie sich im Zelt befand. Draußen war es still geworden. Nur das Zirpen der Grillen war noch zu vernehmen und schien die Nachtluft zu erfüllen. Anscheinend hatte sie einfach weiter geschlafen, als Taylor und David in das Zelt gekommen waren.

Als Alex genauer hinhörte, konnte sie ein leises Schnarchen neben sich vernehmen. Fast unmerklich sog ihr rechter Nachbar mit einem leisen, sägeähnlichen Geräusch immer wieder die Luft ein. Das war so typisch für Taylor, dachte sich Alex. Insbesondere das Geräusch, welches er machte, als er die Luft gegen seine geschlossenen Lippen wieder herausblies. Aber nach einigen Monaten als Paar hatte sie sich inzwischen an seine Macken gewöhnt. Um sich weiter zu orientieren, tastete sie vorsichtig ihre nähere Umgebung ab und stellte fest, dass sie scheinbar genau zwischen den beiden Männern lag. Denn auf ihrer linken Seite konnte sie den Schlafsack von David erfühlen.

Nachdem sie ihre Umgebung erkundet hatte, legte sie sich wieder zurück auf ihr Nachtlager. Als sie so in die Dunkelheit starrte, merkte sie schnell, welche Wirkung das Gras immer noch auf sie auszüüben schien. Durch die gefühlte Intensivierung der Sinneswahrnehmungen hatte sie den Eindruck, als würden die Grillen ein regelhaftes Konzert veranstalten. Diese Feststellung ließ sie leicht in sich hinein grinsen.

Langsam machte sich nun aber auch ein wohliges und ihr nur zu bekanntes Ziehen in ihrem Unterleib breit. Mit leichter Verwirrung stellte sie fest, dass der konsumierte Joint auch einen aphrotisierenden Effekt auf sie zu haben schien. Diese Auswirkung hatte sie schon einige Male erlebt und hatte anschließend immer unglaublich heißen Sex gehabt. Doch hier lag sie nun im Zelt und konnte nicht so einfach über ihren Freund herfallen, da noch ein fremder Mann neben ihr lag. Unschlüssig biss sie sich auf ihre Unterlippe und überlegte, wie sie ihrem Verlangen nachgehen konnte. Denn eines stand mittlerweile für sie fest: sie brauchte jetzt schnell eine Befriedigung ihrer Lust!

Möglichst leise, ließ sie ihre Hand an ihrem Bauch hinab gleiten und fasste sich an ihr Höschen. Hier meinte sie zu fühlen, wie ihre Scham eine regelrechte Hitze ausstrahlte. Vielleicht waren das aber nur Einbildungen ihres vernebelten Zustandes? Langsam schob sie einen Finger unter den Stoff ihres Strings und wäre fast zurückgezuckt, als sie merkte, wie sensibel ihre Scham auf die Berührung reagierte. Dabei hatte sie erschrocken die Luft eingesogen. Jetzt lauschte sie, um sicher zu gehen, dass ihre Mitschläfer nichts mitbekommen hatten. Regelmäßige Atemzüge zu ihrer Linken und das leise Schnarchen zu ihrer Rechten zeugten davon, dass ihr kleines Abenteuer unentdeckt geblieben war. So ganz erregt zwischen zwei ahnungslosen Männern zu liegen und sich mit ihrer Hand Abhilfe zu verschaffen, machte sie jetzt umso schärfer.

Also schob sie die ganze Hand unter das elastische Band ihres Strings und streichelte sich zart über die bereits geschwollenen Schamlippen. Da sie sich regelmäßig einer Intimrasur unterzog, waren jetzt keine störenden Haare im Weg. An ihren Fingerspitzen stellte sie zufrieden fest, dass sie schon unglaublich feucht geworden war. Glitschig rieb sie ihre Finger aneinander, um den Grad ihrer Erregung zu messen. Ihrer Lust nachgebend massierte sie langsam ihren Kitzler und genoss das lustvolle Ziehen, das sich durch ihre Behandlung in ihrem Unterleib breit machte. Ihr Brustkorb hob sich immer schneller und sie hatte Mühe ihr Stöhnen zu unterdrücken.

Etwas störte sie momentan jedoch noch. Mit ihrer Hand musste sie ständig gegen den elastischen Widerstand des Bundes ihres Höschens ankämpfen. Um einen besseren Zugang zu erreichen entschloss sie, sich ihrer Unterwäsche zu entledigen. Langsam und jedes Geräusch vermeidend hob sie ihr Becken und zog sich ihr Höschen aus. Inzwischen war sie etwas mutiger geworden und entledigte sich schnell noch ihres Tops. Völlig nackt lag sie nun in ihrem Schlafsack und begann, mit einer Hand ihre weichen Brüste zu liebkosen. Dabei verrieten ihre steil abstehenden Brustwarzen die weiter zunehmende Lust. Wie kleine Stromschläge fühlten sich die Streicheleinheiten auf der sich nun ausbreitenden Gänsehaut an.

Mit den Fingern der anderen Hand kam sie ihrem Verlangen nach und streichelte weiter ihre sensiblen Schamlippen. Dabei verteilte sie mit kreisenden Bewegungen ihre Liebessäfte auf ihrer Scheide. Als sie ihre Schamlippen sanft spreizte, merkte sie, wie stark ihre Klitoris bereits geschwollen war. Wie in Trance versenkte sie schließlich zwei Finger in ihrer nassen Spalte und rieb mit ihrer Handfläche über ihre Lustperle. Immer heftiger stieß sie ihre Finger in ihre Scheide und kam qualvoll langsam ihrem Höhepunkt entgegen. Mittlerweile konnte sie nicht verhindern, dass sie unter ihren Berührungen ein leises Wimmern ausstieß.

* * * * *

Plötzlich wurde das monotone Schnarchen jäh durch ein halb schnappendes und halb hustendes Atemgeräusch unterbrochen. Mit einem Schmatzen drehte sich ihr rechter Nachbar und versuchte wieder einzuschlafen. Alex hatte ihre Berührungen kurz unterbrochen und hielt nun unschlüssig inne. Sie war inzwischen so in Fahrt gekommen, dass ihr lüsterner Verstand in ihr eine witzige Idee reifen ließ. Kurzum entschloss sie sich, Taylor in ihr Spiel mit einzubeziehen. Der Gedanke, wie er sie im Beisein eines nichtwissenden Arbeitskollegen vernaschen sollte und die Gefahr wohl möglich erwischt zu werden, ließen ihre Erregung ins fast Unermessliche wachsen.

Also begann sie mit ihrer rechten Hand ihre Umgebung zu erkunden. Während sie sich langsam vorwärts tastete, setzte sie mit der anderen Hand ihre

Streicheleinheiten an ihrer Scheide fort. Plötzlich stießen ihre Fingerspitzen an den Rand des Schlafsacks von Taylor. Zu ihrer Zufriedenheit bemerkte sie, dass er mit geöffnetem Schlafsack zu schlummern schien. Diese Gelegenheit nutzte sie und schob ihre Hand sachte unter den warmen Stoff. Zunächst wollte sie es umgehen, in vollends zu erwecken, um eine schreckhafte Bewegung beim Aufwachen zu vermeiden. Als sie seine Boxershorts an ihrer Hand merkte, arbeitete sie sich weiter in Richtung seines besten Stücks vor. Schließlich war sie an seinem weichen Glied angekommen und stellte fest, wie sich dieses deutlich durch den Stoff seiner Unterhose abzeichnete.

Sanft streichelte sie mit ihren Fingerspitzen an den Außenrändern seines Schafts nach oben. Durch den dünnen Stoff merkte sie, wie seine Männlichkeit unter ihrer Zuwendung merklich an Größe gewann. Ein wenig neugierig war sie schon, wann Taylor unter ihrer Behandlung aufwachen sollte. Vielleicht tat er das aber auch nicht und spritzte einfach im Schlaf ab. Später könnte er dann sogar meinen, er hätte einen feuchten Traum gehabt. Diese Vorstellung ließ sie in sich hinein grinsen.

Sein Glied war mittlerweile zur vollen Pracht gewachsen. Taylor war eigentlich ganz gut bestückt. Nur auf ihren Tastsinn beschränkt, hatte sie aber den Eindruck, als wäre seine Erektion heute einen kleinen Deut größer als sonst. Normalerweise schaffte sie es, seinen Schwanz ohne Schwierigkeiten mit dem Daumen und dem Zeigefinger zu umschließen. Jetzt hatte sie damit

200

jedoch ihre Probleme. Aber das lag sicher auch an der veränderten Sinneswahrnehmung des Grases und an der prickelnden Erotik der Situation.

Um ihre Erkundungen fortzusetzen, hob sie den Bund seiner Unterhose etwas an und zog die Boxershorts nach unten. Damit hatte sie freien Zugriff auf sein bestes Stück. Mit den Fingern fuhr sie sanft über sein festes Glied. In der Dunkelheit fühlte sich die Haut hier ganz weich an. Langsam arbeitete sie sich zu dem Bereich nach oben, wo das kleine Bändchen zu der Eichel führte. Hier wusste sie, war eine der sensibelsten Stellen des Mannes.

Mit dem Daumen massierte sie mit sanftem Druck diese Region und freute sich auf den Moment, in dem er seinen dicken Schwanz endlich in sie einführen würde. Ihre Vorfreude genießend, umschloss sie schließlich seine Erektion und ließ ihre Hand langsam auf und ab gleiten. Erneut merkte sie, dass sein Glied sich irgendwie praller und breiter anzufühlen schien. Sie ließ den Gedanken aber schnell wieder verfliegen, da ihr eigener Körper immer stärker nach einer Befriedigung der Lust verlangte.

Inzwischen waren wieder leise Schnarchgeräusche von ihm zu hören. ‚Der Kerl wird doch unter meinen Liebkosungen nicht wieder eingeschlafen sein?' fragte sie sich stutzig. Wie um sich für eine solche undankbare Anerkennung der geleisteten Zuwendung zu rächen, beschloss sie die Behandlung etwas zu verschärfen. Irgendwie musste sie ihn ja sanft wach bekommen, wenn sie noch in den Genuss seines harten Gliedes kommen wollte. Und den schien sie momentan wirklich gebrauchen zu können, denn mit ihrer linken Hand massierte sie ihre Scham und bewegte sich unaufhörlich in Richtung ihres Höhepunktes.

So richtete sie sich leise auf und rutschte weiter in seine Richtung, bis ihr Gesicht ganz dicht vor seinem Schwanz zu liegen kam. Mit ihrer Zunge benetzte sie zunächst seine Eichel mit etwas Speichel. Dann hob sie seinen Ständer an und nahm ihn langsam in ihrem Mund auf. Zärtlich umspielte sie seine Eichel mit ihrer Zunge und ließ seine Erektion dann wieder aus ihrem Mund gleiten. Mit langsamen Wichsbewegungen fuhr ihre Hand an seinem Glied auf und nieder. Noch immer war ein leises Schnarchen aus seiner Richtung zu vernehmen. Also erhöhte sie die Frequenz ihrer Bewegungen, umschloss seinen Schwanz wieder mit ihren Lippen und leckte immer gieriger daran.

Endlich ging das Schnarchen in ein leises Stöhnen über. Eine Hand legte sich auf ihren Kopf und sie verstand, dass er sich in einem Dämmerzustand kurz vor dem richtigen Erwachen befinden musste. Fast unmerkliche Zuckungen seines Gliedes kündeten an, dass er bald kommen würde. Also nutzte Alex die günstige Gelegenheit, drehte ihr Hinterteil in seine Richtung und dirigierte mit sanftem Nachdruck den Schwanz ihres schläfrigen Freundes an ihre erwartungsvoll feuchte Spalte. Als sie seine Eichel an ihren Schamlippen merkte, wäre ihr fast ein kleiner Schrei entwichen. Ihre Hand legte sie an seinen Hintern und gab ihm mit Nachdruck zu verstehen, was er nun zu tun habe.

Langsam kam er ihrem Wunsch nach und presste seine Hüften nach vorne. Dabei schob seine Eichel ihre warmen Lippen auseinander und er drang ohne jegliche Mühe mit seiner ganzen Länge in sie ein. Seine Hände waren nicht untätig geblieben und umschlossen ihre Brüste sanft von hinten. Immer schneller stieß er seinen prallen Schwanz in sie hinein. Ihre heftiger werdenden Bewegungen verursachten dabei ein kaum hörbares, klatschendes Geräusch. Alex war durch das angenehme Gefühl, wie sein Schwanz sie vollständig auszufüllen schien, so in Stimmung gekommen, dass sie dieses Geräusch nicht mehr störte. Beinahe hätte sie herausgeschrien: „Los fick mich endlich! Ich brauche deinen großen Prügel!", denn sie wusste wie sehr Taylor auf solchen ‚Dirty Talk' stand. Hoffentlich würde David nicht aufwachen, dachte sie noch.

* * * * *

Doch das war nun zu spät. Ein leises Rascheln zeugte davon, dass ihr linker Nachbar sich gedreht hatte. Auch waren keine regelmäßigen Atemzüge mehr zu hören. Mit ihrer Hand auf den Schenkeln von Taylor deutete sie ihm an kurz das Sexabenteuer zu unterbrechen. Dieser verstand sie sofort. Zu ihrer Zufriedenheit behielt er sein Glied aber zunächst in ihrer warmen Höhle. Erneut lauschte sie, ob David jetzt wieder einschlafen würde.

Doch plötzlich drang ein Flüstern aus der Richtung des kürzlich erwachten linken Nachbarn an ihr Ohr: „Alex ich bin spitz und will dich vernaschen! Denkst du wir können es machen ohne das David aufwacht?" Und es war eindeutig die Stimme ihres Freundes Taylor! Erschrocken stellte sie die ganze Wahrheit der Situation fest. Wenn links von ihr Taylor lag, war die logische Konsequenz, dass der erstaunlich große Schwanz in ihr zu David gehören musste. Für einen kurzen Augenblick stand die Zeit still.

Deutlich konnte sie noch immer den Ständer von David in sich spüren. ‚Wie war es nur zu diesem Irrtum gekommen?' fragte sie sich nun. Hatte sie nicht genau gemerkt, dass sein Glied etwas größer und breiter war als das von Taylor? Und warum gab sie jetzt den prallen Schwanz, der nicht der ihres Freundes war, so ungern wieder preis. ‚Teil ihm doch einfach mit, dass er aus dir verschwinden soll!' schrie eine Stimme in ihr. Doch sie war momentan dermaßen geil, dass sie einfach nicht loslassen konnte. Sie genoss es förmlich, vor der Nase ihres Freundes mit einem anderen Mann Geschlechtsverkehr zu haben, obwohl sie diesen doch eigentlich abgöttisch liebte. Machte sie das zu einer Schlampe?

Alex versuchte panisch zu überlegen, was sie ihrem Freund sagen sollte und wie sie sich nun verhalten konnte. Vermutlich war es die Nachwirkung des gerauchten Joints, vermutlich aber auch ihre unglaubliche Erregung, die ihr jetzt eine spontane Eingebung gab. ‚Warum sollte sie nicht beides haben? Um Taylor zufrieden zu stellen ließ sich doch sicher ein Weg finden' überlegte sie und begann, mit ihrer Hand sein Glied zu suchen. „Dann sei ganz still, legt dich zurück und genieße!

204

Wir wollen ja nicht, dass dein Kollege aufwacht. Sag mir einfach Bescheid, wenn du soweit bist!", sagte sie und gab zur gleichen Zeit mit der anderen Hand dem besagten Kollegen zu verstehen, er solle weiter machen, wo er aufgehört hatte.

Dieser verstand sofort, was von ihm verlangt wurde und begann wieder, sich in ihr zu bewegen. Genugtuend genoss sie erneut das Gefühl, wie er in sie hineinstieß und sich langsam wieder zurückzog. Währenddessen hatte sie das Glied von Taylor aus dem Schlafsack befreit und mit der Hand umschlossen. Da es sich kurz vor ihrem Gesicht befand, öffnete sie langsam ihre Lippen und liebkoste seine Eichel. Mit ihrer Zunge verteilte sie mit kreisenden Bewegungen langsam ihren Speichel auf seiner Spitze. Währenddessen musste sie versuchen, die ruckartigen Bewegungen durch die immer härter werdenden Stöße von David vor Taylor zu verbergen.

Geübt fuhr sie mit der Zunge über die Unterseite von Taylors Ständer und konnte ein Leises Stöhnen von seiner Seite vernehmen. Wenn sie sich Mühe gab, würde sie es schaffen, ihn zur etwa gleichen Zeit kommen zu lassen wie sie selber. Aber auch David schien nicht mehr lange zu brauchen, denn mit seinem Becken rammte immer energischer gegen ihre Rückseite und drang dabei zunehmend tiefer in sie ein. Zu wissen, wie sie von Davids großem Ständer gedehnt wurde und sich zur selben Zeit um Taylors Erektion kümmerte, ließ sie jeden Moment vollständig auskosten.

Inzwischen hatte sie seinen harten Schaft vollständig mit ihren Lippen umschlossen und saugte zärtlich daran. Da sie wusste, dass es Taylor genoss, wenn sie beim Blasen auch ein wenig von ihrer Erregung verlauten ließ, konnte sie endlich ihr eigenes Stöhnen entweichen lassen. Langsam stieg ihre Erregung ins schier Unerträgliche und sie merkte, dass sie sich kurz vor ihrem Höhepunkt befand. Um Taylor weiter an den Rand seiner Lust zu bringen, umschloss sie seine pralle Erektion mit der Hand und knabberte zärtlich an seinen Hoden. „Ich komme gleich! Vorsicht, nicht dass wir hier verräterische Flecken hinterlassen.", warnte sie Taylor leise.

Nach ein paar festen Wichsbewegungen war es soweit und sie merkte, wie seine Nüsse anfingen, sich rhythmisch zusammen zu ziehen. Gerade rechtzeitig, stülpte sie ihren Mund über sein pulsierendes Glied, um den ersten Schwall seiner warmen Ladung aufzufangen. Fast gleichzeitig begann auch David, seinen Samen in sie hineinzupumpen. Scheinbar hatte sich viel sexuelle Energie in ihm aufgestaut, da sie kaum ein Ende seiner Ejakulation feststellen konnte. Das Gefühl, wie immer mehr Sperma gegen ihre Scheidenwand spritzte, war zu viel für sie und sie merkte ihren eigenen Höhepunkt in sich aufsteigen. Mit heftigen Zuckungen erlag sie ihrem unglaublich intensiven Orgasmus und hatte Schwierigkeiten, nichts von Taylors salzigen Ergusses heraus tropfen zu lassen. Kurzer Hand schluckte sie seinen Saft herunter und konnte dann gemütlich die Wellen ihrer Ekstase verebben lassen.

206

Mit ein wenig Wehmut bemerkte sie nach einem kurzen Moment, wie David sein leicht erschlafftes Glied aus ihrer tropfnassen Spalte zog. Ein leises Schnarchen, diesmal von ihrer linken Seite, zeugte davon, dass Taylor schnell in einen zufriedenen Schlaf gefallen war. Aufgrund der schieren Menge von Davids Sperma, das allmählich aus ihr heraus lief, musste sie schnell ein Taschentuch aus ihrem Gepäck heraus kramen. Damit keine verräterischen Flecken entstehen konnten, schickte sie sich an, vor dem Zelt in einem Gebüsch zu verschwinden und dort das Sperma zu entsorgen.

II.

Mit erstaunt aufgerissenen Augen lauschte die Gruppe dem Ende der Erzählung von Alex. „Wow, das war aber eine heiße Geschichte!", stellte Vanessa anerkennend fest. „Da werden wir es nicht leicht haben, wenn wir an der Reihe sind.", warf Robert in die Runde. „Das werden wir bald feststellen können!", gab Alex als Antwort zurück und forderte mit einer Geste Sarah neben ihr auf, die nächste Karte zu ziehen.

Mit einem gespannten Lächeln las diese nun die Frage vor: „Ich wurde schon einmal beim Sex erwischt." Wieder ging der Stoffsack von Hand zu Hand und die Mitspieler legten ihren Antwortstein hinein. Fast hätte Sarah den wissenden Blick verpasst, den sich dabei Jake und Vanessa zugeworfen hatten und den anderen verborgen geblieben war. Diese Geste machte sie erst richtig neugierig, denn wenn sie die Gesichtsausdrücke der Beiden richtig gedeutet hatte, konnten sie sich auf eine super Geschichte von ihnen zu diesem Thema freuen.

Als der Beutel mit den Steinen wieder bei Sarah war, ermahnte sie ungeduldig ihre Mitspieler, ihren Tipp abzugeben. Endlich konnten die Steine ausgezählt werden. „Diesmal sind es nur zwei, die mit Ja geantwortet haben!", fasste Alex das Ergebnis zusammen. „Dann wollen wir aber auch ein paar Details wissen!", ließ Robert verlauten und schaute erwartungsvoll in die Runde. Noch einmal blickten sich Vanessa und Jake unbemerkt an und verständigten sich mit einem leichten

208

Nicken, wer die Geschichte nun vortragen sollte. Der Rest der Gruppe wartete gespannt, wer sich nun zu Wort melden würde.

„Also, die Story ist keine sechs Wochen her!", begann Jake, nach einer kurzen Künstlerpause zu erzählen. „Vanessa und ich sind damals mit Carla und Tim in einem Dunkelrestaurant essen gewesen. Die Beiden habt ihr doch vorhin auf der Party kennen gelernt. Das war die mit der Nerdbrille und ihrem hageren Freund. Wir wollten unbedingt mal gemeinsam in dieses Restaurant gehen, wo man in völliger Dunkelheit sein Essen vorgesetzt bekommt. Das ist übrigens sehr zu empfehlen! Aber ich schweife ab.", stellte Jake fest und schaute noch einmal nach Zustimmung suchend in die Richtung von Vanessa.

* * * * *

Jake hatte seine Hand auf die Schulter von Vanessa gelegt und folgte ihr auf der Länge seines Armes in das immer finsterer werdende Schwarz des Raumes. Wenn er die Augen angestrengt zusammen gekniffen hielt, konnte er noch schemenhaft die letzten Umrisse einer Kurve im Flur sehen. Nach einer weiteren Kurve war es dann aber vollkommen dunkel um ihn herum und er war praktisch blind. Er konnte feststellen, wie sich sein Griff auf Vanessas Schulter förmlich verkrampfte. Er wollte auf keinen Fall den Anschluss zur Gruppe zu verlieren.

Wie zur Polonaise hatte der blinde Kellner sie zuvor im hellen Bereich des Restaurants antreten lassen.

Dann hatte er sich trotz seines Handicaps zielsicher auf den Weg zum Eingang des verdunkelten Essbereichs gemacht. An vorderster Stelle hatte sich Tim gestellt. Ihm folgte seine Freundin Carla, die sich etwas aufgeregt umschaute. Scheinbar wollte sie ein letztes Mal das Gefühl des Sehens genießen, bevor es ihr im Restaurant genommen werden würde. Schließlich hatten sich Vanessa und Jake in Schlange gereiht und folgten den Anderen wie eine kleine Entenfamilie.

In der Finsternis angelangt konnte Jake deutlich die anderen Gäste schwatzen hören. Ab und zu war ein unbeholfenes Klirren eines Glases oder ein Klappern des Geschirrs zu vernehmen. Scheinbar gingen sie durch die Mitte des Raums zu ihren Tischen durch. Endlich angekommen dirigierte der Kellner seine Besucher geübt zu ihren Plätzen. Jake tastete sich langsam zu seinem zugewiesenen Sitz vor. Bei dem Versuch Vanessa aufmerksam den Stuhl zu Recht zu rücken, wäre er fast mit ihrem Kopf zusammengestoßen.

Er war unglaublich froh, als er endlich auf seinem Platz saß und nicht mehr ungeschickt durch den Raum tapsen musste. Endlich konnte er beginnen seine nähere Umgebung zu erkunden. Auf dem Tisch tastete er sich vorsichtig zu seinem Teller und dem Besteck vor und versuchte, sich die genaue Lage seines Essgeschirrs einzuprägen. Dann ließ er seine Hand langsam nach rechts rutschen, um wieder etwas Körperkontakt zu seiner Freundin aufzubauen. Vanessa hatte scheinbar die gleiche Idee gehabt, denn auch ihre Hand bewegte sich auf ihn zu.

210

Zärtlich streichelte sie ihm über seinen Handrücken und lehnte ihren Kopf an seine Schultern. „Soll ich dir mal was erzählen?", flüsterte sie ihm nun in sein Ohr. „Ich habe beim Umziehen vorhin das Höschen unter meinem Kleid weggelassen! Ich bin schon den ganzen Tag heiß auf dich.", fuhr sie gerade noch hörbar fort. Kaum hatte Jake das Gesagte verarbeitet, als sie seine Hand nahm und an ihren Schoß führte. Die samtige Haut ihres Venushügels unter seinen Fingern verriet ihm, dass sie heute tatsächlich ohne Slip unterwegs war. Durch die Dunkelheit verborgen, traute er sich, ihre Scham weiter zu erkunden. Hier schien sie förmlich vor Hitze zu strahlen. Mit seinen Fingerspitzen fuhr er über ihre samtigen Lippen, spreizte diese leicht und merkte, dass sie schon unglaublich feucht war.

Aber ihre Hand war auch nicht untätig geblieben und er merkte, wie sie sich auf seinem Oberschenkel in Richtung seines steifer werdenden Gliedes bewegte. Schließlich umschlossen ihre Finger seine beginnende Erektion und zwickten ihn zärtlich. „Nach der Vorspeise möchte ich, dass du mich mit deinen Fingern fickst!", flüsterte sie ihm mit einer hörbar erregten Stimme zu. Durch die geschärften Sinne in der Dunkelheit kamen ihm diese Offenbarungen unglaublich laut vor. Mussten ihre Freunde nicht Fetzen ihres Gesprächs hören können, schließlich saßen die Beiden ihnen unmittelbar gegenüber?

„Das ist schon gruselig, so ganz ohne Augenlicht hier zu sitzen!", stellte Tim auf der anderen Seite des Tisches fest. „Das stimmt. Ich bin jetzt schon gespannt,

211

was es als Vorspeise gibt!", antwortete ihm Carla. Damit waren Jakes Zweifel zerstreut und er konnte durchatmen.

Als hätte er das Stichwort gehört, kam nun auch der Kellner zurück an den Tisch und stellte den ersten Gang ab. „Ich wünsche einen guten Appetit! Vor ihnen befindet sich im Übrigen eine Suppe.", erklärte ihnen der Kellner. Also entfernte Jake seine Hand zwischen den Beinen von Vanessa und suchte auf dem Tisch nach seinem Löffel.

* * * * *

Die Suppe schmeckte unglaublich intensiv. Da Vanessa nichts sehen konnte, kamen die Geschmacksnuancen umso deutlicher zum Tragen. Insgeheim tippte sie auf eine Gemüsesuppe mit Ingwer, wahrscheinlich eine Karotten-Ingwer-Suppe. Das Geschmackserlebnis hielt nur kurz an, denn sie hatte schnell ihre Suppentasse gelehrt. Vielleicht war es aber auch ihre steigende Erregung, die schon den ganzen Abend an ihr nagte, die sie viel zu schnell die leckere Speise herunter schlingen ließ. Doch darüber machte sie sich momentan keine Gedanken, denn so konnte sie sich erneut ihrem lustvollen Spiel zuwenden.

Wieder legte sie ihre Hand auf den Schoß ihres Freundes und suchte nach seinem Glied. Dieses war noch nicht komplett erschlafft und lag deutlich tastbar unter dem Stoff seiner Jeans gepresst. Genüsslich rieb sie seinen Schwanz durch die Hose hindurch, während er sich nicht aus der Ruhe bringen ließ und seine Suppe weiter löffelte.

Zufrieden stellte sie fest, wie er schnell wieder an Form gewann. Ihre Freunde schienen ihren Gang beendet zu haben, denn sie schnatterten fröhlich über belanglosen Tratsch in ihrem Bekanntenkreis. Hin und wieder brachte sich Vanessa mit einem Kommentar oder einer kurzen Frage in die Konversation ein.

Nach einer gefühlten Ewigkeit hatte Jake endlich seine Vorspeise fertig gegessen und legte von den Anderen verborgen seine Hand zurück an ihre warme Scham. Wie sie vorher gewünscht hatte, machte er keine Umwege und ließ ohne jeden Widerstand zwei Finger in ihre feuchte Höhle gleiten. Sie konnte gerade noch einen Schrei unterdrücken, der ihr vor Überraschung und Ekstase fast herausgeplatzt wäre. Sich hier mitten im Restaurant gegenseitig zu verwöhnen, verstärkte ihre Lust ins fast Unermessliche und ließ ihre Säfte förmlich fließen. Fast hatte sie ein wenig Angst, sie würde den ganzen Stuhl mit den Spuren ihrer Lust benetzen.

Durch ihre Erregung wurde sie immer mutiger und öffnete langsam Jakes Reißverschluss. Flink hatte sie seine Erektion befreit und hielt sie mit ihren Fingern umschlossen. Mit zunehmender Intensität rieb sie seinen Ständer und genoss das Gefühl seiner kreisenden Finger in ihrer Scheide. Wenn sie genau hinhörte, meinte sie ein leises Schmatzen zwischen ihren Schenkeln vernehmen zu können und hatte Bedenken, Tim und Carla könnten etwas von ihrem Treiben mitbekommen. Mittlerweile musste sie sich an der Tischkante festhalten, um ihr Stöhnen besser unterdrücken zu können.

Plötzlich tauchte die Bedienung mit dem nächsten Gang hinter ihr auf. Enttäuscht merkte sie, dass Jake erschrocken seine Hand zwischen ihren Beinen weggenommen hatte um den Teller entgegennehmen zu können. Der Kellner jedoch schien nichts mitbekommen zu haben und platzierte die Teller auf dem Tisch. „Werte Gäste, ich hoffe sie lassen sich ihren Hauptgang schmecken.", wünschte er und verließ die Gruppe wieder. Vanessa lehnte sich zu Jake herüber und gab ihr einen Kuss auf die Wange. „Wir machen gleich weiter! Lass alles so wie es ist! Nicht dass du auf die Idee kommst, dein Prachtstück wieder einzupacken.", forderte sie ihn auf. Anschließen zog sie seine Vorhaut soweit es ging zurück und ließ sein Glied mit einer federnden Bewegung wegschnellen.

Auch der Hauptgang war ein Fest für die Sinne. Ein Geschmack nach dem anderen vollendete die gelungene Komposition. Schnell erkannte Vanessa, dass sie ein leckeres Steak mit einem fruchtigem Chutney und einem kleinen Salat serviert bekommen hatte. Nur die einzelnen Früchte in ihrem Chutney zu erraten, fiel ihr schwer. „Mhmmm, das ist echt köstlich! Möchtest du auch mal probieren?", fragte Carla und schien ihrem Partner eine Kostprobe von ihrem Teller zukommen zu lassen. Dies brachte Vanessa auf eine Idee.

„Kann ich mal was von dir probieren?", richtete sie ihre Frage an Jake. Doch zu seiner Überraschung zielte sie nicht auf einen Happen seines Gerichts ab. Frech wie sie war, suchte sie nach seiner Hand und führte diese kurzum an ihr Gesicht. Da sich seine Finger gerade noch

214

in ihr befunden hatten, stieg ihr der moschusähnliche Geruch von ihren eigenen Säften in die Nase. Kurz sog sie diesen Duft der Erregung auf und schleckte anschließend kess seine Finger ab.

Etwas sprachlos merkte Jake, wie sie sofort wieder dazu übergegangen war, sein bestes Stück zu massieren. Wenn sie in diesem Tempo weiter machte, würde er bald abspritzen. Um sich für ihre Zuwendung zu revanchieren suchte er wieder ihren Schoß auf und streichelte zärtlich ihre nassen Spalte. Mit dem Daumen und dem Mittelfinger spreizte er leicht ihre Lippen, um somit besseren Zugriff auf ihren Kitzler zu erhalten. Diesen umspielte er mit kreisenden Bewegungen gekonnt mit seinem Zeigefinger. Dass sie mit ihren Hüften immer weiter auf die Stuhlkante und in Richtung seiner Hand rutschte, schien zu beweisen, wie sehr sie seine Behandlung zu gerade genoss.

Jake ließ seinen Finger immer schneller über ihre Klitoris gleiten und drang abwechselnd mit der gesamten Länge in sie ein. Vor Erregung drückte Vanessa ihre Wirbelsäule durch und versuchte förmlich seinen Finger auf ihrem Stuhl zu reiten. Damit brachte sie sich unaufhörlich ihrem Höhepunkt näher. „Mhmmm, ist das lecker!", presste sie zwischen ihren Lippen hervor, als sie merkte wie sich die Wellen ihres Orgasmus durch ihren Unterleib zogen. Noch während sie ihre Ekstase auskostete, rieb sie heftig an Jakes Ständer. Ein kurzes Grunzen aus seiner Richtung verriet ihr, dass auch er bald soweit sein würde.

Geistesgegenwärtig ließ Vanessa eine Gabel auf den Boden fallen. Unter dem Vorwand diese wieder aufzuheben, ging sie auf Tauchstation und bewegte ihren Kopf auf seinen Schoß zu. Hier umschloss ihr Mund scheinbar im letzten Augenblick seine Erektion. Denn kaum hatten sich ihre Lippen um seinen Schaft gelegt, als sich Jake mit einem salzigen Schwall ergoss. Nachdem sie die erste Ladung heruntergeschluckt hatte, schaffte sie es noch einige Spritzer aus seinem Glied zu melken, indem sie zärtlich seine Eichel mit ihrer Zunge umspielte. Plötzlich erschien der Kellner mit dem letzten Gang am Tisch und Vanessa schaffte es gerade im richtigen Moment, sich wieder aufzusetzen.

III.

„Und was hat diese Geschichte mit dem Erwischtwerden zu tun?", fragte Sarah neugierig. Jake und Vanessa grinsten sich verschmitzt an. „Naja, als wir mit dem leckeren Essen fertig waren, wurden wir wieder nach draußen geleitet. Dort erhielten wir dann Fotos, die mit Infrarotkameras angefertigt wurden, quasi zur Erinnerung.", erklärte Vanessa zögerlich. „Auf unserem Schnappschuss waren wir Beide zu sehen, wie ich meinen Kopf gerade in seinem Schoß habe und Jake sich genießerisch nach hinten lehnt! Sein Gesichtsausdruck dabei war einfach unvergesslich!", brachte sie die Geschichte zu Ende und viel in das Gelächter der Runde mit ein.

Nachdem wieder etwas Ruhe eingekehrt war, musste sich Robert eine Träne aus dem Auge wischen. Dann griff er zielstrebig nach der nächsten Karte und vergewisserte sich kurz, dass alle Anwesenden wieder konzentriert dem nächsten Thema lauschten. „Ich bin Mitglied im so genannten Mile-High-Club! (...habe schon einmal im Flugzeug Sex gehabt).", las er die aktuelle Frage vor und legte seinen Antwortstein in den Stoffbeutel. Diesen reichte er weiter und ließ seinen Blick in der Runde schweifen, um abschätzen zu können, wer unter den Anwesenden die Frage mit Ja beantworten würde. Schnell hatten alle ihre Antworten abgegeben und der Beutel kam zu ihm zurück.

Als die Schätzergebnisse offengelegt wurden, ging ein überraschtes Raunen umher. Fast einstimmig

217

hatten alle Spieler „Null" getippt. Nur Sarah bekam einen dunkelroten Kopf, als sie bemerkte, dass sie die Einzige war, die „Drei" geschätzt hatte. „Da kann ich ja nur hoffen, dass mehr als ein orangener Stein aus dem Beutel fällt.", überlegte sie verschämt. Doch ihre schlimmsten Befürchtungen wurden wahr, als nur ein einzelner ‚Ja'-Stein auf dem Spielfeld landete. Beinahe wäre sie vor Scham in den Boden versunken, da nun eindeutig fest stand, wer die Person gewesen sein musste, die mit Ja geantwortet hatte.

„Sarah! Das hätte ich ja nun wirklich nicht von dir erwartet!", kicherte Alex vergnügt. „Ich liebe dieses Spiel! Es gibt dabei jedes Mal ein Quotenferkel.", kommentierte Vanessa das Ergebnis grinsend und drehte sich in gespannter Erwartung in Sarahs Richtung. „Dann lass mal hören!", forderte sie ihre Freundin auf und drückte sanft ihren Arm, um ihr etwas Mut zuzusprechen.

* * * * *

Sie vermisste die durchdringende Wärme der Sonne auf ihrer Haut. Hier im Flugzeug war die Klimaanlage wie immer sehr kalt eingestellt. Obwohl Sarah sich in weiser Voraussicht eine Strickjacke übergezogen hatte, wurde ihr Körper nun von einer frostigen Gänsehaut überzogen. Auch wenn sie sich konzentrierte und versuchte, das Gefühl des heißen Sandes am Strand in ihre Erinnerung zu rufen, wurde es ihr nicht viel wärmer zu Mute. Sie lief durch den Mittelgang des Fliegers und suchte weiter ihren Sitzplatz.

218

Auch ein schöner Urlaub musste einmal zu Ende gehen. Und überhaupt hatten sie ihre Freundinnen geradezu überreden müssen, nicht die Semesterferien über zu Hause zu versauern. Also hatte sie eingewilligt und war zwei Wochen mit ihren Mitbewohnerinnen an das Meer geflogen. Die erste Woche hatte sie ihre Entscheidung sichtlich bereut, da hier eine Party nach der anderen gefeiert wurde. Was hatte sie denn bei so vielen Studenten auch erwartet? Ruhe und Entspannung konnten sich hier nicht wirklich einstellen. Erst als sie entdeckt hatte, dass hier auch ein heißer Typ aus ihrem Jahrgang mit einer großen Reisegruppe vor Ort war, konnte sie ihren Urlaub wieder etwas mehr genießen.

Zuerst hatte sie ihn am Strand erspäht. Schon seit längerer Zeit hatte sie ein Auge auf ihn geworfen. Seine kräftige Statur, die dunklen Locken und seine silbergrauen Augen waren ihr bereits in den Vorlesungen aufgefallen, die sie vor geraumer Zeit gemeinsam besucht hatten. Hier war er häufig mit seinen Kumpels unterwegs und sie konnte nicht mit letzter Sicherheit sagen, ob er sie auch erkannt hatte. Denn bisher hatte er sie nicht gegrüßt oder durch ein Nicken zu verstehen gegeben, dass er sie überhaupt wahrgenommen hatte. Doch als er immer häufiger schon früh morgens und alleine an den Strand kam, während seine Gefährten noch ihren Rausch ausschliefen, wurde sie das Gefühl nicht los, dass auch er sie erblickt haben musste. Zumindest redete sie sich das gerne ein, da sie sonst am Strand fast alleine waren. Auch ihre Freundinnen waren faul und zogen es vor lange auszuschlafen.

Somit war es für sie regelrecht zu einem Ritual geworden, schon frühzeitig an den Strand zu gehen, um auf ihn zu warten. Zuverlässig erschien er dann auch jeden Morgen und machte es sich nicht weit von ihr auf seinem Strandtuch gemütlich. Allerdings konnte sie nie den Mut aufbringen, zu ihm hinüber zu gehen und anzusprechen. Immer wieder schaute sie versteckt zu ihm herüber, um zu ergründen, ob er sie nun im Geheimen beobachtete. ‚Oder sollte er mich wirklich nicht erkannt haben und überhaupt kein Interesse an mir zeigen?' ging es ihr durch den Kopf. Immer häufiger hatte sie erotische Fantasien mit ihm und stellte sich ständig den muskulösen Körper, den er am Strand präsentiert hatte, nackt vor.

Am vierten Tag erwischte sie ihn endlich aus dem Augenwinkel heraus. Er hatte sich zu ihr gewandt und tat so, als würde er ein Buch lesen. Doch ihr war schnell klar, dass er nicht das Lesetempo eines Erstklässlers haben konnte. Denn während der zehn Minuten, die sie sich mit der Sonnenlotion eincremte, hatte er nicht eine einzige Seite seines Buches umgeblättert. Ein schneller und fast unmerklicher Seitenblick verriet ihr, dass sich ihre Vermutungen bestätigt hatten und er sie regelrecht mit seinen Augen auszuziehen schien.

Sie meinte, förmlich seine Blicke auf ihrer Haut zu spüren und genoss das Wissen, dass er sie die ganze Zeit mit seinen lüsternen Blicken bedachte. Ein angenehmes Kribbeln machte sich zwischen ihren Schenkeln breit. Kurz überlegte sie, ob sie es wagen konnte, sich ihres Bikinioberteiles zu entledigen und wie viele andere Strandbesucherinnen oben ohne zu sonnen. Doch plötzlich wurde ihr Treiben jäh von der Ankunft ihrer Freundinnen unterbrochen.

Mehrmals musste sie an diesem Tag in die Umkleiden am Rand der Promenade verschwinden, um sich mit der Hand Erleichterung zu verschaffen, da man sonst eine feuchte Spur ihrer Erregung durch das Bikinihöschen hindurch hätte sehen können. Und auch eine erfrischende Abkühlung im Meer schien ihrer Lust wenig Linderung zu verschaffen.

Als es endlich Abend war, wollte sie bei einem Einkaufsbummel auf der Strandpromenade nach etwas Ablenkung suchen. In einem Geschäft erregte die Bademode der Firma WickedWeasel die Aufmerksamkeit der Freundinnen. Unter vielen Sperenzchen wurden die Slips begutachtet. Bei dem Anblick dieser freizügigen Bademode, die mehr zeigen musste als sie verbergen konnten, durchzuckte Sarah ein gewagter Gedanke. Kurz entschlossen eilte sie noch einmal, unter dem Vorwand etwas vergessen zu haben, in das Geschäft zurück. Dort kaufte sie sich schließlich den knappsten vorhandenen Slip mit dem zugehörigem Top. Dabei wurde sie durch ihre unterschwellige Erregung gesteuert und wurde sich erst außerhalb des Geschäfts über die Konsequenzen ihres Einkaufs klar.

Als sie sich am nächsten Tag vom Hotel zum Strand aufmachte, schlug ihr das Herz bis unter das Kinn. Heute würde sie es wagen, sich mit der spärlichen Bademode vor ihm zu präsentieren. Sie hatte alle

Bedenken abgetan, was die anderen Badegäste von ihr denken mussten. Schließlich war es ihr letzter Tag hier und sie würde keinen von ihnen je wieder sehen. Also schälte sie sich aus den Klamotten bis sie nur noch in ihrem neuen Bikini am Strand stand. Zügig breitete sie ihr Strandtuch aus und legte sich darauf.

Sie wusste, dass sie ihren Körper durchaus herzeigen konnte. Zum Anfang ihres Studiums hatte sie schließlich viel Gewicht verloren. Auch waren ihre rotblonden Haare, ihre Sommersprossen und eisblauen Augen seit je her ein Hingucker. Ihre wohl geformten Brüste entsprachen etwa einem C-Körbchen und wurden gerade so von dem knappen Bikinioberteil gehalten.

Ein Blick nach unten verriet ihr, dass der dünne Stoff gerade einmal ihre Spalte mit den inneren Schamlippen verdeckte. Auch war das Höschen so tief geschnitten, dass der Stoff nur bis einen Zentimeter über ihre bereits geschwollene Klitoris reichte und ihr glatter Venushügel für jedermann sichtbar war. Sie war froh, dass sie sich am Abend vorher noch einmal gründlich rasiert hatte. Die aufkommende Meeresbrise umspielte sanft ihre weiche Haut und bewirkte, dass sich eine Gänsehaut über ihren Körper ausbreitete. Ihre Nippel stellten sich steil auf und waren verräterisch unter dem Bikinistoff zu erkennen. In diesem sexy Outfit am öffentlichen Strand zu liegen, ließ ein erregtes Kribbeln durch ihren Unterleib fahren.

Endlich gesellte sich auch ihr Schwarm an den Strand. Als er sie in ihrer neuen Bademode erblickte, fielen ihm fast die Augen aus dem Kopf. Sarah hatte

Schwierigkeiten sich ein genügsames Grinsen zu unterdrücken. Schnell hatte er sich auf sein Handtuch gelegt, vermutlich auch um die beginnende Beule in seiner Badeshorts zu verbergen.

Um ihn noch ein wenig zu locken, begann sie, sich lasziv mit der Sonnenlotion einzucremen. Sie war dabei darauf bedacht, keine Stelle ihres Körpers auszulassen. Zu guter Letzt schob sie flink den Stoff ihres Bikinioberteils zur Seite und cremte betont langsam ihre vollen Brüste mit den erregt abstehenden Warzen ein.

Mittlerweile machte er keinen Hehl mehr daraus, dass er sie beobachtete und sie meinte feststellen zu können, wie seine Blicke über ihren Körper streichelten. Vermutlich durch das unangenehme Drücken, dass sein wachsender Ständer zwischen seinem Bauch und dem Sand verursachte, musste er mehrfach auf seinem Badetuch umher rutschen. So begehrt zu werden, ließ ihre Lust ins Unermessliche steigen. Inzwischen zeigte ihr ein Fleck auf ihrem knappen Höschen, dass auch ihre Säfte zu fließen begannen. Wenn er nicht bald die Initiative ergriff und zu ihr herüber kam, würde er ihre Chance auf ein näheres Kennenlernen vertun.

Doch als er endlich aufstand, kam er nicht etwa zu ihr, sondern hielt sich ein Handtuch vor sein geschwollenes Gemächt und verschwand eilig in Richtung seines Hotels. Sarah ließ enttäuscht ihren Kopf zurück fallen und stieß einen Fluch aus. Nun musste sie sich wieder auf den Weg in eine Umkleide aufmachen um dort der Befriedigung ihrer Lust nachkommen zu können. Alleine!

* * * * *

Den Blick auf ihre Bordkarte gerichtet, schob sie sich weiter an den Flugzeugsitzen vorbei. Etwas entnervt stellte sie fest, dass auch im Flugzeug die Party des Urlaubsortes weitergefeiert wurde. Noch einige Reihen und sie würde sich endlich in ihren Sitz fallen lassen können. Erneut verfluchte sie die Klimaanlage und hielt die Strickjacke eng um sich geschlungen. Hinzu kam, dass sie den Flug über nicht neben ihren Freundinnen sitzen konnte. Da sie sich erst später für den Urlaub entschieden hatte, war ihr Platz separat verbucht. Und ausgerechnet in der vorletzten Reihe! Ihre Anfrage am Schalter, einen anderen Sitz zu erhalten, war auf taube Ohren gestoßen, obwohl der Flieger noch fast die Hälfte freie Plätze hatte. Vielleicht war das Personal einfach nur wegen den vielen partywütigen Studenten genervt gewesen.

Als sie ihren Blick aufrichtete um ihren Sitz zu begutachten, wäre ihr fast ein kleiner Schrei entwichen. Direkt neben ihrem zugewiesenen Platz saß der Schwarm aus ihrem Jahrgang am Fenster und blätterte gelangweilt in der Zeitung. Nachdem er seinen Blick aus der Lektüre aufgerichtet hatte, riss er überrascht seine Augen auf und zeigte damit, dass auch er sie wiedererkannt hatte. Beinahe zeitgleich stieg Sarah und ihrem Kommilitonen die Schamesröte ins Gesicht.

Schnell hatte sie sich auf ihren Platz niedergelassen und begann nervös mit der Sicherheitsbroschüre zu hantieren. „Sarah, richtig?", erkundigte er sich und streckte ihr seine Hand entgegen, um die peinliche Situation zu entschärfen. „Er kennt sogar meinen Namen!", überlegte sie mit freudiger Überraschung. Mit einem langen Atemzug versuchte sie ihre Aufregung herunter zu spielen. Dann schüttelte sie seine kräftige Hand und blickte ihn verlegen an.

„Stimmt! Und du bist? Kennen wir uns?", flunkerte sie ein wenig und tat so, als wäre er ihr unbekannt. „Ich bin Ben! Wir besuchen ein paar Vorlesungen gemeinsam!", erklärter er ihr. „Du hältst übrigens die Broschüre falsch herum!", fuhr er mit einem charmanten Lächeln fort. Durch seine natürliche Ausstrahlungskraft hatte er schnell die peinliche Situation für Beide entschärft.

„Ich glaube, ich muss mich schon im Voraus für meine Kumpels entschuldigen.", gab er ihr zu verstehen und deutete in Richtung seiner Freunde, die lautstark Spaß hatten. „Ein paar von uns haben Wetten verloren, die wir hier im Flieger einlösen müssen. Also wundere dich nicht, wenn hier ein paar komische Situationen entstehen.", erzählte er weiter und grinste anschließen wissend, ohne weiter auf Details einzugehen.

* * * * *

Ein kurzes Gefühl von Schwerelosigkeit zeigte, dass sie gerade durch ein Luftloch geflogen waren. Bens Kopf nickte bei einer weiteren Turbulenz nach vorne und er wachte unsanft auf. An Bord leuchtete prompt das Anschnallsignal auf und kündigte einen unruhigen

Abschnitt des Fluges an. Er musste wohl kurz eingeschlafen sein. Auch seine hübsche Kommilitonin schien sich im Land der Träume zu bewegen. Scheinbar war sie sanft an seine Schulter geschmiegt eingeschlafen und hatte es sich im Halbschlaf etwas bequemer gemacht. Dabei war sie mit ihrem Kopf weiter nach unten gerutscht und lag nun mit diesem in seinen Schoß gekuschelt.

Zunächst freute sich Ben über so viel Vertrautheit, die sie ihm damit entgegen brachte. Doch als sie sich etwas bequemer zurechtlegte, bemerkte er schnell, dass sie sich mit ihrem Gesicht auch gefährlich nahe an seinem besten Stück befand. Durch den dünnen Stoff seiner Hose konnte er deutlich spüren, wie die Hände unter ihrem Kopf auf seinem Geschlechtsteil zu liegen kamen.

Eine gewisse Verlegenheit machte sich in ihm breit, als er nun feststellen musste, dass diese Position seinem Freund durchaus zu gefallen schien. Langsam wachte sein Penis aus seiner Schlafphase auf und schien sich mit einer zunehmenden Größe zu räkeln und zu strecken. Verstärkend kam hinzu, dass durch die ständigen Turbulenzen ihre Hände und ihr Kopf wohltuende Reibungen auf sein Glied übertrugen. Mit steigender Panik suchte er nach einer plausiblen Ausrede für seine missliche Lage, die er ihr auftischen konnte, wenn sie jetzt aufwachen sollte. Zumindest konnte er sich glücklich schätzen, dass die gesamte Sitzreihe frei geblieben war. Daher hatte Sarah zu Beginn des Fluges die Chance ergriffen und ihre Schuhe ausgezogen. Ihre

Beine hatte sie dann angewinkelt und bequem auf den Sitzt neben sich gelegt.

Ben dachte wieder an die Show, die sie ihm am Strand geboten hatte. In solch knapper Bekleidung am Meer zu liegen, zeugte doch eher davon, dass sie als nicht sehr prüde Sorte Frau einzustufen war. Diese Überlegung beruhigte ihn wiederum ein wenig. Sicher würde sie Verständnis für seine jetzige Situation aufbringen können.

Ein leichter Seufzer von ihr ließ ihn aus seinen Gedanken aufschrecken. Wieder rutschte sie etwas auf seinem Schoß hin und her und streichelte beiläufig über seine inzwischen prall geschwollene Erektion. Irgendwie musste er sie von dieser Position wegbekommen. Denn wenn es so weiter ging wie bisher, würde er bald eine satte Ladung in seine Hose verspritzen. Die verräterischen Flecken würden dann sicher noch schwerer zu erklären sein.

Mit einer gewissen Frustration dachte wieder er an den Vortag zurück. Bereits der Anblick ihres Körpers am Strand, mit nur wenigen Millimeter Stoff bekleidet, hatte ausgereicht ihm einen ungewollten Samenerguss in seine Badeshorts spritzen zu lassen. Also hatte er peinlich berührt von dannen ziehen müssen. Vor seinem inneren Auge rief er sich nun erneut alle Einzelheiten ihres ölig glänzenden Körpers ins Gedächtnis. Eigentlich dachte er, sein Glied hätte nicht noch weiter wachsen können. Doch der Fakt, dass es nun so unbarmherzig in seiner Hose spannte, belehrte ihm eines Besseren.

Schließlich nahm er langsam seinen Arm nach unten und versuchte, sie an ihrer Schulter hoch zu ziehen.

227

Doch ein plötzliches Luftloch bewirkte genau das Gegenteil und sie rutschte mit ihrem Kopf von ihren Händen herunter. Nun lag sie mit ihrem Gesicht direkt auf seinem Ständer und er merkte deutlich, wie sie regelmäßige Atemzüge durch den dünnen Stoff hindurch hauchte. Das Gefühl ihrer Wange auf seinem Glied ließ ihn fast den Verstand verlieren. Ein kurzer Blick in die Kabine zeigte ihm, dass die restlichen Gäste entweder schliefen oder gespannt im On-Board-Entertainment vertieft waren. Nur seine Kumpels unterhielten sich etwas lauter und schienen sich Mut für die Wetteinsätze antrinken zu wollen. Niemand schien etwas von den süßen Qualen mitzubekommen, die er gerade durchleiden musste.

* * * * *

Sarah öffnete langsam ihre Augen und versuchte sich zu orientieren. Das Letzte, an das sie sich erinnern konnte, war, dass sie an Bens Schulter eingedöst war. Nun war sie mit ihrem Kopf auf seinem Schoß erwacht und merkte etwas Hartes an ihrer Wange. ‚Sollte der Schlingel gerade wirklich eine solch stattliche Erektion haben?' fragte sie sich vergnügt und merkte, wie sein Ständer förmlich unter ihrem Gesicht pulsierte. Zusätzlich strahle er eine unglaubliche Hitze aus.

Dass sie eine solche Reaktion in ihm hervorbrachte, ließ erneut die Lust in ihr aufflammen, welche sie nun schon den halben Urlaub unbefriedigt mit sich herum schleppen musste. Ein wohliges Ziehen in ihrem Unterleib zeugte davon, dass sich ihre Feuchtigkeit bereits zu sammeln begann. In dieser Lage war sie zu jeder Schandtat bereit und schaltete, wie durch ihr Verlangen gesteuert, auf Autopilot. Sie richtete langsam ihren Kopf auf und blies einen sanften Lufthauch auf sein pochendes Glied. „Bleib ganz so, wie du bist!", forderte sie ihn leise auf. „Ich werd mich ein wenig um deinen Freund hier kümmern. Schließlich warte ich schon fast eine Woche ihn einmal zu Gesicht zu bekommen.", gestand sie ihm mit erregt gurrender Stimme.

Mit einer geübten Bewegung öffnete sie seinen Reißverschluss und befreite seinen Ständer aus der engen Umklammerung der Hose. Fasziniert blickte sie auf die stattliche Erektion, die nun vor ihrer Nase baumelte. Wie in Trance streckte sie ihre Zunge hervor und begann damit, zärtlich die Äderchen auf seinem Schaft zu ertasten. Nachdem sie die gesamte Länge mit Speichel benetzt hatte, stülpte sie langsam ihre, zu einem Ring geformten Lippen über seine Eichel. Hier schienen bereits die ersten Lusttropfen aus der Öffnung zu quellen, denn sie konnte einen leicht salzigen Geschmack wahrnehmen. Mehrmals nahm sie seinen Ständer in ihren Mund auf und ließ ihn anschließend mit einem schmatzenden Geräusch von ihren Lippen gleiten.

Ben schien diese Behandlung sehr zu genießen, denn er hatte seinen Kopf nach hinten gelehnt und ließ ein heiseres Stöhnen entweichen. Nur noch sporadisch versuchte er durch umherschweifende Blicke zu erkunden, ob die Luft noch rein war. Sarah war inzwischen dazu übergegangen, abwechselnd zärtlich an seinen Hoden zu knabbern. Ihre Hand hielt dabei seinen Schaft umschlossen und bewegte sich, über die von Speichel glitschige Oberfläche, auf und ab. Der Duft seiner Erregung, der ihr nun in die Nase stieg, ließ sie noch mehr an das qualvolle Pochen in ihrem eigenen Lustzentrum denken. Wenn sie nicht bald mit ihm in der Toilette verschwinden konnte, würde sie hier förmlich zerfließen.

* * * * *

Plötzlich war ein empörter Aufschrei im Flieger zu hören. Erschrocken richtete sich Sarah auf und sah, wie sich eine Stewardess mit verstörtem Gesichtsausdruck durch den Gang bewegte. Ihr Herz hämmerte rasend gegen ihre Brust, da sie befürchtete, in diesem Moment vor den Augen aller Fluggäste bloßgestellt zu werden. Doch eigenartiger Weise schien die gesamte Aufmerksamkeit der Flugbegleiterin auf eine ganz andere Sache gerichtet zu sein.

Ein Blick auf die mittig angebrachten Monitore für das In-Flight-Entertainment zeigten ihr schnell, was der Grund des allgemeinen Aufsehens war. Hier wurde nicht etwa eine schnulzige Liebeskomödie abgespielt. Nein! Zu sehen war, wie sich eine Pornodarstellerin mit weit gespreizten Beinen von ihrem Partner durchvögeln ließ und gleichzeitig einen großen Schwanz blies. „Ich sagte dir doch, dass einige von uns Wettschulden begleichen mussten.", versuchte ihr Ben die Situation zu erklären. Mit dem Kopf deutete er auf seine Freunde, die mit einem wissenden Grinsen auf ihren Sitzen saßen und die Stewardessen dabei beobachteten, wie sie panisch versuchten, die DVD aus dem Abspielgerät zu befreien. Scheinbar hatten sie es geschafft, in einem unbeobachteten Augenblick eine kleine Änderung des Unterhaltungsprogramms zu verursachen.

„Komm lass uns den Moment nutzen und unauffällig auf die Toilette verschwinden.", schlug Ben ihr vor und packte seine immer noch stattliche Erektion wieder in die Hose. Sarah ließ sich nicht zweimal bitten und folgte ihm rasch auf das freistehende Toilettenabteil, welches sich zu ihrem Glück fast direkt hinter ihnen befand. Während er Sarah in die kleine Kammer schob, schauten die anderen Fluggäste immer noch mit einer Mischung aus Interesse und Unverständnis auf den Tumult. Endlich schloss hinter sich die Tür.

Ohne viel Zeit zu verlieren befreite Ben erneut seinen Ständer und wartete, bis sie ihre Hose herunter gezogen hatte. Viel Platz zum Austoben bot die kleine Kabine wirklich nicht. Mit einer Hand hielt er sein Glied umschlossen und führte es zwischen ihre Pobacken. Diese hielt sie reizvoll für ihn gespreizt. Langsam näherte er sich ihr von hinten und teilte ihre feuchten Schamlippen mit seiner Eichel. Erwartungsvoll streckte sie ihm ihr Hinterteil entgegen, als sie merkte, dass er keine Anstalten machte in sie einzudringen. Stattdessen zog er mehrmals die Spitze seines Schwanzes durch ihre geöffnete Spalte und verteilte dort weiter ihre Säfte.

Endlich presste er sein Becken nach vorne und schob sich dabei immer tiefer in sie. Sarah entwich ein kehliges Stöhnen als sie merkte, wie sich ihre Scheidenwand dehnte und seinen Ständer trotzdem eng umschlossen hielt. Immer schneller stieß er in sie hinein. Gierig schob er eine Hand unter ihr Oberteil und suchte den Ansatz ihrer Brüste. Dann nahm er eine geschwollene Brustwarze zwischen die Finger und kniff sanft zu. Dieser süße Schmerz schien das heftiger werdende Ziehen in ihrem Becken nur noch zu verstärken. Ihre Hand glitt abwärts und sie versuchte, sich mit kreisenden Bewegungen an ihrer Lustperle schneller zu ihrem Höhepunkt zu treiben.

Immer schneller rammte er seinen harten Schaft in ihre warme Höhle. Inzwischen hatte er seinen Kopf in ihrem Nacken vergraben und saugte zärtlich an ihrem Hals. Ein Moment der Schwerelosigkeit durch ein Luftloch, ließ sie kurz den Halt verlieren. Durch die unverhoffte Bewegung des Fliegers schaffte er es sogar, noch tiefer in sie einzudringen als bisher. Das war zu viel für Sarah und sie verlor vollends den Boden unter ihren Füßen. Sie merkte, wie sich ihr Unterleib begann, rhythmisch zusammenzuziehen. Ein unglaublich heftiger Orgasmus durchlief sie von Kopf bis in die Zehenspitzen und befreite die angestaute Lust des Sommerurlaubes. Durch die melkenden Kontraktionen um sein Glied konnte sich auch Ben nicht mehr zurück halten und ergoss sich mit einem warmen, dicken Strahl in ihre zuckende Spalte.

IV.

Sprachlos saßen die Freunde am Tisch und lauschten dem Ende der Erzählung. Am Anfang hatte Sarah, beschwipst wie sie war, einfach drauf los geplappert. Doch noch während sie ihre Geschichte erzählte, wurde ihr klar, dass diese Situation für ihren Verlobten durchaus unangenehm sein musste. Schließlich hatte sie freimütig von einem sexuellen Erlebnis mit einem anderen Mann berichtet und dabei nicht ein einziges prickelndes Detail ausgelassen. Also blickte sie vorsichtig in seine Richtung, um die zu erwartende Reaktion zu sehen.

Doch nachdem er das Gesagte verarbeitet hatte, grinste Robert sie nur verliebt an. „Na da weiß ich ja, dass wir für unseren Rückweg den Flieger nehmen werden!", verkündete er lächelnd. Diese Bemerkung ließ sie sichtlich aufatmen. Dass er die Geschichte so entspannt hingenommen hatte, war nicht selbstverständlich gewesen und bestärkte sie in ihren Gefühlen zu ihm umso mehr.

„So, es ist Zeit für eine neue Frage!", brach Alex ungeduldig das Schweigen und zog eine neue Karte. Kurz musste sie warten bis Jake zurück am Tisch war und die mitgebrachten Getränke verteilt hatte. Dann las sie nach einer kleinen Künstlerpause vor: „Ich habe schon einmal ein sexuelles Erlebnis mit einem Dienstleister gehabt." Als nach Abschluss der Frage die Antworten bekannt gegeben wurden, kam nur eine Ja-Stimme zu Tage. Neugierig blickten sich die Freunde um und warteten auf die zugehörige Geschichte. Mit einem Räuspern offenbarte Robert, dass die Story nun von ihm kommen würde. Besonders Sarah riss daraufhin in interessierter Erwartung ihre Augen auf.

„Na gut. Da hat es anscheinend auch mal mich getroffen.", kommentierte er das Ergebnis trocken. „Meine Geschichte ist schon einige Jahre her. Damals hatte ich einen schlimmen Skiunfall, bei dem ich mir mein Kreuzband gerissen hatte. Nach der Operation musste ich dann lange zur Physiotherapie gehen. Das hat mich am Anfang ganz schön genervt, wenn da nicht eine gewisse Physiotherapeutin gewesen wäre.", begann er zu erzählen.

$$* * * * *$$

Langsam war er mit seiner Geduld am Ende. Schon fast einen Monat konnte er seiner Arbeit nicht nachgehen. Am schlimmsten aber war das strikte Sportverbot, dass ihm nach seinem Unfall auferlegt wurde. Mit der erfolgreichen Operation vor drei Wochen hatte sein Heilungsprozess gerade erst begonnen. Nun sollte sich eine langwierige Genesungszeit mit wöchentlich mehrfachen Physiotherapiesitzungen anschließen.

Wie jeden Tag ging er am späten Nachmittag zu seinem Termin, der gut zwei Stunden in Anspruch nehmen würde. Seine Physiotherapeutin Elena war ihm von Anfang an sympathisch gewesen. Besonders ihr leicht russischer Akzent war sehr süß anzuhören. Um ihn schnell wieder gesund zu bekommen, hatte sie ihm die letzten Termine des Tages zugeteilt. So konnte sie sich genügend Zeit nehmen und sich notfalls auch über ihre Arbeitszeit hinaus mit ihm beschäftigen. Mitunter kam es

234

schon mal vor, dass die Beiden die letzte halbe Stunde alleine im Therapieraum waren.

Auch optisch war sie genau nach seinem Geschmack. Wie es sich für ihren Beruf gehörte, war sie sehr gut trainiert. Trotz ihres sportlichen Körpers hatte sie durchaus weibliche Vorzüge aufzuweisen und schaffte es dabei, sich von ihren muskelbepackten und eher maskulin wirkenden Kolleginnen abzuheben. In ihrer hautengen Sportleggins stellte sie jeden Tag aufs Neue ihren knackigen Hintern zur Schau. Unter ihrem kurzen Top konnte er zwei kleine aber wohlgeformte Brüste bewundern. Ihre blonden Haare hatte sie in einem Pferdeschwanz zusammengebunden, was wunderbar zu ihrer geraden Nase und großen, vollen Lippen passte.

Heute waren die Übungen besonders anstrengend und er begann, seine Gedanken schweifen zu lassen. Um sich von der körperlichen Anstrengung abzulenken, träumte er davon, ihr bei einem Saunagang im angrenzenden Fitnessstudio zufällig über den Weg zu laufen. Mittlerweile hatte er aufgehört, zu zählen, wie oft ihm diese oder ähnliche Fantasien schon in den Sinn gekommen waren. Immer wieder stellte er sich vor, sie in der Sauna zu beobachten. Vor seinem inneren Auge sah er deutlich ihre gut definierten Kurven. Er malte sich ständig aus, wie sich langsam Schweißperlen sammelten und an ihrem flachen Bauch in Richtung ihrer Scham liefen.

Wieder versuchte er mit einem Kopfschütteln den Tagtraum loszuwerden. Er musste sich einfach besser auf ihre Anweisungen konzentrieren. „Und gib alles! Gut so! Feste!", feuerte sie ihn bei der Kräftigungsübung an. Inzwischen begann ihm der Schweiß den Nacken herunter zu laufen und er versuchte weiter die Spannung zu halten. Heute hatte er einen zusätzlichen Grund besonders fleißig zu trainieren. Sie hatte ihm versprochen das erste Mal Wassergymnastik mit ihm auszuprobieren, wenn er sein Ziel schaffen würde. Insgeheim freute er sich schon auf den Anblick, wenn sie nur im Badeanzug bekleidet zu ihm in den kleinen Pool steigen würde. Also sammelte er noch einmal alle vorhandenen Kräfte und hielt die letzten Sekunden der Einheit durch.

„Nein du machst das falsch!", ermahnte sie ihn in einem bestimmt Tonfall und drückte seine Oberschenkel weiter nach unten. Dabei kam sie der beginnenden Schwellung in seinem Schoß gefährlich nahe. „So das hätten wir.", gab sie ihm mit einem vergnügten Lächeln zu verstehen. „Wir haben noch etwa eine Stunde Zeit. Ich denke das reicht aus, um dir die ersten Übungen der Wassergymnastik zu demonstrieren.", verkündete sie weiter. „Ich schlüpfe schnell in den Badeanzug und wir treffen uns dann am Becken.", forderte sie ihn auf.

Zehn Minuten später befand er sich in dem kleinen Therapiebecken. Das überraschend angenehm temperierte Wasser reichte ihm bis zum Bauchnabel. Als er aufblickte, stockte ihm für einen kurzen Moment der Atem. Zwar überdeckte ihr sportlicher Einteiler viel, aber der Stoff schien so eng anzuliegen, dass kaum einer ihrer weiblichen Reize verborgen blieb. Deutlich zeichneten sich unter dem Badeanzug ihre Brustwarzen ab, die aufgrund der Temperaturdifferenz von den kleinen Brüsten abstanden. Bei einem flüchtigen Blick in ihren Schritt meinte er sogar, die Umrisse ihrer Schamlippen zu erkennen.

Ihre Blicke trafen sich und Elena musste schmunzeln. Dann drehte sie sich um und stieg an der Leiter zu ihm hinab ins Wasser. Dabei schien sie darauf bedacht zu sein, sich betont langsam zu bewegen. Beinahe meinte er sogar, sie würde ein wenig mit ihrem festen Hintern wackeln. ‚Was für ein Biest! schoss es ihm durch den Kopf. Unsicher, ob die gebotene Showeinlage Absicht war, konnte er seine Augen nicht von ihrem Po nehmen. In dieser Stellung hatte er einen freien Blick zwischen ihre Schenkel und sah seine Vermutung bestätigt. Die Konturen ihrer Schamlippen waren deutlich unter dem dünnen Stoff zu erkennen.

Plötzlich machten sich Zweifel in ihm breit. Vielleicht hatte sie nur unbewusst ein solch knappes Outfit gewählt und wusste gar nicht, dass so wenig verborgen war. Schließlich sollte ein solcher Badeanzug ja vorwiegend praktisch und schnittig sein, wenn man damit schwimmen ging. Und wer maximale Performance wollte, dem war das Aussehen meist egal. Da er nicht für einen perversen Gaffer gehalten werden wollte, senkte er wieder seinen Blick, bis sie sich endlich neben ihm befand.

Ohne eine erkennbare Reaktion auf seine lustvollen Blicke, begann Elena mit einer professionellen Mine die nächste Übung zu erklären. Er hatte Schwierigkeiten, ihren Anweisungen Folge zu leisten. Ständig ließ er seine Blicke über ihren Körper schweifen.

237

Da der Badeanzug hinten herum weitestgehend ausgespart war, konnte er nun ihren kraftvoll geformten Rücken bewundern. Der Pool war so klein, dass zufällige Berührungen nicht zu vermeiden waren. Zum Glück war es schon spät am Tag und die restlichen Patienten befanden sich nicht mehr in der Praxis. So konnte sich niemand außer ihr an seiner beginnenden Erektion stören. Wenn er sich nicht langsam zusammenreißen würde, könnte die Situation richtig peinlich für ihn werden.

Mit großer Müh und Not schleppte er sich durch den Rest der Wassergymnastik. Er schaffte es, sich so weit zu konzentrieren, dass die Schwellung in seiner Hose gering blieb und nicht auf den ersten Blick sichtbar war, wenn er nach Beendigung des Programms aus dem Wasser stieg.

„Das hast du gut gemacht!", lobte sie ihn mit einem Grinsen. „Sehen wir uns Ende der Woche zur gewohnten Zeit?", wollte sie wissen und stieg ebenfalls an der Leiter aus dem Pool heraus. „Klar doch!", entgegnete er ihr und warf ihr ein Handtuch zu. Dann verabschiedeten sie sich mit einem freundschaftlichen High-Five.

* * * * *

Eiskalt prasselte das Duschwasser auf seinen Rücken. Irgendwie musste er etwas gegen seine Erektion unternehmen. Zeit, sich durchs Masturbieren zu erleichtern, blieb ihm nicht, denn Elena wollte wie üblich hinter ihm die Praxis schließen. Also musste er sich ein wenig beeilen. Schnell hatte er sich nach der Dusche abgetrocknet und war in seine Klamotten geschlüpft.

Da er mit dem Anlegen seiner Orthese immer etwas länger brauchte, musste Elena häufig auf ihn am Eingang warten. Dieses lästige Gestell aus Schienen und Gelenken, das er sich jedes Mal um sein Knie schnallen musste, war ihm ein besonderer Dorn im Auge. Die Umkleiden lagen im hinteren Bereich der Praxis und in den Eingangsbereich konnte man nur über den großen Sportraum gelangen. Um Elena jetzt nicht lange warten zu lassen, hetzte Robert durch den großen Raum und kam dabei an der Damenumkleide vorbei. In seiner Eile hätte er beinahe verpasst, dass aus der Frauengarderobe noch deutlich das Rieseln der Dusche zu hören war. Verdutzt blieb er stehen und schaute in Richtung des Geräuschs. Tatsächlich drang ein prasselndes Geräusch aus der offen gelassenen Tür der Umkleide.

Ihm stockte der Atem! Durch den mit Dampf gefüllten Umkleideraum hatte er einen direkten Blick auf die Dusche. Der Vorhang der Nasszelle war nicht einmal zugezogen. Hinter den dichten Nebelschwaden konnte er hin und wieder eine Bewegung ausmachen. Erfüllt von Neugier und mit erneut wachsender Erregung ging er auf die Umkleide zu. Warum war hier eigentlich die Tür offen? Hatte sie aus Versehen vergessen, die Tür zu schließen? Konnte er es wagen, einen flüchtigen Blick auf ihren sportlichen Körper zu erhaschen?

Sein Herz hämmerte in seiner Brust, als er vorsichtig seinen Kopf in die Umkleide steckte. Dort stand seine süße Physiotherapeutin wie Gott sie schuf

239

unter der Dusche. Was er jetzt zu Gesicht bekam, übertraf all seine Erwartungen und Fantasien. Zwischen all dem Wasserdampf konnte er ihren schlanken Körper betrachten. Das Wasser spülte die Seifenreste von ihrem zarten Hals über die kleinen, festen Brüste hinab. Das Rinnsal lief weiter, über ihren flachen Bauch, abwärts zu ihrem Unterleib. Unter all der Seife erkannte er auch, dass sie ihre Intimbehaarung zu einer schmalen Landebahn gestutzt hatte und sonst komplett rasiert war.

Zunächst hatte sie ihre Hände hinter ihren Nacken gelegt und genoss den warmen Wasserstrahl. An ihrem genießerischen Gesichtsausdruck mit den geschlossenen Augen konnte er erkennen, wie die Entspannung tief in die Fasern ihres Körpers drang. Allmählich ließ sie ihre Hände an ihren Kurven herabsinken. Dieser Anblick reichte aus, um Roberts Glied zur vollen Pracht wachsen zu lassen. Unangenehm drückte seine Erektion gegen den Stoff seiner Hose und bettelte darum, befreit zu werden. Er war zwischen zwei Gefühlen hin und her gerissen. Zum einen verlangte sein Körper nach einer Befriedigung der aufkommenden Lust, zum anderen keimte eine Scham in ihm auf, sie hier heimlich zu beobachten.

Ein Stöhnen ließ ihn von seinen Überlegungen aufschrecken. Elena schien inzwischen nicht mehr nur darauf bedacht, ihren Körper von der Seife zu befreien. Ihre Beine schienen sie durch die Erregung nicht mehr aufrecht halten zu können. Mit lustvoll gekrümmten Rücken lehnte sie gegen die Duschwand und stützte sich daran ab. Die Hand war zwischen ihren Schenkeln

240

verschwunden und er konnte deutlich sehen, wie sie mit den Fingern ihre Schamlippen auseinander drängte. Dabei rieb sie heftig an ihrem Kitzler und massierte mit der anderen Hand erregt ihre Brüste. Scheinbar war er nicht der Einzige, in dem sich die Lust dermaßen aufgestaut hatte.

Als sie immer heftiger atmend ihre Finger in der feuchten Spalte verschwinden ließ, war es zu viel des Guten für den heimlichen Voyeur. Schnell befreite er seinen Ständer aus der Hose und er begann, sich Erleichterung zu verschaffen. Mit einer wichsenden Bewegung seiner Hand fuhr er die gesamte Länge seines harten Gliedes auf und ab. Dabei genoss er den Anblick seiner Physiotherapeutin, die sich mit ekstatisch verklärtem Gesichtsausdruck langsam auf ihren eigenen Höhepunkt hin arbeitete.

* * * * *

Ohne Vorwarnung stand sie auf und drehte das Wasser aus. Panisch versuchte Robert, sein bestes Stück wieder in die Hose hinein zu bekommen, was ihm aufgrund der Schwellung sichtlich schwer viel. Gerade rechtzeitig konnte er in einer Ecke hinter dem Spint Zuflucht finden. Nur in ein kurzes Handtuch gehüllt, huschte sie an seinem Versteck vorbei, ohne den Anschein zu machen, ihn entdeckt zu haben. Schnurstracks war sie zu ihrem Spint gelaufen, hatte etwas herausgenommen und war weiterhin unbekleidet im Therapieraum verschwunden. Der erste Schreck fiel von ihm ab und er konnte erleichtert aufatmen. ‚Was hat sie nun wieder vor?' wunderte er sich und folgte ihr auf leisen Sohlen.

Vorsichtig lugte er hinter den Türrahmen hervor, um zu ergründen, was Elena nun vorhatte. In der Ecke mit den Therapiegeräten erblickte er sie endlich. Zielstrebig kramte sie einen besonders großen Hüpfeball hervor und platzierte ihn in der Mitte des Raumes. Dann warf sie das Handtuch von sich und setzte sich mit dem nackten Hintern auf den Gummiball, der eigentlich für Therapiezwecke gedacht war. Wie ihr Körper auf dem Sportgerät auf und ab wippte, war einfach nur herrlich anzusehen.

Als er die beiden Haltegriffe entdeckte, durchfuhr ihn die Erkenntnis, was nun folgen sollte, wie ein Blitz. ‚Sie wird doch nicht etwa.....' ging es ihm durch den Kopf. Erst jetzt erkannte er, dass sie noch etwas in der Hand gehalten hatte. Sie öffnete eine kleine Tube, ließ eine durchsichtige und schmierig wirkende Flüssigkeit auf einen der Griffe tropfen. Dort verteilte sie kurz die Substanz. Dann hielt sie den Griff mit der Hand fixiert und setzte die Spitze an ihre Scham. Langsam ließ sie ihr Becken absinken und der breite Gummigriff drängte ihre Lippen auseinander. Mit einem Wimmern senkte sie sich weiter ab, bis der Knauf komplett in ihrem Geschlecht verschwunden war.

Langsam zweifelte er an der Realität des Geschehens. In seinen kühnsten Fantasien hätte er sich nicht träumen lassen, was sich nun vor seinen Augen abspielte. Reflexartig begann er aufs Neue seinen Schwanz zu massieren. Inzwischen hüpfte Elena auf dem

242

Gummiball und ließ sich von dem Griff verwöhnen, der ohne Widerstand in sie hinein und wieder heraus glitt. Scheinbar bereitete ihr dieses Gerät große Freude, denn sie hielt ihr lautes Stöhnen nicht mehr zurück. Aus seiner Position konnte er genau beobachten, wie sich der schlüpfrig glänzende Knauf immer wieder in ihr Geschlecht bohrte.

Er war kurz davor zu kommen, als ihn erneut ein Schreckmoment durchfuhr. Erst jetzt wurde ihm klar, dass er hier ja praktisch in der Falle saß. Der Weg nach draußen führte nur über den Sportraum, in dem sich Elena momentan vergnügte. Wenn sie fertig war, würde sie bestimmt in die Umkleide zurückkommen und ihn zwangsläufig entdecken. Also ragte er weiter aus dem Türrahmen und versuchte seine Fluchtmöglichkeiten zu sondieren. Als einzige Variante viel ihm eine kleine Nische hinter der Sprossenwand auf, die etwas Raum bot, um dahinter entlang zu schleichen. Auch würde sie ihm aus der Position den Rücken zugewandt haben.

Kurz fasste er sich Mut, stahl sich aus der Tür und huschte hinter eine Gardine. Von dort aus wollte er sich zu der Sprossenwand vortasten. Immer wieder schaute er besorgt, ob sie ihn nicht doch entdecken würde. Seine Therapeutin war aber so in ihrem Programm vertieft, dass er sich problemlos hinter ihr vorbei stehlen konnte. Endlich war er am Ende der Wand angelangt und musste nur noch zur Tür vordringen.

* * * * *

Doch bevor er sich aus dem Staub machen konnte, stand Elena nackt vor ihm und stützte vorwurfsvoll ihre Hände auf die Hüften. „Sag mal, was muss eine Frau eigentlich noch machen, um dich in ihr Bett zu bekommen?", fragte sie ihn nur halb tadelnd. ‚Also hatte sie doch mit Absicht die Tür offen gelassen und ihm nun eine Show geboten. Was für ein Luder!' dachte er sich und merkte, wie ihm der Stein vom Herzen fiel.

Mit einem frivolen Grinsen ging sie auf ihn zu und drückte ihm einen leidenschaftlichen Kuss auf den Mund. „Komm mal mit, mein Großer. Da gibt es was, das ich schon die ganze Zeit mit dir ausprobieren wollte.", teilte sie ihm mit und zog ihn sanft zurück in den Therapieraum. „Mein Spielzeug kennst du ja jetzt!", sagte sie und deutete auf den feucht glitzernden Gummiball. „Ich möchte, dass du dich ausziehst und auf den Ball setzt! Die Noppen darfst du gern zur Seite drehen", befahl sie ihm bestimmt. Dabei hatte sie ständig ein lüsternes Glitzern in ihren Augen.

Robert ließ sich nicht zweimal bitten und folgte ihrer Aufforderung. Schnell hatte er seine Sachen beiseite geworfen und auf dem Ball Platz genommen. Anschließend positionierte Elena sich ohne viel Federlesen rittlings über seinen Schoß. Sein Ständer war immer noch fest und ragte wie ein Mast empor. Mit der Hand fixierte sie seinen Schwanz und ließ sich genüsslich langsam auf ihm ab. Als sie ihn vollständig in sich aufgenommen hatte, begann sie wie vorher leicht zu hüpfen. Ihre Hände umgriffen dabei seinen Nacken und sie begann ihn erneut leidenschaftlich zu küssen.

Immer energischer wurden ihre Bewegungen und sie ließ sich zunehmend mit mehr Gewicht auf seinen Schoß fallen. Der Ball fing dabei den Impuls ab und wurde bis auf die Hälfte der Größe komprimiert. Durch diesen zusätzlichen Schwung war es ihm möglich, immer tiefer in ihre warme Höhle einzudringen. Dann wurden sie durch die federnde Bewegung gemeinsam hoch geworfen und sein hartes Glied flutschte wieder aus ihrer glänzenden Spalte heraus. Durch die heftigen Bewegungen verlor Robert das Gleichgewicht und musste sich mit den Armen am Boden abstützen. Elena strich sich erregt eine Strähne aus ihrem Gesicht und hörte nicht auf, ihn wild zu reiten.

Plötzlich richtete sie sich auf und drehte sich um. Sie wandte ihm ihren Rücken zu und stieg schnell wieder auf ihren Sattel. Ihr Stöhnen hallte in dem großen Therapieraum, als sie ihn wieder in sich aufnahm. Robert genoss den Anblick ihres gut definierten Rückens und der kleinen Pobacken. Immer wieder verschwand sein Ständer zwischen ihren Lippen. Lange würde er nicht mehr brauchen, um zu kommen. Wie wild ritt sie auf ihm und dem Ball darunter. Mit einem Schwung richtete er sich wieder auf und seine Hände fanden ihre Brüste, die er zärtlich zu liebkosen begann. Elena war dazu übergegangen, sich an ihre Scham zu fassen und sich schnell über ihren Kitzler zu streicheln.

Ein zunehmendes Ziehen in seiner Peniswurzel kündigte den bevorstehenden Höhepunkt an. Mit letzter Kraft umfasste er ihre Hüften, um noch tiefer in sie eindringen zu können. Mit einem ergiebigen Schwall

ergoss er sich schließlich in ihre warme Spalte. Nach
einigen pumpenden Kontraktionen merkte er, dass auch
ihre Scheide zu zucken begann. Ihr heiserer Schrei zeugte
von einem heftigen Orgasmus. Nachdem die Wellen ihrer
Lust verebbt waren, ließ sie sich erschöpft auf seinen
Körper zurück fallen und schmiegte ihren Kopf gegen
seine starke Brust.

V.

„Aber nicht dass du denkst, du bekommst jetzt immer eine solche Behandlung, wenn du dir mal eine kleine Schramme zuziehst?", ermahnte ihn Sarah scherzhaft. „Das nicht! Aber ich dachte wir könnten uns so einen Hüpfeball zulegen!", entgegnete er ihr mit einem Augenzwinkern, als er seine Geschichte beendet hatte.

Inzwischen schien die Sonne hell in den Raum und deutete von der fortgeschrittenen Zeit. Trotzdem griff Vanessa erneut zum Kartenstapel. „Soll ich gleich weiter machen? Ich bin ja die Letzte, die noch übrig ist, eine Frage vorzulesen.", erkannte sie zutreffend. Als keine gegenteiligen Meinungen geäußert wurden, eröffnete sie die nächste Runde: „Ich hatte schon einmal ein sexuelles Erlebnis mit der Arbeitskollegin / dem Arbeitskollegen!" Schnell wurde die übliche Prozedur mit Abgabe der Steine und dem Tippen der Anzahl an Ja-Stimmen vollzogen und der Beutel auf dem Tisch entleert.

Als dieses Mal nur schwarze Steine zu sehen waren, schauten die Freunde sich verdutzt an. „Was machen wir denn nun? Wer soll denn jetzt von einem Erlebnis berichten, wenn wir alle mit ‚Nein' geantwortet haben?", wollte Jake wissen. „Naja. Ich hätte da eine Geschichte, die im entfernteren Sinn auf unser Thema passt. Am Anfang hab ich auch geschwankt und überlegt ob die Story sich qualifizieren würde.", gab Alex nach einer kurzen Überlegung zu verstehen. Als sie das zustimmende Nicken der Anderen sah, legte sie los.

247

„Ich war damals gerade mit der Schule fertig geworden und habe versucht, mir ein wenig Geld dazu zu verdienen. Also habe ich von Zeit zu Zeit gemodelt. Während der alljährlichen Karnevalszeit auf der Insel wollte so ein Besitzer einer Dessousladenkette die neusten Trends auf seiner Privatyacht präsentieren. So hatte er ein paar andere Models und mich über meine Agentur für eine Modenschau gebucht. „

* * * * *

Mit zügigen Schritten ging Alexandra über die Laufplanke. Es war ein komisches Gefühl, vom soliden Festland auf das leicht schwankende Deck zu treten. Da der Seegang an diesem lauen Abend sehr ruhig war, kam das flaue Gefühl in ihrem Magen sicher nicht nur vom Schaukeln des Bootes. Sie war sich inzwischen sicher, dass auch ihre Aufregung einen großen Anteil an dem Knoten in ihrem Bauch hatte. Schließlich war dies ihr erster Job, bei dem sie Reizwäsche zu präsentieren hatte.

Von der Hafenpromenade her war immer noch die dröhnende Musik der vielen Kneipen zu hören. Dort wurden im beschäftigten Treiben des Karnevals reichlich bunt verkleidete Gäste bewirtet. Als sie über den Steg zum Anlegeplatz lief, hatte sie es vor Aufregung sogar verpasst, die etwa 50 Meter lange Yacht zu bestaunen. Erst hier an Bord viel ihr auf, was für ein Luxusboot sie betreten hatte. Ganze drei Etagen maß dieser stattliche Koloss von einem Schiff. Edle Holzböden und indirekte Lichtelemente verbreiteten eine wohnliche Atmosphäre.

248

Nach wenigen Metern wurde sie mit vier weiteren, dezent gestylten Schönheiten von einem Steward in eine geräumige Kabine geleitet. Hier erwarteten sie eine riesige Auswahl an Dessous, Nachthemden, Reizwäsche und anderen knappen Stoffen, die ordentlich auf fünf unterschiedliche Stapel verteilt waren. Vor jedem Haufen lag ein Namensschild. Eine Liste mit zur Wäsche gehörigen Katalogbildern definierte genau, in welcher Reihenfolge die Wäsche vorzuführen war.

Wieder machten sich Zweifel in ihr breit, ob sie sich die Modenschau überhaupt zutrauen würde. Vor gut einer Woche hatte sie während der Anprobe noch Späße über die Wäsche machen können. Teilweise waren die Dessous und Nachthemden so spärlich geschnitten, dass nicht viel Fantasie notwendig war, um sich die Models nackt vorstellen zu können. Bei einigen Teilen war sogar durchsichtiger Seidenstoff verarbeitet, so dass ein freier Blick auf die sonst verhüllten Partien der Frauen problemlos ermöglicht wurde.

Alex wusste nicht, ob sie nun genügend Mut aufbringen konnte, sich dermaßen gekleidet, vor einer großen Gruppe Unbekannter zu zeigen. Zumindest die Zusage, dass sie sich während der Modenschau, passend zum Karneval eine Federmaske umbinden könnten, wirkte sich etwas lindernd auf die aufkommende Scham aus. Neugierig durchwühlte sie ihren Stapel und betrachtete die Dessous gegen das Licht, um die von Hand eingearbeitete Spitze besser bewundern zu können. Nach einem kurzen Blick auf die anderen Stapel fiel ihr auf, dass diese nach Labels sortiert waren. Ihr war die italienische Marke ‚La Perla' zugewiesen worden.

„Möchten die Damen einen Champagner trinken?", fragte die Chefin der Modelagentur und deutete auf ein volles Tablett auf einem Schrank. „Aber nicht übertreiben!", fügte sie noch warnend hinzu. Scheinbar hatte ihr Gastgeber nicht zum ersten Mal eine solche Party veranstaltet und wusste um die möglichen Befindlichkeiten der Frauen. Alex schien momentan auch nicht die einzige zu sein, die ihre Aufregung mit einem kleinen Glas Schampus dämpfen wollte.

„Noch zehn Minuten!", verkündete die Chefin und löste ein geschäftiges Gedränge aus. Sofort begannen die Models, sich umzuziehen. Mittlerweile hatte Alex sich durch die Wirkung des Alkohols in ihr Schicksal gefügt und begann, sich zu entkleiden. Verwundert musste sie feststellen, dass die Aussicht, sich beinahe nackt vor dem fremden Publikum zu präsentieren, auch eine unterschwellige Erregung in ihr wach rief. Schließlich wusste sie auch, dass sie ihren Körper keinesfalls verstecken musste.

Nachdem sie sich vollständig ausgezogen hatte, schlüpfte sie in einen knappen schwarzen Slip und zog ein beinahe durchsichtiges, schwarzes Negligee an. Der dünne Stoff schmiegte sich wie eine zweite Haut um ihre wohlgeformten Brüste und hätte diese beinahe zur Schau gestellt, wenn nicht die reichhaltigen Stickereien wenigstens ihre Brustwarzen verdeckt hätten. Unter der Wölbung ihrer Brüste lief ein schwarzes Band aus Seide zu einer hübschen Schleife zusammen. Zu guter Letzt

250

setzte sie die dunkle, mit Federn besetzte Stoffmaske über ihre Augen. Diese reichte gerade einmal bis an ihre Wangenknochen und ließ sich mit einem Bändchen hinter ihrem Kopf befestigen. Mit einem letzten Griff rückte sie die rabenschwarze Feder an der Seite der Maske gerade und schickte sich an, zur Modenschau zu gehen.

Der Steward, der sie in den Salon im Heck des Bootes geleitet sollte, war sichtlich über die gebotenen Outfits überrascht. Als der junge Mann die Umkleide betrat und die Models in ihrer Aufmachung erblickte, hätte er fast das Tablett mit den leeren Sektgläsern neben der Tür herunter gerissen. Durch dieses unfreiwillige Kompliment bestärkt, war Alex mittlerweile neugierig auf die Reaktionen der anderen Partygäste geworden. ‚Vielleicht wird das ja doch noch ein toller Abend?' versuchte sie sich mit einem Hoffnungsschimmer Mut zu zusprechen.

* * * * *

Ein tobender Beifall begrüßte die Models, als sie durch die Mitte des Salons liefen. Hier in diesem luxuriösen Ambiente war ihr Lampenfieber wie weggeblasen. Stolz durch den aufmunternden Applaus folgte sie ihren Kolleginnen und machte am Ende des Raumes kehrt. In einer gekonnten Pose legte sie eine Hand auf ihren kleinen Hintern, den sie provokativ herausstreckte. Sie versuchte, ihr bezauberndstes Lächeln aufzusetzen und blickte lasziv durch ihre Maske in die Menge.

Ein kurzer Augenblick genügte, um ihr zu verraten, dass hier vorwiegend jüngere Leute im Publikum anwesend waren. Einige Besucher hatten ebenfalls bunt verzierte, mit Federn und Brokat bestückte Masken aufgesetzt. Mit einem flüchtigen Blick erkannte sie schnell, dass sich auch einige durchaus schöne Männer in adretter Kleidung unter den Zuschauern befanden. Kurz überkam sie wieder eine gewisse Schüchternheit. Doch die teils lüsternen Blicke, die den Models in ihrer Reizwäsche vom Publikum zugeworfen wurden, ließen sie ihre Scham schnell wieder vergessen.

Ermutigt durch die positive Resonanz gingen die Models zurück in die Umkleide. Bei dem Versuch sich möglichst zügig umzuziehen, machte sich schnell eine gewisse Hektik breit. Für die nächste Runde schlüpfte Alex in lange schwarze Strümpfe, die sie an den dazugehörigen Strapsen befestigte. Als Oberteil war ihr dieses Mal ein aufwendig gestalteter BH zugewiesen worden. Die weiße Spitze am oberen Rand ihrer Körbchen bildete einen gekonnten Kontrast zu dem schwarzen Brokat des restlichen Stoffes. An der Stelle, wo die Schalen des Büstenhalters in der Mitte zusammengehalten wurden, war ein kleines Dekor mit Diamantbesatz zu bestaunen.

Erst zurück auf der Bühne stellte sie mit einem Blick zu ihren Mitstreiterinnen fest, dass einige sogar noch spärlicher bekleidet waren als sie selbst. Wieder stolzierte sie durch das Publikum, welches die Modelle mit den Augen förmlich zu verschlingen versuchte. Inzwischen hatte sie jegliches Schamgefühl abgelegt und

252

begann die Aufmerksamkeit und die Blicke auf ihrem Körper zu genießen. Das angenehm prickelnde Gefühl des Champagners war nahtlos in ein erregtes Ziehen in ihrem Unterleib übergegangen.

Am Ende des improvisierten Laufstegs ließ sie wieder ihren Blick über die Anwesenden streifen. Bei einigen Männern waren inzwischen deutliche Beulen durch den Stoff ihrer Hosen zu erkennen. Peinlich berührt versuchten die Betroffenen wenigstens, durch eine ungeschickte Bewegung das Ausmaß ihrer Erregung zu kaschieren. Auch die anwesenden Frauen schenkten den Modellen anerkennende Blicke und hatten mitunter einen lustvoll verklärten Gesichtsausdruck. Dermaßen begehrt zu werden steigerte ihre Erregung ins fast Unerträgliche. Sie musste sich vorsehen, dass sie durch die drohende Feuchtigkeit in ihrem Unterleib nicht die kostbare Wäsche beschmutzen würde.

Plötzlich blieb ihr Blick an dem großen dunkelhäutigen Mann hinter der Bar haften. Das Polohemd spannte sich eng um seine muskulösen Oberarme. Mit einem selbstsicheren Lächeln blickte er zu den Modellen und polierte dabei Gläser. Als sich ihre Blicke trafen, nickte er ihr freundlich zu. Irgendetwas hatte dieser Mann! Seine Art, hier als Barkeeper zwischen den ganzen Reichen so selbstbewusst mit ihr zu flirten, faszinierte sie. Also lächelte sie zurück und bedachte ihn mit einem besonders lasziven Blick unter ihrer Maske.

Wieder in der Umkleide dauerte das Umziehen nicht lange, da als letzter Durchgang seidene Morgenmäntel präsentiert werden sollten. Schnell hatte sie die Reizwäsche ausgezogen und den kurz geschnittenen Seidenmantel übergeworfen. Der kühle Stoff schmiegte sich glatt an ihre Haut und ihre erregt abstehenden Brustwarzen zeichneten sich deutlich unter der dünnen Seide ab. Auch die Aussicht unter dem kurzen Mantel ohne Höschen in die Menge zu treten, ließ einen lustvollen Schauer durch sie fahren. Kurz ermahnte sie sich selbst, ein Nachvornebeugen zu vermeiden und mit einer solch ungeschickten Bewegung dem gesamten Publikum ihre blanke Scham zu präsentieren.

Ihre Chefin gab ihnen noch schnell die Anweisung, sich nach Ende der Präsentation kurz zwischen den Gästen zu verteilen. Dort sollten sie das Highlight der Modenschau abwarten und anschließend wieder in die Umkleide zurückkehren. Etwas neugierig, was diese Überraschung sein konnte, ging sie zurück zum Salon.

* * * * *

Nachdem sie das letzte Kleidungsstück ausreichend präsentiert hatte, überlegte sie kurz, wo sie sich hinstellen konnte. Wie durch eine unerklärliche Anziehungskraft, fixierte sie mit ihrem Blick den dunkelhäutigen Barkeeper und wurde automatisch in seine Richtung gezogen. An der Bar lehnte sie sich dann gegen die schmale Theke und stellte sich ihm vor. „Hallo ich bin Alex.", sagte sie und reichte ihm die Hand. „Maurice!", erwiderte er mit einem leicht französischen Akzent und schüttelte zärtlich ihre Hand. Dabei bedachte er sie wieder mit seinem einnehmenden Lächeln, welches ihr Augenmerk diesmal auf seine strahlend weißen Zähne lenkte. „Hast du eine Ahnung, was jetzt noch kommen wird?", erkundigte er sich bei ihr. „Nein, ich bin auch schon sehr gespannt.", musste sie zugeben.

„Ich bin mir bewusst, dass du wahrscheinlich täglich solche Komplimente bekommst, aber ich muss das einfach loswerden: Das war eine unglaublich heiße Show!", ließ er sie wissen und stellte ein Glas zurück ins Regal. Zum Glück trug sie gerade eine Maske, sonst hätte er den leichten Hauch einer Schamesröte in ihrem Gesicht erkennen können. ‚Der Typ ist nicht nur unglaublich süß, sondern auch charmant!' überlegte sie schwärmerisch. „Kannst du denn viele Drinks mixen?", versuchte sie etwas unbeholfen das Gespräch fortzuführen.

„Naja, nicht wirklich. Das ist eigentlich nicht mein Hauptberuf. Aber wenn du willst, kann ich dir mal einen Cocktail zaubern, den ich erfunden habe.", bot er ihr an. Eifrig nickte sie und war gespannt auf seine Kreation. Mit geübten Griffen mixte er ihr einen Cocktail aus Guaven- und Mangosaft. Dazu gab er noch einen Kokos- und einen Orangenlikör. Ein Schuss Limettensaft vollendete den Drink schließlich. Nachdem er alles im Shaker geschüttelt hatte, goss er das Getränk in ein garniertes Glas. „So. Ich hoffe du magst den ‚Feuchten Traum', den ich dir bereitet habe!", sagte er mit einem doppeldeutigen Unterton und schob ihr das Glas zu. „Ist das der Name von deinem Cocktail? Cool, das ist ja mal kreativ! Ich hoffe er hält, was er verspricht.", bemerkte sie und begann zu trinken.

Sie hatte kaum das Glas an ihre Lippen gebracht, als ein Wechsel der Musik den Überraschungsteil der Show ankündigte. Gespannt richteten sie ihre Aufmerksamkeit zum Eingang des Salons. Nach einigen Augenblicken trat ein großes Model mit kurzen kastanienbraunen Haaren in die Mitte des Raums. Wie angewurzelt starrten die Zuschauer auf die gut gebaute Frau, die nun das Highlight des Abends präsentierte.

Ihre weiblichen Rundungen waren durch ein elegant geschmücktes Dessous verhüllt. Es bestand aus BH, String, Strümpfen und Strapse. Doch erst bei genauerem Hinsehen war zu erkennen, dass die Reizwäsche nur aufgemalt war und kein Detail ihrer Weiblichkeit wirklich verdeckt wurde. Deutlich waren die Konturen ihrer Brüste und der Warzen unter der aufgebrachten Farbe auszumachen. Durch die geschickte Wahl eines dunklen Farbtons, waren die Umrisse ihrer Schamlippen nur in einem bestimmten Winkel sichtbar. Scheinbar hatte ein Künstler, während die Show im vollen Gange war, ein sechstes Model bemalt. Die gebotene Illusion war einfach perfekt und endlich stimmte das Publikum einen tosenden Beifall an. Fasziniert über so viel Mut beteiligte sich auch Alex am Applaus.

Schließlich blickte sie wieder zu Maurice. Sie wurde das Gefühl nicht los, dass er während der gesamten Showeinlage kaum seine Augen von ihr genommen hatte. „Ich hoffe du verstehst das jetzt nicht falsch. Ich überlege schon die ganze Zeit, wie ich dich das fragen kann. Ich bin eigentlich Fotograf und würde gerne ein paar schöne Fotos von dir in den Dessous anfertigen. So etwas fehlt mir noch in meinem Portfolio.", richtete er nun seine Anfrage hoffnungsvoll an sie. Durch den ständigen Beifall während der Show, war sie überzeugt, dass sie dafür ausreichend Mut aufbringen werden würde. Daher nickte sie zögerlich um ihre Zustimmung zu bekunden.

„Toll! Die Gäste werden sich gleich aufmachen, um noch in den Clubs ein wenig tanzen zu gehen. Der Steward wollte heute früh Schluss machen und hatte mich darum gebeten, als letzter von Bord zu gehen und die Lichter aus zu machen. Nachdem ich hier sauber gemacht habe, können wir uns dann schnell noch einem Fotoshooting widmen.", rief er und freute sich wie ein kleines Kind. „Aber nur, wenn du wirklich Lust hast!", wollte er sich noch einmal von ihr bestätigen lassen.

* * * * *

Etwas mulmig war ihr schon zu Mute, als sie an der Bar wartete, während die Gäste von Bord gingen und Maurice die Bar aufräumte. Sollte sie hier wirklich mit einem fremden Mann alleine auf dem Schiff bleiben und fast unbekleidet Fotomodell spielen? Schließlich wusste man nie, was für eine Person sein Gegenüber wirklich war. Aber seine grundsympathische Art und sein warmes Lachen hatten sie schnell für sich gewonnen.

„Dann lass uns loslegen!", gab er ihr erwartungsvoll zu verstehen. Mit einem nervösen

Kribbeln in ihrem Bauch ging sie in Richtung der Umkleide. Zum Glück waren die Kleidungsstücke noch nicht abgeholt worden und lagen für ihre zusätzliche Showeinlage bereit. Schnell hatte sie anhand der beiliegenden Fotos ein Dessous ausgewählt. Der gewählte Einteiler bestand aus einem mit Spitze besetzten Höschen und ging in zwei reichlich verzierte Trägern über, die ihre Brüste nur spärlich bedeckten.

Dermaßen bekleidet, trat sie erneut vor Maurice, der im Salon auf sie wartete. „Wow, das ist gut!", rief er in bester Fotografenmanier aus und begann seine Kamera zu betätigen. Wieder durchfuhr sie ein Kribbeln, als ihr bewusst wurde, wie freizügig sie sich hier präsentierte. Mit dem schönen, dunkelhäutigen Mann alleine zu sein, löste einfach eine andere Qualität von Scham in ihr aus. Doch sein ständiger Zuspruch ließen sie weiter Mut schöpfen. Mittlerweile gesellte sich auch wieder eine unterschwellige Erregung hinzu. Gekonnt posierte sie in dem Blitzlichtgewitter und setzte bewusst ihre Kurven in Szene.

Nachdem er fürs Erste genügend Bilder geschossen hatte, huschte sie zurück in die Kabine. Ihr Herz trommelte in ihrer Brust und zeugte vom Prickeln der Situation. Etwas unentschlossen durchwühlte sie die Stapel mit der Reizwäsche auf der Suche nach dem nächsten Kleidungsstück. Diesmal, hatte sie sich vorgenommen, ihn richtig ins Schwitzen zu bringen. Ihre Lust hatte sich dermaßen gesteigert, dass sie es nicht mehr ausschließen konnte und vermutlich auch nicht wollte, mit ihrem Fotografen anzubändeln. Endlich hatte sie das ideale Dessous entdeckt.

Wagemutig zog sie das Bustier an, welches ihre Brüste nur von unten anhob und den kompletten oberen Teil einschließlich der Brustwarzen frei präsentierte. Zusätzlich schlüpfte sie in einen Slip, bei dem sogar die Schamlippen ausgespart und sichtbar waren. Mit dieser Aufmachung war ihr seine ungeteilte Aufmerksamkeit sicher. Kurz überlegte sie, ob sie es diesmal nicht übertrieben hatte, schließlich brauchte Maurice die Fotos für sein Portfolio. Aber die kleine Maske, die sie immer noch trug, gab ihr ein gewisses Gefühl von Anonymität. Beschwichtigt aber trotzdem mit weichen Knien betrat sie wieder den Raum, in dem er auf sie wartete.

Erfreut nahm sie seine Reaktion auf ihr Outfit wahr. Mit herunterhängender Kinnlade brauchte er einige Momente, um seine Sprache wieder zu finden. Dann blickte er durch sein Objektiv und fing an, Fotos zu schießen. Immer wieder ließ er seinen Blick wie beiläufig über die gebotenen Reize schweifen, die sie ihm mittlerweile ohne Scham darbot. Er hatte dabei redlich Mühe, sich auf die Bilder zu konzentrieren. Von Zeit zu Zeit erwischte er sich dabei, mit einer völlig falschen Brennweite oder Belichtungszeit zu arbeiten. Zudem war er sich sicher, dass sie schlecht die Beule in seiner Hose übersehen konnte, die das Ausmaß seiner Erregung kundtat.

Alexandra war dazu übergegangen, immer freizügigere Posen einzuschlagen. Als sie eine kesse Körperhaltung einnahm und ihm ihren Hintern entgegen streckte, musste er unweigerlich einen freien Blick auf ihre blanken Lippen zwischen ihren Schenkeln bekommen. Seine Reaktion darauf war für sie überdeutlich unter dem dünnen Leinenstoff seiner hellen Hose zu erkennen. Zusätzlich schien ihm der Schweiß in Strömen das Gesicht herab zu laufen. Auch in ihrem Unterleib sammelten sich inzwischen die Säfte. Durch die Erregung hatte sie alle Hemmungen abgelegt und begann ihren BH aufzuknöpfen. „Ab sofort sind die Fotos aber von dem Portfolio ausgeschlossen!", ermahnte sie ihn und ließ das Kleidungsstück fallen.

Obwohl zuvor kaum einer ihrer Reize verborgen war, fühlte sie sich jetzt eigenartiger Weise wieder etwas nackter. Maurice hingegen nickte eifrig, ohne mit dem Fotografieren aufzuhören. Erneut drückte sie ihren Rücken durch, um ihre schönen Brüste besser zur Geltung bringen zu können. Anschließend zog sie auch ihr Pseudohöschen aus, so dass sie nur noch mit Maske bekleidet vor dem großen, dunkelhäutigen Fotografen stand. Ein frischer Lufthauch auf ihrer Haut machte ihr ihre Nacktheit umso bewusster.

Immer näher trat er an sie heran und knipste weiter seine Bilder. Alexandra wusste genau, worauf er hinaus wollte und wich nicht vor ihm zurück. Als er unmittelbar vor ihr stand, fotografierte er sie immer noch von oben herab. Doch sie wollte momentan nur noch berührt werden und begann ungeduldig, sein Polohemd aus der Hose zu zupfen. Endlich legte er seine Kamera beiseite und grinste sie wieder mit seinem breiten Lachen an. Dann beugte er sich zu ihr herunter und ihre Lippen trafen sich in einem leidenschaftlichen Kuss.

Sie warf ihre Maske achtlos zu Boden und entgegnete seinen innigen Küssen mit erwartungsvoll geöffneten Lippen. Seine Zunge erforschte gierig ihren Mund und er zog sie energisch gegen seinen Körper, indem er sie fest an ihrem Hintern packte. Dabei merkte sie, wie seine pralle Erektion unter dem Stoff gegen ihren Bauch presste. Zielsicher umschloss ihre Hand sein Glied und rieb es zärtlich durch die Hose hindurch. Diese Behandlung entlockte ihm ein leises Stöhnen.

* * * * *

Plötzlich packte er sie, hob sie empor und trug sie hinüber zur Ecklounge, wo vorher ein Teil der Gäste gesessen hatte. Dort legte er sie zärtlich auf dem Sitzkissen ab. Wie sie sanft auf ihrem Rücken landete, warf sie ihm ein verführerisches Grinsen zu. Dabei begann sie, leicht ihre Beine zu spreizen und ihn einladend mit dem Finger zu sich zu winken. Doch Maurice tat keine Anstalten sich seiner Hose zu entledigen. Stattdessen kniete er sich vor sie hin und drückte gefühlvoll ihre Beine weiter auseinander.

Alexandra blickte an ihrem Körper hinab und konnte erkennen, wie zwischen ihren geöffneten Schenkeln erst seine dunklen, krausen Locken und dann sein grinsendes Gesicht erschienen. Behutsam streckte er seine Zunge hervor und berührte damit sanft ihre vor Lust dunkel geschwollenen Schamlippen. Ganz langsam schob er ihre samtigen Falten auseinander und benetzte ihre bereits feuchte Scham weiter mit seinem Speichel. Dann ließ er seine Zunge mehrfach durch ihren Scheidenvorhof gleiten, um anschließend ihre Knospe zu umfahren.

Diese Behandlung schickte ein elektrisierendes Gefühl durch ihren Unterleib. Mit einem kehligen Stöhnen durchstreifte sie seine Haare und zog ihn näher an das Zentrum ihrer Lust. Maurice schien keinen Tropfen ihrer Erregung vergeuden zu wollen, denn er begann gierig ihre Spalte zu lecken. Immer wieder saugte er zärtlich ihre Klitoris in seinen Mund und ließ mit schneller werdenden Bewegungen seine Zunge darüber gleiten. Als er ein Stück weit mit seiner Zunge in sie eindrang wäre sie beinahe gekommen.

Als wollte er ihre Erregung weiter auskosten und hinauszögern, stand er unvermittelt auf und ließ seine Hose fallen. Zielstrebig griff er seinen dunklen Ständer, der erwartungsvoll vor seinem Bauch hüpfte. Dann kniete er sich erneut zwischen ihre Beine und setzte seine Eichel an ihre weit geöffneten Lippen. Um ein Eindringen zu erleichtern, führte er seine Erektion zunächst durch ihren glitschig, feuchten Vorhof. Als er seinen Ständer ausreichend benetzt hatte, setzte er seine Eichel an ihre Öffnung.

Alexandra hatte das Gefühl, als würde eine Ewigkeit vergehen, bis er endlich langsam sein Becken nach vorne schob und seinen harten Schaft in sie einführte. Ihre Scheide wurde angenehm gedehnt und er drang tiefer in sie ein. Mit weit geöffneten Beinen packte sie ihn an seinem Hintern und zog in weiter auf sich, um ihn immer tiefer in sich spüren zu können. Nachdem er wieder aus ihr herausgeglitten war, konnte man ihre Säfte auf seinem dunkelhäutigen Glied glänzen sehen.

Wieder und wieder versenkte er die gesamte Länge seiner harten Erektion zwischen ihren Lippen und grunzte in seliger Ekstase. Dabei stieß er mit seinem flachen Bauch gegen ihren geschwollenen Kitzler und stimulierte sie noch mehr. Ihre Brüste wippten im Takt seiner heftigen Stöße und mit seinen kräftigen Armen stützte er sich neben ihren schlanken Bauch ab. Ein heftiges Stöhnen zeugte von ihrem bevorstehenden Orgasmus. Doch ehe sie sich ihrem Höhepunkt hingeben konnte, hatte er seinen Schwanz wieder aus ihrer warmen Höhle heraus gezogen.

Um sie weiter auf die Folter zu spannen, legte er seine Länge zwischen ihre feuchten Lippen und schob die Unterseite seines Gliedes über ihre Lustperle. Das angenehme Reiben, welches die kleinen Äderchen dabei auf sie übertragen, raubten ihr fast den Verstand. Wieder und wieder ließ er seinen harten Schwanz durch ihre glitschige Furche gleiten, bis er endlich erneut und betont langsam in sie eindrang.

Das war zu viel für Alex! Zuerst spreizten sich ihre Zehen. Dann durchfuhr sie ein heftiges Beben, welches sein Epizentrum in ihrem Becken zu haben schien. Die Ausläufer ihrer Ekstase meinte sie noch in ihrem Hinterkopf verspüren zu können. Die Kontraktionen ihres Unterleibes schienen seinen Ständer förmlich zu melken und endlich ergoss sich auch Maurice in einem heißen Schwall in sie hinein. Noch einige Momente kosteten die Beiden ihren Höhepunkt aus und sie zog seinen Kopf gegen ihre Brüste, um mit ihm kuscheln zu können.

VI.

Wieder gab es am Ende der Geschichte eine bedächtige Pause. Als erstes fand Alex ihre Sprache wieder. „Ich bekomme langsam Hunger. Wie spät haben wir es denn eigentlich?", wollte sie wissen. „Hammer! Das werdet ihr nicht glauben. Es ist schon fast elf Uhr!", rief Jake erstaunt aus. „Mhmmm, da wird es Zeit für ein richtig gutes Brunch. Ich denke wir haben auch lange genug gemacht! Hilft mir denn jemand mit den Vorbereitungen?", fragte Vanessa gähnend und stand vom Tisch auf. Ausnahmslos folgten ihr die Freunde in die offene Küche.

Inzwischen war der Raum vom hellen Vormittagslicht erfüllt und es machte sich erneut die sommerliche Hitze breit. Schnell waren die Aufgaben verteilt. Um den Tisch zu decken, musste Alexandra zunächst das Spiel beiseite räumen. Dabei fiel ihr die oberste Frage vom Stapel ins Auge. Mit einem verschmitzten Grinsen las sie sich die Karte durch. „Ich habe schon mal Analsex probiert!", warf sie die Frage in den Raum.

Noch bevor jemand zu einer Reaktion auf die Frage im Stande war, klingelte es an der Tür. Verdutzt schauten sich die Freunde an. „Erwartet ihr jemanden?", wollte Sarah wissen. Langsam hob Alex ihre Hand und hatte dabei eine unglaublich rote Gesichtsfarbe. „Ähmmm, ich wollte euch das eigentlich schon vorhin mitteilen. Aber da waren wir so in unserer Spielrunde vertieft, dass ich einfach nicht den passenden Moment gefunden habe.", begann sie zu erzählen.

„Ich wollte eigentlich meinen Freund mitbringen und ihn euch vorstellen. Aber er hatte vorher keine Zeit und konnte erst jetzt nachkommen.", erklärte sie weiter. „Deinen Freund?", rief Vanessa verblüfft. „Und wann wolltest du uns das erzählen?", erkundigte sie sich weiter und wirkte etwas verdrossen. „Na jetzt! Ich wusste ja nicht einmal, ob er es überhaupt schaffen würde. Und wie gesagt, die Gespräche waren vorhin einfach so spannend. Und eigentlich hab ich auch schon von ihm berichtet. Hier ist er schon.... Überraschung!", rief sie aus und lief wie ein aufgeregtes Kind zum Eingang.

Mit einem Ruck hatte sie die Tür aufgerissen und präsentierte den Neuankömmling. „Darf ich vorstellen, Maurice!", stellte sie ihren Freund vor. Mit einem breiten Grinsen schloss der dunkelhäutige Mann Alex nun in seine Arme. Nach einem langen Kuss entließ er sie wieder und stellte sich nun auch dem Rest der Runde vor. Schließlich war alles für das Brunch fertig und die Freunde begannen, sich mit einer leckeren Mahlzeit zu stärken.

Noch eine Weile saßen sie am Tisch und schnatterten fröhlich. „Ach ja, wo wir schon einmal so beisammen sitzen, wollten wir euch fragen, ob ihr euren Sommerurlaub gemeinsam mit uns verbringen wollt.", warf Alex mit einem fragenden Blick in die Runde. Ohne ein langes Zögern fand der Vorschlag reihum Zustimmung. „Wir können mit der Yacht von Maurice ein wenig die Inseln unsicher machen.", schlug sie weiter vor.

„Yacht? Mensch da scheint er aber ein erfolgreicher Barkeeper zu sein!", erkundigte sich Vanessa. Wieder wurde Alex etwas roter im Gesicht. „Naja, nicht ganz. Ihm gehört die Yacht, von der ich in meiner Geschichte berichtet habe. Nachdem wir uns vor kurzem erneut getroffen hatten, sind wir uns schnell wieder sympathisch gewesen und sind schließlich zusammen gekommen. Erst nach einigen Wochen hat er mir dann eröffnet, dass er der Besitzer der Dessousladenkette und der Yacht war, und nicht ein Aushilfsbarkeeper.", erklärte sie weiter. „Er wollte nicht, dass ich wegen seines Geldes mit ihm zusammen komme. Deswegen hatte er es die ganze Zeit geheim gehalten.", versetzte sie die Gruppe ins Staunen.

Nachdem Maurice ein wenig von sich erzählt hatte begannen die Freunde, geschäftig zu schnattern. Reihum hatte sich eine Begeisterung breitgemacht und es wurde noch eine Weile über den künftigen Urlaub beratschlagt. Immer wieder kamen Vorschläge, was sie sich unterwegs anschauen konnten und wohin die Route führen sollte. Sogar ein grober Termin wurde festgelegt und in die Kalender eingetragen. Endlich machte Vanessa der Planung mit einem Gähnen ein Ende.

„Seid mir nicht böse, aber ich kann kaum noch meine Augen offen halten.", erklärte sie und räkelte sich müde. Dem Rest der Runde schien es ähnlich zu ergehen, denn sie erhoben sich, streckten ihre müden Glieder und begannen, den Tisch abzuräumen. Schließlich trennten sie sich und man konnte immer noch die Begeisterung für den kommenden Urlaub in den Augen blitzen sehen.

Teil 4:

Das Spielhaus

I.

Marissa saß nun schon eine geraume Weile vor ihrem Laptop. Unschlüssig schaute sie auf die grüne Lampe am oberen Rand des Bildschirmes, die ihr anzeigte, dass die Webcam eingeschaltet war. Heute wollte sie endlich den Schritt wagen und Sex über das Internet ausprobieren. Doch irgendwie traute sie sich momentan noch nicht so richtig.

Schon lange spielte sie mit dem Gedanken, sich in einen einschlägigen Videochat einzuloggen und wildfremde Männer zu beobachten, die es sich selbst besorgten, während sie sich ebenfalls an ihren empfindlichsten Stellen anfasste. Gemeinsam mit einem Fremden wollte sie sich zu einem genussvollen Höhepunkt aufschaukeln. Sie wollte von ihm schweinische Sachen geschrieben bekommen, immer mehr von ihrem Körper zeigen und beobachten, wie ihn die gebotenen Aussichten geil werden ließen.

Natürlich wollte sie ihr Gesicht dabei verborgen halten. Denn zu häufig hatte sie Geschichten von Freundinnen gehört, die ihre privaten Videos und Bilder später im öffentlichen Netz wiedergefunden hatten. Daher hatte sie die Kamera so eingerichtet, dass nur ihr Körper im Chatfenster zu sehen war, sie aber gleichzeitig einen guten Blick auf den Monitor und ihr Gegenüber werfen konnte. Wieder kamen Zweifel in ihr auf. Was wenn nun der Laptop in der Hitze des Gefechts verrutschen sollte?

Obwohl sie schon sichtbar erregt war, konnte sie sich nicht für den letzten Schritt aufrappeln. Noch einmal griff sie zu ihrem Glas und nahm einen kräftigen Schluck von ihrem Weißwein, um sich noch ein wenig Mut anzutrinken. Dabei kam ihr Kopf erneut in den Ausschnitt des Chatfensters. Diese Gelegenheit nutzte sie, um noch einmal ihr hübsches Gesicht zu studieren und stellte dabei fest, dass sie wieder einmal nervös auf ihrer Unterlippe herumkaute.

Viele ihrer vorherigen festen Freunde hatten ihr gestanden, dass dieser Gesichtsausdruck unglaublich sexy war. Scheinbar biss sie sich in einer ähnlichen Manier auf die Lippen, wenn sie erregt war. Bei genauerer Betrachtung empfand sie sich schon sehr ansehnlich. Ihre großen blauen Augen wurden von einer dunklen, etwas strubbeligen Kurzhaarfrisur umrahmt. Am Kinn hatte sie ein kleines Grübchen, das sie besonders niedlich fand und mit Stolz zur Schau trug.

Sie stellte das Weinglas wieder auf den Tisch und lehnte sich bequem auf der Couch zurück. Zögerlich blickte sie auf den Browser. Die Seite des Chatportals war bereits geladen. Sie musste nur noch ihren Benutzernamen und das Kennwort eingegeben, dann konnte es losgehen. Ein dumpfes Ziehen in ihrem Unterleib zeugte davon, dass ihr Körper bereits erwartungsvoll dem kommenden Abenteuer entgegenfieberte. Auch ihre Brustwarzen hatten sich steil aufgestellt und zeichneten sich deutlich unter dem dünnen Stoff ihres Oberteils ab.

274

Für ihr kleines Abenteuer hatte sie sich bequeme Klamotten angezogen. Der Stoff ihres Spaghettiträger-Tops schmiegte sich eng und angenehm kühl um ihre wohlgeformten Brüste. Auf einen BH und einen Slip hatte sie absichtlich verzichtet. Mit der Hand fuhr sie sich nun zärtlich über ihr großes B-Körbchen und genoss das elektrisierende Gefühl, welches ihr Streicheln auf der beginnenden Gänsehaut hinterließ. Gerne wäre sie ihrem Verlangen nachgekommen, ihre Hand in die super kurze Sport-Shorts zu stecken, um ihren Unterleib zu liebkosen. Aber dafür sollte heute noch genügend Zeit bleiben!

Warum war sie nun also so zögerlich? Etwas vermeintlich Verbotenes zu probieren, konnte es nicht sein. Schließlich war es nicht das erste Mal, dass sie das Internet für ihre sexuellen Aktivitäten nutzte. Schon früher hatte sie Bilder von ihrem Körper gemacht und diese auf Foren hochgeladen. Aus einem unerklärlichen Grund machte es sie immer unglaublich scharf, sich vorzustellen, wie andere Männer ihre Bilder nutzten, um sich aufzugeilen und schließlich abzuspritzen.

Erst vor kurzem hatte sie etwas Interessantes in einer Fernsehreportage über sexuelle Gewohnheiten im Internet erfahren. Es wurde berichtet, dass immer mehr Menschen Fotos ihrer Brüste oder sogar ihres Schambereichs hochluden, um diese von anderen Usern bewerten zu lassen. Schließlich hatte sich eine findige Firma für Taschenmuschis den aktuellen Trend zu Nutze gemacht und hatte ihrerseits einen Wettbewerb ausgerufen. Dafür sollten Frauen ein Bild ihrer Vagina einsenden und von den männlichen Usern benoten lassen. Der Gewinnerin winkte nicht nur ein großzügiger Geldpreis, sondern es sollte auch ein 3D-Abdruck ihres Genitalbereichs für das Innenleben der neusten Taschenmuschi verwendet werden.

In einer besonders aufgegeilten Laune hatte sie schließlich auch ein Bild eingesendet. Alleine der Gedanke andere Männer könnten das Abbild ihrer Scheide nutzen, um zu masturbieren, ließ sie im Schritt unglaublich feucht werden. Vor ihrem inneren Auge sah sie hunderte Schwänze in ihr Allerheiligstes eindringen und bekam weiche Knie. Insbesondere der Gedanke, ihr neuer Nachbar Mike würde zufällig ihre Bilder oder ihren ‚Muschiklon' nutzen, um zu masturbieren, törnte sie so richtig an.

* * * * *

Erst vor zwei Monaten war sie in eine neue Wohnung gezogen und hatte schnell ein Auge auf den charmanten und gut aussehenden Künstler geworfen. Er betrieb sein Atelier im gleichen Apartmenthaus, am Ende ihres Flures. Groß, kräftig gebaut und mit langen Haaren passte er genau in ihr Beuteschema. Ein wenig erinnerte er sie an Orlando Bloom in seiner Rolle als Pirat. Er hatte ihr anlässlich ihres Einzugs sogar ein kleines Gemälde zukommen lassen, welches sie natürlich sofort an ihrer Wand aufgehängt hatte.

Ein wenig bedrückt war sie schon, dass sich zurzeit die sporadischen Kontakte nur auf die kurzen und eher   oberflächlichen   Unterhaltungen   beim

Müllwegbringen oder Postholen beschränkten. Gerne hätte sie ihn ein wenig besser kennengelernt. Und selbst als er so zuvorkommend gewesen war, ihren Internetanschluss einzurichten, war es zu keinem längeren Gespräch gekommen.

Auch als sie ihn zufällig auf der Einweihungsfeier ihrer Freunde Alex und Jake getroffen hatte, war es ihr nicht möglich gewesen, genügend Mut aufzubringen, eine längere Unterhaltung mit ihm zu führen. Völlig gefrustet hatte sie ihr Heil in alkoholischen Getränken gesucht. Schließlich war sie am nächsten Morgen aufgewacht und konnte sich nur noch lückenhaft an den Rest der Feier erinnern.

Langsam begann sie, ihren Benutzernamen in das dafür vorgesehene Feld einzutippen. Dann folgte noch in schneller Abfolge ihr Passwort. Etwas musste sie über ihr Pseudonym schmunzeln. ‚Superpussy!' Aber irgendwie war es ja doch zutreffend. Schließlich hatte ihre Einsendung für den Vagina-Wettbewerb einen oberen Platz belegt. Klar, sie hatte nicht das Preisgeld abgestaubt, aber war doch unter die besten zwanzig von unglaublichen 400 Einsendungen gekommen. Irgendwie machte sie das schon stolz.

Noch einmal rief sie das eingesandte Foto ihrer Vagina auf. Extra für den Contest hatte sie die Schmerzen auf sich genommen und hatte sich ihren Intimbereich, den sie sich sonst blank rasierte, waxen lassen. Das besagte Foto konnte sie jedoch erst ein paar Tage später machen, da ihr Geschlecht nach der Enthaarung eher dem eines Pavians glich. Die Aufnahme hatte sie im

Liegen gemacht. Mit gewissem Stolz betrachtete sie nun ihre glatte Scham. Die fleischigen äußeren Labien umrahmten den schmalen Spalt. In diesem verliefen ihre schlanken inneren Lippen und trafen sich direkt über dem kleinen Lustknopf am oberen Ende. Sie persönlich konnte sich keine schönere Vagina vorstellen und dies schien auch das Abstimmungsergebnis widerzuspiegeln.

Energisch drückte sie endlich die Entertaste. Jetzt war sie eingeloggt! Doch eine ganze Weile passierte nichts. Gedankenverloren streichelte sie sich über ihren Nacken. Das wohlige Gefühl ihrer Erregung wurde immer heftiger. Wenn nicht bald etwas passierte, würde ihr keine andere Wahl bleiben, als sich mit einem ihrer vielen Spielzeuge Abhilfe zu verschaffen. Ihren Lieblingsvibrator hatte sie in Griffweite deponiert, um ihn bei Bedarf in das Liebesspiel mit einzubauen. ‚Hasi' wie er vom Hersteller spielvoll tituliert wurde, war ihrer Ansicht nach das beste Sexspielzeug, welches sich Frau für ihr Geld kaufen konnte. Der kleine Auflegevibrator besaß tatsächlich zwei Ohren, die sich samtig um die Klitoris schmiegten und die kraftvollen Schwingungen dorthin schickten, wo sie am intensivsten wirkten. Mit diesem kleinen Toy hatte sie es sogar einmal geschafft, in nur wenigen Minuten zum Höhepunkt zu kommen.

Endlich erschien ein Fenster mit einer Chatanfrage. Das kleine Avatarbild des Benutzers sah zumindest schon mal sehr vielversprechend aus. Ein nackter männlicher Oberkörper mit angedeuteten Sixpack ließ ihre Vorfreude erneut steigen. Sie fasste sich Mut und klickte auf die Schaltfläche ‚Annehmen'. Was sie nun zu sehen bekam, ließ ihr Herz bis in den Hals springen. Das kleine Bildchen hatte nicht zu viel versprochen, denn im Chatfenster tauchte nun ein muskulöser Torso auf.

Wie sie selber war ihr Gegenüber darauf bedacht, sein Gesicht verborgen zu halten. Dorthin hätte sie zurzeit aber sowieso nicht schauen können, da ihr Blick von der stattlichen Beule in der engen Unterhose gefesselt war. Als sie beobachtete, wie seine Hand über die deutlich sichtbare Kontur seines bereits erheblich geschwollenen Ständers auf und ab fuhr, blieb ihr die Spucke weg und die Feuchtigkeit sammelte sich dafür an einer anderen Stelle. Mit der anderen Hand schien er etwas auf dem Keyboard zu tippen. ‚Hallo! Du siehst aber heiß aus! Kannst du bitte den Daumen hochhalten, dass ich erkennen kann, dass du kein Fake bist!‘

Sofort wusste sie, was er von ihr wollte und kam seinem Wunsch umgehend nach. Schnell vergewisserte sie sich durch eine ähnliche Aufforderung ebenfalls von der Echtheit ihres Partners. Hin und wieder kam es vor, dass ein Nutzer des Videochats nicht seine Webcam verwendete, sondern ein vorher heruntergeladenes Video im Chatfenster einspielte. Mit diesem Hack konnte man dann unbedarfte Nutzer täuschen und zu freizügigen Sachen auffordern, ohne jemals etwas von sich selber preiszugeben.

‚Hallo zurück und hallo auch an deinen Freund in der Hose! Kann der denn noch weiter wachsen?‘ fragte sie ihn unverblümt und streichelte sich wie automatisch über ihre Brüste. ‚Natürlich kann der noch wachsen! Aber dafür musst du auch ein bisschen was tun!‘ gab er ihr zu verstehen und massierte weiter sein Glied. Dies ließ sie sich nicht zweimal sagen, schließlich bestand das Spiel aus einem gegenseitigem Geben und Nehmen. Also zog sie den oberen Saum ihres Spaghettiträgeroberteils unter den Ansatz ihrer Brüste, so dass diese frei zu liegen kamen. Mit ihren Fingern umfuhr sie die erregt aufgestellten Nippel und konnte feststellen, dass diese unter der Zuwendung noch steifer wurden.

Ihr Partner war inzwischen auch nicht untätig geblieben und hatte sich kurzerhand seiner Shorts entledigt. Genüsslich beobachtete Marissa, wie er sein fleischiges Glied mit der Hand umschlossen hielt und zu erstaunlicher Größe massierte. Ihm schienen die gebotenen Aussichten sehr zu gefallen. ‚Du bist verdammt sexy! WOW! Was für Brüste. Ich bin schon ganz steif!' schrieb er ihr mit der freien Hand.

‚Ich werde richtig feucht wenn du so weiter machst!' antwortete Marissa, um ihn weiter auf Touren zu bringen. Ihre Hand war inzwischen über ihren flachen Bauch hinabgewandert und in ihrer kurzen Sporthose verschwunden. Die aktuelle Situation empfand sie als unglaublich erotisch. Ihr Partner könnte sich überall befinden, am anderen Ende der Welt oder sogar in derselben Stadt wie sie. Zärtlich strich ihre Hand über die glatte Scham. Dort merkte sie, dass sie wirklich schon feucht geworden war und ihre Finger nur so durch die glitschig, geschwollenen Lippen flutschten.

‚Lass mich doch mal sehn, was du mit deiner Hand dort so treibst!' forderte er sie heraus. Währenddessen rieb er sich mit dem Zeigefinger langsam

280

über das kleine Bändchen unter der Eichel. Um ihn ein wenig auf die Folter zu spannen, zog sie ihre Hose zunächst nur ein kleines Stück zur Seite, so dass der Blick auf ihre Schamlippen nur kurz freigegeben war. Dann ließ sie die Shorts zurückschnellen und rieb sich immer schneller über ihren Kitzler. Da ihre energischer werdenden Bewegungen durch die Hose eingeschränkt wurden, gab sie sich einen Ruck und zog schließlich ihr Unterteil doch aus.

Auch ihr Chatpartner wichste immer schneller seinen zur vollen Pracht gewachsenen Schwanz. Es machte den Eindruck, als brauche er all seine Konzentration, um halbwegs kontrolliert die nächste Nachricht einzugeben: ‚oh ja zeig mir wie feuchtt du bistund maches dirr selber' Die Mühe beim Tippen hätte er sich sparen können, denn Marissa hatte bereits zwei Finger in ihrer nassen Höhle versenkt und knetete genussvoll ihre Brüste mit der anderen Hand.

Da ihr Gegenüber scheinbar seinem Höhepunkt nicht mehr allzu fern war, wollte sie noch schnell ihr Spielzeug zum Einsatz bringen, um möglichst zeitgleich mit ihm kommen zu können. ‚Ich hab noch eine kleine Überraschung! Ich will dich unbedingt abspritzen sehn. BRB, also mach nicht ohne mich weiter!', schrieb sie ihm flink und lehnte sich aus dem Sichtbereich des Chatfensters, um ihren Lieblingsvibrator zu holen.

* * * * *

Am anderen Ende der Leitung konnte Mike sein Glück kaum fassen. Sie war es wirklich, leibhaftig und in Farbe! Dabei waren die Chancen seine bildhübsche Nachbarin Marissa hier anzutreffen sehr gering gewesen. Trotzdem hatte er sich immer wieder in den Videochat eingeloggt, dessen Link er rein zufällig auf ihrem Browser erspäht hatte, während er ihr Internet eingerichtet hatte. Er war regelrecht besessen von der Vorstellung, er könne sie dort antreffen und bei sexuellen Aktivitäten beobachten.

Richtig begonnen hatte diese Besessenheit auf der Party seines Kumpels Jake. Dort hatte er durch Zufall ein Gespräch überhört, welches seine Nachbarin Marissa in angetrunkener Lautstärke mit ihrer Bekannten gehalten hatte. Dabei hatte sie von ihrer Teilnahme an einem Schönheitswettbewerb für weibliche Geschlechtsteile erzählt und sogar die dazugehörige Internetseite erwähnt. Nach dem Ende der Feier hatte er die Seite aufgerufen und zu seinem Erstaunen festgestellt, dass es nur eine Einsendung aus ihrer Stadt gab. Der Umkehrschluss, dass er ihre Vagina vor den Augen hatte, hatte sein Glied in gefühlten Millisekunden hart werden lassen. Gleich mehrfach hatte er sich an diesem Abend einen runterholen müssen, um wenigstens ein wenig Druck ablassen zu können.

So war er, wie etliche Abende zuvor, auf der einschlägigen Seite unterwegs und hatte begonnen, sich mit einer Partnerin zu amüsieren. Es hatte ihn unglaublich angemacht, dass sein Gegenüber vom Körperbau her durchaus seine Nachbarin hätte sein können. Als sie sich nun aus dem Chatfenster beugte, erblickte er an der Wand

282

hinter ihr das Bild, welches er ihr zum Einzug geschenkt hatte. Wie gebannt schaute er auf ihren nackten Körper und war vom Anblick gefesselt, wie sie sich weiter selbst befriedigte. Erst jetzt erkannte er, dass sie in der anderen Hand etwas zu halten schien. Bei genauerer Betrachtung schien es sich um irgendeine Art Sextoy zu handeln, denn sie war dazu übergegangen, sich das Gebilde an ihren Schambereich zu halten.

Was auch immer das Ding machte, es schien seine Sache äußerst gut zu machen. Denn nun streckte sie ihren Rücken voller Ekstase durch und streichelte weiter ihre Brüste. Auch Mike begann wieder, sein Glied zu massieren. Doch plötzlich schoss ihm ein Gedanke durch den Kopf und er tippte etwas auf die Tastatur. Dann stand er auf und verließ den Raum.

Marissa lag mit geschlossenen Augen vor ihrem Laptop und war in die heftigen Vibrationen vertieft, die das Toy auf ihre Klitoris übertrug. Sie fuhr ihre Schamlippen entlang und schob ihren Kitzler genau zwischen die Ausläufer des Vibrators. Beinahe wäre sie aufgrund der unglaublichen Intensität des Gefühls gekommen, als es plötzlich an der Tür klingelte.

Verdutzt riss sie die Augen auf und sah, dass ihr Chatpartner sich ausgeloggt hatte. Was für ein Arsch! Anscheinend hatte er abgespritzt und war einfach verschwunden. Egal! Schnell war sie in ihre spärlichen Klamotten geschlüpft und eilte zur Tür. Ein Blick durch den Türspion verriet ihr, dass auf der anderen Seite ihr sexy Nachbar Mike stand. ,Was kann der nur von mir wollen?' überlegte sie verwundert. In ihr herrschte eine

283

Mischung aus Enttäuschung über den unterbrochenen Liebesakt und Vorfreude, mit ihrem Schwarm in Kontakt zu treten.

* * * * *

„Hallo Nachbar, was kann ich für dich tun?", fragte sie ihn, nachdem sie die Tür geöffnet hatte. Ohne ein Wort zu verlieren, machte er einen Schritt auf sie zu und nahm sie in seine Arme. Dann beugte er sich zu ihr herunter und presste einen leidenschaftlichen Kuss auf ihre Lippen. Marissa wusste gar nicht, wie ihr geschah. ‚Was nimmt der Typ sich hier raus, mich einfach, mir nichts, dir nichts zu küssen?' überlegte sie verdutzt. Doch anstatt ihm eine saftige Ohrfeige zu verpassen, zerfloss sie wie Butter in seinen Händen und begann, seinen Kuss zu erwidern. Es lag vermutlich daran, dass sie vor nicht mal einer Minute ihres Höhepunkts beraubt worden war und noch immer über alle Maßen erregt war.

Wie er sie so gegen sich gepresst hielt, konnte sie deutlich die Beule in seiner Hose spüren. Diese Feststellung ließen ihre Knie erneut weich werden. Sollte sie wirklich? Aber die Säfte, die sich zwischen ihren Schenkeln zu sammelten, zeigten ihr, dass sie über den Punkt hinaus war, auf ein Vorspiel zu beharren. Also griff sie zielstrebig in seinen Schritt und begann, sein Glied zu massieren. Dann presste sie begierig ihre Scham gegen seinen Oberschenkel und fing an, sich in erregter Stimmung an ihm zu reiben. Als er mit seiner Hand ihren Rücken herabstreichelte, entwich ihr ein leises Gurren.

284

Wie in Trance führte sie ihn in die Wohnung hinein, indem sie ihn an spielerisch seinem besten Stück hinter sich her zog. Schnell hatte sie die Tür hinter sich zugeworfen und den intensiven Kuss wieder aufgenommen. Endlich nahm sie nun auch ihre Zunge zur Hilfe und erkundete damit seinen Mund. Um seiner forschenden Hand mehr Platz zu gewähren, zog sie schnell ihr Top aus. Mike konnte diese Einladung nicht ausschlagen und beugte sich zu den beiden wohlgeformten Halbkugeln hinab. Mit seiner Zunge umspielte er zunächst ihre Brustwarzen, um kurze Zeit später ihre Nippel in seinen Mund aufzusaugen. Marissa warf, vom Verlangen getrieben, ihren Kopf in den Nacken und stöhnte lauthals ihre Lust heraus.

Nach einer kurzen Weile ließ er von ihren Brüsten ab und ging dazu über, zärtlich an ihrem Hals zu knabbern. Seine Hände blieben dabei nicht untätig und er streichelte sanft ihren Bauch hinab, um weiter ihren Körper zu entdecken. Schließlich schob er eine Hand sanft in ihre Shorts und streifte langsam über ihre Scham, die eine erstaunliche Hitze auszustrahlen schien. An dieser Stelle von ihm berührt zu werden, sendete viele kleine Blitze durch ihren Unterleib.

Darauf bedacht, endlich Nägel mit Köpfen zu machen, löste sie sich aus seiner Umarmung. Mit dem betörendsten Blick, den sie mustern konnte, schob sie ihn vor sich her, bis er rücklings auf die Couch stolperte. Dann kniete sie sich zwischen seine Beine und begann, seine Hose zu öffnen. Als sie endlich seine Erektion befreit hatte, schaute sie ihn noch einmal tief in die Augen und bedeutete ihm, sich zurückfallen zu lassen.

Marissa führte seinen Schaft an ihren Mund und streckte die Zunge hervor. Dann begann sie sanft, eine Spur von der Peniswurzel bis zur Spitze zu zeichnen. Nachdem sie ausreichend Speichel über seine gesamte Länge verteilt hatte, umschloss sie die Eichel mit ihren Lippen und saugte langsam an seinem pochenden Glied. Ihre Hand hielt die Basis dabei fest umschlossen und machte sanfte Auf- und Abbewegungen. Mit einem schmatzenden Geräusch ließ sie seinen Schwanz immer wieder herausflutschen, um ihn gleich darauf wieder tiefer in ihren Mund aufzunehmen. Ihr Verlangen war inzwischen dermaßen gestiegen, dass sie ihre andere Hand in ihre Shorts gesteckt hatte und sich immer intensiver über ihre feuchte Scheide rieb.

Plötzlich erwachte Mike aus seinem Genießer-Koma und hob sie an ihren Schultern hoch. Mit einer energischen Bewegung veranlasste er einen Wechsel der Stellung und warf sie auf die Couch. Ihre Shorts hatte er mit einer flüssigen Bewegung von ihrem Unterleib gezogen und kniete sich nun seinerseits zwischen ihre Schenkel. Noch einmal musterte er genießerisch ihre glatte Scham, bevor er sich nach vorne lehnte und einen kalten Lufthauch über ihre erhitzten und vor Feuchtigkeit glänzenden Lippen blies.

Als sie merkte, wie er mit seiner Zungenspitze begann, ihr Geschlecht zu erkunden, wäre Marissa beinahe an Ort und Stelle zu ihrem ersehnten Höhepunkt gekommen. Zunächst spaltete er ihre äußeren

Schamlippen und fuhr abwechselnd an deren Innenseite auf und ab. Lustvoll bog sie ihren Rücken zu einem Hohlkreuz und streckte ihr Becken weiter in Richtung seiner zärtlichen Zuwendung. „Ja mach weiter so!", forderte sie ihn mit einem heiseren Wimmern auf.

Mike leckte mit immer schneller werdenden Bewegungen über ihre Spalte. Schließlich widmete er sich ihrem Kitzler, den er sanft in seinen Mund nahm und ständig seine Zunge darüber gleiten ließ. Während Marissa laut ihr Gefallen herausstöhnte, ließ er seine Zunge in ihre Scheide eindringen und fuhr fort, mit seinen Fingern ihre Klitoris zu stimulieren.

„Ich will dich in mir spüren, wenn ich komme.", seufzte sie und zog ihn an seinem Gesicht zu sich herauf. Mike kam ihrem Wunsch gerne nach und rutschte an ihrem Körper aufwärts. Dabei ließ er es sich aber nicht nehmen, ihren Bauch, ihre Brüste und ihren Hals noch einmal mit zärtlichen Küssen zu bedecken. Als sie die Spitze seines Ständers an ihrer Scheide merkte, wurde ihr ganzer Körper von einem wohligen Schauer durchfahren. Noch einmal presste sie ihr Becken nach vorne und zog ihn an seinem festen Hintern weiter auf sich. Diese Bewegung genügte und sein Glied rutschte in ihre feuchte Höhle.

„AAAhhhahh....", entfuhr es ihr, als sie merkte, wie ihr Geschlecht durch seine pralle Erektion gedehnt wurde. Sie meinte sogar die einzelnen Äderchen auf seinem Schwanz ausmachen zu können, so intensiv nahm sie ihn momentan wahr. Mit einem Grunzen stieß er endlich seine gesamte Länge in sie hinein, während er sich mit seinen Armen neben ihrem Becken abstützte. Immer heftiger und immer tiefer drang er in sie ein und klatschte dabei wiederholt mit seinem Schambein gegen ihre geschwollene Lustperle.

Marissa wendete ihren Kopf mal auf die eine, mal auf die andere Seite und stöhnte ihre Lust in den Raum. Zufällig erspähte sie dabei ihr kleines Liebesspielzeug, welches noch immer auf dem kleinen Couchtisch in Griffweite lag. Mikes halb geschlossenen Augen verrieten ihr, dass er kurz vor seinem Orgasmus zu stehen schien. Um ihr Projekt des gemeinsamen Höhepunkts zu verwirklichen, griff sie kurz entschlossen nach ihrem Toy und führte die beiden Ohren an ihren Kitzler. Die erste Vibrationsstufe reichte aus, um sie nach einigen Sekunden über die Klippe ihrer Erregung zu stoßen. Mit heftigen Kontraktionen ihres Unterleibs kam ein intensiver Orgasmus über sie.

Als Mike die melkenden Bewegungen ihrer Scheide bemerkte, erwachte er aus der lustvollen Trance ihres Geschlechtsaktes. Er hatte schon eine Weile all seine Konzentration aufbringen müssen, um seinen Erguss etwas hinauszuzögern. In diesem Augenblick stellte er jedoch fest, dass es an seinem Unterleib immer nasser wurde. Er blickte verwundert an ihren Körpern hinab und sah erstaunt, wie sie schwallartig ihre weibliche Ejakulation über seinen Unterleib entlud.

Das war zu viel für ihn und er spritzte seine heiße Ladung in ihre nasse Höhle. Immer wieder wurde sein Schaft von ihrer Scheide gemolken. Beinahe zeitgleich ebbten schließlich die Zuckungen ihrer Körper ab. Mike hielt seinen Kopf an ihrem Hals geschmiegt und streichelte zärtlich über ihre Brüste, während er keine Anstalten machte, sein langsam erschlaffendes Glied aus ihr herauszuziehen.

Nach einer kurzen Weile fand er als Erster wieder seine Stimme: „Ist dir klar, dass ich das vorhin im Chat war? Ich konnte zwar dein Gesicht nicht sehen, wusste aber aufgrund meines Bildes da hinten an der Wand, dass du es am anderen Ende warst." Nachdem sie ihn einige Sekunden lang mit einem ungläubigen Blick betrachtet hatte, verfärbte sich ihr Gesicht dunkelrot. Wieder einige Augenblicke später musste sie schließlich lauthals loslachen. Erleichtert viel er in das Gelächter ein und kuschelte seinen Kopf wieder zufrieden an ihren Nacken.

Es war eine geraume Weile vergangenen und Marissa genoss das Gefühl, ihn immer noch in sich spüren zu können. Als sie plötzlich meinte, sein Glied würde in ihrer Scheide langsam wieder an Form gewinnen. Zärtlich strich sie ihm durch die Haare und säuselte: „Ich denke, da hat jemand Lust auf eine Runde zwei!"

II.

Nur das künstliche Licht der Monitore durchdrang das Halbdunkel des Kellerraums. In etwa drei Stunden würde die Sonne wieder aufgehen. Bereits seit dem Vorabend hockten die Freunde nun schon vor ihren Rechnern und hatten schier endlose Stunden mit unterschiedlichsten Spielen auf ihren Computern verbracht. Kevin hatte zunehmend Schwierigkeiten, seine Augen überhaupt offen zu behalten, da sich seine Augenlider inzwischen immer schwerer anfühlten.

Ein zweifelnder Blick über seinen Bildschirm hinweg verriet ihm, dass am Tisch gegenüber sein bester Kumpel Jake immer noch unermüdlich in sein Spiel vertieft war. ‚Wie schafft er es nur, nach so vielen Stunden konzentriert diesen Ego-Shooter zu spielen, ohne ständig abgeschossen zu werden?' wunderte er sich. Ein Blick über seine Schulter zeigte ihm wiederum, dass die anderen Freunde nicht so viel Durchhaltevermögen bewiesen hatten. Bereits vor zwei Stunden hatten sie sich völlig erschöpft auf den provisorischen Nachtlagern in ihre Schlafsäcke verkrochen. Und auch er hatte bereits sein Schlafoutfit mit Boxer-Shorts und T-Shirt angezogen, um sich bald schlafen legen zu können.

Wie jedes Jahr in ihren Semesterferien hatten sich die Freunde zu einer LAN-Party getroffen. Üblicher Weise nisteten sie sich im Keller oder der Garage des jeweiligen Elternhauses ein, welches gerade sturmfrei war und schlossen ihre Rechner zu einem Netzwerk zusammen. Anschließend folgten endlose Stunden von

Strategiespielen, Rennsimulationen oder Ego-Shootern. In den Spielpausen wurden schließlich Neuigkeiten vom Campusleben ausgetauscht.

Dieses Mal hatten sie sich im Keller von Jake breitgemacht. Im Prinzip war der hier befindliche Hobbyraum mit Kühlschrank und mehreren Sofas ideal für ihre Zockertreffen. Ein langer Tisch in der Mitte des Raumes bildete dabei ihre Basis und bot genügend Platz für die sechs Rechner. Und da die Eltern von Jake momentan verreist waren, konnte das sporadische Siegergrölen jetzt nur noch die jüngere Schwester des Gastgebers stören. Jennifer hatte gerade ihren Schulabschluss gemeistert und glänzte sowieso häufiger durch ihre Abwesenheit, als dass sie einen Störfaktor dargestellt hätte.

Außerdem empfand Kevin die zwei Jahre jüngere Jennifer ohnehin selten als störend. Eher das Gegenteil war der Fall! Da Jake und er nicht nur beste Freunde sondern auch gleichzeitig direkte Nachbar waren, hatten die Drei quasi ihre gesamte Kindheit zusammen verbracht. Erst vor kurzem war ihm dann klar geworden, warum es in Sachen Beziehung auf der Uni nie so richtig geklappt hatte. Er musste sich eingestehen, dass er sich irgendwie in sie verguckt hatte und ständig an sie denken musste. Jedes Mal wenn er in der Heimat war, freute er sich dann ins Besondere auf ein Wiedersehn mit ihr.

Mittlerweile war Kevin zwar schon völlig übermüdet, er wollte aber vor dem Schlafengehen unbedingt noch die Gelegenheit ergreifen und schnell die

Dateiordner seiner Mitstreiter nach Pornos durchstöbern. Damit könnte er die Schlafenszeit effektiv mit den langwierigen Downloads nutzten und hätte seine eigene Sammlung bis nach dem Aufstehen auf den neuesten Stand gebracht. Bei seiner Suche musste er immer wieder über die Kreativität der Namenswahl schmunzeln. Um die Eltern von den schmutzigen Filmen und Bilder abzulenken, waren unglaublich einfallsreiche Tarnungen für die Überordner notwendig. Nach unzähligen LAN-Partys kannte er inzwischen die Datenverstecke seiner Kumpels und suchte gezielt nach ‚Semesterarbeit', ‚Lieblingszitate' oder ‚Rezepte'.

Er rieb sich erneut seine müden Augen und klickte auf Netzwerkumgebung. Kurz überlegte er, mit wessen Sammlung er beginnen sollte, als sein Blick plötzlich auf einen neuen Computernamen fiel. In der Liste der Rechner, welche aktuell mit dem Netzwerk verbunden waren, konnte er tatsächlich Jennifers Computer ausmachen. Einen Augenblick zögerte er von Gewissensbissen geplagt und drehte sich dann unsicher um, ob jemand seinen Vorstoß in ihre Privatsphäre mitbekommen würde. Doch seine Kumpels lagen schlafend auf ihren Nachtlagern. Auch Jake machte weiterhin keinerlei Anschein als würde er überhaupt etwas von der realen Welt mitbekommen.

Schließlich überwandte Kevin seine Bedenken und öffnete von seiner Neugier getrieben doch die freigegebenen Ordner auf ihrer Festplatte. Nach einer kurzen Erkundung viel ihm ein auffälliger Ordner ins Auge. Jennifer war hier scheinbar relativ unvorsichtig

292

gewesen und hatte den Order plump mit ‚XXX'
beschriftet. Diese drei Buchstaben wurden häufig als
Synonym für Hardcore oder andere Dinge mit sexuellem
Bezug verwendet und verrieten ihm, dass sich hier
vermutlich sehr pikante Sachen finden ließen. Nervös
klickte er mit der Maus zweimal auf den besagten Ordner
und öffnete ihn damit.

Er begann seine Schnüffelei, indem er langsam
durch die dort befindlichen Dateien scrollte. Zunächst
fand er eine Liste mit Bilddateien, welche nichts sagend
durchnummeriert waren. Gespannt öffnete er eine davon,
um sich einen besseren Überblick vom geheimen
Datenschatz zu machen. Zu seiner Überraschung und
auch Zufriedenheit konnte er eine leicht bekleidete
Jennifer bestaunen, die sich vor ihrem Spiegel selbst
fotografiert hatte. Hastig öffnete er nun auch die anderen
Bilder aus der Liste, in der Hoffnung mehr von ihr und
ihrem Körper erspähen zu können.

Auf den Bildern schlug sie die verschiedensten
Posen ein und versuchte hierbei, ihre Figur zur Schau zu
stellen. Mit ihren 19 Jahren konnte sie einen sehr
schlanken und trotzdem weiblichen Körper ihr Eigen
nennen. Kevin hätte lügen müssen, wenn er behauptet
hätte, sie sich nicht schon einmal nackt vorgestellt zu
haben. Auch war sie während seiner Pubertät häufiger
schon Teil seiner sexuellen Fantasien und feuchten
Träumen gewesen. Er war also über alle Maßen erfreut,
dass die Fotos immer freizügiger wurden, umso weiter er
sich die Liste herabarbeitete. Endlich erreichte er ein Bild,
auf welchem sie auch ihren BH abgelegt hatte. Nur ihre

haselnussbraunen Locken hatte sie noch so geschickt platziert, dass diese den Blick auf ihre Brüste verdeckten. Immer ungeduldiger klickte er sich durch die aufreizenden Selbstportraits, um mehr von ihrem Körper erkunden zu können. Inzwischen hatte sich auch eine stattliche Beule in seiner Hose gebildet.

Sein Herz hämmerte wie verrückt vor Aufregung, da er sich bewusst war, dass er mit dieser Aktion einige Grenzen überschritten hatte. Er schaute noch einmal zu seinem Kumpel, um sich zu vergewissern, dass die Luft rein war und fuhr trotz seiner Bedenken fort, Jennifers Körper zu betrachten. Als er schließlich das Ende der Liste erreicht hatte, musste er enttäuscht feststellen, dass die Fotos zwar allesamt sehr aufreizend waren, aber die relevanten Körperstellen immer überdeckt blieben. Immer waren ihre Haare vor den Brüsten drapiert oder sie hatte sich so zum Spiegel gedreht, dass nur die seitlichen Konturen ihrer wohlgeformten Halbkugeln zu sehen waren. Auch hatte sie immer ihre Panty anbehalten. Ernüchtert wollte er bereits den Ordner schließen, als er am Ende der Liste eine Filmdatei entdeckte.

Mit erneut wachsender Aufregung öffnete er das Video. Gebannt schaute er auf die Szene, die sich nun auf seinem Bildschirm entfaltete. Jennifer befand sich noch an der gleichen Stelle vor ihrem Spiegel und war scheinbar gerade mit ihrer Fotosession fertig geworden, dessen Bilder sich gerade in sein Gedächtnis gebrannt hatten. Mit der Kamera in der Hand filmte sie, wie sie sich einige Male um die eigene Achse drehte. Dabei wackelte sie lasziv mit ihrem Hintern und begutachtete zufrieden ihre sportliche Figur. Fast kam es ihm vor, als würde sie einen Striptease vor der Kamera üben. Zwar trug sie während ihrer Tanzeinlage offensichtlich immer noch ihren Slip, aber wenigstens entblößte sie zu seiner Zufriedenheit inzwischen ihre schönen Brüste. Mit ihrer rechten Hand streichelte sie dabei über die erregt abstehenden Nippel und begann, ihre Brüste abwechselnd zu kneten. Dann fuhr sie weiter die Seite hinab und zog schließlich mit einer schwungvollen Bewegung ihren Slip aus.

Kevin blieb beinahe die Spucke weg, als er zum ersten Mal in seinem Leben Jennifers vollständig nackten Leib bestaunen konnte. Er schätzte, dass ihre Brüste etwa einem guten C-Körbchen entsprachen und bestaunte ebenfalls ihren komplett rasierten Schambereich. Sein Glied war bei diesen Aussichten inzwischen zur vollen Pracht geschwollen und spannte unangenehm gegen den Stoff seiner Boxer-Shorts. Also rückte er seinen Ständer wieder etwas zurecht und beobachtete Jennifer weiter dabei, wie sie ihre Beine leicht gespreizt hielt und ihre Hand zwischen den Oberschenkeln verschwinden ließ. Mit lustvoll verklärtem Blick ging sie dazu über, ihre Scham zu streicheln. Über seine Kopfhörer konnte Kevin jetzt auch ein leises Stöhnen von ihr vernehmen.

* * * * *

Plötzlich hörte er Schritte hinter sich auf der Kellertreppe. Erschrocken schaffte er es gerade noch das Fenster mit dem heißen Video zu minimieren bevor er sich umdrehte, um festzustellen, wer hinter ihm die Treppe herab kam. ‚Wer kann denn um diese Zeit noch von Oben herunter kommen?' schoss es ihm durch den Kopf. Seine anfängliche Hoffnung, einer seiner Kumpels würde gerade von der Toilette zurückkehren, wurde jäh enttäuscht.

Am Ende des Flures sah er Jennifer, wie sie ihre Hände in den Hüften ab stemmte. Panisch versuchte er, an ihrem Gesichtsausdruck auszumachen, ob er nun aufgeflogen war. ‚Wird sie jetzt irgendetwas mitbekommen haben und macht mir gleich die Hölle heiß?' überlegte er kurz. Doch an ihrer Mimik konnte er es nicht ablesen. Sie machte keine Anstalten ihm eine Szene zu machen und grinste ihn freundlich an. Mehr sogar noch: sie schien eher erfreut, ihn nach längerer Zeit wiedersehen zu können.

Erst jetzt viel Kevin ihr spärliches Outfit auf. Jennifer hatte ein übergroßes Top angezogen, welches so weit geschnitten war, dass es schräg bis zum Ellenbogen herabfiel und vollständig eine ihrer Schultern entblößte. Im Halbdunkeln des Raumes meine er erkennen zu können, dass sie darunter keinen BH anhatte. Deutlich zeichnete die Kontur ihrer Oberweite unter dem lockeren Stoff ab und er war sich sicher, auch ihre fest aufgestellten Nippel umrissen zu sehen. An ihren Beinen trug sie lange Wollstrümpfe, die ihr bis über die Oberschenkel reichten. Ihr Oberteil fiel auch so groß aus, dass es bis über ihren Schoß viel. Daher blieb ihm momentan verborgen, was sie unten herum trug.

296

„Na, seid ihr so spät immer noch am Zocken?",
erkundigte sie sich schließlich und deutete mit einem
Kopfnicken auf die Computer. „Darf ich auch mal
spielen?", wollte sie weiter wissen und schlenderte in
Richtung seines Sitzplatzes. Erschrocken machte sich nun
eine neue Erkenntnis in ihm breit. Wenn sie ihm noch
näher kam, würde sie mit Sicherheit schnell seine
mittlerweile stattliche Erektion bemerken. Er verfluchte
sich selbst, aktuell nur mit einer Boxershorts und T-Shirt
bekleidet am Tisch zu sitzen. So musste seine missliche
Lage geradezu unübersehbar sein.

Eben wollte er sich noch gekonnt wegdrehen,
um seine Beule zu verbergen, als sich Jennifer ohne
Umschweife auf seinen Schoß gesetzt hatte. Sie tat dies in
einer Art, die eine freundschaftliche Vertrautheit
auszudrücken schien. Doch wie sie sich so über seinem
linken Oberschenkel positionierte, kam ihre Scham auch
seinem Glied gefährlich nahe. Durch den dünnen Stoff
seiner Shorts glaubte er förmlich zu spüren, wie ihr
Intimbereich Hitze auf ihn ausstrahlte. Dass sie aufgeregt
auf seinem Schoß hin und her rutschte, tat seiner
Erregung keinen Abbruch.

„Hey Bruderherz, hast du Lust gegen mich
anzutreten?" fragte sie Jake, der gar nicht mitbekommen
hatte, dass sie sich zu ihnen gesellt hatte. Sie lehnte sich
etwas vor, um am Monitor vorbei die Aufmerksamkeit
ihres Bruders auf sich zu lenken. Dabei rutschte ihr
Oberteil etwas zur Seite und Kevin sah seine Vermutung
bestätigt, sie würde keinen BH tragen. Die volle Pracht
ihrer Brust wurde nun vor seinen Augen entblößt. Zwar

hatte er vor einigen Minuten ihren gesamten Körper im Video nackt bestaunen können, aber ihren Busen live und in Farbe vor der Nase zu haben, war doch etwas anderes. Sein zum Bersten geschwollener Schwanz zuckte vor Vorfreude in seiner Hose. ‚Was für ein Luder! Macht sie das denn mit Absicht, sich dermaßen an meiner Erektion zu reiben? Oder hat sie gar keine Ahnung, dass ich kurz vorm Platzen bin?' überlegte er, als sie sich wieder auf ihm niederließ.

Jake hatte scheinbar einen neuen Spielserver eröffnet, in den sie sich nun einloggen konnte. Perplex beobachtete Kevin, wie sie begann, geübt ihre Spielfigur im Ego-Shooter zu bewegen. Doch wirklich viel bekam er vom Spiel nicht mit. Er war vielmehr damit beschäftigt, sich irgendwie aus der heiklen Lage zu befreien und seinen Ständer aus der verräterischen Position zu bekommen. Aber je mehr er auf dem Stuhl hin und her rutschte, umso mehr zog es seine Shorts nach hinten. Schließlich sah er ein, dass seine Bemühungen vergeblich waren und harrte wie gelähmt aus. Seine Rechnung hatte er jedoch ohne Jennifer gemacht.

Mit einem Jubelschrei warf sie sich nach hinten und grinste ihn stolz an. „Es steht 1 – 0 für mich!", erklärte sie ihm lächelnd. „Aha!", war dagegen alles, was er herausbrachte. Verzweifelt hatte er bemerkt, dass seine pralle Eichel durch die ruckartige Bewegung entblößt worden war und damit seine Erektion aus der Hose empor lugte. Hierbei wurde eine seiner sensibelsten Stellen zwischen ihrem warmen Schoß und seinem Oberschenkel gefangen gehalten. Wenn es so weiterging, würde seine Penisspitze bald ihren Slip berühren. ‚Sie trägt doch sicher ein Höschen?' überlegte er noch beiläufig.

Mittlerweile war er in einem Strudel aus Neugier, Erregung und banger Anspannung gefangen und wurde sich der verbotenen Situation bewusst, in der er sich gerade befand. Am Ende war seine Wollust jedoch größer, als die Angst erwischt zu werden. Scheinbar in ihr Spiel vertieft, rieb Jennifer immer wieder ihren Schoß über seinen Oberschenkel und die unverhüllte Schwanzspitze. Noch einmal wandte er all seine Konzentration auf die Berührungen, welche seine Eichel momentan ausgesetzt war. Dabei fiel ihm auf, dass er sogar etwas Feuchtigkeit an ihrem Schoß ausmachen konnte. Wieder wunderte er sich, ob die Situation reiner Zufall oder doch eher beabsichtigt war.

„Head-Shot!", rief Jennifer plötzlich aus und rutschte erneut mit ihren Schenkeln über seinen Ständer. Sie machte weiterhin keinen Anschein, dass sie die brenzlige Lage erkannt hatte, in der sich beide gerade befanden. Bisher war seine Eichel nirgendwo gegen ihren Slip gestoßen und er fühlte sich immer mehr bestätigt, dass sie gerade ihre Säfte auf seinem Schoß verteilte. Mit einer Mischung aus Geilheit und Aufregung wurde ihm klar, dass es zweifelsfrei die Umrisse ihres Geschlechts waren, die sich von Zeit zu Zeit auf seinem Oberschenkel abdrückten. Mit dieser Wahrnehmung viel es ihm wie Schuppen von den Augen, dass sie unten herum wirklich nackt war.

Als er diese Erkenntnis verarbeitet hatte, beschloss er, den Dingen einfach seinen Lauf zu lassen und genoss unterdessen die wohlige Hitze, die ihr Eingang ausstrahlte. Als er sich wieder auf seine übersensible Stelle konzentrierte, konnte er deutlich spüren, wie seine Eichel zwischen ihren Schamlippen zu liegen kam. Wenn er jetzt seine Hüften nach vorne bewegen würde, könnte er ohne Probleme in ihr Allerheiligstes eindringen. ‚So extrem kann sie gar nicht in das Spiel vertieft sein, dass sie nicht mitbekommt, wie ich sie hier fast ficke!' überlegte er. Und all dies geschah quasi auch noch vor den Augen ihres Bruders. ‚Oder bin ich doch so übermüdet, dass ich mir alles nur einbilde? Vielleicht bin ich ja auch schon eingeschlafen und habe einen feuchten Traum?' zweifelte er weiter.

Seine Überlegungen wurden jäh unterbrochen, als Jennifer sich plötzlich von seinem Schoß erhob. „So, ich mache, dass ich ins Bett komme!", stellte sich nüchtern fest. Dann warf sie ihrem Bruder einen Kuss zu und drehte sich zu Kevin herum. Mit einem verschmitztem Lächeln auf ihren Lippen beugte sie sich nach vorn und flüsterte in sein Ohr: „Schön, dich mal wieder zu sehen! Vielleicht hast du später auch mal ein bisschen Zeit für mich?" Dann lief sie flinken Fußes die Treppe hoch und ließ ihn verblüfft zurück.

‚Wie hat sie das nun wieder gemeint? „Vielleicht hast du später auch mal ein bisschen Zeit für mich"….' überlegte er krampfhaft. Irgendwie hatte er eine eigenartige Betonung in diesem Satz wahrgenommen, was dem Gesagten etwas Doppeldeutiges verlieh. ‚Will sie nun, dass wir die Tage mal etwas zusammen unternehmen oder meint sie gar ich solle jetzt gleich jetzt zu ihr hoch kommen?' versuchte er sich verzweifelt klar zu werden. Sein Gehirn war nach so vielen Stunden Computerspielens für solche Denkprozesse einfach nicht mehr ausgelegt.

Ein Blick an seinem Körper hinab auf sein immer noch beträchtlich geschwollenes Glied zeigte ihm jetzt deutlich, dass sie dort etwas glänzend Schimmerndes hinterlassen hatte. Mit einem Kopfschütteln beschloss er, eins und eins zusammen zu zählen und die Situation zu seinen Gunsten zu werten: ‚Jennifer will, dass ich sie jetzt gleich besuche!'

Also wartete er die gefühlte Ewigkeit von fünf Minuten ab, um seine Intentionen vor seinem Kumpel Jake zu verheimlichen. Dann rückte er seinen halb geschwollenes Glied wieder in der Boxershorts zurecht und erhob sich von seinem Sitz. „Ich werde mich dann mal aufs Ohr hauen. Vorher gehe ich aber nochmal auf die Toilette. Mach nicht mehr so lange, wir brauchen dich ja schließlich morgen für das Drei-gegen-Drei-Match!", verkündete er seinem Kumpel und verließ den Keller.

* * * * *

Auf dem Weg zu ihrem Zimmer trommelte sein Herz gegen seine Brust. Als er vor ihrem Raum angekommen war, hielt er kurz inne. Schnell wollte er sich noch einen guten Spruch ausdenken, falls im nächsten Augenblick seine Anwesenheit doch unerwünscht sein sollte. Noch während er nach einer cleveren Ausrede suchte, viel ihm auf, dass ihre Tür nur angelehnt war und ein wenig geöffnet stand. Vorsichtig näherte er sich dem Spalt. Von Drinnen drang ein gedämpft flackerndes Licht in den Flur. Auch meinte er, ein leises Stöhnen hören zu können. Behutsam lehnte er seinen Kopf nach vorne und lugte neugierig in ihr Zimmer. Durch einen großen Spiegel an ihrer Wand sah er, dass auf ihrem kleinen Monitor ein Pornostreifen lief. ‚Jetzt oder nie!' sprach er sich Mut zu und trat langsam in das Zimmer ein.

Er brauchte einen Augenblick, um sich in ihrem Raum orientieren zu können, da das Licht des Monitors ihn ein wenig blendete. Als er in der Mitte des Zimmers angekommen war, wurde seine Aufmerksamkeit durch ein Stöhnen in Richtung des Bettes gelenkt. Dort lag vor ihm die völlig nackte Jennifer, die sich vor Ekstase auf ihrer Decke hin und her wälzte. Mit der rechten Hand rieb sie sich begierig zwischen ihren leicht gespreizten Schenkeln und knetete mit der anderen ihre Brust. Ihr Gesicht war von einem erregten Ausdruck geprägt, während sie die gesamte Zeit ihre Augen geschlossen hielt. Dem Porno, der auf ihrem Bildschirm flimmerte, schenkte sie dabei keine Beachtung mehr.

Durch ein leises Räuspern machte Kevin auf seine Anwesenheit aufmerksam. Zu seiner Überraschung blieb ein panisches Gekreische ihrerseits aus. Langsam öffnete sie ihre Augen. „Du hast aber ganz schön lange gebraucht. Ich dachte schon du kommst mich nicht mehr vorbei!", gab sie ihm in einem vorwurfsvollen Ton zu verstehen. „Ich wollte nach der Aktion vorhin nicht leer ausgehen!", erklärte sie ihm als Antwort auf seinen fragenden Blick in Richtung des Erotikfilmes. „Erkennst du den Film? Der ist aus deiner Sammlung!", erkundigte sie sich mit einem Lächeln auf den Lippen. Kevin wusste nicht ob er bei dieser Aussage beschämt dreinschauen sollte, oder ob es ein anerkennendes Lob bezüglich seines Filmgeschmackes war. „Da hast du dir ja ein super Versteck ausgedacht. Da ich aber weiß, wie sehr du Mathe hasst, hat mich dein Ordner ‚Formelsammlungen' schon etwas neugierig gemacht.", erklärte sie ihm den Umstand ihrer Entdeckung mit einem schelmischen Grinsen im Gesicht.

Im Film war eine hübsche Darstellerin zu sehen, die gerade an einem Glied mit den typischen Pornomaßen leckte. Wie so häufig in solchen Streifen, ließ sie den Schwanz des Darstellers vollständig in ihrem Mund verschwinden und unterdrückte dabei jeglichen Würgereiz. Ihre Zunge ließ sie anschließend gekonnt über seine Eier streifen. „Komm schon her und steh dort nicht so untätig herum. Das können wir besser! Ich möchte das wir unser eigenes schmutziges Video drehen.", gestand sie ihm. „So was fehlt mir noch in meiner Sammlung! Den Ordner hast du ja schon gefunden, wie ich vorhin gesehen habe!", stellte sie mit einem listigen Grinsen fest. Darauf fiel ihm keine schlagfertige Antwort mehr ein. Jedoch ließ die Tragweite dieser Aussage seinen Kopf schwindeln und seinen Penis weiter anschwellen.

Zum einen lag sie gerade völlig unbekleidet vor ihm und streichelte weiter ihre Scham, zum anderen lud sie ihn völlig offenherzig in ihr Bett ein. Endlich riss er sich aus seiner angewurzelten Haltung los und schritt zu ihr an das Bett heran. Jennifer drehte sich zu ihrem Nachtschrank um und kramte einen kleinen Fotoapparat hervor, den sie sogleich anschaltete. Ohne etwas zu sagen warf sie ihm die Digitalkamera zu und wies ihm mit einem Kopfnicken an, er solle beginnen, das Video zu drehen. Kevin hatte sich gerade rechtzeitig aus der Bewunderung ihres knackigen Hinterteils reißen können und fing gekonnt das Gerät. Stumm gehorchte er ihr nun und drückte Play.

Zunächst richtete er die Kamera auf Jennifer. Diese lag am anderen Ende des Bettes und hatte sich wieder auf ihren Rücken gedreht. Ohne Umschweife spreizte sie erneut ihre Beine und fuhr fort, sich ihren Kitzler zu massieren. Mit einer genussvoll langsamen Bewegung verteilte sie die dort befindliche Feuchtigkeit über ihre Spalte, die im Schein des Bildschirmes inzwischen förmlich glänzte. Konzentriert zoomte er auf das Geschehen vor ihm. Unvermittelt drehte sie sich um und kam auf allen Vieren, einer Stubenkatze ähnelnd, auf ihn zu geschlichen.

Als sie bei ihm angekommen war, streckte sie sanft ihre Hände nach seinem Glied aus, welches sich deutlich in seiner Boxershorts vorwölbte. Gewissenhaft visierte er die vor sich befindliche Szene an. Sie begann zärtlich, seine stattliche Erektion durch den Stoff hindurch zu streicheln. Dabei fuhr sie sich unablässig mit der Zunge über ihre Lippen. Endlich zog sie ihm die Unterhose herunter und ließ seinen Ständer hervorspringen. Frech grinste sie ihn durch die Kamera hindurch an und öffnete leicht ihre Lippen, um ihre Zunge etwas hervor zu strecken. Als sie sich über sein Glied beugte, vielen ihre Locken vor ihr Gesicht und versperrten seine Sicht auf die Handlung.

Aber auch ohne etwas zu sehen, merkte er, wie sie mit ihrer Zunge zärtlich über die Unterseite seiner Erektion leckte. Schließlich ließ sie seinen Schwanz in ihrem warmen Mund verschwinden. Trotz des unglaublich intensiven Gefühls ihrer Lippen auf seinem Ständer, schaffte er es geistesgegenwärtig, ihre Haare sanft aus der Sicht der Kamera zu streichen. Damit war sichergestellt, dass auf dem Video später auch die gesamte Action festgehalten war. Jennifer war so sehr darin vertieft, ihn durch Liebkosungen seines Gliedes immer weiter zu reizen, dass sie von all seinen kameramännischen Bemühungen kaum etwas mitbekam. Während der ganzen Zeit saß sie am Bettrand und fuhr fort, hemmungslos über ihr Geschlecht zu reiben.

Nach einer kurzen Weile ließ sie von ihm ab und krabbelte zurück auf ihre Matratze. Kevin schwenkte die Kamera und folgte ihrer Bewegung. Erneut bot sich ihm eine Szene, die ihn beinahe abspritzen ließ. Vor ihm hockte seine Jugendfreundin auf allen Vieren und wackelte kess mit ihrem Hinterteil. Zwischen ihren Pobacken sah er deutlich ihre nasse Spalte, die sie ihm geradezu einladend entgegenstreckte. „Ich mag es am liebsten Doggy-Style!", säuselte sie ihm mit belegter Stimme zu. Wieder zuckte sein Ständer. Nicht nur bettelte sie darum, von ihm genommen zu werden, sondern gestand ihm obendrein völlig freizügig ihre sexuellen Vorlieben.

‚So ein versautes kleines Luder!' resümierte er überrascht und setzte seine Schwanzspitze an ihre Öffnung. Ohne den Film zu unterbrechen, schob er ihre Schamlippen auseinander und drang vollständig in sie ein. Jennifer stieß ein heiseres Wimmern aus und bekundete ihr Gefallen. Mit der freien Hand nahm er ihren Hintern in die Hand und begann, diesen energisch zu kneteten. Dann zog er sein Glied wieder heraus, bis nur noch seine Eichel umschlossen war, um anschließend sein Becken wieder nach vorne gleiten zu lassen. Seine Aktion entlockte ihr ein lautes Stöhnen. Er ließ seine Stöße immer heftiger werden und sein Becken klatschte in beständigem Rhythmus gegen ihr Hinterteil.

Jennifer schob ihren Hintern weiter seinem Unterleib entgegen und schien immer mehr von seinem Schwanz in sich aufnehmen zu wollen. Ihre Hand hatte sie erneut auf ihre Klitoris gelegt und fuhr mit einer kreisenden Bewegung darüber. Ihr Stöhnen wurde lauter und exzessiver. Und auch Kevin wurde mutiger. Langsam hatte er die Hand, welche ihre Pobacke massierte in Richtung ihres Hintereingangs wandern lassen. Wie in Trance setzte er nun einen Finger an ihre Rosette. Mit sanftem Druck ließ er seinen Finger über ihren Damm zu dem verbotenen Eingang streifen und wartete auf eine Reaktion ihrerseits. Durch ein erregtes Wimmern schien sie ihm ihre Zustimmung zu bekunden.

Dieses Zeichen reichte ihm aus und er ließ eine Spur seines Speichels auf seinen Finger tropfen. Langsam schob er seinen Daumen vor und dehnte so ihren Schließmuskel. Währenddessen ließ er seine Stöße nicht langsamer werden und trieb sie unaufhörlich auf einen Orgasmus zu. Jennifer räkelte sich unter seinen Zuwendungen und ächzte immer lauter ihre Geilheit heraus. Inzwischen hatte Kevin seinen Daumen versenkt und massierte mit kreisenden Bewegungen ihre Rosette, während er seinen Ständer immer tiefer in sie hinein stieß. Dabei bemerkte er, wie sie es genoss, an beiden Öffnungen gedehnt und dermaßen ausgefüllt zu werden.

„Uhhh ich komme gleich!“, rief sie aus und drückte ihm erneut ihr Becken entgegen, um sein Sperma in Empfang nehmen zu können. Dieser Ansporn genügte ihm und er versenkte seinen Ständer mit einer finalen Anstrengung bis zum Anschlag, bevor er sich einige Sekunden später in einem warmen Schwall in ihr ergoss. Sein Schwanz wurde von den anhaltenden Zuckungen ihres Unterleibs regelrecht gemolken. Erschöpft ließ er sich mit ihr nach vorne auf das Bett sinken. Währenddessen behielt er seinen Ständer in ihrer warmen Höhle und genoss das anschmiegsame warme Gefühl. Das Letzte, an was er sich erinnerte war, dass er noch zur Kamera griff und diese ausstellte. Dann zwang ihn seine Übermüdung, beinahe ohnmächtig in einen wohlig tiefen Schlaf zu fallen.

III.

Linda freute sich schon seit geraumer Zeit auf ihren Campingausflug. Mit ihrem Freundeskreis zusammen wollte sie in den Wald zum Zelten fahren. Diese Gelegenheit plante sie auch gleich zu nutzen, ihren Schwarm zu verführen. Um bestens gerüstet zu sein, wollte sie sich nach dem Frühstück nur eben noch einen Schlafsack bei ihrer älteren Schwester Johanna leihen.

Da sich diese gerade mit ihrem frisch vermählten Ehemann Tom auf den Flitterwochen befand, musste sie sich das Campingutensil einfach selber raussuchen. Zwar hätte sie auch bis zum Abend warten können, bis die Beiden vom Flughafen zurückkamen. Aber dann hätte sie im Dunkeln mit dem eigenen Auto zum Treffpunkt im Wald hinterher fahren müssen. Also war sie zum Haus der jungen Eheleute gefahren, hatte hinter dem Haus einen Parkplatz gefunden und sich schnurstracks auf die Suche nach dem Schlafsack gemacht. Zum Glück hatte ihre Schwester per SMS noch das Suchareal auf Garage, Dachboden oder unter dem Schlafzimmerbett eingegrenzt.

Nachdem sie die Garage und den Dachboden bereits erfolglos auf den Kopf gestellt hatte, stand sie nun im Schlafzimmer vor dem Himmelbett ihrer Schwester und dem Schwager. Etwas neidisch blickte sie auf das geräumige Nachtlager der Beiden und war von dem romantischen Ambiente beeindruckt, welche durch die kunstvoll drapierten Vorhänge an den Pfosten hervorgerufen wurde. Kurz gingen ihr die vielen

308

Bettabenteuer durch den Kopf, die das frisch gebackene Ehepaar hier noch erleben würde. Diese Tagträumereien führten ihr unvermittelt vor Auge, dass sie nicht nur wegen des Schlafgemachs oder wegen des neuen Hauses neidisch auf ihre Schwester war. Auch dass sie sich den charmanten und obendrein noch sehr gut aussehenden Tom geangelt hatte, musste sie etwas eifersüchtig anerkennen.

Warum war es nicht sie, sondern ihre Schwester gewesen, die vor gar nicht so langer Zeit dem auf Anhieb sympathischen Tom ins Auge gefallen war. Schließlich sahen sie sich so ähnlich, dass er sie auf der Feier von den gemeinsamen Bekannten Vanessa und Jake ständig mit ihrer Schwester verwechselt hatte. Wie Johanna war auch sie von eher kleiner und sportlicher Statur. Die schulterlangen hellbraunen Haare trugen die Beiden ebenfalls in einer identischen Frisur. Auch dass ihr Alter nur etwas mehr als ein Jahr auseinander lag, trug zu ihrem schnell verwechselbaren Aussehen bei. Den einzigen Unterschied, den sie bei einem Saunagang kürzlich feststellen konnte, war, dass sich Johanna einen schmalen und kurzgetrimmten Busch über ihren blank rasierten Schamlippen stehen ließ. Linda hingegen war seit Langem eine Befürworterin der kompletten Intimrasur.

Mit einem Kopfschütteln riss sie sich aus ihren Überlegungen. Sie ging in die Knie und beugte sich nach vorne, um besser unter das Bett sehen zu können. Hinter einer großen Schachtel konnte sie schließlich auch den Schlafsack erspähen. Zuerst holte sie das Paket hervor und brachte anschließend das dahinterliegende Objekt ihrer Suche an sich. Fast hätte sie die Box wieder unter das Bett geschoben, als ihr die Aufschrift auf dem Deckel auffiel. ‚Privat' stand dort in der Handschrift von Johanna geschrieben. ‚Was mein Schwesterherz hier nur wieder versteckt hält?' wunderte sie sich und nahm den gefundenen Schatz an sich. Kurz schaute sie zur Tür, um sich zu vergewissern, dass sie wirklich alleine war. Dann zuckte sie mit den Schultern und hob den Deckel von der Schachtel ab.

Sie brauchte einige Augenblicke, um zu realisieren, was sie hier entdeckt hatte. In der Box lag ein Sammelsurium an Sexspielzeugen, Reizwäsche und ähnlichem Krimskrams. Nachdem sie ihre Fassung wiedergefunden hatte, begann sie neugierig, den Inhalt der Schachtel weiter zu untersuchen. Vorsichtig hob sie eine Maske aus dem Karton. Ausgiebig begutachtete sie die filigran gearbeitete Augenmaske in venezianischem Stil, deren schnörkeliges Geflecht durch seine Durchlässigkeit einen Hauch vom Verborgenen erweckte. Wer dieses Accessoire trug, musste sich im Klaren sein, dass es nur wenig der Gesichtszüge verhüllte.

Kurzentschlossen legte sie das Kostüm über ihre Augenpartie und band es mithilfe der schmalen Satinbänder hinter ihrem Kopf fest. Dann erhob sie sich vom Boden und drehte sich zum ausladenden Spiegel, welcher unweit des Bettes über einer Kommode an der Wand hing. Schon einmal hatte sie sich gefragt, warum sie diesen Spiegel in Sichtweite des Nachtlagers angebracht hatten. Doch nach Entdeckung der Box und Feststellung, was für ein durchtriebenes Luder in ihrer

Schwester schlummerte, überraschte sie die Platzierung nun auch nicht mehr.

Durch ein beständiges Hin- und Herwenden ihres Kopfes betrachtete sie aufmerksam ihre maskierten Gesichtszüge im Spiegel. Wieder war sie verblüfft, was sie doch für eine Ähnlichkeit mit ihrer Schwester hatte. Mit der Maske bekleidet viel es selbst ihr schwer, sich in ihrem Spiegelbild selber wiederzuerkennen. Mit der geheimen Schachtel auf dem Schoß setzte sie sich erneut an den Bettrand und fuhr fort, den Inhalt zu studieren. Nachdem sie ein paar Massageöle, Seidenfesseln, einen Penisring und etwas Gleitmittel beiseitegeschoben hatte, viel ihr Augenmerk auf einen Slip. Diesen ließ sie durch ihre Finger gleiten und bewunderte den samtigen Stoff und die fein gefertigte Spitze des Höschens. Bei ihrer Untersuchung rutschte ihr Finger plötzlich durch ein Loch im Bereich des Schrittes. Hier war in frivoler Weise und voller Absicht eine Aussparung in den Stoff eingearbeitet worden, um die weibliche Scham unbedeckt zu lassen.

Nervös kaute sich Linda auf der Unterlippe herum. Bereits seitdem sie die geheime Schatulle entdeckt hatte, machte sich eine wohlige und ihr gut vertraute Hitze in ihrem Unterleib breit. Das Wissen hier etwas Verbotenes zu tun, indem sie die intimen Details ihrer Schwester ergründete, tat ihrer aufkommenden Erregung keinen Abbruch, sondern verstärkte diese noch in erheblichen Ausmaß. ‚Wie mir der Slip wohl stehen mag?' fragte sie sich unwillkürlich und schaute frech in Richtung des Spiegels. Mit einem Blick auf die Uhr vergewisserte sie sich, dass ihr noch etwas Zeit für ihr kleines Abenteuer blieb, bevor sie sich zu ihrem Campingausflug losmachen musste.

Also schlüpfte sie kurzer Hand aus ihren Klamotten und warf diese achtlos neben das Bett. Dabei entkleidete sie sich vollständig, um so den Slip richtig zur Geltung zu bringen. Schnell war sie in das Spitzenhöschen gestiegen und hatte es angezogen. Dann überprüfte sie die Aussparung in ihrem Schritt. Tatsächlich kamen ihre glatten Schamlippen deutlich zwischen dem fein verzierten Stoff zum Vorschein. Nur mit Maske und Tanga bekleidet, drehte sie sich einige Male vor dem Spiegel und bewunderte ihre sportlichen Rundungen. Stolz hob sie ihren Brustkorb an und streckte den Rücken durch, was ihre kleinen Brüste besser zur Geltung brachte. Das eigenartige Gefühl, einen Slip zu tragen und trotzdem den frischen Windhauch an ihrem entblößten Geschlecht wahrzunehmen, ließ ihr einen wohligen Schauer über den Rücken fahren. Die steigende Lust bewirkte, dass ihre Knie so weich wurden, dass sie sich wieder zurück auf die Bettkante setzten musste.

* * * * *

Beinahe wäre sie erschrocken wieder aufgesprungen, als sie unter ihrem Hintern etwas Hartes auf dem Bett merkte. Etwa zeitgleich ging auch der Flachbildschirm an, der sich an der Wand am Fußende des Bettes befand. Eine Melodie begann, den Raum zu durchströmen. Nachdem der erste Schreck verflogen war, brachte ein kontrollierender Griff unter ihren Po eine Fernbedienung zum Vorschein. Scheinbar hatte sie den Anschaltknopf durch das Draufsetzen betätigt. Gedankenverloren wollte sie bereits den Fernseher wieder ausstellen und sich erneut der geheimen Box ihrer Schwester widmen, als ihr etwas auffiel.

Auf dem Flachbildschirm war das Startmenü von einer DVD zu sehen. Das eigentlich Erstaunliche aber war, dass dort in wechselnden Vorschauszenen eine Darstellerin damit beschäftigt war, eine pralle Erektion zu verwöhnen. Endlich erblickte sie auch den Titel des Videos: ‚Fellatio–Experten-Guide zum gekonnten Oralverkehr'. Scheinbar war sie hier auf eine Art Unterweisungsvideo gestoßen, welches ihre Schwester noch vor ihrer Abreise angeschaut hatte. ‚Na wenn das mal kein gelungenes Hochzeitsgeschenk für Tom ist' staunte sie nicht schlecht.

Mit geweckter Neugier startete sie den Film und konnte beobachten, wie die hübsche Schauspielerin die ersten Minuten des Filmes zärtlich über die gesamte Länge des Ständers streichelte. In einem orientalisch gestalteten Setting ließ sie immer wieder Massageöl auf das Glied träufeln, um unangenehme Reibungen zu vermeiden. Dann verteilte sie die glitschige Flüssigkeit mit beiden Händen und erklärte ausgiebig, welchen Stellen hierbei besondere Zuwendungen geschenkt werden sollte, da sie als äußerst sensibel galten. Anschließend ging sie dazu über, den Penis mit dem Mund zu verwöhnen und brachte dabei alle erdenklichen Techniken zum Einsatz. Mal leckte sie über die Unterseite des Gliedes und spielte

313

mit der Zunge am Bändchen unterhalb der Eichel. Mal ließ wiederum den Schaft ganz in ihrem Mund verschwinden, um mit voller Hingabe daran zu saugen.

Lindas Atem wurde schwerer. Die pralle Erektion und die ausgetauschten Zärtlichkeiten ließen ihre anfängliche Erregung rasant weiter wachsen. Wie in Trance leckte sie sich mit der Zunge über ihre Unterlippen. Das Video war so plastisch dargestellt, dass sie förmlich meinte, selber einen prallen Schwanz an ihrem Mund zu spüren. Während viele ihrer besten Freundinnen einen Blowjob eher als ein notwendiges Übel erachteten, um ihre Partner zufrieden zu stellen, hatte sie seit längerem sogar eine richtige Vorliebe für Oralverkehr.

Hier saß sie nun und konnte ihrem Glück kaum trauen, auf einen regelrechten Lehrfilm gestoßen zu sein. Schon seit geraumer Zeit hatte sie vorgehabt, durch ein solches Video ihre vorhandene Hingabe mit der notwendigen Technik zu ergänzen. Auch der Zeitpunkt konnte gar nicht besser sein, da sie während des Zeltens sowieso geplant hatte, ihren neuen Schwarm in ähnlicher Weise zu verführen. Um sich das gewonnene Know-How besser einprägen zu können, begann sie nach einem passenden Objekt zu suchen, an dem sie die dargestellten Fertigkeiten üben konnte. ‚In der Box lässt sich doch sicher etwas Brauchbares finden.' durchfuhr sie ein Gedankenblitz. Sie begann erneut den Karton zu durchwühlen und hielt schnell einen Silikonschwanz in den Händen.

314

Eine eingehende Betrachtung zeigte ihr, dass das vorliegende Exemplar zwar keine übertriebene Länge aufwies, aber schon einen deutlich größeren Durchmesser als der übliche männliche Durchschnitt hatte. Fasziniert umspielten ihre Finger die deutlich herausgearbeiteten Äderchen des Sexspielzeugs. Auch fasste es sich ganz und gar nicht wie Plaste an, sondern vermittelte ein täuschend weiches Gefühl, wie echte Haut. Wenn sie jetzt ihre Augen schloss, würde sie ihn kaum von einem echten Exemplar auseinander halten können.

Nachdem sie schnell ins angrenzende Bad geeilt war, um den Kunstpenis abzuwaschen, machte sie es sich auf dem Bett bequem. Langsam hob sie ihn an ihre Lippen und tat es der Darstellerin gleich, die damit beschäftigt war, die Eichel mit kreisenden Bewegungen ihrer Zunge zu umspielen. Dann ließ sie die gesamte Länge in ihrem Mund verschwinden. Nachdem sie einige Übungen vollzogen hatte konnte sie eine deutliche Spur ihres Speichels auf dem Dildo erkennen. In ihrem Unterleib hatte sich ein angenehmes Ziehen breitgemacht. Wenn es so weiter ging, würde sie sich noch durch Selbstbefriedigung Abhilfe schaffen müssen.

‚Doch warum soll ich denn nicht einfach meinen Gefühlen nachgeben?' überlegte sie unschlüssig. Ein prüfender Griff an ihre unteren Regionen zeigte ihr, dass ihr Geschlecht ebenfalls bereit für eine solche Schandtat war. Also lehnte sie sich bequem auf dem Bett zurück und setzte die Spitze des Dildos an ihre entblößte Scham. Kurz kam es ihr noch in den Sinn, das Höschen vorher auszuziehen. Doch aufgrund des erregenden Gefühls, dass es auf ihrem Unterleib hinterließ, entschied sie sich dann doch dagegen.

Vorsichtig schob sie den Dildo vor und genoss das Gefühl, wie ihre Schamlippen allmählich auseinander gedrängt wurden. Da sie unten herum schon sehr feucht war, konnte sie ohne Probleme die Hälfte des Siliconschwanzes in sich aufnehmen. Noch einmal ließ sie das Spielzeug herausgleiten, um es schließlich mit einer fließenden Bewegung mit der gesamten Länge zu versenken. Dabei wurde ihre Scheide durch den großen Durchmesser ungewohnt gedehnt. Obwohl diese Empfindung sie an den Rand des Erträglichen brachte, war es für sie nicht beschwerlich, sondern sogar sehr angenehm. Mit schneller werdendem Rhythmus stieß sie schließlich den Dildo immer wieder in ihre Höhle und war angenehm angetan, wie unglaublich real er sich anfühlte. In ihrem tranceähnlichen Erregungszustand gefangen, begann sie sich vorzustellen, dass es nicht nur ein Sexspielzeug war, sondern dass sie gerade wirklich auf dem Bett lag und vom Hausherrn genommen wurde.

Sie klammerte sich gerade voller Wollust an diesem Gedanken, als ihr mit einem Mal eine Erinnerung in den Sinn kam. Vor ihrem inneren Auge spielte sich deutlich eine Begebenheit von Johannas Junggesellinnenabschied ab. Damals hatte die Trauzeugin eine Dildoparty organisiert. Bei einem Gläschen Sekt waren schließlich auch viele pikante Details aus dem Liebesleben der Anwesenden geteilt worden. Linda hatte noch den genauen Wortlaut ihrer Schwester im Ohr, wie sie von einem kürzlich erhaltenen Präsent geprahlt hatte.

316

Dabei hatte sie in den kleinsten Details davon berichtet, wie ihr Tom einen Dildo geschenkt hatte, welchen er aus dem Abdruck seines erigierten Gliedes in Silikon gegossen hatte.

Als bei ihr der Groschen fiel, dass es sich hier um den besagten Originalabdruck des besten Stücks ihres Schwagers handelte, wäre sie fast an Ort und Stelle gekommen. Doch auch mit dieser neuen Erkenntnis dachte sie in keiner Weise daran, ihre Selbstbefriedigung zu beenden. Mehr noch! Sie stieß das Kunstglied immer wilder in ihre nasse Spalte. Bei einem Blick nach unten sah sie den dicken Schwanz zwischen ihren Schamlippen in sich hineingleiten. Mit etwas Fantasie konnte sie sich genau vorstellen, wie es Tom war, der gerade seine pralle Erektion in sie hineintrieb. In ihrer Erregung räkelte sie sich auf dem Himmelbett und ließ ihrer Lust freien Lauf. Inzwischen hallte ihr Stöhnen ungehemmt durch das gesamte Haus.

* * * * *

Plötzlich vernahm sie Geräusche im Haus. Panisch blickte sie auf die Uhr. Es war noch nicht einmal Mittag! ‚Wer soll das denn jetzt sein? Vielleicht sogar ein Einbrecher? Oder sind die Frischvermählten schon früher wieder zurückgekommen?' schoss es ihr durch den Kopf. In Windeseile hatte sie den Dildo zurück in die Box geschmissen und diese wieder unter das Bett geschoben.

Als ihr Blick den Spiegel streifte, bemerkte sie zu ihrem Verdruss, dass sie immer noch ihr verruchtes

Outfit trug. Nur mit schnörkeliger Maske und einem Slip Ouvert bekleidet stand sie, in einer Schockstarre gefangen, im Schlafzimmer ihrer Schwester und glich einem Reh, welches im Dunkeln vom Scheinwerfer angestrahlt wird. Erschrocken hörte sie obendrein nun auch Schritte im Treppenflur, die sich dem Schlafzimmer näherten. Kurz überlegte sie, sich im Ankleideschrank zu verstecken, als mit einem Schwung die Tür aufgestoßen wurde.

Vor ihr stand der Hausherr! Linda überlegte angsterfüllt, mit welcher Ausrede sie sich aus dieser Situation retten konnte, doch über ihre Lippen kam nur etwas Unverständliches. Zu ihrer Verwunderung konnte sie beobachten, wie in Toms Gesicht der anfänglich überraschte Blick einem eher lüsternen Gesichtsausdruck wich. „Ich dachte du wolltest noch schnell die Post von den Nachbarn holen?", fragte er sie und stellte eine Tasche vor sich ab.

‚Er verwechselt mich mit meiner Schwester! – Natürlich! Ich habe ja noch die Maske auf! Damit sehe ich Johanna sicherlich täuschend ähnlich.' wurde sie sich über die Situation klar. „Ich muss schon sagen, du überraschst mich jedes Mal aufs Neue! Ich dachte, nach den Flitterwochen hast du erst mal genug vom Sex. Du bist ja richtig unersättlich!", stellte er fest und tat einen Schritt auf sie zu. „Dir ist doch klar, dass ich sofort einen Ständer bekomme, wenn du dieses Outfit anhast!", sagte er mit halb anklagendem Ton. Linda wusste nicht wie ihr geschah. Sie war sich im Klaren, dass sie ihn sofort über seinen Irrtum aufklären musste, doch aus irgendeinem

318

Grund brachte sie keinen Laut hervor. In diesem Moment war sie sich unklar darüber, ob es ihr eher peinlich war, von ihm beim Stöbern und bei der Selbstbefriedigung überrascht worden zu sein, oder ob es die noch immer nicht abgeklungene Erregung war, die sie derartig zögern ließ?

Stumm beobachtete sie ihn dabei, wie er sich vor ihr aufbaute und ihre Unterarme ergriff. Auch als er ihre Handgelenke mit einem Ruck über ihrem Kopf zusammenführte und sie umdrehte, schaffte sie es nicht, etwas zu sagen. Nun hatte sie ihm ihren Rücken zugewandt und wartete neugierig, was er mit ihr vorhatte. Inzwischen hatte ihre Erregung die vollständige Kontrolle über sie erlangt. Auch die Gefahr, jeden Moment von der Schwester ertappt zu werden, blendete sie völlig aus. Für sie zählte nur noch eine schnelle Befriedigung ihrer Lust.

Voller Vorfreude hörte sie, wie er seinen Gürtel öffnete und streckte ihm, in Erwartung seines prallen Gliedes, ihr Hinterteil entgegen. Doch anstatt sie nun mit seiner Erektion zu beglücken, benutzte er den weichen Ledergürtel, um ihre Handgelenke an den hohen Bettpfosten des Himmelbetts zu fixieren. Gebannt sah sie ihm dabei zu, wie er zielstrebig die geheime Box unter dem Bett hervorholte und eine kleine Peitsche mit einer großen Anzahl an weichen Wildlederstreifen zum Vorschein brachte. „Ich will, dass du dich nicht bewegst oder umdrehst!", gab er ihr in einem herrischen Ton zu verstehen und verschwand erneut hinter ihrem Rücken.

Linda folgte willig seinen Anweisungen und harrte in lustvoller Neugier aus. Um den bevorstehenden

319

Peitschenhieb in Empfang zu nehmen, schob sie ihren Po weiter in seine Richtung. Ihre Haut schien in Erwartung der schmerzvollen Behandlung noch sensibler zu werden, als sie durch den bestehenden Erregungszustand sowieso schon war. Sie biss sich auf die Unterlippe, um einen Aufschrei vermeiden zu können. Doch anstatt eines schmerzlichen Schlages sollten nun äußerst zärtliche Berührungen folgen. Mit einer betont sanften Bewegung hatte er begonnen, ihren Hintern mit den weichen Streifen der Peitsche zu streicheln. Durch die sanfte Zuwendung wurden ihre Knie weich wie Butter. Sie war sich sicher, dass inzwischen ihre Liebessäfte an der Innenseite ihrer Oberschenkel herabliefen und auch das nagende Ziehen in ihrem Unterleib verlangte nach einer baldigen Befriedigung.

Mit einem Knall sauste die Peitsche auf ihrer Pobacke nieder. Doch das Brennen, welches auf ihrer Haut verblieb, schien ihre Lust nur weiter zu steigern. Noch nie hatte sie einen solch süßen Schmerz verspürt. In Verbindung mit ihrer Geilheit fieberte sie jedem weiteren Schlag entgegen. Wechselnd ließ Tom die Riemen auf ihren Hintern knallen, um anschließend die gereizte Haut wieder mit Streicheleinheiten zu beruhigen. „Ich weiß doch, dass du das magst!", entgegnete er ihr, als sie begann vor Lust zu wimmern. „Warte nur! Den hier magst du noch mehr!", prophezeite er und öffnete seine Hose. Endlich merkte sie, wie er sich direkt hinter sie positionierte. Während er noch einmal die Streifen der Peitsche über ihren Hintern gleiten ließ, hätte Linda beinahe verpasst, dass er seine geschwollene Eichel an ihre feucht glänzenden Lippen gelegt hatte. Dann griff er ihre Hüfte und drängte sein Becken nach vorne.

Auch die letzte Gelegenheit ihn über das drohende Missverständnis zu belehren, ließ sie mit einem lauten Stöhnen verstreichen. Tom drang mit einer fließenden Bewegung in sie ein und dehnte ihre Scheide genauso angenehm, wie es seine Attrappe ein paar Minuten zuvor getan hatte. Mittlerweile war sie zu keinem klaren Gedanken mehr fähig und stöhnte trotz der drohenden Entdeckung durch ihre Schwester unverhohlen ihre Lust heraus. Tom betrachtete die ausgestoßenen Laute als Anfeuerung und schob seinen Ständer immer schneller in ihre empfangsbereite Öffnung.

Seine Hände ließ er dabei nicht untätig. Mit der linken Hand griff er an ihre Brust und zwirbelte die festen Nippel zwischen seinen Fingern. Die andere Hand schob er zielstrebig zwischen ihre Schenkel und begann, ihren Kitzler zu streicheln. Das heftige Klatschen seines Beckens an ihrem Hintern verriet ihr, dass sie am Ziel so manch durchlebter erotischer Träume war. Und daran, dass sie gerade vom frischgebackenen Ehemann ihrer Schwester von hinten genommen wurde, wollte sie momentan keinerlei Gedanken verschwenden.

Nach einigen Stößen zog ein heftiges Zucken durch ihren Unterleib und griff schließlich auf ihren gesamten Körper über. Zum Glück konnte sie sich durch die gefesselten Handgelenke auf den Beinen halten, da ihr der Orgasmus sonst den Boden unter den Füßen weggerissen hätte. Tom drängte sein dickes Glied unaufhörlich in sie hinein uns schien sich kaum durch ihren Höhepunkt beeindrucken zu lassen. Scheinbar verliehen ihm die gerade absolvierten Flitterwochen ein unglaubliches Stehvermögen.

Als sie schließlich feststellte, wie sein Schwanz in ihrer Scheide zuckte und er sich in einem warmen Schwall in sie ergoss, kam ein weiteres Mal eine ekstatische Welle über sie. Jede einzelne Pumpbewegung seiner Erektion wurde von ihr ausgekostet. Nachdem der Höhepunkt verebbt war, band er sie vom Bettpfosten los und gab ihr einen zärtlichen Kuss auf die Wange.

* * * * *

„Ich gehe noch einmal und bringe das restliche Gepäck aus der Diele herein.", verkündete Tom, nachdem er sich wieder angezogen hatte. Als er den Raum verlassen hatte, schaffte es Linda allmählich wieder, etwas klarere Gedanken zu fassen. Langsam wurde sie sich aufs Neue der Gefahr bewusst, in der sie die gesamte Zeit über geschwebt hatte.

Schnell suchte sie ihre Sachen zusammen und zog sich an. Die Maske warf sie achtlos zurück in die Kiste und stellte auch sonst alles wieder an den gewohnten Ort, damit ihre Schwester keinen Verdacht schöpfen konnte. Als sie den Schlafsack unter den Arm geklemmt hatte verließ sie auf leisen Sohlen das Schlafzimmer. Auf dem Weg zum Hintereingang konnte sie sich noch im letzten Moment in der Abstellkammer verstecken, bevor sie dem Hausherrn in die Arme gelaufen wäre, denn dieser schickte sich gerade an, schwer bepackt die Treppe herauf zu gehen. Kurz bevor sie wieder ihr Versteck verlassen wollte, kam nun auch ihre Schwester herein.

Von ihrer Position aus konnte Linda alles hören, was im Haus vor sich ging. „Schatz, möchtest du ein Bier haben?", rief nun ihre Schwester die Treppe herauf. Nachdem Tom die Frage bejaht hatte, hörte Linda ein leises Zischen, was das Öffnen einer Bierflasche bekundete. Dann vernahm sie, wie ihre Schwester die Treppe herauf stieg und meinte: „Das hast du dir jetzt verdient!" „Oh ja, ich denke auch!", kam es zur Antwort. Linda viel ein Stein vom Herzen, da die Eheleute scheinbar gerade aneinander vorbei redeten. Nachdem sie sich kurz vergewissert hatte, dass die Luft rein war, stahl sich so schnell sie konnte durch den Kellerausgang.

IV.

Bedächtig blickte Christian in den Spiegel. Er war beeindruckt, wie schnell die Anfangszeit auf der Halbinsel verstrichen war. Nach vier Monaten in der Sonne des Südens war seine anfängliche Kellerbräune endlich auch einem gesunden Hautton gewichen. Das erste Mal in seinem Leben glich er nicht dem Stereotypen eines Softwareprogammierers, der er ja eigentlich war. Nur noch seine große Nerdbrille und der Dreitagebart erinnerten noch an seine Computertätigkeiten.

Erneut überprüfte er sein Outfit, welches er für das Hafenfest am Abend angezogen hatte. Seine helle Hose mit enganliegendem Hemd war elegant ohne overdressed zu wirken. Und als frischgebackener Selfmade-Millionär konnte er sich schließlich auch ein wenig herausputzen. Durch ideales Timing und die richtigen Geschäftspartnern war er schnell an eine große Menge Geld gekommen, welches er wiederum durch eine weitere glückliche Fügung in eine geräumige Dachgeschosswohnung direkt über dem Altstadthafen anlegen konnte. Als Programmierer war es ihm sowieso möglich, von überall auf der Welt seiner Arbeit nachzugehen.

Also hatte er seiner alten Heimat mit den vielen neidvollen Bekannten und Verwandten den Rücken zugekehrt und sich auf der ruhigen Halbinsel in einem beschaulichen Fischerstädtchen niedergelassen, das weit abseits jeglicher touristischen Aktivitäten lag. Nur die heutigen Festlichkeiten, die zu Ehren des Schutzpatrons der Fischer im Hafen stattfanden, hatten ein paar Touristen anlocken können. Das Fest war für ihn eine ideale Möglichkeit gewesen auch einmal mit den Nachbarn in Kontakt zu treten. Bisher hatten, trotz vorhandener Bemühungen, seine spärlichen Sprachkenntnisse eine weitere Integration in die lokale Gemeinde verhindert.

Umso erfreuter war er, dass er endlich die junge Ladenbesitzerin von unten kennengelernt hatte, welche ihm gleich am allerersten Tag aufgefallen war. Im Erdgeschoss des Hauses, in dem sich seine Dachgeschosswohnung befand, betrieb sie ihr Geschäft für Bademoden. Zwar hatte er sie schon häufiger im Dorf und auch am Strand getroffen, doch bis auf die sporadischen Begrüßungen hatte er nie eine Gelegenheit für ein Gespräch mit ihr gehabt.

Neben dem mangelnden Wortschatz waren es vielleicht auch die Begegnungen am Strand gewesen, die ihn gehemmt hatten, sie anzusprechen. Denn durch den Anblick ihres makellosen Körpers war ihm schnell klar geworden, dass sie in einer anderen Liga spielte als er. Wie es in diesem Land üblich war, bewegte sie sich dabei ständig mit entblößten Brüsten über den Strand. Der Umstand, dass sie sich oben ohne sonnte, hatte ihn zudem mit einer gewissen Zuverlässigkeit immer wieder zu ihrem Strandabschnitt gelockt. Beinahe hatte er es mit der Angst zu tun bekommen, sie könnte ihn für einen Stalker halten, so häufig wie er in derselben kleinen Bucht wie sie baden ging.

Ein Tag hatte sich bei seinen Beobachtungen besonders in sein Gedächtnis gebrannt. Nicht nur das kristallklare Wasser, der weiße Sandstrand und die Abgeschiedenheit der beschaulichen Bucht waren ihm so einprägsam gewesen. Nein, an diesem besagten Tag hatte die hübsche Südländerin eine Freundin zum Baden mitgebracht und wurde von dieser scheinbar angestachelt, komplett hüllenlos baden zu gehen. Beide Frauen waren mit einer nahtlosen Bräune gesegnet gewesen und hatten sich mit solch einer Selbstverständlichkeit nackt bewegt, dass ihm klar wurde, dass er hier wahrlich im Paradies angekommen war. Stunden hatte er damit verbracht, möglichst unauffällig ihre wohlgeformten Körper zu betrachten. Ihre Brüste hatten zwar unterschiedliche Größen, waren aber jede für sich genommen sehr wohlproportioniert. An ihren Intimbereichen konnte er kein einziges Haar, sondern nur die von Nässe benetze blanke Haut ausmachen.

Dementsprechend groß war seine Aufregung gewesen, als er die beiden Badenixen auf dem Fest erspäht hatte. Durch einige alkoholische Getränke beflügelt, hatte er sogar den Mut aufgebracht, die Beiden anzusprechen. Schließlich war er ja ein neuer Nachbar und musste der Pflicht nachkommen, sich vorzustellen. Zu seiner Zufriedenheit hatten sie sich seine unbeholfenen Annäherungen in der Landessprache nicht lange angehört, sondern waren schnell in das für ihn verständlichere Englisch gewechselt.

Nicht ohne ein nervöses Stammeln hatte er schließlich seinen Namen herausgebracht. Anschließend hatte sich die hübsche Ladenbesitzerin mit Luisa und ihre nicht minder schöne Freundin mit Alexandra vorgestellt. Die anschließende Unterhaltung verlief zu seiner Überraschung erstaunlich flüssig. Er musste ohnehin kaum etwas zu dem Gespräch beisteuern, da die Freundinnen in ihrer südländischen Art unaufhörlich plapperten. Als die hübsche Ladenbesitzerin obendrein sogar ihre Hilfe mit seinem Vokabular anbot, indem sie ihm künftig Sprachunterricht erteilen wollte, war das Eis zwischen ihnen endgültig gebrochen.

Christian konnte sich zurücklehnen und den Frauen lauschen. Dabei war er aufs Neue von deren Schönheit fasziniert. Luisa hatte schwarze Locken und unglaublich volle Lippen. Alexandra hingegen hatte glattes hellbraunes Haar und war etwas kleiner als ihre Partnerin. Beide hatten sich zu diesem festlichen Anlass in kurze Sommerkleider mit Spagettiträgern geworfen. In Kombination mit den hochhackigen Schuhen wurden ihre schönen Körper prächtig in Szene gesetzt.

Als sich der Abend dem Ende zu neigte, wollte er sich für die entgegengebrachte Freundlichkeit bedanken und hatte schließlich angeboten, ihr und ihrer Freundin nach dem Fest noch seine Wohnung zu zeigen. Da die Beiden schon sichtlich beschwipst waren, hatten sie das Versprechen eines Cocktails aus seiner Bar dann vollends überzeugt und sie hatten sein Angebot dankend angenommen.

* * * * *

Hier stand er also vor seinem Spiegel in seiner Ankleide, während die beiden Frauen mit einem Glas in der Hand seine Dachwohnung bestaunten. Eigentlich war es ja nicht seine Art, mit materiellen Dingen anzugeben. Aber ein wenig seine geräumige Wohnung mit der riesigen Dachterrasse auf die Freundinnen wirken zu lassen, konnte sicherlich auch nicht schaden. Ein letztes Mal überprüfte er sein Äußeres und ging anschließend in den Wohnbereich des Apartments zurück.

Da er sie im ersten Moment nicht erspähen konnte, schaute er sich weiter in der offenen Küche und im Flur um. Auch nachdem er auf die weitläufige Dachterrasse hinausgetreten war, konnte er die Frauen nicht finden. Verwundert blickte er sich weiter um und ging zum Lounge-Bereich der Terrasse. Von hier hatte man zwar eine atemberaubende Aussicht auf den Hafen und die umliegende bergige Küste. Aber von den Frauen fehlte weiterhin jede Spur.

Also bewegte sich Christian zurück in die Wohnung, um weiter nach seinen Gästen Ausschau zu halten. Auf leisen Sohlen schlich er sich durch den Flur, um bei seiner Suche kein Geräusch zu verpassen. Fast stieg in ihm die Angst auf, die Freundinnen hätten das Weite gesucht, als er ein Gekicher aus einem Nebenraum vernahm. Nachdem er ausgemacht hatte, woher genau der Laut kam, lief ihm der Angstschweiß den Rücken hinab. Panisch stellte er fest, dass er vergessen hatte, seinen Arbeitsraum abzuschließen. Seine Finger wurden kalt und seine Atmung wurde kürzer, als er das Zimmer betrat, in dem sich die Frauen nun befanden.

„Ich denke, ich muss euch da was erklären!", stammelte er mit zunehmend schlechter werdendem Englisch. Sein Kopf hatte mittlerweile die Farbe eines Feuerhydranten angenommen. „Ich wollte eigentlich nicht, dass ihr mein Arbeitszimmer findet!", versuchte er weiter zu erklären. „Dein Arbeitszimmer?", kam ein simultaner Aufschrei aus der Richtung der Freundinnen. Ungläubig zeigte Luisa auf einen Masturbator, der mit einem Saugnapf befestigt an der Wand hing. Dabei schien sie mit ihrem Blick eine Erklärung einzufordern. Das Sexspielzeug für Männer war an der Vorderseite einer Vagina nachempfunden. Auf dem Tisch daneben waren zahlreiche Innenleben des Toys zu bestaunen, welche durch lebensecht wirkende Abdrücke scheinbar ein breites Spektrum des weiblichen Genitalbereiches repräsentierten. Dabei lagen die Silikonhülsen schlaff auf der Arbeitsplatte und waren teilweise mit einem Sammelsurium an Kabeln, Platinen und anderen technischen Gerätschaften verbunden.

Beängstigt, seine Gäste könnten nun die Flucht ergreifen, machte er eine besänftigende Geste. „Mir ist klar, dass es für jemand Außenstehendes eigenartig wirken muss, wenn man in ein Zimmer tritt und dann von so vielen Sextoys umgeben ist.", begann Christian auf den fragenden Blick der Frauen zu antworten. „Ich habe als Softwareentwickler eine Menge Geld gemacht. Eines Tages ist ein ehemaliger Geschäftspartner auf mich zugekommen und hat mir ein lukratives Angebot unterbreitet, damit ich an einem neuen Projekt mitarbeite, welches er gerade ins Leben gerufen hatte." führte er weiter aus und konnte beobachten wie sich die Frauen sichtbar entspannten.

Während die Freundinnen noch versuchten, gegenüber Christian eine schockierte Mimik aufrecht zu erhalten, zwinkerten sie sich gegenseitig amüsiert zu. Ohne den das Signal zwischen den Frauen zu bemerken, führte der Hausherr weiter aus: „Seine Idee war es, die neuartigen 3D-Brillen für Betrachtung virtueller Umgebungen interaktiv mit Masturbatoren und Erotikfilmen zu kombinieren." „Für diesen Einfall brauchte er noch einen Programmierer, der die Rückkopplung der virtuellen Realität auf die haptisch-sensorischen Eigenschaften des Toy-Innenlebens entwickelt. Dabei arbeite ich an der Steuerung einer Reaktion der virtuellen Umgebung auf die realen Berührungen und andersherum die Auslösung eines Berührungserlebnisses aufgrund einer virtuellen Aktion.", referierte er in einem regelrechten Wortschwall und mit einem angeregten Tonfall.

Ein Blick auf die verständnislosen Gesichter seiner weiblichen Gäste zeigte ihm, dass er mal wieder dabei war, sich über seine Arbeit mit den vielen technischen Details in Rage zu reden. „Ach was soll's! Ich zeig's euch einfach mal.", beschloss er und kramte eine Konstruktion hervor, die im ersten Moment irgendwie einer Nachtsichtbrille ähnelte. Mit einem langen Kabel verband er die Apparatur schließlich mit dem Sextoy an der Wand und hielt sie Luisa entgegen. Diese hatte seine Vorbereitungen beobachtet und nahm die Brille zaghaft an sich. Etwas zögerlich wog sie das für sie unbekannte

Gerät in ihren Händen und setzte es dann mit einem Schulterzucken über die Augen.

„Wow, das ist aber heiß!", kommentierte sie die Szene, welche sie nun durch ihre Brille wahrnehmen konnte. „Ich sehe jemanden der kurz davor ist, mit seinem riesigen Prügel in eine zarte Frau einzudringen. Und das Ganze ist aus seiner Perspektive zu sehen.", beschrieb sie weiter, was sie momentan sah. „Mensch ist das ein Prachtexemplar!", rief sie erfreut aus. Dabei blickte sie an sich herab und bewegte ihre Hand abwärts in die Richtung, wo sie das Glied vermutete. Vor ihrem Bauch fasste sie aber ins Leere und begann aufgeregt zu kichern.

„Das ist unglaublich realistisch.", stellte sie fest und wendete dabei ihren Kopf hin und her. „Ich kann in alle Richtungen schauen. Nur irgendwie scheint das Bild gerade zu hängen." äußerte sie und drehte ihren Kopf zu Christian hin. Während sie über ihre Eindrücke berichtete, sprach sie in einem etwas lauteren Ton. Da die Apparatur auch Kopfhörer beinhaltete, tat sie es jeder anderen Person gleich, die Kopfhörer trug, und kompensierte die gedämpfte Wahrnehmung ihrer Umgebung mit einer erhöhten Lautstärke.

Alex schien inzwischen ihr Interesse kaum noch bändigen zu können. Die ganze Zeit hatte sie neugierig alle Einzelheiten beobachtet und versucht zu ergründen, was ihre Freundin gerade beobachten konnte. Um sie jetzt in die Demonstration einzubauen und nicht außen vor zu lassen, nahm Christian die Taschenmuschi von der Wandhalterung und übergab sie ihr. „Fahre einfach mal

331

vorsichtig mit den Fingern in die Öffnung!", forderte er sie schließlich auf.

Vorsichtig kam sie seiner Einladung nach und legte ihre Finger auf die Vorderseite des Sextoys. „Wow das fühlt sich ja richtig echt an!", stellte sie überrascht fest und ließ ihre Finger über die künstlichen Schamlippen gleiten. „Und es ist auch gar nicht kalt, sondern warm wie echte Haut!", fuhr sie fort, die Struktur des Masturbators zu erkunden. „Ja – Das Silikon wird durch integrierte Heizplatinen auf 40 Grad erwärmt, um das Erlebnis so realistisch wie möglich zu gestalten.", erklärte Christian fachmännisch und nicht ohne Stolz. Durch sein zufriedenes Lächeln ermutigt, begann sie, zwei Finger in die Höhle der künstlichen Vagina zu schieben.

„Wow, das glaub ich jetzt nicht!", rief plötzlich Luisa aus, die sich bis dahin immer noch in der virtuellen Welt umgesehen hatte. „Hat gerade jemand etwas verändert?", wollte sie wissen. „Denn der Typ hat gerade seinen Schwanz ein kleines Stück in ihre Möse geschoben.", beschrieb sie aufgeregt die Veränderung in ihrer vorgegaukelten Realität. Christian konnte erkennen, dass Alexandra sofort verstanden hatte, was gerade vor sich ging. Ohne zu zögern schob sie ihre Finger immer tiefer in die Apparatur und beobachtete grinsend die Reaktion ihrer Freundin.

„So jetzt hat er ihn ganz versenkt! ", äußerte diese amüsiert. Da Alex ihre Vermutung bestätigt sah, dass ihre Bewegungen sofort in die virtuelle Welt übertragen wurden und sie die Handlung der Szene steuern konnte, begann sie immer schneller ihre Finger in die Öffnung hineinzustoßen. „Jetzt wird gefickt! Es geht hier richtig zu Sache.", kommentierte Luisa mit einem Jubelschrei die Pornoszene, welche sie gerade durch ihre Brille sah. „Die Kleine scheint ganz schön Spaß zu haben, wenn ich ihren Gesichtsausdruck richtig deute! Aber bei solch einem Schwengel...", erklärte sie mit einem gewissen erregten Unterton, der Christian nicht entgangen war.

„So jetzt möchte ich aber auch mal schauen.", beschwerte sich Alex und zog ihre Finger aus dem Männerspielzeug. Bestimmend drückte sie Christian die Kunstvagina in die Hand und ging auf ihre Freundin zu, um ihr die Brille vom Kopf zu nehmen. „Och schade, jetzt wo es so richtig spannend wurde!", brachte Luisa ihre Enttäuschung zum Ausdruck. Nachdem die Apparatur vom Kopf der hübschen Südländerin gelüftet war, viel Christian auf, dass die Wangen in ihrem hübschen Gesicht förmlich zu glühen schienen. Offensichtlich waren die dargebotene Handlung und die aufreizenden Eindrücke nicht spurlos an seinem Gast vorüber gegangen. Er konnte sich des Eindruckes nicht erwehren, dass Luisa stark mit ihrer aufkommenden Erregung zu kämpfen hatte. ‚Vielleicht waren es aber auch nur die Auswirkungen der alkoholischen Getränke?' überlegte er insgeheim.

Alex hatte inzwischen die Brille über ihren Kopf platziert und begann, sich durch ein beständiges Wenden ihres Kopfes in der virtuellen Umgebung zu orientieren. „Kannst du mal dafür sorgen, dass ich auch was von der Aktion zu sehen bekomme?", richtete sie ihre Bitte an Christian. Um nun auch Luisa in die Funktionsweise einzuweihen, nahm er zärtlich ihre Hand und legte ihre Finger ebenfalls auf die Silikonlippen. Mit sanftem Nachdruck schob er sie schließlich in die Öffnung und deutete ihr mit einem vielsagenden Blick, auf die Reaktion ihrer Partnerin zu achten. „Meine Fresse! Nicht das die Menschheit ausstirbt, wenn die Männer nur noch mit so einem Spielzeug vögeln wollen!", stellte Alex anerkennend fest.

Auch bei Luisa dauerte es nicht lange, bevor der Groschen viel und sie das Zusammenspiel der Brille mit dem Sextoy begriff. Vergnügt beobachtete sie ihre Freundin, wie diese auf die Tempowechsel ihrer virtuellen Stöße reagierte und lehnte sich dabei wie selbstverständlich gegen die Schulter von Christian. Dann hob sie langsam ihren Kopf und blickte ihn tief in die Augen. Dabei kniff sie ihre Augenlider zusammen, als wollte sie mit ihrem Blick in das Innerste seiner Seele vordringen. „Sei mal ehrlich, wie oft hast du das schon ausprobiert?", fragte sie ihn schließlich. Dabei schwang eine Mischung aus spitzbübischer Neugier und sexueller Lust in ihrem Tonfall mit.

Seit einigen Minuten hatte er mit einer wachsenden Beule in seiner Hose zu kämpfen, die durch den Anblick der beiden hübschen Frauen begünstigt wurde, welche abwechselnd ihre Finger in den realistischen Nachbau einer Scheide versenkten. Noch vor einigen Sekunden war es ihm gerade rechtzeitig gelungen, seine Erektion vor Luisa zu verbergen, die sich so plötzlich gegen ihn geschmiegt hatte. Und nun kam sie ausgerechnet mit solch einer eindeutigen Frage um die

334

Ecke, die ohne Zweifel Interesse an seinem Sexleben bekundete. Als ihm dies klar wurde, währe Christian in diesem Moment beinahe geplatzt.

Hastig überlegte er nach einer Antwort, um auf eine clevere Weise verpacken zu können, dass er schon einige Male sein Spielzeug ausprobiert hatte, ohne gleichzeitig als Perversling oder Looser da zu stehen. Doch noch bevor ihm eine Entgegnung in den Sinn kam, schockte ihn Luisa mit einer weiteren Aussage. „Wenn ich ehrlich bin, macht es mich schon heiß, mir vorzustellen, wie du es dieser Muschi hier besorgst.“, flüsterte sie ihm mit einer lüsternen Stimme zu. „Und wenn ich das richtig sehe, bist du ja anscheinend auch just in diesem Moment in der Lage, uns eine Demonstration zu geben!“, fuhr sie mit einem Kichern fort und tätschelte auf seine Schwellung, die sich immer noch deutlich in seiner Hose abzeichnete.

Christian wusste nicht, wie ihm geschah. ‚Will sie sich gerade über meine peinliche Situation lustig machen, oder meint sie es sogar ernst mit ihrer Aufforderung?‘ schoss es ihm durch den Kopf. Mit einem unschlüssigen Blick in ihr Gesicht versuchte er, ihre Intentionen zu ergründen. Doch dort sah er nur ein gekonntes Pokerface. Mit viel Fantasie hätte er vielleicht auch einen Hauch von Erregung hineindeuten können. Durch die langsam an flutende Wirkung der vielen Drinks ermutigt, beschloss er den Einsatz zu erhöhen und ihren Bluff auffliegen zu lassen. ‚Sie wird sich wundern! Ich bin schon auf das Gesicht gespannt, wenn sie merkt, dass ich noch einen oben drauf setze. Mal sehen ob sie dann noch so einen großen Mund hat.' frohlockte er insgeheim.

„Gerne demonstriere ich euch das einmal! Aber dann müsst ihr mir auch etwas bieten. Sozusagen als Gegenleistung.", entgegnete er ihr und grinste sie in Erwartung einer schockierte Miene an. Doch zu seinem Erstaunen blieb das Eingeständnis ihrerseits, dass sie ihn nur ärgern wollte, aus. Amüsiert über seine Antwort gab sie ihm einen Kuss auf die Wange und ging zu ihrer Freundin. Die hatte von dem ganzen Austausch nichts mitbekommen, da sie bis dahin immer noch gebannt die Darsteller beim Geschlechtsakt beobachtet hatte. Mit steigender Aufregung beobachtete er Luisa dabei, wie sie ihrer Freundin die Brille vom Kopf nahm und ihr etwas in das Ohr flüsterte. ‚Wo habe ich mich hier nun wieder hinein manövriert?' ging es ihm nicht ohne eine gewisse Vorahnung durch den Kopf.

Endlich nickte Alex und schien damit ihre Zustimmung auf die geflüsterte Frage zu bekunden. Mit einem schelmischen Grinsen auf ihren Lippen, blickte sie herausfordernd in Richtung ihres Gastgebers. „Was erwartest du denn von uns als Gegenleistung?", wollte sie nun von ihm wissen. Soweit hatte er seinen Plan noch nicht durchdacht! „Euch wird da schon etwas einfallen.", brachte er stammelnd hervor. Und tatsächlich schienen sich beide Frauen schon etwas ausgetüftelt zu haben. Ohne Umschweife wandten sie sich einander zu und begannen, sich leidenschaftlich zu küssen.

* * * * *

336

Christian blieb die Spucke weg. Direkt vor seiner Nase waren die zwei bildhübschen Exemplare des weiblichen Geschlechts in einen lustvollen Zungenkuss vertieft. Auch ihre Hände blieben dabei nicht tatenlos. Alex streichelte langsam an den Flanken ihrer Gefährtin hinauf, um schließlich ihre Brüste durch den dünnen Stoff des Oberteils zu kneten. Mit einem leisen Stöhnen legte ihre Partnerin genussvoll den Kopf nach hinten und schien sie damit auffordern zu wollen, auch ihren Hals mit Küssen zu bedecken. Alex verstand die Einladung sofort und zog eine Bahn von zärtlichen Küssen über den schlanken Hals ihrer Freundin hinab.

Inzwischen drückte seine Erektion beinahe unangenehm gegen den Stoff der Hose. Die gebotenen Aussichten taten diesem Umstand keinen Abbruch. Unwillkürlich griff seine Hand nach seinem Ständer und massierte ihn durch den Stoff der Hose hindurch. Er konnte beobachteten, wie die Frauen immer lustvoller und energischer ihre Zärtlichkeiten austauschten. Mittlerweile hatte Alexandra ihre Hand auf den knackigen Hintern ihrer Freundin gelegt und schob nun damit langsam das Abendkleid von Luisa nach oben. Aufmerksam verfolgte Christian ihre Hände und stellte zu seiner Zufriedenheit fest, dass dadurch ein vollständig nackter Leib entblößt wurde. Luisa hatte heute scheinbar völlig auf Unterwäsche verzichtet. Schnell hatte sie das Kleid über ihren Kopf und stand völlig hüllenlos im Raum. Auch Alexandra nutzte die kurze Unterbrechung der innigen Umarmung, um aus ihren Sachen zu schlüpfen.

Kaum dass auch sie nackt vor ihm stand, warf sie ihm einen verführerischen Blick herüber, welcher zu fragen schien, ob er die Show auch wirklich genoss. „Nun dass wir dir entgegen gekommen sind, wollen wir aber auch, dass du deinen Teil der Abmachung einhältst!", verlangte sie von ihm in einem scherzhaft strengen Tonfall. Zusammen kamen sie auf ihn zugelaufen. Erneut konnte er dabei kurz ihre makellosen Körper bestaunen und wusste nicht, welche der Beiden er als hübscher empfand.

Als sie direkt vor ihm standen, nahm Alex ihm die Kunstvagina aus den Händen. Dann positionierte sich jede der Frauen an eine seiner Seiten. Luisa griff schließlich zielstrebig an seinen Hosenstall und öffnete diesen langsam, nicht ohne vorher mit den Fingern über seinen prallen Schwanz zu streifen. „Ich werde dir dabei mal ein wenig helfen.", gab sie ihm zu verstehen. Christian ließ sie gewähren und war gespannt, was genau sie mit ihm vorhatte.

Eigentlich hatte er erwartet, dass sie ihm nur aus seiner Bekleidung helfen würde. Doch nachdem er aus der Hose gestiegen war und auch das Hemd zu Boden gefallen war, merkte er schnell, dass sie es dabei nicht belassen wollte. Ohne viel Federlesen ging sie vor ihm auf die Knie und sah ihn mit einem erregten Blick an. Dann sammelte sie etwas Speichel in ihrem Mund, welchen sie langsam auf seinen Ständer träufeln ließ. Schließlich umschloss sie mit geübtem Griff die glänzende Eichel und verteilte die glitschige Flüssigkeit über die gesamte Länge bis an seine Peniswurzel.

Auch Alexandra schien in diesem Moment damit beschäftigt zu sein, seine Demonstration mit dem Sextoy vorzubereiten. Da ihre Gefährtin damit befasst war, seinen Ständer gleitfähiger zu machen, begann sie nun auch das Männerspielzeug herzurichten. Hierzu ließ sie ebenfalls etwas Speichel auf die Öffnung der Kunstscheide herabtröpfeln. Als die Flüssigkeit etwas zwischen den Schamlippen aus Silikon herabfloss, streckte sie zielstrebig ihre Zunge heraus und begann, den Rest der Vagina mit dem natürlichen Gleitmittel zu benetzen. Dabei tat sie gerade so, als würde sie eine imaginäre Frau oral befriedigen wollen. Immer schneller leckte sie zwischen den künstlichen Lippen hin und her und schaute währenddessen herausfordernd Christian in die Augen.

Endlich schienen die Vorbereitungen abgeschlossen zu sein und seine Schwanzspitze wurde langsam auf den geschmierten Eingang gerichtet. Die beiden Frauen überließen ihm wieder das Männerspielzeug und warteten gespannt auf den Moment, an dem er in die Öffnung eindringen würde. Erregt nagte Luisa auf ihrer Unterlippe und streichelte sich gedankenverloren über ihre Brüste. Scheinbar konnte sie einfach nicht die Finger von sich lassen. Schließlich schob er sein Becken nach vorne und drang mit der gesamten Länge in die feuchte Höhle ein.

Entzückt über das Schauspiel lehnte sich Luisa über seine Schultern, um noch etwas genauer das

Geschehen beobachten zu können. Wie sie so an ihm hing und hin und wieder an seinen Ohrläppchen knabberte, konnte Christian das Gefühl genießen, welches ihre weichen Brüste an der Haut seiner Rückenpartie hinterließen. Neben dem leisen Klatschen, welches seine Haut nun auf der Oberfläche des Sexpielzeugs hervorbrachte, konnte er zudem auch ein leises Stöhnen neben sich vernehmen. Ein Blick zur Seite verriet ihm schnell, dass Luisa ihre Hand zwischen ihre Schenkel platziert hatte und sich heftig über ihre Scham rieb.

Alexandra stützte sich indes auf seine andere Schulter und beugte sich etwas ebenfalls nach vorne, um einen besseren Blickwinkel auf die Aktion bekommen zu können. Zusätzlich versuchte sie seinen Einsatz damit zu unterstützen, indem sie zärtlich seinen Hodensack massierte. „Komm schon, gib's ihr so richtig!", feuerte sie ihn mit einem Gurren an. Das Sextoy fest in beiden Händen, ließ er seine Stöße immer schneller werden. Dank der Vorarbeit drang er dabei ohne jeden Widerstand in die Öffnung ein. Hätte er jetzt noch die Augen verschlossen, würde er nicht mehr wissen, ob er seinen Schwanz gerade in ein Toy oder in eine der beiden Frauen schob. Wenn er in diesem Tempo weitermachte, würde er nicht mehr lange durchhalten können. „Und? Wie fühlt es sich an?", wollte Luisa von ihm wissen. „Unglaublich real.", grunzte er seine Antwort heraus.

Plötzlich drückte Alex ihre Hand gegen seine Brust und verhinderte so, dass er erneut in die Kunstvagina eindringen konnte. „Dann lass uns doch mal testen, ob du die Realität von dem unechten Krams

340

unterscheiden kannst.", rief sie begeistert aus. Scheinbar hatte sich gerade eine Idee in ihrem Kopf geformt, die sie nun unbedingt ausprobieren wollte. Mit einem schmatzenden Geräusch zog sie seine Erektion aus dem Spielzeug und ihn grinste schelmisch an. „Wir werden dich jetzt mal auf die Probe stellen.", erklärte sie ihm und löste sich von seiner Seite. Dann ging sie hinüber zu der Stelle, wo die Brillenapparatur lag, und hob diese auf.

„Du wirst im Blindflug unterscheiden müssen, ob du gerade eine echte Muschi fickst oder nicht!", konkretisierte sie ihr Vorhaben mit einer Stimme, die keine Widerworte zuzulassen schien. Nachdem auch Luisa verstanden hatte, was ihre Freundin im Sinn hatte, schien sie ohne jegliches Zögern, ihre Zustimmung zu bekunden. Zielstrebig wurde Christian zu dem hüfthohen Arbeitstisch gezogen. Darauf wurde etwas Platz geschaffen, indem die technischen Bauteile kurzum beiseitegeschoben wurden.

Auch in Christian keimte eine Vorahnung, was das kleine Projekt beinhalten sollte. Als endlich die Taschenmuschi an der Tischkante in Stellung gebracht wurde, sah er seine Vermutungen bestätigt. Sein Glied war immer noch prall geschwollen und schwang in vorfreudiger Erwartung vor seinem Bauch auf und ab. Mit einem Kabel, welches zwischen seinen Werkzeugen auf dem Tisch lag, wurden ihm die Hände hinter dem Rücken verbunden. Abschließend beraubte ihn die Anstifterin des Projekts seiner Sicht, indem sie ihm die 3-D Brille aufsetzte.

Vor seinen Augen tauchte in der virtuellen Realität eine geräumige Wohnung auf, die als Set für den Porno diente. Doch weder für seine Umgebung noch für die Darstellerin, welche lüstern ihren Körper für den Liebesakt präsentierte, hatte er jetzt einen Blick übrig. Vielmehr keimte in ihm ein Gedanke auf. Wenn er jetzt die Brille auf dem Kopf hatte und sein Glied in das Sextoy steckte, würde ihm seine entwickelte Rückkopplung sofort einen Rückschluss auf die Echtheit der Vagina geben.

Scheinbar war dieser Einwand auch den Frauen in den Sinn gekommen, denn mit dem kurzen Auftauchen eines Verabschiedungsbildes wurde es dunkel um ihn herum. ‚Verdammt! Sie haben aufgepasst.' dachte er sich, als er registriert hatte, dass die Frauen seine Erklärung über die technischen Zusammenhänge scheinbar verstanden hatten. Dermaßen seiner Sicht beraubt, begann er, sich nun auf die verbliebenen Sinneswahrnehmungen zu konzentrieren. Dabei stellte er fest, wie sein Tastsinn unglaublich geschärft erschien. Es fühlte sich beinahe an, als sehnte sich jede Faser seiner Haut der nächsten Berührung entgegen.

Nach einer gefühlten Ewigkeit, merkte einen Lufthauch auf seinem Glied. Erschrocken zuckte er zusammen. Dann stellte er fest, dass die Luft, die seine Erektion streifte, immer wärmer wurde. Kurz darauf umschlossen ein Paar sanfte Lippen seine Eichel und sein Ständer wurde langsam in einen warmen Mund aufgenommen. Scheinbar sollte sein Ständer mit einem natürlichen Gleitmittel für die kommende Aufgabe vorbereitet werden. Gewissenhaft verteilte eine Hand den verbliebenen Speichel auf der gesamten Länge.

Nach einer kurzen Weile schien die Person zufrieden mit dem Ergebnis zu sein und entließ seine steife Männlichkeit aus ihrer Mundhöhle. Noch ein letztes Mal streiften ein paar Finger zärtlich über sein Glied und verteilten die Reste der glitschigen Flüssigkeit. Dann wurde wie zum Abschied ein zärtlicher Kuss auf seiner Eichel platziert. ‚Wenn es nach mir ging, hätte die Behandlung ruhig noch etwas ausgedehnter gestaltet werden können.' träumte Christian vor sich her. Doch in Erwartung auf die kommende Aufgabe hielt sich seine Trauer in Grenzen.

Mit einem festen Griff wurde sein Glied an der Basis umklammert. Die Hand die ihn dort umschlossen hielt, führte mit sanftem Nachdruck sein bestes Stück nach vorne. Christian verstand sofort und folgte bereitwillig der Bewegung, bis seine Schwanzspitze an zwei weichen Hautfalten zu liegen kam. Schnell hatte er eins und eins zusammen gezählt und wusste, dass seine Prüfung beginnen sollte. Er versuchte all seine verbliebenen Sinne zu schärfen und bemühte sich, jedes noch so kleine Detail aufzulesen.

Die Öffnung an seiner Eichel war eindeutig warm. Aber Dank der eingebauten Heizplatinen im Sextoy würde ihn diese Feststellung keine Rückschlüsse zulassen. Je mehr er sich konzentrierte, umso mehr meinte er, dass von dem Objekt vor ihm sogar etwas Hitze ausgestrahlt wurde. Diese Erkenntnis ließ ihn momentan eher darauf tippen, dass sich vor ihm echtes, lebendiges Fleisch befand. Viel Zeit für seine Überlegungen blieb ihm jedoch nicht, da die Hand ihn vehement immer weiter in Richtung des warmen Eingangs steuerte.

Natürlich wollte er sich jetzt nicht zweimal bitten lassen und ließ sanft sein Becken nach vorne gleiten. Langsam schob er hierbei mit seiner Eichel die Schamlippen auseinander und drang immer tiefer in den engen Spalt ein. Durch den Speichel, welcher immer noch seinen Ständer benetzte, wurde seiner Bewegung kaum ein Widerstand entgegengebracht. Er genoss das Gefühl, wie ihn die Enge umschlossen hielt und schließlich langsam von seinem prallen Glied gedehnt wurde. Wenn er genau überlegte, war die Höhle, in der er sich gerade bewegte, etwas enger, als er sein Spielzeug in Erinnerung hatte.

Langsam zog er seinen Ständer wieder zurück und wäre beinahe wieder komplett herausgerutscht. Anschließend schob er seine Erektion betont gemächlich bis zum Anschlag zurück in die feuchte Spalte. Dort verharrte er einen kurzen Augenblick und saugte erneut alle Sinneseindrücke auf. Kurz meinte er, ein zartes Zucken an der warmen Umklammerung bemerkt zu haben. Mit der Gewissheit, er befinde sich in einer echten Scheide, begann er, seinen Ständer mit immer heftiger werdenden Stößen in die unbekannte Person zu drängen. Wie zur Bestätigung seiner Vermutung schaffte er es, ihr ein Stöhnen zu entlocken. Zumindest glaubte er, dumpf etwas Ähnliches durch den Kopfhörer hindurch vernommen zu haben.

344

* * * * *

Gerade als er anfing, richtig in Fahrt zu kommen, wurde seine Aktion unterbrochen. Wieder hielt ihn eine Hand sanft, aber dennoch bestimmt, von einem erneuten Eindringen ab. Voller Enttäuschung ließ er ein unbefriedigtes Grunzen verlauten. Doch noch bevor er eine Beschwerde anbringen konnte, dirigierte ihn die unbekannte Hand an einen anderen Eingang, welcher sich etwas seitlich von dem Vorgänger befand.

Neugierig versuchte er wieder Anhaltspunkte für die Echtheit des Gegenübers zu ergründen. Auf jede Wahrnehmung bedacht, schob er sein Glied langsam hinein und verharrte erneut einen kurzen Augenblick. Obwohl auch hier eine angenehme Wärme zu verzeichnen war, meinte er im Gegensatz zu der Vorgängerin eine etwas glattere Beschaffenheit der Umklammerung ausmachen zu können. Er probierte durch beständiges Heraus- und Hineingleiten, sich erneut eine Meinung zu bilden. Doch je mehr er sich auf seine Sinne konzentrierte, umso schwerer wurde es für ihn, seine Lust dem Rätselspiel hinten an zu stellen. Schließlich empfand er die Berührungen an seinem Ständer merklich intensiver, als im Normalfall.

Gerade im richtigen Moment wurde seine Begattungsversuche des zweiten Testobjekts unterbrochen, denn einen Moment später hätte er sich mit Gewissheit in einem kräftigen Schwall ergossen. So jedoch wurde seine Erektion von der Hand aus der

Gefahrenzone geborgen und an den neuen Brandherd geleitet. Wieder merkte er, wie seine Eichel an weiche Schamlippen gelegt wurde. Diesmal jedoch nahm er sich eine kleine Auszeit, bevor er erneut in die feuchte Enge der Person vor ihm eindrang. Einer Sache war er sich jetzt nämlich ganz sicher: die Vagina vor ihm war echt! Denn die unbekannte Person vor ihm schien förmlich vor Geilheit zu zerfließen. Noch nie hatte er sein Glied an einer solch nassen Spalte liegen gehabt.

Nachdem er einige Sekunden verschnauft hatte, begann er seinen letzten Testlauf. Diesmal drang er jedoch nicht sofort ein, sondern ließ seinen Ständer durch die weichen Falten ihres Geschlechts auf und ab gleiten. Durch den dort vorhandenen Liebessaft gelang ihm dies auch ohne Zuhilfenahme seiner Hände. Nachdem er beschlossen hatte, sein Gegenüber genug gereizt zu haben, drang er mit einer flüssigen Bewegung in sie ein. Als er mit der gesamten Länge in ihr war, stieß er mit seinem Schambein gegen ihren Kitzler. Dieser war durch die Erregung scheinbar dermaßen geschwollen, dass er deutlich merkte, wie dieser gegen seine Haut gepresst wurde. Wieder sah er seine Vermutung über die Echtheit seines Gegenübers bestätigt.

Die Person gegenüber schien die Behandlung sichtlich zu genießen. Scheinbar hatte sie vergessen, dass bei diesem Testlauf Geheimhaltung oberste Prämisse war. Denn ohne Hemmung umklammerte sie nun seine Hüften mit ihren Unterschenkeln und zog ihn immer weiter zu sich heran. Inzwischen schien sie auch so stark ihrer Lust verfallen, dass sie auch ihre Hände auf seinen

346

Hintern legte. Er schaffte es kaum, seine Erektion ein kleines Stück aus ihrer Höhle zu ziehen, bevor sie ihn mit einer energischen Bewegung wieder auf sich zog.

Durch seine heftiger werdenden Bewegungen klatschte sein Körper gegen den ihren und es gelang ihm irgendwie, jedes Mal ein Stück tiefer in sie einzudringen. Nach einigen Minuten begannen die aufgestauten Samen in seinen Lenden zu brodeln und mit einem heftigen Zucken kündigte sich sein bevorstehender Orgasmus an. Mit einem animalischen Grunzen konnte er genau fühlen, wie sein Erguss aus dem Hodensack aufstieg und er sich mit einem satten Schwall in ihr entlud. Nach nicht enden wollenden Zuckungen seines Gliedes gesellten sich auch die Wellen ihrer Ekstase dazu und ihre Scheidenmuskulatur half, auch den letzten Tropfen aus seinem Schwanz zu melken.

Kurz darauf wurde ihm die Brille abgenommen und er schaute in das lächelnde Gesicht von Luisa. Mit einem Nicken lenkte sie seine Aufmerksamkeit auf ihre Freundin, die sich neben sie auf den Tisch gesetzt hatte und sich beharrlich auf einen Orgasmus hinbewegte, indem sie mit ihrer Hand über ihre Scham rubbelte. Nachdem sich Christian von seinen Fesseln befreit lassen hatte, kniete er sich vor Alexandra. Als sie durch die erregt zusammengekniffenen Augen erkannte, was er vorhatte, rutschte sie mit ihrem Becken ihm ein Stück entgegen, an die Tischkante heran, und machte ihm mit einem erschöpften Lächeln Mut.

Vorsichtig brachte er seinen Kopf zwischen ihre Schenkel und blies einen Lufthauch auf ihre vor

Feuchtigkeit glänzende Scham. Zärtlich schob er ihre Hand beiseite. Dann drängte er mit seinen Fingern ihre Schamlippen auseinander, um einen besseren Zugang zu ihrem Kitzler zu bekommen. Mit seiner Zunge malte er eine Spur von ihrem Damm zu ihrer Klitoris. Seine Zuwendungen wurden von ihr sofort mit einem lustvollen Zittern quittiert. Nachdem er ausgiebig ihre Labien bearbeitet hatte, saugte er ihren Kitzler in den Mund auf und ließ seine Zunge in schnellem Takt darüberfahren. Alexandra begann zu stöhnen und wandte sich unter seinen Zungenschlägen umher.

Nach dem ersten Orgasmus war sein Glied nie vollkommen erschlafft und stand mittlerweile erneut voller Tatendrang von seinem Bauch ab. Kurzentschlossen erhob er sich aus seiner knienden Position und legte seinen Ständer an ihre einladend geöffnete Scham. Ohne zu zögern drang er in sie ein. Wie er sich so in ihr bewegte, wusste er genau, dass sie die Person war, die das erste Testobjekt gespielt hatte. Alex wimmerte förmlich unter seinen unerbittlichen Stößen.

Luisa hatte das Geschehen eine Weile beobachtet und brachte sich nun in die Aktion mit ein. Sie lehnte sich über den Oberschenkel ihrer Freundin und beobachtete, wie Christian sein pralles Glied in die feuchte Scham drängte. Mit der einen Hand streichelte sie zärtlich über die geschwollene Klitoris ihrer Freundin und massierte mit der anderen sanft seinen Hodensack. Dabei übersähte sie den schlanken Bauch vor ihr mit liebevollen Küssen. Alex war ihrem Höhepunkt schon sehr nahe und

348

stöhnte ihre Lust heraus. „Kommt schon, macht's mir richtig!", feuerte sie beide an.

Plötzlich hob sie ihr Becken empor und begann, dem heftigen Beben ihres Unterleibs zu erliegen. Sie wurde von immer neuen Wellen ihres Orgasmus überkommen, während Luisa unablässig ihre Lustperle massierte. Christian merkte die Zuckungen ihrer Scheide und entlud sich erneut in einem warmen Schwall. Zufrieden schaute Luisa dem Höhepunkt ihrer Partner zu und bedachte seinen Ständer mit einem zärtlichen Kuss, nachdem er ihn herausgezogen hatte.

„Also ehrlich, da habe ich noch einiges an Arbeit vor mir, wenn ich solch ein Erlebnis mit dem Sextoy rekonstruieren will.", brach Christian schließlich das genügsame Schweigen. „Wenn du unsere Hilfe dabei brauchst, stehen wir dir natürlich gerne zur Verfügung.", legte Alex fest und hob ihr Glas zum Anstoßen. Mit einem Lachen folgten die anderen Beiden ihrem Toast und ließen die Gläser klirren.

V.

Entgeistert blickte er seinem Regisseur ins Gesicht und versuchte zu ergründen, ob dieser das eben Gesagte ernsthaft gemeint hatte. Doch zu seiner Verwunderung konnte er in der Gestik keinen Hinweis auf einen Scherz ausmachen. „Ich soll bitte was machen?", fragte Eric deshalb noch einmal ungläubig nach. „Du hast schon richtig gehört! Du musst für Robert einspringen, da er sich beim Skifahren verletzt hat.", bekam er leicht genervt als Antwort. Um jede weitere Diskussion zu unterbinden, drehte sich der Leiter der Aufführung um und verließ mit zügigen Schritten den Probenraum. „Nur weil der Typ sich das Stück ausgedacht hat und gleichzeitig die Regie führt, kann er hier nicht jeden herumkommandieren!", murmelte Eric leicht verärgert vor sich her und verließ ebenfalls den Raum.

Eigentlich war er von Anfang an von der Idee für das Bühnenspiel begeistert gewesen. Schon der Aushang hatte damals sein Interesse geweckt.

‚Suchen Turner oder sehr sportlichen Mann für die akrobatischen Einlagen eines etwas anderen Theaterstücks. Hemmungen sind bitte zu Hause zu lassen
Der Theaterklub'

hatte am schwarzen Brett seiner Universität gestanden. Und nachdem sich Eric von seiner Neugier getrieben bei der kleinen Gruppe gemeldet hatte, war er mit offenen Armen empfangen worden. Schnell war ihm anschließend auch klar geworden warum. Scheinbar hatte sich der Gruppenleiter ein Bühnenstück ausgedacht, welches die Sexualität als Hauptthema hatte und die verschiedenen erotischen Spielarten und die gesellschaftlichen Konventionen kabarettistisch beleuchten sollte. Dabei sollte nicht nur mit Humor sondern auch mit viel nackter Haut das Publikum angelockt werden. Natürlich war diese Freizügigkeit stets mit dem Deckmantel der avantgardistischen Kunst getarnt worden. Wehe dem, der dies nicht als künstlerisches Stilmittel erkannte, sondern darin nur eine billige Effekthascherei sah. In Anlehnung an die in Las Vegas ansässige Show ,Zumanity' von Cirque du Soleil, sollte auch diese Darbietung mit akrobatischen Einlagen versehen sein.

Als aktiver Turner war er geradezu geschaffen für diese Rolle und hatte sich voller Begeisterung in die Proben seiner Szene gestürzt. Dabei sollte er eine Choreographie mit einigen Bodenturnübungen darbieten und währenddessen nur einen Männertanga tragen. Diese Übungen waren so ausgelegt, dass sie zwar für das Publikum sehr artistisch wirkten, für ihn als durchtrainierten Sportler aber kein Problem darstellten. Auch die Freizügigkeit seiner Rolle machte ihm wenig zu schaffen. Schon seit seiner Jugend hatte er durch den regelmäßigen Sport ein ausgewogenes Verhältnis zu seinem Körper bekommen und machte sich keinen Hehl daraus, auch mal den FKK-Strand zu besuchen. Schließlich konnte er ja auch einen sehr muskulösen und gut definierten Körper sein Eigen nennen.

Doch seine Begeisterung für das innovative Konzept und die vielen erotischen Komponenten des Stücks, nahmen an diesem Abend einen schlagartigen Dämpfer. Denn nachdem er wie gewohnt etwas abseits den Rest der Proben verfolgt hatte, traf er auf dem Flur auf den Regisseur, welcher nun von ihm verlangte, dass er für einen verletzten Akteur einspringen sollte. Und dabei handelte es sich nicht nur um irgendeinen Mitwirkenden. Nein! Der Verletzte war eigentlich fest für den finalen Akt eingeplant gewesen, in welchem noch einmal ein regelrechtes erotisches Feuerwerk abgebrannt werden sollte. Als Highlight der Show hatte der Regisseur für diese abschließende Szene geplant, zwei Schauspieler einen Liebesakt nachspielen zu lassen.

Eric hätte sich durchaus mit seiner neuen Aufgabe arrangieren können, wenn nicht ausgerechnet die hübsche Kommilitonin Emily seinen Gegenpart spielen sollte. Schon beim ersten Treffen der kleinen Theatergruppe war ihm diese süße irische Austauschschülerin ins Auge gefallen. Mit ihren roten Locken war sie ja auch ein richtiger Blickfang unter den sonst eher grauen Vertreterinnen des dort anwesenden weiblichen Geschlechts. Bei diesen Verfechterinnen von biologisch angebautem veganen Gedöns wunderte sich Eric manchmal, ob sie sich die Achseln rasierten oder gewisse Stellen wie alles andere auch eher naturbelassen bevorzugten.

Auf dem Weg zu seinem Auto, gingen ihm die Einzelheiten der besagten Szene noch einmal durch den Kopf. Wie auch im Rest des Stücks hatte der Regisseur seinen Schauspielern bei der Gestaltung der Szenen freie Hand gelassen. Voller Neid musste er bei den Proben ständig dabei zusehen, wie sich sein Schwarm und der andere Schauspieler mit gespielter Hingabe und Lust auf dem Bett wälzten. Emilys schauspielerisches Talent war dabei schwer zu übersehen. Wenn die Beiden nicht bekleidet gewesen wären, hätte man fast meinen können, sie würden sich wirklich mitten im Geschlechtsakt befinden. Erst für die eigentliche Aufführung war dann geplant gewesen, zumindest oben herum die Hüllen fallen zu lassen, um die Szene noch realistischer zu gestalten. Nur ein dünnes Laken sollte dann später den Blick auf die weiterhin bekleideten Geschlechtsteile verdecken, indem es gekonnt über die Hüften drapiert wurde. Fasziniert von der Echtheit der Szene war es ihm stets schwer gefallen die wachsende Schwellung in seiner Hose unter Kontrolle zu halten.

* * * * *

„Du bist also mein neuer Partner?", stellte Emily mit einem Lächeln fest, nachdem sich Eric bei ihr vorgestellt hatte. „Einen besseren Ersatzmann für Robert hätte ich mir ja wirklich nicht wünschen können!", brachte sie ihre Zufriedenheit zum Ausdruck und schüttelte enthusiastisch die ihr entgegengehaltene Hand.

„Ich kenne dich doch irgendwo her? Du bist doch unser Sportass und heimlicher Beobachter! Kann es sein, dass du nach deinen Übungen immer unsere Proben verfolgst?", versuchte sie ihn etwas scherzhaft aus der

Reserve zu locken. Als Eric vor Scham keinen Laut hervorbrachte, setzte sie ihr Necken fort: „Ich denke ich konnte teilweise auch erkennen, dass dir unsere Vorstellung gefallen hat." „Mhmm, ja!", stammelte er endlich als Antwort und wunderte sich, ob sie damit wirklich gerade auf seine stellenweise unübersehbare Erektion anspielen wollte.

‚Wow – sie macht ihrer Haarfarbe alle Ehre.' bemerkte er erstaunt. Um auch sie etwas aus der Fassung zu bringen, preschte er jetzt mit einer Idee für die Szene vor, die ihm während seinen heimlichen Beobachtungen gekommen war. „Ich wollte mit dir einen Einfall für unsere gemeinsame Szene besprechen. Ich finde ihr habt euch schon ein paar gute Sachen einfallen lassen, aber ich dachte mir, wir könnten doch das Vorspiel noch ein wenig mit oralen Aktionen ausdehnen.", erläuterte er seinen Gedanken. „Du bist also einer von DIESER Fraktion.", kam von ihr als Antwort, ohne dass sie dabei einen Hinweis darauf gab, ob sie seinen Vorschlag annehmen wollte oder nicht. Sie schien sich eher über die gerade gemachte Feststellung zu amüsieren.

Ohne jeden weiteren Kommentar trat sie einen Schritt zurück und zog sich ihr Top über den Kopf. Bevor Eric wusste wie ihm geschah, hatte sie auch ihren BH ausgezogen und stand oben ohne vor ihm. Da sie sich alleine im Probenraum aufhielten, konnte niemand außer ihm ihre wohlgeformte Oberweite bestaunen. Wie auch in ihrem Gesicht war der Rest ihres Körpers mit Sommersprossen übersäht. Trotz ihrer hellen Haut wirkte sie dabei in keiner Weise käsig. „Worauf wartest du?", wollte sie von ihm wissen. „Du wirst dich wohl oder übel an den Anblick meiner Brüste gewöhnen müssen. Nicht dass du während der Vorstellung den selben bestürzten Blick im Gesicht hast, wie jetzt momentan.", fuhr sie in den gleichen herausfordernden Ton fort, ihn zu foppen, während sie auch ihre Jeans zu Boden fallen ließ. Nur mit ihrem String bekleidet machte sie sich auf den Weg zur Matratze, welche ersatzweise für das spätere Bühnenbett im Raum platziert stand. Schelmisch schaute sie über ihre Schulter und stellte sicher, dass er seine Aufmerksamkeit auf ihren knackigen Hintern lenkte.

Auf der einen Seite musste er ihr Recht geben, denn er würde sich schnell an ihre Nacktheit gewöhnen müssen. Ihm war durchaus bewusst, dass für die kommende Szene ein hohes Maß an Intimität und Vertrautheit notwendig war. Auf der anderen Seite überraschten ihn ihre vollkommen unbekümmerte Art und das ihm entgegengebrachte Level an Offenheit schon ein wenig. Doch auch er betrachtete sich selber als aufgeschlossen und wollte ihr in nichts nachstehen. Auf dem Weg zu ihr, begann auch er, sich zu entkleiden. Da er sich bei seinen Übungen schon einmal mit seinem Outfit vertraut machen wollte, stand er schließlich nur mit dem spärlichen Männertanga bekleidet vor ihr. Schnell schlüpfte er zu ihr unter die Decke, welche sie einladend für ihn aufhielt.

Die eher kühle Temperatur des Probenraums bot einen starken Kontrast zu ihrer warmen Haut, die sie jetzt eng gegen seinen Körper presste. Ihren roten Lockenkopf hielt sie auf den Arm gestützt und legte ihre andere Hand auf seiner Brust ab. Wieder viel ihm auf, dass sie mit der jetzigen körperlichen Nähe absolut keine Probleme zu haben schien. Eher war ihm so, als würde sie es sogar genießen. Fragend blickte sie ihn in die Augen. „Dann schieß mal los Partner! Wie hattest du dir das vorgestellt", wollte sie von ihm wissen und trommelte abwartend mit ihren Fingern auf seinem Brustkorb. „Ich hatte mir überlegt, dass wir nach der wilden Knutscherei zum Vorspiel nicht gleich zum eigentlichen Akt übergehen müssen. Du könntest ja auch mit deinem Kopf unter die Decke verschwinden und so tun, als ob du mich dort unten verwöhnen würdest. Ich bin mir sicher, dass es unter der Decke total realistisch wirken wird.", erklärte er etwas zögerlich seine Idee.

Nachdem sie sich seinen Vorschlag eine Weile mit nachdenklicher Mine durch den Kopf gehen lassen hatte, nickte sie ihn grinsend an. Dabei fiel ihm ihr merkwürdiger Gesichtsausdruck auf. Er schien auszudrücken, dass sie entdeckt hatte, was für ein Lüstling er doch war und dass sie durchaus damit leben konnte - ja sogar erfreut darüber war. „Ich würde vorschlagen, du beobachtest mal, ob ich meine Sache gut mache.", forderte sie ihn auf und deutete mit einem Blick auf die im Raum befindlichen Spiegel. Damit die Darsteller die Wirkung ihrer gebotenen Vorstellungen auf das Publikum besser einschätzen konnten, war das sonst eher spärlich eingerichtete Zimmer mit einer Vielzahl von großen Wandspiegeln ausgestattet.

Eric verstand sofort, was sie meinte und neigte seinen Kopf in Richtung der Spiegel. Darin konnte er beobachten, wie ihr Kopf unter der dünnen Decke verschwand. Über seinen Hüften angekommen, begann sie sofort, ihren Kopf mit unterschiedlicher Geschwindigkeit zu heben und zu senken. Durch die gebotene Perspektive konnte er sich und seine Partnerin beobachten und war erstaunt, wie realistisch es aussah, wenn Emliy nun unter dem dünnen Laken einen Blowjob vortäuschte.

Doch seine Faszination für diese Szene dauerte nicht lange an. Bisher war er nur auf die visuellen Eindrücke konzentriert gewesen, als in plötzlich eine Berührung aus den Beobachtungen riss. Beinahe unmerklich hatte sie ihre Hand über sein Glied streifen lassen. Diese Szene im Spiegel zu beobachten, war im höchsten Maß erotisch und hatte eine gewisse Wirkung auf ihn nicht verfehlt. Schon der Anblick ihres spärlich bekleideten Körpers hatte ihn erregt. Und nun tat die Nähe ihres Kopfes zu seinem Geschlecht ihr übriges und hatte seinen Penis mittlerweile zu einer stattlichen Erektion anschwellen lassen. Zwischen seinem Bauch und dem dünnen Stoff seiner Bekleidung eingeklemmt, konnte er förmlich fühlen, wie sein Penis voller Verlangen pulsierte.

Zunächst war er davon ausgegangen, dass Emily beim Spielen ihrer Rolle nur versehentlich gegen diese sensible Stelle gekommen war. Doch als er jetzt deutlich verspürte, wie sie mit ihren Fingern die Konturen seines Ständers nachfuhr, war jeglicher Zweifel verflogen, dass er sich die Berührung nur einbilden würde. Mit einem erregten Grunzen ließ er seinen Kopf auf die Matratze fallen und machte keinerlei Anstalten, ihren Vorstößen Einhalt zu gebieten. Seine Neugier war geweckt, wie weit sie vorhatte ihr Spiel zu treiben.

Plötzlich ließ ihn ein Räuspern aufschrecken. „Ich sehe schon, dass ich genau den Richtigen für die Rolle bestimmt habe.", ließ der Regisseur verlauten, der scheinbar schon eine geraume Weile die Probe der Szene beobachtete und in bequemer Haltung im Türrahmen gelehnt stand. Ohne sich bestürzt zu zeigen, richtete sich Emily auf und hielt ihre Oberweite mit dem Laken bedeckt. „Wie gefällt dir denn unsere Szene? Eric hatte den Einfall mit dem Oralverkehr. Das ist doch super, oder?", erkundigte sie sich enthusiastisch und ohne jegliche Spur von Scham. „Ja das sah unglaublich echt aus.", lobte er ihre Bemühungen und lehnte seinen Kopf zur Seite, um zu erspähen ob Eric wirklich noch bekleidet war, oder ob er die Beiden gerade beim echten Vorspiel erwischt hatte. „Das ist genau der Knaller, den ich mir für das Finale vorgestellt habe!" lobte er seine Darsteller, nachdem er den Tanga erblickt hatte und wandte sich zum Gehen um. „Dann übt mal noch fleißig!", forderte er sie beim Verlassen des Raums auf.

* * * * *

Das Theater war zur Uraufführung des Stückes restlos ausverkauft. Die Reihen waren vornehmlich von anderen Studenten belegt, die auf eine knisternde Vorstellung gespannt waren. Eric blickte noch einmal durch den Spalt im Vorhang auf die Zuschauermenge hinaus. Seinen akrobatischen Part hatte er bereits unter tosendem Beifall gemeistert und wartete nun in seinem Männertanga auf die finale Szene.

Emily stand halbnackt in das dünne Laken geschlungen und grinste ihn mit ihrem gewohnten schelmischen Gesichtsausdruck an. Mit einem Lächeln dachte er noch einmal an die zahlreichen Proben mit ihr zurück. Sein Verdacht, dass ihre Berührungen am ersten Abend nicht zufällig waren, hatte sich schnell bestätigt. Emily war in den kommenden Wochen immer offensiver geworden. Eine Erektion während der Probe ihrer Szene zu haben war für ihn mittlerweile zur völligen Normalität geworden. Bei ihren Zuwendungen war das aber auch kein Wunder. Mal hatte sie einen Lufthauch durch den dünnen Stoff seines Tangas geblasen und mal hatte sie mit ihren Zähnen zärtlich die gesamte Länge seines prallen Gliedes erforscht.

Natürlich hatte er sich für ihre Liebkosungen revanchiert. Unter dem Vorwand, dass bei einem Vorspiel auch die Frau nicht zu kurz kommen durfte, hatte er sich zwischen ihre Schenkel begeben und seinen Kopf unter der Decke so bewegt, als würde er sie oral verwöhnen. Er hatte es ihr gleichgetan und hatte seine Hände dabei nicht still gehalten. Sanft hatte er ihre Oberschenkelinnenseiten massiert und war beinahe beiläufig über den Stoff ihres Höschens geglitten, unter dem sich ihre Lippen deutlich abzeichneten. Auch hatte er ihren Einfall wiederholt und hatte einen Lufthauch auf ihre Scham geblasen. Seinen Erfolg hatte er später deutlich an dem feuchten Fleck ihres Höschens erkennen können.

Bei all ihren Zärtlichkeiten war es aber nie zu mehr gekommen. Zwar hatten sie sich in ihrer Rolle leidenschaftlich geküsst und hatten die frechen Neckereien ausgetauscht, aber nach dem Abschluss der Szene waren sie immer wortlos auseinandergegangen. Beinahe kam es ihm vor als würden sie sich beide nicht trauen, den ersten Schritt zu wagen und den Anderen zu einer Verabredung zu fragen. Bei den eindeutigen Signalen und dem fast greifbaren Knistern zwischen den Beiden war diese Situation beinahe ein wenig grotesk.

„Noch eine Minute!", wurde durch einen lauten Ruf signalisiert, dass ihre Szene gleich beginnen sollte. Flink rannten sie zum Bett, welches sich auf der Mitte der Bühne befand und brachten sich dort unter der dünnen Decke in Position. Schließlich wurde unter Beifall der Vorhang für die letzte Szene des Stücks gelüftet. Während das Publikum die beiden Darsteller erblickte, schaute Emily ihn noch einmal tief in die Augen. Ihr Blick sprühte vor Leidenschaft. „Dann mach dich auf was gefasst!", flüsterte sie ihm ins Ohr und begann, ihn inbrünstig zu küssen.

Eric erwiderte ihren Kuss und spürte mit etwas Erstaunen, wie sein Glied trotz der zahlreichen Zuschauer auf ihre Zuwendung zu reagieren begann. Besonders nachdem er, seiner Rolle treu, ihre Brüste sanft massiert hatte, war seine Erektion zur vollen Größe gewachsen. Nach einigen Minuten des lustvollen Hin- und Herwälzens verschwand er mit seinem Kopf unter der Decke, um seinen Teil des Vorspiels zu beginnen. Kurz zweifelte er, ob er wie auch sonst immer die zusätzlichen

Liebkosungen wagen konnte. Doch durch ihren anfänglichen Blick ermutigt, streckte er seine Zunge hervor und begann damit, eine Spur über die Innenseite ihrer Oberschenkel zu ziehen. Da sie nicht den Eindruck vermittelte, dass sie ihn von seinem Vorhaben abhalten wollte, fasste er sich weiter Mut und küsste nun auch ihren Schamhügel, der weiter durch den dünnen Stoff ihres Slips bedeckt blieb. Mit ihrem schauspielerischen Talent drückte sie ihren Rücken durch und schob ihre Hüften weiter in seine Richtung.

Inzwischen zeigte ein deutlicher Fleck auf ihrem Höschen, dass sie seine Zuwendungen durchaus genießen konnte und sie sich aus dem anwesenden Publikum nichts zu machen schien. Einer aberwitzigen Idee folgend, zog er den Stoff ihres Slips zur Seite und entblößte ihre feucht schimmernden Lippen. Als er den Grad ihrer Erregung erkannte, grinste er zufrieden in sich hinein und pustete einen leichten Lufthauch auf ihr Geschlecht. Dann ging er dazu über, ihre blank rasierten Schamlippen mit der Zunge zu benetzen.

Ein Raunen ging durch die Zuschauermenge. Scheinbar war auch für das Publikum zu erkennen, wie sehr es ihr gefiel, was Eric mit ihr unter der Decke anstellte. Doch für die Besucher des Theaters blieb verborgen, dass sie tatsächlich vor Lust stöhnte und nun keine Rolle mehr spielte. Eric hatte inzwischen ihren Kitzler angesaugt und fuhr mit schnellen Bewegungen seiner Zunge darüber. Wenn er in diesem Tempo weitermachte, würde sie sicherlich jede Minute zu ihrem Höhepunkt kommen. Und eigentlich wollte er ihr diesen auch schenken, aber für diese Szene war letztendlich etwas anderes vorgesehen.

Auch Emily schien diesen Gedanken gehabt zu haben, als sie ihn mit dem vorher vereinbarten Zeichen davon in Kenntnis setzte, dass es Zeit für einen Wechsel war. Mit etwas Verdruss ließ er von ihrer Scham ab und legte den Slip zurück in die Ausgangsstellung. Zügig und mit einstudierten Bewegungen hatten sie ihre Positionen getauscht. Da nun Emilys Kopf unter der Decke war und er wieder darüber lugte, hatte er einen guten Blick auf das Publikum. Unter den Anwesenden konnte er hauptsächlich weit aufgerissene Augen und staunende Gesichter erkennen. Scheinbar war die bisherige Darbietung sehr überzeugend gewesen. Kurz überlegte er ob die Zuschauer aus ihrer Entfernung auch seinen leicht feucht glänzenden Mund erkennen konnten, als etwas Unerwartetes passierte.

* * * * *

Emily war mit dem bisherigen Geschehen sehr zufrieden. Schon länger hatte sie sich über seine zögerliche Art gewundert. Trotz der vielen eindeutigen Signale hatte er nie den Mut aufgebracht, mehr aus der Situation zu machen. ‚Wie deutlich muss man denn noch werden?' hatte sie sich nach jeder Probe gefragt, als sie unverrichteter Dinge und alleine nach Hause fuhr.

Sein Vorpreschen während der jetzigen Vorstellung hatte sie wiederum neuen Mut fassen lassen. Zudem stellte die Anwesenheit so vieler Zeugen für sie ein äußerst erregendes und lang ersehntes Erlebnis dar. Schon seit langer Zeit wusste sie, dass es sie anmachte, sich von anderen Leuten beim Liebesspiel beobachten zu lassen. Dieses kleine Theaterstück kam für sie daher wie gerufen und sie konnte sich unter dem Deckmantel der Szene gehen lassen, ohne Konsequenzen befürchten zu müssen. Und auch die glückliche Fügung, dass der süße Turner für den Verletzten eingesprungen war, spielte ihr in die Hände. Schon seit einigen Tagen hatte sie sich mehrfach selbst Abhilfe schaffen müssen, sonst hätte sie die Zeit bis zu diesem ersehnten Abend schwerlich überstanden.

Erics Zungenfertigkeiten hatten sie fast vor dem Publikum kommen lassen. Doch nun war auch ihr Partner dran und sie freute sich, ihn vor versammelten Zuschauern, unter denen sich sicherlich auch bekannte Kommilitonen befinden mussten, bis aufs Äußerste zu reizen. Also hatte sie keine Zeit verschwendet und befreite sein pralles Glied vom hinderlichen Stoff, indem sie diesen beiseite schob. Ein kurzes Zucken von seiner Seite ließ sie befürchten, er könne seiner Aufgabe nicht gewachsen sein. Doch schnell hatte er sich wieder in seine Rolle gefunden und ließ sie gewähren.

Zunächst widmete sie sich seinen glatt rasierten Hoden. Zärtlich begann sie, diese abwechselnd in den Mund zu saugen. Währenddessen hielt sie seinen Schaft umschlossen und erkundete im Halbdunkel der Decke seine Länge. Zufrieden über das Resultat begann sie ihn, mit stetigen Auf- und Abbewegungen zu massieren. Dann hob sie ihren Kopf und leckte sanft über die Unterseite seines Gliedes aufwärts. Dabei hinterließ sie eine Spur von Speichel, welcher die Äderchen seiner Erektion etwas schimmern ließen.

Schließlich umschloss sie seine Eichel mit ihren Lippen und nahm langsam sein Glied in ihrem Mund auf. Diese Behandlung entlockte ihm ein lautes Stöhnen, welches der gespielten Rolle nur zuträglich sein konnte. Nachdem sie seinen Ständer mehrmals in ihrem Mund hatte verschwinden lassen, fuhr sie mit einer kreisenden Bewegung ihrer Zunge fort, seine Schwanzspitze zu verwöhnen.

Leicht frustriert bemerkte sie, dass er schon seit einigen Sekunden versuchte, die Szene durch das gemeinsame Zeichen fortzusetzen. „Wir wollen doch nicht, dass du schon schlapp machst.", flüsterte sie an seinen Ständer gerichtet und rutschte an seinem Körper nach oben, so dass sie wieder über der Decke zum Vorschein kam. Sie hatte jedoch bewusst sein Glied nicht wieder verpackt und machte sich daran, sich über ihm in der Reiterstellung in Position zu bringen. Vom Publikum blieb durch die geschickt platzierte Decke verborgen, dass sie nun ebenfalls ihren Slip zur Seite zog, um sich langsam auf seiner festen Männlichkeit nieder zu lassen.

Als Eric ihre feuchten Schamlippen an seiner Eichel bemerkte riss er für eine Sekunde lang überrascht seine Augen auf. ‚Sie wird doch nicht!' schoss es ihm durch den Kopf, als Emily ihr Becken absenkte und ihn vollständig in sich aufnahm. Doch als er sah, wie ihre Augen vor Geilheit leuchteten, ergab er sich der Situation und griff ihr an den Hintern. Er sah wie ihre schönen

Halbkugeln vor seinen Augen wippten, während sie sich immer wieder auf sein Glied niederließ.

Ihre Bewegungen wurden schneller und sie schrie ihre Lust heraus. Ihren Kopf warf sie nach hinten und stemmte sich mit ihren Händen auf seiner Brust ab. Eric hob sein Becken um seinen Schwanz tiefer in sie schieben zu können. Inzwischen konnte man auch ein nass klingendes Klatschen vernehmen, welches von der Stelle kam, wo sich ihre Körper trafen. Beide waren mittlerweile so erregt, dass sie sich keine Gedanken darüber machten, ob dieses verräterische Geräusch auch bis an die erste Reihe dringen würde.

Ein Zucken ihrer Scheide kündigte ihren Orgasmus an. Mit melkenden Bewegungen umklammerte ihr Geschlecht seine Erektion bis auch er zu seinem Höhepunkt kam und einen heißen Schwall in sie pumpte. Mit halb geschlossenen Augen und lautem Stöhnen ließ Emily ihre Reitbewegungen langsamer werden und genoss die letzten Wellen ihrer Ekstase. Erst ein tosender Applaus und laute Jubelrufe konnten sie aus ihrer Trance reißen. Kurz vergewisserte sie sich, dass die Decke nicht verrutscht war, bevor auch schon der Vorhang viel. Noch bevor der Regisseur auf die Bühne kam, um nach einem anschließenden Lüften des Vorhangs seine Ovationen zu empfangen, hatte sie sein Glied befreit, ordentlich verpackt und wieder ihren Slip zurechtgerückt.

Etwas wackelig stand sie auf und nahm den entgegengehaltenen Bademantel, um sich für die anschließenden Beifallsbekundungen zu verhüllen. Mit ihrem schelmischen Grinsen gab sie Eric einen Kuss auf die Wange und schaute in die Gesichter ihrer Schauspielkollegen. Scheinbar hatte niemand sonst etwas von ihrer Aktion mitbekommen. Der Vorhang begann sich unter durchgängigem Applaus zu heben. Schnell wurde sie vom Regisseur an die Hand genommen und zur Mitte der Bühne gezogen. Mit der anderen Hand umschloss sie die von Eric und lächelte ihn zufrieden an. Nur der kleine Rinnsal seines Spermas, den sie auf ihren Slip tropfen merkte, zeugte nun noch von ihrem eben stattgefundenen Abenteuer. „Ich freue mich schon auf die kommenden Vorstellungen mit dir!", rief sie ihm über den lautstarken Beifall hinweg zu. Eric gab ihr ein vielsagendes Augenzwinkern als Antwort und tat es dem Rest der Theatertruppe gleich und verbeugte sich artig bis der Vorhang viel.

Epilog

Hallo, noch ein Wort des Autors zum Schluss. Diese Geschichten sind ein reines Fantasieprodukt. Bei allen Gelegenheiten, bei denen ich Geschlechtsverkehr zwischen unbekannten Personen beschrieben habe, wurde aus erzählerischen Gründen auf die Benutzung von Kondomen verzichtet. Ich denke die Leser sind erwachsen genug, sich über die Konsequenzen von ungeschütztem Geschlechtsverkehr im Klaren zu sein.